D o n g N ü G u o C h u a n S h u o

|嘉绒藏区大小金川战役全景小说|

东女国传说

泽旺 /著

四川文艺出版社

图书在版编目（CIP）数据

东女国传说 / 泽旺著. — 2版. — 成都 : 四川文艺出版社, 2019.3

ISBN 978-7-5411-5276-4

Ⅰ. ①东… Ⅱ. ①泽… Ⅲ. ①长篇小说—中国—当代 Ⅳ. ①I247.5

中国版本图书馆CIP数据核字（2019）第027999号

DONG NÜ GUO CHUAN SHUO

东女国传说

泽 旺 著

责任编辑 王其进
责任校对 王 冉
封面设计 张 妮
版式设计 张 妮

出版发行 四川文艺出版社（成都市槐树街 2 号）
网 址 www.scwys.com
电 话 028-86259285（发行部） 028-86259303（编辑部）
传 真 028-86259306

邮购地址 成都市槐树街 2 号四川文艺出版社邮购部 610031
印 刷 三河市华东印刷有限公司
成品尺寸 169mm × 239mm 开 本 16 开
印 张 21.25 字 数 348 千
版 次 2019 年 3 月第二版 印 次 2021 年 4 月第三次印刷
书 号 ISBN 978-7-5411-5276-4
定 价 48.00 元

序 一

《东女国传说》这部长篇小说中描绘的嘉绒藏区，位于四川省的西北部，大致在阿坝藏族羌族自治州、甘孜藏族自治州和雅安市的接壤地带。这里的地貌属于典型的高山峡谷，高山急水阻隔了其与外界的联系，因此直到新中国成立前，这里的社会一直处于高度的封闭状态。然而就是这么一个不起眼的地方，中国正史数处记载了有关这一山区的史事。比如嘉绒藏兵长途跋涉英勇抗击侵入宁波一带的英军、侵入西藏的廓尔喀人和协助川陕总督岳钟琪平息羊峒（今西藏阿里地区）叛乱；比如清廷先后两次发兵二十万之众，征讨嘉绒藏区的大小金川。这就给人几多困惑，几乎与世隔绝的嘉绒藏区，为何有了保国驱寇的如此襟怀，堂堂大清为何对不知山外世界的大小金川（小说中用了“色齐部落”）发动了如此声势浩大的征讨？生活在嘉绒藏区的藏民是一个什么样的族群？他们是怎么想的？怎么做的？为何这么想这么做？史书上得不到答案，史书只记载事实，回答这些问题不是它的职责，这个答案要在被称之为“人学”的文学作品中寻找。过去没有这样的文学作品问世，现在《东女国传说》出版了，终于可以通过作品中的人物和情节找到答案。虽然这些答案是作者个人的感悟，但是我相信会引起许多读者的共鸣，因为阅读了作品后你会发现，作者花费了很多心血，用艺术的真实性表现了事物的本质，因此，这部小说的出版值得庆贺。

值得庆贺还有几个原因，一是小说自始至终贯穿了热爱祖国和民族团结的主旋律，富含阳刚之气和豪迈之韵；二是真实地表现了嘉绒藏区人们当时的社会生活情状，用文学形象歌颂了真善美，鞭挞了假恶丑；三是目前嘉绒藏区正在开发旅游业，打造“清廷征讨金川”和“东女国遗址”历史文化遗产品牌，该书的出版及时地为此给予了文学支持，为品牌的树立提供了平台。

杨海宝

2011年9月于马尔康

序 二

嘉绒这个地方至今都被一些人视为神秘之地，有本介绍嘉绒的书其书名干脆直接就叫《嘉绒秘境》了。我在这片高原生活工作了几十年，也许“只缘身在此山中”，并没有觉得她如何神秘，但是有一点对我印象十分深刻，这里可是生长传奇故事的沃土！鸟蛋中诞生人类的故事、图腾琼鸟的故事、东女国兴衰的故事、嘉绒儿女抗寇卫国的故事、清廷征讨嘉绒的故事，等等，无不在这里生根拔节、枝繁叶茂、长成参天大树。

这些故事看似传奇甚至神秘，其实当中沉淀着真实的历史和厚重的文化，承载着嘉绒特有的人文主义，只不过被传奇和神秘所包裹罢了。于是，不少有识之士举起各种智慧的榔头，向其外壳敲去，使其逐渐显山露水。用长篇小说的榔头第一个敲下去的是《尘埃落定》，第二个便是《东女国传说》了，但愿第三个第四个乃至更多的榔头接踵敲下去，揭开嘉绒神秘的面纱，释放出她灿烂的文化光彩！

陈钢

2011 年 9 月于马尔康

序 三

《东女国传说》这部长篇小说碰触了一个重大历史题材，即清廷两次征讨嘉绒藏区大小金川。这一事件当时轰动了全国，乾隆皇帝的十大武功中，两次征讨大小金川就占了两个。不知是担心难以驾驭还是别的什么原因，过去没有反映这一事件的长篇小说问世，而《东女国传说》成功地填补了这一空白。

作品的成功很大程度上得益于巧妙的结构设置，它并没有单刀直入，而是从嘉绒藏区独特的自然环境、历史演进、人们的价值观念、行为方式、生产生活状态等方面，作了充分的铺垫，但也是按照生活原本的流程娓娓道来，看不出有意铺垫的痕迹。于是，当小说写到清廷征讨事件时，也不觉得唐突。

作品的成功还在于遵循了“忠于生活，高于生活”的创作原则，既真实地反映了清廷征讨事件，特别吸收了许多民间传说，使故事展开跌宕起伏，柳暗花明，具有可读性，又摆脱了故事的束缚，只是让故事成为人物表演的舞台，甚至只是一个背景，着墨的重点落在了出场人物身上。作者倾力塑造阿果、松罗木等人物形象，营造出各种矛盾冲突，通过人物的心理和行为表现，将触须最终伸入到心灵层面，反映当时嘉绒藏区人们的人生态度和价值取向，颂扬了正直、正义、真理，鞭挞了自私、狭隘、虚伪，使作品具有了张力，主题得到了升华。

小说中的民族特色和地方特色也十分浓厚，这些特色是从自然环境、生产生活场景、人们的衣食住行、音容笑貌、民风民俗和宗教信仰等方面表现出来的。

这是一部含金量很重的文学作品，她的出现无疑为藏族当代文学增了光、添了彩。

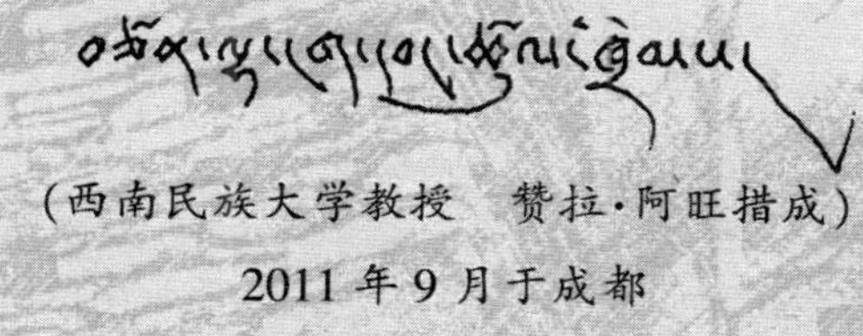

（西南民族大学教授　赞拉·阿旺措成）

2011年9月于成都

东女国传说

目录

一
琼日山上的巫师

嘉绒藏区①山多，而琼日②山是最美的。琼日山山顶终年积雪，银光闪耀，山腰以上是绿茵茵的草场，山腰以下是莽莽森林，从远处望去，就像一位头戴尖顶毡帽、胸佩翡翠宝石、腰系黑绒围裙的亭亭少女。其实，这样的山在嘉绒藏区多得不计其数，人们却固执地认为就琼日山最美，是因为他们的守护神夏琼③就住在这座山上。

当巫师还不是巫师的时候，在一个炎热的夏天，他从沼泽地那边来到琼日山上。当时，琼日部落的人十分惊愕。沼泽地上面虽然迷迷茫茫地长满了花轴上密生白毛的芦苇，许多小鸟还在芦苇丛中飞来窜去地闹腾，但是，都知道那里是无边无际的陷阱，芦苇丛下的泥沼深不可测，没有人能从那边走过来。难道他是从沼泽上空飞过来的？

其实他本来就是巫师，只是琼日部落的人不知道。既然是巫师，越过沼泽自然会有一些办法的。人们称他为“飞人”，将他当成神秘人物，当他祭拜了琼日山的守护神夏琼打算回去时，琼日部落好说歹说把他强留下来，还每家每户送了他一只母羊。于是，他就在琼日山放羊过日子。人们睁大眼睛时时观察他，希望他再次施展越过沼泽那样的本领，观察了很久才发

① 嘉绒藏区：四川西北部，青藏高原的东南缘。

② 琼日：藏语，“琼”为琼鸟，“日”是山的意思。传说有一种叫做琼的大鹏金翅鸟住在这座山上，因此得名琼日。

③ 夏琼：大鹏金翅鸟的藏语称呼。夏琼是苯教中的一种神鸟，嘉绒藏区的守护神，同时也是琼日山山神。

现，这个人除了识些字，会念些经外，跟常人没有任何差别。再也没有人称他为“飞人”了，从此人们隐隐地觉得受到了欺骗，改称他为“流浪汉”，算是一种报复。当人们对他彻底绝望时，奇迹就在这个时候发生了，流浪汉被雷击倒而不死！

琼日山上有许多悬空庙，没人数清过究竟有多少，仅一面崖壁上就凿有一千多个。悬空庙其实是石窟，因石壁上有菩萨古画，才被叫成庙。石窟凿在崖壁上，上不沾天下不接地的，悬在半空中。石窟洞口前面，石钉的一半楔进石壁，留下一大段钉身横在空中，上面铺上木板，木板上面又铺树皮，形成从石窟通向陆地的天桥。这些石窟凿于两千多年前以逆时针方向转经的宗教[①]初兴时期，教皇敦巴辛绕米沃切[②]的高足千里迢迢来到琼日山上，把守护神夏琼的杜鹃软木雕像挂在崖边的树枝上，用充满神力的双手抠出第一个石窟（实际上是用坚硬的工具凿出来的）。那时，琼日山下尚无人烟，更不要说琼日部落了。这个石窟魔力无边，把各地的修行者和信徒都吸引过来，加入凿造石窟的运动中。石窟越凿越多，修行者越来越多，琼日山成为著名的修行圣地，山上地方小，信徒们就在山下安家落户，琼日部落便这样渐渐形成。

那时，柏枝桑烟[③]的氤氲终日弥漫于山上森林的每个缝隙，赤身裸体行为乖戾的修行者们趺坐在各自的石窟中，左右摇晃着身子，传出低沉舒缓的诵经声。这样的日子延续了一千多年后，以顺时针方向转经的宗教[④]传到了嘉绒藏区周边，从此，琼日山上的桑烟逐渐稀淡，低沉舒缓的诵经声逐渐喑哑，以致最后连一个修行者都不见了踪影，只剩下现在这些空荡荡的石窟。现在的人们压根儿不知道这些石窟的历史，对它们缺乏祖辈们的那种热情，更谈不上崇拜了。只有那个山上某个石窟中有一部教皇高足留下麻布古老经书的传说，引起人们强烈的好奇，他们三番五次地寻找，尽管一直没有结果，却仍然没有放弃努力。

流浪汉就选中其中一个石窟躺了下来，但人们对流浪汉躺着的石窟毫不在意，他们不知道这个空间窄小、光线暗淡的石窟就是教皇高足凿的那个石窟，人们寻找麻布经书时，都懒得到这个石窟里去看一下，哪怕就那么瞥一

---

① 以逆时针方向转经的宗教：指藏族本土的雍忠苯教，以逆时针方向转经，是该宗教的特征之一。

② 敦巴辛绕米沃切：雍忠苯教的创始人。

③ 桑烟：将柏枝、艾蒿、酥油、糌粑、清水等特定供品按规定程序焚烧，叫做“煨桑”，是一种向神祇贡献香烟的祭祀活动，桑烟就是供烟时烧出的烟雾。

④ 以顺时针方向转经的宗教：指藏传佛教，以顺时针方向转经，是该宗教的特征之一。

眼都觉得不值。只有村民尼玛一人看中了它，每当上山采药时就到里面去熬中午茶。

那天流浪汉正在琼日山上放羊，忽然雷霆万钧，瓢泼大雨顷刻而至。他无暇顾及羊群，双臂抱头朝一棵大树奔去。这棵大树像一把撑开的巨伞，他在树冠下面撑了一顶帐篷，这里就是他的家。他刚钻进帐篷，雷声就在头顶炸响，闪电后的一束强光直射头顶，他被击倒在地，树冠下面腾起一股浓烟，帐篷被烧得精光。遇到这种情况，通常都以部落墓地里新冒出一堆土包而告终，这次却不是这样，流浪汉失去知觉后，竟然还知道扇动宽大翅膀的夏琼降临并用弯弯的尖尖的喙剖开他的肚皮，衔进一部经书和一面小铜镜；竟然还知道夏琼在琼日山上的某个地方埋下了一枚鸟蛋。

流浪汉醒了，发现自己躺在石窟里。

“帐篷没了。这里比你的帐篷强。”尼玛说。

“书！”流浪汉眨巴着眼睛，发现夏琼衔进肚子里的书枕在自己的头下。

“给你垫的头。”尼玛从来没有见过书，说：“书就是这个样子？一摞麻布片儿！”

“铜镜。”流浪汉回忆梦里的情景，一抬头，就看见了卡在石壁裂缝中的铜镜。

“是铜镜！”尼玛今天才看见这面不经人指点很不容易被发现的铜镜。

“应该在肚子里的。”流浪汉似乎没听见尼玛说的话，眼睛怔怔地盯着铜镜。

流浪汉被雷击倒后，身子瘫软得像一摊烂泥。尼玛把他背下山调理。

在尼玛家养病的日子里，流浪汉的身体日渐恢复，神志却一直恍恍惚惚，整日翻看麻布经书，说些稀奇古怪的话。说话时东张西望，神情很慌张。每到深夜，他的房间里便闹热起来，好像他在跟鸟说话，因为房间里还有鸟的聒噪。有时又像争吵，有时又听到他的哭声。尼玛举着酥油灯，推开他的房门，见屋里只有他一个人，坐在床上，全身直打哆嗦。

“你来了，它走了，夏琼走了。”流浪汉眼里充满恐惧。还有一次，他说：“你来了，夏琼走了，叫我上山，鸟蛋要开花了。”

琼日部落从来没有遇到这种情况，有人说流浪汉病糊涂了，有人说他装神弄鬼。作为村里的医生，尼玛认为雷击把他的神经系统搞乱了，只要喂一些治疗癫痫的药，就会恢复过来的。可是，流浪汉神经错乱得越来越不像话，竟向尼玛伸出三根手指头，翻着白眼说：“你的父母大人三天后的下午酉时会被石头砸死。”

尼玛把他赶出了家门，左邻右舍都安慰尼玛没必要和那个疯子一般见识，尼玛的父亲也没有把这件事放在心上。赶走流浪汉后的第三天，吃过午饭，尼玛没有犹豫，背起药囊便要出诊。邻居们拉住他的手不放，走进堂屋，把尼玛的父母安顿在大家中间。他们要守住老两口，离开石头远远的，让流浪汉的预言破产！

已经到了流浪汉说的那个时辰了，什么事也没发生。“该扭断脖子的疯子！”人们臭骂一阵，准备散场。“一块儿晒晒太阳！”有人提议。这几天连日下雨，难得遇到这么一个好天气，大家来到屋檐下。尼玛端出自家酿造的青稞咂酒[①]款待大家，有人唱起了酒歌。“爸妈好好儿的，让他俩同饮咂酒，庆祝一下好不好？”尼玛提议。大家十分赞成，尼玛的父母被几个小伙子扶拥到咂酒陶坛前。“俄切！俄切！”[②]尼玛的父母弯腰向邻居们致双手合掌[③]礼。“像当年结婚时那样喝呀！”有人开起了玩笑。

事情发生得特别突然，又好像预谋好了似的。当尼玛的父母像新郎新娘一样弯下腰，握住竹管，刚好头碰头地吸吮竹管里的酒时，屋檐木瓦上的压石掉落下来，准确无误地砸在两位老人头上。

从此，人们对流浪汉的态度完全改变，再也没有人怀疑他是疯子，人们对他充满了畏惧之心。预言会变成现实，难道还有比这更可怕的事吗？

流浪汉的预言灵验后，尼玛决定去向他道歉。尼玛估计流浪汉可能在琼日山上，他说过夏琼让他上山寻鸟蛋。上了山，尼玛走进熬中午茶的石窟，流浪汉果然就在那里。

“我把你赶走了。”尼玛低下头。

“你脾气不好，”流浪汉撇了撇嘴，“应该有挽救的办法，你不听，把我撵了。”

“现在说这些没用了，父母都走了。”尼玛眼泪汪汪。

“没走，看！”流浪汉把铜镜递给尼玛。

“看它？”尼玛认得铜镜，是石缝里的那个破玩意儿。

“不是叫你看铜镜，是看铜镜里面的。”流浪汉用指尖点了点镜面。

---

① 咂酒：藏区和羌区特有的一种酒。该酒度数低，适量饮用，具有保健作用。由于饮用该酒需用竹管咂吸，故称咂酒。

② 俄切：藏语嘉绒方言，“谢谢”之意。

③ 双手合掌：是藏民族的一种传统施礼动作。施礼时，双手合掌，掌心略空，指尖朝上，抱于胸前。有人习惯于将这种施礼动作说成双手合十，其实这种说法并不贴切。

"啥也没有！"尼玛疑惑地直摇头。

"哦，你我的眼睛是不一样的。"流浪汉接过尼玛递来的铜镜，看着镜面说："你阿爸现在是守护神夏琼的御医，夏琼的坐骑神鹿伤了腿，你阿爸正在替它包扎伤口呢。你阿妈变成了一只母羊，就在我的羊群中。"

尼玛一直认为父母亡故是自己的罪过，既然亡灵投胎成这个样子，觉得还是不错的。欣慰之余，他还想知道一些具体细节。

尼玛的期待注定落空，因为流浪汉又像当初被雷击倒时那样昏迷不醒。尼玛又像当初那样去摇他，当他被摇醒后，忽然睁大眼睛，慌慌张张地说，彭措家遇上大祸了！流浪汉拉起尼玛的手，径直往山下跑。

彭措的老婆生了一对双胞胎，门上插着柏枝，谢绝客人拜访。他俩管不了这些，手掌像雨点似的拍打木门。

"没看见这个？"彭措打开门，指着插在门上的柏枝，冲着流浪汉说。彭措对他没有好感，一直认为他长了一张乌鸦嘴。

"要垮！快，救人！"流浪汉焦急地指着房后的岩石说。

"不会吧？祖祖辈辈都是在岩下住过来的呢！"彭措翻着白眼说。

"难说，他的话很准的。"尼玛拉起彭措的手，冲上二楼，把刚生了小孩的彭措的老婆、才出生不久的双胞胎、年迈的彭措的父母都接了出来。

"搬点东西吧。"尼玛说。

"不用，我看不会——"彭措的话还没说完，房后的山岩上倒下一棵大树，压在房子上。接着轰隆一声，山岩垮塌，把房子埋在下面了。

这一切就在大家眼皮子底下发生，彭措一家人吓呆了。

"恩人啊，我瞎了眼，你是神通广大的巫师呀！"彭措扑通一声跪在流浪汉面前。

从此，大家都心悦诚服地叫他巫师，不再叫他流浪汉。尼玛每次上山采药，都要到琼日山石窟里去看望他，部落里的人都喜欢找他问卜算卦，他的名声越来越大，传得越来越远。

二
奇怪的双胞胎

自从彭措老婆生了双胞胎后，村里其他女人不服输，都争相生起了双胞胎。呵，好多女人生双胞胎不过瘾，还争相生起了多胞胎，而且都是清一色的男孩。琼日部落的男人们十分惊讶，我们的女人怎么这么能干？别的女人生孩子憋大半年才挤出一个，看看我们的女人，只那么一鼓气，就蹦出一串，数都数不过来呢。而且都是男孩，男孩啊！

当时，这些女人在生小孩方面使出的招数，往往出乎人们的预料，但是，当尼玛说鸟蛋也生出了双胞胎，就再也没有出现过比这更新奇的生育方式了。

嘉绒藏区山高谷深，部落之间来往很少，信息十分闭塞。但是关于琼日部落生小孩的事各地都知道了，尽管知道得很晚，晚到琼日部落都因为生不出女孩而开始发愁的时候。别的部落羡慕甚至忌妒琼日部落，男人们一个劲儿地骂女人们笨蛋一个，不能一个劲儿地生男孩暂且不说，仅凭只会生单胞胎来说，不是笨蛋是什么？不过也有例外的情况，有一个部落不仅不羡慕不忌妒，反而嘲笑道："看，那里的女人贱得够可以了，只会生男孩不会生女孩。"这个部落有一个长长的名字，叫做"太阳升起的东方女人掌大印男人当仆从的部落"，简称"东女国"。

琼日部落人口繁衍出奇的快，自彭措老婆生下双胞胎后，不到几年就翻了一番。各家各户除了妈妈和奶奶，其余的都是男子汉大丈夫。在这方面，嘉绒藏区哪个部落敢和琼日部落比？差距大着呢。人们都以为这是巫师施的法，每当生下多胞胎孩子，他们的父母都要上琼日山感谢巫师，请求给小孩赐名。巫师死活不承认，脑袋摇得像拨浪鼓。他说他没有那么大的能耐，再说，他还没有找到夏琼鸟蛋，每天晚上一入梦夏琼就催他，他心里烦着呢。于是人们恍然大悟：肯定是琼日山上的山神夏琼在护佑着咱们，让琼日部落人丁兴旺呢。

巫师只留下一只母羊，其余的都赶到草山上放生了。这只母羊是尼玛阿妈投胎的羊，可不能和尼玛分开。尼玛每次上山采药，都要把它牵到草山上，在巫师撑过帐安过家的大树下给它喂糌粑和盐，割嫩草给它吃。他到这棵大树底下来还有一个目的——帮巫师找鸟蛋。巫师说过，鸟蛋应该就在大树附近。有好几次他几乎都找到了，那是一个巨大的蛋，鸟蛋从地下冒出来，摇晃着，裂成八瓣，里面卧着一只小鸟，他跑过去抓时，抱住的却是一块大石头。这次他又像前几次那样看见巨大的鸟蛋从地下冒出来，鸟蛋摇着晃着就裂开了，裂成八瓣。他又扑过去，这次抱住的不再是大石头，而是一对双胞胎，还是男孩。

琼日部落有人认为小孩不是鸟蛋生的，肯定是弃婴。当时人们已经开始意识到只生男孩的后果多么严重，开始盼望生女孩。原来，一个家庭没有女孩是一件非常糟糕的事，别的不说，衣服没人洗，饭没人做。父母们也为孩子将来找不到媳妇发愁，琼日部落几乎成了男人的世界，这里又与外界少有往来，如何寻得儿媳？在这种情况下，丢弃一两个男婴也不是不可能。而更多的人宁愿相信尼玛的话，琼日部落的人怎么会把自己的亲生孩子抛到荒山上？这不是打胡乱说吗！巫师都说山上有一枚夏琼鸟蛋，虽然巫师没找着，难道尼玛就不能巧遇？蛋生人是离奇了点，但是尼玛的诚实是公认的，尼玛不会撒谎编故事。

巫师也宁愿相信尼玛的话，虽然确实没听说过鸟蛋能生人，但是，既然尼玛看见了鸟蛋，自己也就省去了因找不到它而带来的烦恼。尼玛把这对双胞胎抱进石窟后，巫师不再做夏琼催他找蛋的梦，这也似乎证明了什么。巫师和尼玛还发现孩子的手指和足趾之间长着只有鸟类才有的蹼，就凭这点，也可以证明孩子和鸟类确实有某种血缘上的关系。

“尼玛，你搬上来，我们一起养吧。”巫师指着尼玛怀里抱着的双胞胎，“我们组成一个家，我是孩子爷,你是孩子爸。”

“巫师，你又开玩笑。”尼玛不好意思。

“不当爸就当哥，”巫师说，“他俩要吃母羊的奶了，你们都吃一个阿妈的奶，不是兄弟是啥？”

“这么说，你是我们大哥！”尼玛忽闪着眼睛，脸上露出报复后的快感。

“凭啥？我这把年纪，不是你们长辈才怪！”巫师快速捋着垂在胸前的长须，一副不服气的样子。

“你也在吃母羊的奶呀！”尼玛扑哧一声笑了。

“机灵鬼，”巫师也笑了，“也好，叫兄弟更亲热些。”

其实，这样一来尼玛倒成了孩子的妈。草药没时间采了，行医的职业也不得不放弃，他的精力全部投到抚养孩子上面。他身上的羊奶膻味越来越浓，双胞胎兄弟胃口特好，尼玛每天得挤两次羊奶。好在琼日山水肥草壮，母羊吃得油光水滑，奶水总是挤不完。

母羊从来没有在木桩上拴过，她就像这里的主人，自由自在地徜徉于草山上。天气热的时候就从草山上下来，钻进森林里乘凉。如果天桥上传来一阵嗒嗒嗒嗒急促的羊蹄声，那一定是母羊被豺狼或者金钱豹惊吓，向巫师和尼玛告状来了。挤奶的时候到了，尼玛拎着奶桶，走过长长的天桥，来到森林边。奶桶放在石礅上，尼玛两只手掌弯曲后放在嘴唇边形成喇叭状，朝山上喊：“挤奶了！”母羊好像母亲听见儿子的啼哭，一趟子从草山上跑下来，双腿间晃动着胀鼓鼓的硕大乳房。尼玛从石礅上拿起奶桶时，母羊用急切的眼神看着尼玛，好像在说，别磨磨蹭蹭的，快来挤呀！尼玛从桶里拿出专门准备的一团糌粑，托在手心，送到母羊嘴边，他要犒劳母羊。母羊连嘴都不张一下，脸转向一边。尼玛知道母羊讨厌他啰唆，马上从旁边的树枝上取下树枝奶钩，挂在腰间的带子上。“咩……”母羊长长地叫一声，忍不住笑了。是的，男人身上挂奶钩，确实滑稽得很。尼玛顾不上这些，蹲下身子，把桶挂在奶钩上，双手熟练地舞动着，奶水跟着舞动的节奏刷刷刷地射入桶中。母羊一动不动，闭着眼睛养神。

奶桶满了，尼玛再次把糌粑送过去。这次母羊不客气了，快速翕动嘴唇，把尼玛手心托着的糌粑团吃得干干净净。尼玛忍不住笑起来，母羊鼻孔中呼出的热气和嘴唇的翕动，使他的手心直痒痒。

挤完奶，母羊又上山了。尼玛看见母羊两腿间的乳房瘪着，没有了下山时的风采，心里隐隐作痛，一直目送母羊隐没在树林中。

尼玛拎着奶桶，走过长长的天桥，进入石窟。羊奶香味顿时弥漫开来，石窟内充满温馨。

尼玛路过双胞胎的睡床前，兄弟俩望着洞顶咯咯咯地笑，不知看到了什么好玩的东西。尼玛向他俩伸长舌头，皱起鼻子做个鬼脸，兄弟俩越发笑得灿烂了。尼玛朝灶心加一把干柴，用木棍捅几下火，火苗便升了起来。铜锅架在石灶上，他把桶里的羊奶倒进去，过一会儿，羊奶就煮开了。舀一碗出来，那是留给巫师的。丢进一坨酥油，酥油煮化后，抓两把糌粑，搅匀，这就是兄弟俩的羊奶酥油糌粑粥，兄弟俩吃剩下的就是尼玛的。巫师不要这些，他每天喝一碗羊奶就行了，柏树籽才是他的主食。秋天是采柏树籽的季节，巫师和尼玛进入天桥尽头的森林里采柏树籽。尼玛像猴子似的蹿上溜下，不一会儿工夫，就采到满满一皮囊柏树籽。巫师一天只吃一顿，一顿只吃一把，一皮囊柏树籽够巫师吃一年。他从皮囊中抓出一把柏树籽，在手掌中搓揉几下，用嘴一吹，糙皮就吹飞了。手一扬，一把柏树籽塞入口中，一碗羊奶喝下去，这就是巫师一日一顿的美餐。柏树籽进入口中，并不咀嚼，像服药似的囫囵吞下去，巫师就像一棵古柏树，彻头彻尾萦绕着柏树香味，打个嗝是这个味儿，连尿里都带这个味儿。

冬去春来，花开花落，兄弟俩转眼间长到了六岁。

“取个名字吧，孩子们都六岁了，怎么叫呀？”尼玛见巫师盘腿坐在卡垫上，又在看那本麻布经书，提高了嗓音说：“还等到什么时候呀！”

尼玛说得也是，还等到什么时候呀！只是，巫师一直没有这方面的梦，他不敢贸然给夏琼的儿子起名。他翻过一页，双手停在书上，脖颈扭过来，长长的花白胡须搭在肩头，斜视了一眼站在背后的尼玛。

尼玛这才感觉刚才自己的声音大了点，冒犯了巫师，于是使劲在胸前搓手，嘴里嘟哝着什么，肩膀也在晃动。巫师扭回头，又端坐在那儿看书，想象尼玛的神态，失声笑了。

“要不然，你来起个名儿，咋样？”巫师把麻布经书合上，认真地说。

“我？我不会。”尼玛反倒更加紧张起来。

“起名字其实不难，”巫师说，“我迟迟不给小孩取名是有原因的，并不是想不出名字。山下那么多人的名字都是随便起的，你看，什么狗儿子、讨口子……”

“不听不听，”尼玛双手蒙住耳朵，“我才不想咱们的孩子成为讨口子、狗儿子！”

"那你想他们怎么样?"巫师离开座位站了起来。

"兄弟俩生来就没有父母，够可怜的。我愿他们松罗木[①]!"尼玛双手伸向空中，好像要把宇宙间的所有福运都拥抱过来。

"好名字，对，就叫松罗木!"巫师认为给小孩取名的机缘到了，抓住尼玛肩膀摇晃了几下，怕机缘转瞬即逝,"快，快去把他们叫来，马上举行取名仪式，我要诵祝福经!"巫师自己忙不迭地抱起麻布经书，用指尖翻找需要找的页码。

"只有一个名字，他们是两个人呀!"尼玛跑到门口，觉得不对，又停住脚步回头问。

"福运给谁不给谁?没办法，都叫这个名字。"巫师埋头翻书，看都没看尼玛一眼。

"怎么区别?"尼玛还是茫然。

"这还不好办?哥哥叫大松罗木，弟弟叫小松罗木得了。"巫师仍然没工夫抬头。

"他们一模一样，谁知道哪个是哥，哪个是弟?"尼玛仍然一头雾水，迈不开步子。

"哎呀，这还不好办吗?你说谁是哥谁就是哥，你说谁是弟谁就是弟,"巫师不耐烦了，终于抬起头瞪了尼玛一眼,"还不快去叫他们来?"

大小松罗木也发现自己有些另类，两个人共用一个名字不说，每次玩耍时小伙伴们都把他俩围住，争着抓他们的手，看他们的手掌。

"师父，怎么会这样?为什么你们没有?"大松罗木把扇面似的手掌打开，伸到巫师面前。

自从给松罗木兄弟俩起了名后，巫师每天教他俩识字，出门做法事也把他俩带上。尼玛就让兄弟俩叫巫师师父，巫师也没反对。

"为什么我们不一样?"小松罗木也跟着嚷嚷。

"我们不一样，你俩是这个。"巫师诡秘地一笑，向兄弟俩竖起大拇指。

"那您呢?"大松罗木问。

"我嘛，这个。"巫师竖起小拇指。

"嘿嘿嘿……"小松罗木笑了。

---

① 松罗木：藏语，福运十万。在这里，"十万"并非实指，而是"无量"的意思。

“不，您是师父，您才是这个。”大松罗木没有笑，想了想，向巫师竖起大拇指。

大家知道松罗木兄弟俩是蹼人[①]后，没有人再敢说他们是被人丢弃的野孩子，连想都不敢想。要是被夏琼知道了，说不准会降下什么灾难呢。人们更加相信他们就是夏琼的儿子，是从鸟蛋里蹦出来的。这种想法如果是在其他任何地方，都是荒诞无比的，但是在琼日部落，那是很自然的事，没有理由大惊小怪。看看松罗木兄弟手掌脚掌上的蹼，铁证如山啊！再说了，就算是尼玛看花了眼，或者当时产生了幻觉，兄弟俩实际上并不是从鸟蛋里出来的，难道现在人人都能看到的蹼也是幻觉吗？只要长着的蹼是真的就对了，即使不是山神夏琼的儿子，也是圣人胚子。释迦牟尼的手掌不也长着这种蹼吗？琼日山石窟中的释迦牟尼壁画就是那样画的。

在松罗木兄弟俩的童年和少年时代，琼日部落除了时不时丢失几头牛羊外，没再发生更大的动静，生活按照亘古以来的秩序，在熟悉的环形轨道上周而复始地运转。人们并不觉得枯燥，他们对自己的生活方式从来没有怀疑过，祖祖辈辈都是这样过来的，而且现在出现了从鸟蛋里蹦出来的松罗木兄弟俩，他们有了聊不完的话题，更觉得生活很有意思。

“释迦牟尼长有鸟蹼，琼日山的山神是夏琼，这些都是传说，谁见过？现在看看，真的出现了长蹼的人，这是我们部落的福气呀！”

“可不是嘛，山神给我们送来自己的儿子，我们的福运确实不浅！”

“松罗木兄弟俩人长得俊，又识字断文，咱们部落过去哪有这样十全十美的人！”

“是呀，他们不是神种才怪呢！”

那些年，人们没有其他的话要说，聚会聊天就翻来覆去地议论松罗木兄弟俩，好像这个话题永远新鲜，不会厌倦。

到了松罗木兄弟俩十八岁的时候，琼日部落发生了一些变化，部落各个角落一直充满的温馨的话语在减少，迷惘和不知所措的烟雾逐渐笼罩。“十八岁试男年，不是虎就是猫”是嘉绒藏区的一条民谚，作为一个男人，十八岁以前都是小孩，没人管理，谁和小孩计较！一旦跨入十八岁，就已

---

① 蹼人：指长有蹼的人。

经成年啦，这一年不闹出一点动静来，以后就别想出人头地。松罗木兄弟俩咋啦？什么动静也没有，大家对此很是失望。

琼日部落很早以前曾经有过酋长，最后的那位酋长没有后代，他死后就断了这根血脉，琼日部落不再有酋长了。没有酋长后，部落里的事由部落大会决定。部落大会成员是各户家长，成员轮流当召集人。兄弟俩是神种的看法在琼日部落达成共识后，部落大会就有一个想法：该有一个自己的王了。他们的王当然要在具有至尊血统的松罗木兄弟俩中产生，问题在于他们是孪生兄弟，相貌一模一样，又由于没到成人年龄，品格未来得及表现充分，因此迟迟不能决定该选谁好。于是，人们就等着兄弟俩成年，等着看谁有动静，谁的动静大。现在成年了，都十八岁了，该有些动静了吧？嗨，屁都不放一个。

“白聊了这么些年。”不少人有些悔恨。“中看不中用，花瓶一对。”有人开始对松罗木兄弟不屑。“还神种呢，哼！”有人开始怀疑他们的血统是否可靠。

过去人们都没在意，小孩子嘛，又都认为是神种，谁敢计较呀。现在才发现，他俩的长相都是有问题的。个儿太矮，比部落里最高的男人高不了多少，神子和我们凡人只有这么一点差别？哄鬼去吧！琼日部落历来欣赏肥胖，认为肥头大耳的人才有福相。看他兄弟俩，青稞秆儿。眼睛也大得过分了点儿，想干啥？吃人？再说了，琼日部落就这么大，用得着睁那么大眼睛去看吗？

说到眼睛，琼日部落的人也觉察到松罗木兄弟俩之间的差别。哥哥的眼神就像飘浮着淡淡雾霭的大海，沉静而抑郁；弟弟的眼神就像一团熊熊燃烧的篝火，热烈而奔放。说到差别，兄弟俩的差别多着呢。哥哥喜欢静，除了跟随师父外出做法事外，一直守在石窟里看麻布经书。不看书时，也宁愿一个人面壁趺坐。他不爱说话，除了必须回答别人的问话外，不会多说一句话。有时会自言自语，那是看了麻布经书后才有的一种习惯动作，然而也只是两片嘴唇的轻轻翕动而已，不出声的。弟弟喜欢动，听师父上课时他从来没有一个好坐相，经常被师父赶出洞外。赶出洞后，他不但不负荆请罪，反倒以为得到解放，一趟子跑下山，找伙伴们玩耍，巫师不叫尼玛把他找回来，他是不会自个儿回来的。哥哥好文，钻进麻布经书里出不来，还能写一手好字；弟弟好武，在琼日部落，骑马射箭，摔跤打架，他从来没输过谁。然而，按照琼日部落的传统，这些都不在考察范围之内，因为这都是十八岁以前的事，大人们都不会答理的，他们要看兄弟俩当下的表现。

巫师也犯难着呢。部落里的人只看到兄弟俩的表面，巫师看到的是他们骨子里的东西。弟弟刚会说话时，第一句话就是一个单音“王”，还用稚嫩的小手掌拍打自己的脑袋。刚会走路时，迈出的第一步就踩死了一只蚂蚁，自己也摔了一跤，他不但不哭，还嘿嘿地笑。当时巫师浑身一颤，闻出一股血腥味。八九岁的时候，有一天巫师给兄弟俩教麻布经书上的字，他说要撒尿，跑出洞口，很久不见回来。尼玛去找他，发现他站在大石包上，正在敞开嗓门向面前密密麻麻的树木训话呢，也就从那个时候起，他迷上了骑马射箭，摔跤打架。他有一个绝招，跳跃起来的同时能一只脚横空弹出，踹到对手的头部，因此他喜欢把摔跤变成打架，这里面可能运用了鸟类腾空而起的技巧。他成了部落里的娃娃王，连被他打过的娃娃都愿意跟着他的屁股跑，挑衅比他们大的那拨小伙子，经常把那拨小伙子撵得鸡飞狗跳。如果使出一个好的计谋后偶尔也能得手，这时候他们就很得意很开心。这样下去总会出事，总会闯祸，巫师很担心。好在哥哥那边尽可放心，他不会闯出什么祸来，因为他根本就不出门。然而哥哥那边也并非一点问题没有，他从小就习惯于冥思苦想，成年后更是变本加厉，手捧麻布经书，面壁一坐就是一整天。巫师非常担心他脑筋出问题，而且现在就有一些迹象。

一天深夜，小松罗木和尼玛的鼾声此起彼伏，打坐的巫师和大松罗木迟迟进入不到三昧[①]状态。大松罗木低声叫:“师父！” “嗯。”巫师应着。“说几句话，不会打扰你吧？”大松罗木知道师父和自己一样还没进入状态，就放心了，声音稍微提高了些。“不会的，不会的。”巫师晃了几下头，大松罗木看不见，石窟一片漆黑。听到大松罗木说话，巫师还挺高兴的，这小孩，哦，现在是小伙子了，很难主动说话。“我们小时候，你说过我们是这个。”大松罗木竖起大拇指，巫师虽然看不见，但知道大松罗木说的“这个”指的是什么，便说:“你现在还记得？”心里想，这孩子怎么尽想这些。“我们不是这个，当时我就肯定了的，我说你才是。”大松罗木的大拇指还在黑暗中竖着。“怎么突然说这些？”巫师没有动，如果是白天，他会惊讶地把脸转过去。“他们很在乎蹼，还说我们是夏琼的儿子，这可能吗？”大松罗木的语

① 三昧：佛教用语，指一种心神平静、杂念止息的境界。

气很平静。巫师的心却咯噔了一下，这孩子怎么怀疑起自己了？可话没这么说，而是换了一个角度："只有你俩有，别人都没有，跟鸟的蹼一样。"

"跟别人的不一样，不正常啊，我看，我们是弃婴，谁要畸形孩子啊！"大松罗木的话带着明显的颤音。"怎么这样想？"巫师顿时心潮翻腾。什么话？疯话！它不符合琼日部落人们的思维逻辑，这孩子脑筋出了问题，巫师担心的就是这个。"不过，山神夏琼好像有。"大松罗木话中的颤音消失了。"啊！"巫师做了一个深呼吸，谢天谢地，他又回来了，没有继续疯下去。"嗯？"巫师等待下面的话，等了一夜，没有回音。

第二天早晨吃过早茶，小松罗木又无影无踪，定是跑下山疯去了。尼玛的背篼也不在，可能采药去了。松罗木兄弟俩长大后，尼玛又捡起了老行当，采药行医，石窟中只剩下巫师和大松罗木。

"嗯？"巫师摊开双手，耸耸肩。一半是在开玩笑，另一半是挺认真的，他想听听这孩子昨晚没说完的话。

"你说'嗯'后，它又来了——我说的是夏琼。"大松罗木忧郁的眼睛看着洞外的群山，梦呓似的说，"它又来了。我经常梦见夏琼，昨夜也是。叫我修庙，它说麻布经书该有一个搁置的地儿。"大松罗木停了好一会儿，好像才发现巫师在他眼前，眼神收回来，看着巫师，用疑虑的语气问："它说你会支持我，是这样的吗？"

大松罗木也许没有发觉，此时的巫师已经目瞪口呆了。昨夜他说了"嗯"之后，虽然一直在等待大松罗木的回话，一夜无眠，但是有一段时间还是迷迷糊糊睡着了，迷糊之中真的梦见了夏琼，夏琼真的叫他帮助大松罗木修庙，难道有这么巧合的梦？

三
美女马队

琼日部落不可避免的事情终于发生了，由于女人们争相生出了清一色的男孩，导致成年小伙子们讨不到老婆，琼日部落所有山寨看不到一个姑娘。小伙子们毛焦火躁，浑身的火气没地方释放，成天跟着小松罗木骑马狂奔，摔跤打架。有一次，部落丢失了一头牦牛，他们追踪后，看见一只豹子正在山坡上撕咬牦牛。他们终于找到了发泄对象，攥紧了拳头，咬紧了牙关，把那只豹子围了个水泄不通，捶了个稀里哗啦，好像导致他们讨不上老婆的罪魁祸首就是这只豹子似的。

得想个办法！召集人召开部落大会商量对策。参会家长们抓耳挠腮半天，谁也想不出一个主意，最后决定派召集人上山请教巫师。过去一直是这样，遇到重大事情都要请教巫师，巫师神通广大，没有解决不了的难题。只不过这十几年来，琼日部落一直风调雨顺，很久没找过巫师，他们几乎把他忘了。

“修庙!”巫师高喊一声，站了起来，向大松罗木说:“我要亲自会一会部落大会召集人，说一说修庙的事。”

很凑巧，他刚走到石窟洞口，部落大会召集人也刚到那里，两个人碰了个满怀。

“巫师您都知道啦?”召集人听见巫师高喊的那句话，以为是对他说的，顿时肃然起敬。心里想，巫师未卜先知，我还用得着细说么。

“你也知道？”巫师反问他。心想说不定夏琼也给召集人托了修庙的梦。

“巫师，你又取笑我了。我怎么不知道？我们刚开了部落大会，一切都听你的。这不，专门上山请教来了。”召集人不好意思起来。

“好，咱们筹划一下。”巫师牵着召集人的手，返回石窟。

“巫师，修庙真能解决问题吗？我们都等不及了。”召集人说。

“当然，这是神的旨意。”巫师想起托梦给他的夏琼。

“那么越快越好，明天就干吧。”召集人摩拳擦掌。

太阳挂在山头的树梢时，小伙子们匆匆吃过早茶，急着扛起斧子，成群结队地进山了——修庙需要很多木头。中年人抄起锄头平整庙址，巫师早选好了庙址，就在琼日山下的吉祥坝子。老人们用皮绳丈量，灶灰撒出开挖基脚的线条。

师父和哥哥要修庙，小松罗木很卖力气，尽管他对修庙本身并不感兴趣。为了节约往返时间，经巫师同意，小松罗木和尼玛住进山下的尼玛老屋。很长一段时间里，直到小松罗木带领三百人的队伍离开琼日部落前，尼玛老屋一直是光棍们的俱乐部。

无论做什么事，小松罗木都想比试比试。过去竞赛跑马射箭，摔跤打架，现在竞赛伐木。腰粗的杉树，小松罗木在树的一侧砍几斧，背面砍几斧，用肩一推，树就哗啦啦倒了，然后双手逮住枝丫一扯，连树皮一块儿撕下来。再一弯腰，一勾手，湿木扛在了肩上,“咣啷”一声，一个人就把湿木摔在庙址的草坝上。其他人要想把树砍倒，必须得一斧一斧地砍，留一点树筋都不行，推不动。枝丫也得用斧头剔，不能像小松罗木那样用手一扯了事。剥树皮更费事，要一条一条地撕，树皮边儿锋利，还容易伤手。一棵树还得两个人扛，如果树木粗了点儿，两个人都奈何不得。

伐木没有跑马射箭好玩，一个多月后，连小松罗木都觉得挺累人的。可工地上等着要木料，再累也得加紧干。

工间休息时，小松罗木精力还旺盛，跑到通风的山冈上乘凉去了。大伙儿气喘吁吁，就近仰面躺在林间草坪上，看蓝天上飘浮的白云。白云徐徐飘移，不断地变幻形态，起初像一匹昂首扬尾的骏马，接着渐渐变成向前跳跃的大白兔，后来，旁边几朵白云挨过来，大白兔顿时消失在刚刚形成的大云团中。大云团继续游弋，游弋中又酝酿出新的造型。新的造型慢慢有了轮廓，天哪，这不是一群驾云飞来的美女吗？她们丰胸细腰，羞赧顾盼，挥长袖而舞，启皓齿而歌。

“下来吧，别飞走呀！”刚才还十分疲惫的小伙子们突然精神振奋，雀跃招手。

“兄弟们，来了，一拨女人！”小松罗木从山冈上跑下来，说：“都跟我来，看真正的美女！”

这面的山是阴山，长树木，对面的山是阳山，只长草。阳山腰间有一条山路，山路上正走着一支马队，阴山山冈居高临下，虽然中间隔了一条山谷，对面的马队还是看得真切。

马队的确是清一色的女人，并且从着装上能看出都是年轻女子。头戴叠层绣花瓦状青帕，压帕长辫上佩戴的金银首饰在阳光下一闪一闪地发亮。她们身上穿着獭皮镶边黑缎羔羊薄皮长袍，鲜红的绸带扎在黑袍腰间，特别醒目。阳光火辣辣的，美女们纷纷脱下皮袍右袖，亮出贴身白色衬衣袖子。小伙子们的鼻子捕捉到一种陌生的气味，似乎像松香的味道，但比松香更好闻，这种说不清道不明的味道他们从来没有闻过。由于距离的关系，小伙子们没有看到美女们比这更重要的部分，比如脖子以上的部分。他们的欲望远远没有满足，每个人的脖子里好似安装了旋转机关，脑袋自动随着马队行进的步伐旋转。

“咯嘿嘿……”当马队走到小伙子们的脑袋旋转至极限的当口，小松罗木敞开嗓门，朝马队吼了个号子，对，是那种超高八度的音调。大伙儿这才从深度的痴迷中醒过来，跟着吼：“咯嘿嘿……”马队停止了行进，隔了一会儿，她们看见山冈上活蹦乱跳的小伙子们，立即摘下头上的绣花头帕挥舞。

“巫师长命百岁！”山冈上，有人歇斯底里地喊叫。

“巫师长命百岁！”其他人跟着高呼。

“修庙是小松罗木的哥哥提出来的，不能忘了他。”还是有人很冷静。

“大松罗木长命百岁！”其他人又一阵高呼。

“干活去！”小松罗木像山鹿一样一个纵步跳进树林，其余的小伙子们也像兔子一样窜入林中。

美女马队进入琼日部落山寨时，发现村寨里只有中年妇女和老太婆们。她们知道不会见到年轻女子和女童，这里很久不生女孩子了，这正是她们一直嘲笑和瞧不起这个部落的原因。但是，男人总该有吧？这里可是以专生男孩而闻名的部落，应该是个男人世界啊！

马队如入无人之境，在山寨中巡行。山寨里的妇女们有的从窗子里露出上半身；有的拄着拐杖站在门口；有的跑到路边，近距离打量马背上的美女们，个个瞪着惊奇的眼睛。

“修庙显灵了，媳妇们自个儿找上门来了！”彭措老婆第一个醒悟过来，冲到马队前，左手夺过一匹马的缰绳，右手夺过另一匹马的缰绳。其他妇女这才恍然大悟，跟着仿效，顿时，山寨乱成一片。女人累不得，过了一会儿，抢女人的女人和被抢的女人都在大口大口地喘气。

“女人抢女人干啥呀？我们找巫师，这里可有巫师？”美女马队中被称为丞相的美女问。

“有，有！”彭措老婆上气不接下气地说。

“这儿就是生男不生女的地方？”丞相表示怀疑。

“是呀，你们来了就好了。”彭措老婆旁边戴珊瑚项链的女人高兴地说。

“不像呀，都是女人。”丞相皱起眉头也好看。

“男人都上山了，我们修庙。”彭措老婆说。

“巫师也上山了？”丞相有些着急。

“是，在琼日山上，好多男人都在那里。”彭措老婆态度很殷勤，“女人不能上山，求雨时女人没有资格上山。”

“你们这里才奇怪！女大还是男大？”丞相不高兴了，瞪大了眼睛。

“当然男大，当然！”彭措老婆也瞪大了眼睛，她第一次听到这种奇怪的问话。

“滚！”丞相很少发怒，这一次她发怒了，哪有男人比女人大的道理！将手一挥，“上山！”

美女们夺过缰绳，翻身上马，一挥马鞭，“嘚嘚嘚嘚”，急促的马蹄声甩给了还没回过神来的琼日部落的女人们，腾起的尘雾卷走了逐渐稀落的马蹄声，同时也遮挡了蛮横的马队背影。

琼日山上的神海就在悬空庙背后的草山上，离巫师被雷击倒的大树不远。这是一面高山湖泊，当地人叫海子。他确实像大海的儿子，湖面并不大，呈海螺状，以绿宝石的色彩镶嵌在绿色的草山里，燃两炷香的工夫可以转他一圈。至于他的深度，没有人能说清楚，因为他是神海，在他旁边连说话都要轻声细语，更不敢涉足其中。但人们普遍相信海子一直通到山底，琼日部落旁边的溪水就是从神海里流出来的。这种传说并不是没有依据，据说很早以前，琼日部落的男人们上山敬神海，有人向神海敬撒青稞时，不慎将戒指落入海子中。过了一段时间，有人就在部落旁边的溪水里捡到了这枚戒指。

美女马队沿着盘山小道行进时，祭海的男人马队正在围着神海转经，他们举着五颜六色的经幡，唱着一首赞扬海神的颂歌。

“师父，今天你怎么了？”转经队伍前面，与巫师并辔而行的大松罗木感觉巫师有心事。

“我可能要出一趟远门，可是，寺庙还没完工。”巫师望了望湛蓝的天空，看见天空中飘浮的白云，这是持续干旱的气象，于是不由得皱了皱眉头。

自从决定修庙后，巫师和大松罗木在掌控天气方面始终顾此失彼。无论是平整寺庙基地，还是进山伐木，要的都是好天气。他俩按照麻布经书上的提示，念了晴一个月的咒经，结果出了差错，念成晴两个月的咒经。地晒裂了，河晒枯了，当下要砌墙，地挖不动，水不够用。咋办？只好向琼日山神海求雨。

“在这个节骨眼上，你不能走呀。”大松罗木着急了，“没听你说起过呀！”

“是呀，巫师您可不能走呀！”他们的对话被后面的人听见了，都七嘴八舌地嚷。

绕湖转经三圈后，男人们把马打发到草山上吃草，他们则集中到湖边巨石平台下面坐下，面朝山上，拿出各自可以敲响的锣、鼓、号、钹、盆等各种家伙。巫师和大松罗木并排坐在巨石平台上面，面朝山下，巫师怀中抱着麻布经书。

“我也才知道的。不，是昨夜知道的。”巫师的喉管里并没有发出诵念求雨经的“嗡哞啊哄”起音句，他还想着刚才转经时说过的话，像给大松罗木解释，又像讲给台下的男人们听。“夏琼托的梦，大概就是这个意思。”他停顿了一下，失声笑了，说：“也说不一定，梦有时也挺会骗人的。”

巫师还不起音，他等待大松罗木的回话。等了半晌仍无回音，便把脸转过去看。他发现大松罗木注意力没放在他这边，而是正伸长脖子往山下看。他也把头摆正，往山下看。台下的男人们见状，纷纷调整身姿都往山下看。他们看见的正是女人马队，女人马队正朝他们走来，越走越近，好像就那么一会儿工夫，便勒马立在祭拜神海的男人们面前。

“哇！”这一次，琼日部落的这些男人脸丢大了，看见这拨女人骑在马上潇洒飘逸的劲头，下马时轻如雁落的身姿，走路时风情万种的步态，惊叹声拖着长长的尾音，一直传到山下的寨子里。那里的女人们醋意大发，不住地骂：“臭男人，臭男人！”当她们更想骂这些女人是骚货时，突然想起她们是山神送来的儿媳妇，顿时打消了骂人的念头。幸好她们看不见山上男人们此时的面部表情，否则说不定会肝肠寸断呢。男人们忘记了女人不能待在祭拜神海现场的禁忌，没有一个人不惊呆。更要命的是这些女人走近后他们才发现，她们的身材修长如竹，脸蛋儿白里透红，乌黑的头发被风吹乱后更好看，弯眉亮眼下的鼻梁既端又直，口唇间好似含了一颗红樱桃。她们趾高气扬地把男人们围了个半圆，男人们却丝毫没有察觉。

“你们哪里人？来干啥？”大松罗木皱着眉头问。

“我们是东女国[①]人，专程来拜访巫师。巫师可在这里？”丞相敞开润亮的声音问道。

“拜访巫师？”大松罗木加重了反问的语气。他想起了刚才巫师说过的话，心里想，师父的梦没有骗他。

“不仅是拜访，我们还要接他到东女国。”丞相说话底气十足。

“东女国？”大松罗木也像在座的男人们一样全身麻了一下。那可是传说中的神秘部落，看来真有这么一个地方。

大松罗木抬头看了看太阳的位置，求雨的时辰再不能拖延了。

“你旁边的长者是巫师吧？他本来就是我们的人，我奉女王之命，专程接老人家回家的。”丞相说话如玉珠落盘，悦耳动听。停了停，继续说：“我们东女国曾经遭到亡国之灾，是守护神夏琼把我们带到嘉绒藏区的，现在，我们急需巫师指点迷津。看在我们都是同一个守护神的臣民的分上，让巫师动身吧！”说完，丞相双手合掌，微闭凤眼，毕恭毕敬地向琼日山顶的拉则[②]致礼。

大松罗木的眼皮跳了几下，心里想，坏了，她的这几句话极富感染力，会动摇人心的。

“她也知道山神夏琼拉则！”是男人堆里发出的声音。

---

① 清代四川阿坝地区均已改土归流，嘉绒藏区全境所有部落皆属清朝管辖，下文出现的“东女国”“女王”“丞相”等，皆为民间传说中的说法。——编者注。

② 拉则：是专门供奉山神的场所，同时也是山神的殿堂。其外形为正方体，主体结构为四个木桩，并用木杆串联使之成为容器。底部置入经文、宝瓶（内盛各种规定的世间珍品），然后垒满石块。石堆上面插满用木片削制的箭、用木杆制作的长矛和许多五色经幡。

“是呀，她们第一次来，怎么就认出来了呢？”有人惊讶。

对丞相知道山神夏琼拉则表示惊讶是有道理的。

在嘉绒藏区，过去从未听说过有东女国。传说有东女国也就是近几年的事。

嘉绒藏区被外界称为孤岛。她的东南面被太阳河断开，南面被大渡河切割，西面是莽莽苍苍的丛林，北面是深不可测的沼泽。就是这样一个孤岛，其实也并非完全与世隔绝，《后汉书》就记载了这里“以石垒屋”[①]的民居和“似浮屠的邛笼”[②]的建筑物。唐代，吐蕃和大唐在太阳河上游打仗时，吐蕃军队确实曾把嘉绒藏区占领后作为根据地，但是人们无法得知吐蕃军队是从何处入境，可以肯定的是吐蕃军人打完仗后无从出境，只好悉数留了下来。唐朝虽然收服了嘉绒藏区，设置了不少的羁縻州，但是要说有多少人真正渡过大河沼泽越过天堑地壑深入这片山区，仍值得怀疑，因为唐书上对这一地区只有一句话的概括：“西山八国”。古人好大，自称王国的部落比比皆是，嘉绒藏区亦然，但是这样的王国不只八个，起码有十几个。这些自称王国的部落，大多百来户数百人，人口上千就是大部落，也就是大国了。一个部落占据几座大山几条峡谷，以山为界，互不统属。谁要越过地界，就被视为侵入，就会引起械斗，因此，各个部落相互间很少往来。

这些部落各有各的图腾，以牦牛和山羊为图腾的居多，但是又有一个共同的图腾，那就是夏琼。夏琼是嘉绒藏区共同的守护神，居住在琼日部落的琼日神山上。由于这个缘故，各个部落之间虽然很少往来，但是，琼日部落都要去的，琼日拉则就是大家祭祀夏琼的地方。只有东女国不曾派人到琼日山上祭祀夏琼，她们迁到嘉绒藏区才几年，还辨不清东南西北。

迁到嘉绒藏区之前，东女国世居若水之滨。都说可能是沾染了若水灵气的缘故，这里的女人没有一个不是美人儿，就是其他部落的女人，来到这里住上一段时间后，看着看着也变美了。又由于若水碱性重，水硬，东女国的女人性格刚毅着呢。在那片方圆几百公里的地方，只有在东女国，男人是彻底败在女人手下，被女人牢牢地统治着。

---

① 以石垒屋：“以石垒屋”语，出自《后汉书》，指嘉绒藏区的石头房子。

② 邛笼：“邛笼”一词也出自《后汉书》，指嘉绒藏区的石砌高碉。

不知从哪一世女王统治时期开始，“东女部落”这个名称就叫响了。“东女部落”是那些男人统治的部落对这个唯一由女人统治的部落的称呼，这一称呼表面上看不出什么名堂，不外乎是说位于东方以女人为核心的部落罢了，骨子里却明显带着不屑的弦外之音：瞧，女人横行霸道男人抬不起头的地方，呸！开始，部落里骄横惯了的女人们听了极不舒服，听久了也就听顺了，甚至得意了，我们就是东女部落，名副其实的东女部落！一赌气，她们接受了这个称呼。后来，听那些男人部落叫这个国那个国的，她们也把自己的部落叫成东女国，这个名字听起来更响亮。

也许女人富于想象的天性与在广阔天宇自由翱翔的飞鸟特性有某种关系，东女国自第一世女王以来，一直笃信叫做夏琼的神鸟，把它奉为部落图腾，每家每户的门楣上都挂着它的雕像。每天清晨，房顶白色桑烟台准时升起滚滚浓烟，祭祀活动从未间断。她们从来没有怀疑过自己的祖先就是由夏琼神鸟的白卵、黑卵和花卵孵化的。白卵和花卵孵出来的人是女人，所以女人天生丽质、聪明能干；黑卵孵出来的人是男人，所以男人天生丑陋，心肠不好，诡计多端。因此，女人统治男人天经地义，没啥说的。她们同样从来没有怀疑过夏琼无时无刻不在护佑着它的子孙们，在进入男人统治的时代，唯有东女国仍像过去一样由女人统治，难道这一事实还不足以说明问题？那些由男人统治的部落，很早以前也和东女国一样虔诚地祭祀夏琼，因此也和东女国一样，是女人的天下。后来，这些部落对夏琼的祭祀逐渐疏懒，再后来，他们门楣上的夏琼雕像消失，取而代之的是牛头人身神像，据说是从西部传过来的。这一换才把男女地位彻底颠倒，女人走了霉运，不仅管理部落的权力丢了，连家长的地位都没了。男人们扬眉吐气，整天骑着高头大马，使唤女人们做这做那，只有东女国还像过去那样仍是女人的天下。

这些部落十分看不惯女人仍然趾高气扬的东女国，看到东女国的女人就想起他们过去低声下气的年代，心里就憋得慌。他们不愿意就在眼皮子底下看到过去的影子，于是暗地里同东女国的男人勾结，酝酿撤换雕像的运动。东女国的男人虽说备受女人欺凌，但是祖祖辈辈都这么过来的，不少人早已习惯成自然，没有接招。不过也有一批血性男儿求之不得，乘夜深人静，悄悄把王宫大门上的琼鸟雕像撤下，换上了牛头人身神像。女王和大臣们怎么知道这是男人们的诡计呢？对这一变故惊慌失措也在情理之中，女王召开紧急会议时语不成句也没有人认为丢了面子。会上大臣们都很紧张，有人说，琼鸟一定为什么事生气飞回老家琼日山了，应当马上组织祭拜队伍，由女王亲自带队，去琼日山忏悔认错。有人说，牛头人身神乘虚而入，这是一个危险的征兆，此神是男人部落祭祀的神，既然他们的神都来了，人不也就跟着来了吗？会议做出两个决定，一是马上奔赴琼日山祭拜神鸟，二是把牛头人身神像烧毁。她们没有料到烧毁牛头人身神像会招来亡国之祸，更没想到祭拜琼日神山会成为不归途。那些男人部落以东女国烧毁了他们的神像为由，向东女国下了战书。女王知道东女国的气数已尽，但并不甘心投降，以去东方琼日山祭拜神鸟为借口，举国远逃。

逃亡队伍几乎都是女性，除了为爷为父的外，其他男人几乎都开了小差，他们不愿再到异地继续受女人们的欺凌。女王和她的逃亡队伍并不知道琼日山的确切位置，只知道大致方位，于是她们一直朝东方逃奔而来。逃亡队伍前面始终有一些动物走着，最初是一条野狗，好像被逃亡的队伍吓着了似的，一边往后看，一边在前面跑。这只狗一直朝东方跑，于是她们就跟着它走，她们也没有其他的路可以选择。过了十几天，野狗失踪了，逃亡队伍一下子无所适从。就在大家停下来东张西望时，恰好从山上跑下来一匹枣红色的小马驹，跑在逃亡队伍前面，大家又跟着小马驹走。小马驹也奇怪，好像是专门来给这支逃亡队伍带路似的，它翻动小马蹄，嘚嘚嘚地在路面上敲击出欢快的马蹄声。当发觉自己走快了时，便停下来，悠闲地啃路边的青草。队伍走近了，它又快跑起来。这让女王和她的逃亡队伍十分感动，年纪大的人更是泪涕连连，她们明白了，野狗和小马驹就是万能的琼鸟变的，琼鸟并没有抛弃她们，它在指引她们前进的方向呢。当小马驹失踪时，大伙儿刚好来到茫茫无边的沼泽地。天有多大，沼泽地就有多大，看见远处天边的帐篷也不过像星星在闪烁，一人多高的芦苇草下面却是无底的深潭，根本无从下脚。带路的小马驹不见了踪影，大家又毫无办法，只能等奇迹出现。奇迹果然出现，从草丛中突然跑出一只十分漂亮的梅花鹿，梅花鹿头也不回地在沼泽地上选一条路跑了过去。大家跟着走，竟安然无恙，这只梅花鹿把她们一直带到嘉绒藏区的色齐河①畔。看来，琼鸟还是认为东女国的女人不能没有水的依伴，女人离了水，就什么也不是。来到新地方，部落还是叫东女国，别人不叫自己也要这么叫，她们不甘心就这样失败。她们忙于安营扎寨，来到这里都好几年了，还没来

① 色齐河：色齐，藏语，译成汉语就是金河。

得及祭祀早就想祭拜的琼日神山呢。不过，她们从其他部落祭拜琼日神山后返回的人那里，详细打听到了琼日山的位置和道路，包括山神夏琼拉则，巫师的下落也是从他们那儿知道的。

“她说得对，我是东女国巫师。”巫师说。

“没听您说起过呀，怎么会呢？您是我师父，不是别的！”大松罗木十分惊讶。

“我是东女国巫师，孩子。”巫师说，“我曾经多次建议祭拜琼日神山，女王一直没有决定。她们不来我就一个人来了。现在她们都来了，我得去看看。”

“您真的要去，把我抛下？”大松罗木实在不愿意有这样的结果。

“神的旨意，没有法子的。”巫师坚定的眼神不容大松罗木再说什么。

“神的旨意，没有法子的！”巨石平台下面的男人们，刚才还十分担心巫师离去，现在都着了魔似的呼喊，居然替美女们说话。

“拉嘉罗，拉嘉罗！”[1]美女们举起双手欢呼，因兴奋而涨红的脸蛋更加灿烂绚丽。

“拿着，我就动身吧。”巫师把麻布经书郑重地用双手捧给大松罗木，说：“你来求雨，我相信你行。”

巫师从巨石平台上站起来，超乎寻常地与大松罗木行了碰头礼[2]，健步走向草场，丞相牵来早已准备好的高头大马。巫师一纵身就上了马背，在马背上向男人们行了双手合掌礼，头一个朝山下走去，女人马队紧跟其后。过了一会儿，这支马队消失在大家的视线外，山上的男人们这才回过神来，他们接受不了美女们的突然消失，更接受不了巫师的离别，抱成一团号啕大哭。

“嗡哞啊哄！”大松罗木知道自己劝不住这些男人们，就让他们哭个够吧，他自己也想哭呢，要不是求雨仪式的时辰已经过了一大半，他真想背过脸痛痛快快地哭一场。“嗡哞啊哄！”这是他第一次主持求雨仪式，心中没有多少把握。趁男人们号啕大哭的当儿，他使出平常练就的全部定力，排除所有杂念，一心观想山神琼鸟，诵念麻布经书上的求雨经。

男人们突然停止了号啕大哭，他们听见了低沉的雷鸣。还没求雨，怎么会啊！他们都朝天上看，天空依然瓦蓝一片，侧耳细听，雷鸣是从巨石

---

① 拉嘉罗：藏语，神胜利的意思。

② 碰头礼：两人对立，腰稍弯，两个额头轻轻碰触，叫碰头礼，是藏族见面时的一种较高礼节。

平台上面发出的，他们看见了正襟危坐诵念经文的大松罗木。他的声音的魅力竟如此之大，真是难以想象，男人们不由自主地匍匐于地，向大松罗木叩头朝拜。

大松罗木全神贯注，不敢分心，根本没有察觉到巨石平台下面的动静。不知什么时候，手中的经书自动翻转，大松罗木这才松了一口气。按照经书上的说法，经文念诵到此时，该起风了。他往下一看，男人们都跪在下面，密密麻麻的一大片。他莫名其妙，向下面喊道："抄家伙！"男人们这才抬起头来，拿锣的拿锣，拿鼓的拿鼓，恢复了美女马队到来之前的阵势。不同的是此刻琼日山上起了大风，卷起的树枝草叶在空中翻筋斗。平静的湖面起了波纹，海子像摇晃的水盆，浪出的水花侵蚀着没有水渍的斜面沙滩。男人们布满泪痕的脸上露出了笑容，看来求雨有望了。

招风只是求雨的第一步，大松罗木的眉头依然锁得紧紧的。第二步是祷告仪式。大松罗木走下巨石平台，急步来到海子边的白塔状桑烟台前，亲自将柏枝、艾蒿、香草填进炉腔里，撒了糌粑，洒了净水，用火镰将柏枝点燃。顿时，滚滚浓烟从烟囱吐出，一缕缕飘向蓝天。大松罗木肃穆地站在桑烟台前，口中念念有词，手指做着各式各样的手印。没过多久，天空乌云密布，太阳不知躲到哪儿去了，刚才还泛着波纹的湖面，现在无端地波浪翻滚。大松罗木跑步来到男人们面前，坐在稍高的草坪上，扯长袍领把头蒙住，闭上眼睛快速默诵经文。这是求雨的第三步，也是最关键的一步。男人们都懂，赶紧整响手里的各种家伙，齐声高喊："求雨了，求雨了！"顿时，高亢的吹奏声、密集的敲打声和歇斯底里的喊叫声混合成一片，一时间地动山摇，连琼日部落的那些房屋都晃动了起来。

这次求雨出奇的成功，大雨顷刻而至，过去求雨通常要花好几天的。而且老天非常慷慨大方，先是送来倾盆大雨，过了一会儿，改成如帘的雨丝，绵绵地滋润龟裂的土地。

"拉嘉罗，拉嘉罗！"男人们顾不得抹去满脸的雨水，围着大松罗木雀跃欢呼。

美女马队走出一条山谷又进入一条山谷，美女们毕竟年轻，被山谷里的景色陶醉，一支山歌接着一支山歌地唱，背着巫师交头接耳地议论琼日山上的男人们，又忍不住嘻嘻窃笑，窃笑之后又朗声大笑。巫师可没有这个心情，一路上听了丞相的诉说，心情很沉重。当年生气勃勃的东女国就这样完了？逃到嘉绒藏区能有什么好结果？听说周围仍然是男人当权的部落，包括琼日部落也都是男人们的天下，与若水流域相比好不到哪里去。

丞相领着巫师进入王宫，去见女王。

“尊敬的巫师，一路辛苦了，小女拜见巫师！”女王等候在门口，双手合掌迎接，又扶着巫师的手臂，缓步走进客厅，请巫师入座。

“长大了，我走时您才这么高，”巫师做了个手势，“现在都当女王了。”

“还王呢，只是个名分罢了，人家听了还不笑话咱呢。”女王苦笑了一下，把茶盏用双手递给巫师，“唉，东女国都亡国了，我还以为您会嫌弃我们，不肯来呢。”

“不能说亡国，”巫师啜了一口茶，做出高兴的样子，“咱们不是又在这里活得好好儿的么？”

“巫师，您就别宽我的心了，今非昔比呀。”女王叹了一口气，“当年母王要是听了您的话，早早祭拜琼日神山，也不至于落到这个地步。”

“不过，咱们的神鸟从来没有抛弃东女国，要不然我不可能走进嘉绒藏区，你们也不可能，这里可是与世隔绝的孤岛啊！”巫师双手合掌在眯缝的眼睛前面。

“说得是啊。都说神鸟特别信任您，让您抚养她的两个儿子，又教您神通，让琼日部落女人不停地生男孩，这些可都是真的？”女王伸长脖子看着巫师。

“我，还有尼玛，确实抚养了两个儿子，是尼玛从山上捡回来的。”巫师放下手，缓缓睁开眼睛，撇了撇嘴说：“尼玛说孩子是从鸟蛋里出来的，我可没看见，他们手上脚上的确长有蹼，让人不得不相信跟鸟有关系。”巫师耸着肩膀说，“不知道怎么回事，琼日部落真的不停地生男孩。这不是好事，现在男孩们长大了，找不到媳妇了。”

“巫师，咱们都是一家人，您过去给母王出过许多好主意，现在可不要对小女我藏着掖着啊！”年轻女王见巫师将话题扯到男女方面来了，就开门见山地说：“请您来还有一个原因，请您把琼日部落的男人分一些给咱们部落吧，咱们的美女们都守着空房呢。”

“嘿嘿。”巫师笑了一下，心里想，这个女王呀，毕竟年轻了些，国都亡了，口气还不小，好像天下的事都可以由她摆布似的。

“巫师，您？”女王皱起眉头，巫师的笑好像伤了她的自尊心。哪怕是做了女王，女人的心理还是很脆弱的。

“应该说，那些男人会主动找上门的。”巫师捻着垂在胸前的胡须说。

“为什么？”女王眼睛亮了。

“他们缺女人，你们缺男人。女人毕竟怕羞，不可能主动出击，男人嘛，那就不一样啰！”巫师分析道，“尤其是小松罗木，他是啥事都敢干的。”

“小松罗木？就是您养大的神子？”女王好奇地问。

“我可就这么一说，不一定真是那样，女王千万不要当真！”巫师摇头摆手。

“巫师，若您不嫌弃，我想请您继续担任东女国巫师。您舍不得琼日部落，什么时候想回去看看都可以。照您刚才这么一说，咱们东女国和琼日部落说不定还真的能成为一家人呢。只是今年您老人家可要待在这里，我们逃到这里才几年，今后的路怎么走，还得随时请教巫师您呢。”女王的请求十分诚恳。

“我在哪里都行，两个部落都是我的家嘛。”巫师笑了笑，转而认真地说：“只是眼下正好碰上闭关日期，我还得在山洞里住上一些时日，不知女王是否允准。”

“可以可以，当然可以。在咱们东女国，巫师您想怎么着就怎么着。”女王连声允诺。巫师在东女国闭关，女王求之不得，只要巫师肯留下来，闭关一些时日又有何妨。

女王立即派人把山上的修行洞打扫干净，自己亲自送巫师上山。又安排专人定时将羊奶和柏树籽送到山洞外指定的地方。闭关期间巫师不会见任何人，连送食物的人也不能见的。女王知道巫师每天只喝一碗羊奶，只吃一把柏树籽，这些东西倒也好准备。

把巫师安顿好后，女王下令丞相亲自带领一支马队，每天都到部落外的山口等候。她相信巫师的话，总有一天，琼日部落的男人们会主动拥入东女国的地界，巫师的预言一定会灵验的。

四
雍忠拉顶寺

随着琼日部落思念巫师的心情渐渐淡了下来，大松罗木求来的雨也差不多停了。龟裂的土地又缝合如初，清新湿润的空气弥漫在山川河谷。太阳出来了，金色的阳光铺满大地，修庙工地又热火朝天起来。大松罗木盘腿坐在工地前面草坪上的树荫下，欣赏着眼前的劳动场景。

雨后的天气还真热，树荫外刚复苏的野草又被晒蔫了，蝴蝶也合拢翅膀停在花丛中喘气。可是劳作的人们一点儿倦意也没有，砌墙的男人们挽了发髻，裸着汗流浃背的上身，手中挥舞着剜稀泥的木刀，相互大声说笑。妇女们则穿着单层“惹喇”[①]，上面套一件羊皮褂，背着装满石头的背篼，从庄稼地中的小路上走来。踩稀泥的小伙子们手牵着手，裤脚挽至大腿，转着圈儿踩泥，唱着节奏感很强的歌，像跳舞似的。几个上了年纪的老人在新砌的墙脚下走走停停，东看西瞧，向站在上面砌墙的小伙子们指指点点。

多漂亮的石头房子！大松罗木暗暗赞叹，原来石头也可以造这么美的房子。一层大石块砌过去，一层小石块砌过来。上面一层的长度总比下面的一层略微收短些，砌完后整个房子就像斗状。屋顶一分为二，划为前后

① 惹喇：各种颜色的单层长袍，日常生活中常见的一种藏装。

两个部分。后半部分继续增高，使这幢石房再增加一层，上面覆盖木瓦，屋顶成“人”字形。前半部分不再增高，地面铺上黏性很强的黄泥，用脚踏板拍得紧实光洁，形成平台。山墙上挂着水槽，专门承接平台雨水，平台周围也是用石头砌成四四方方的女儿墙。

人的手竟会有这么巧，石头也竟会这么听话。山上捡来的石头奇形怪状，大小不一，到了这里，它们却都能找到最适合自己的位置，好像早就裁量好了似的。能够砌成笔直如削的墙角，平整似镜的墙面，连石头自己都不敢相信。门楣、窗棂、屋檐、女儿墙的砌法该凸的凸，该凹的凹，该弧形的弧形，该错位的错位，该重叠的重叠，都十分妥帖到位。

寺庙就要竣工了，该起个名字，取什么名字好？大松罗木闭上眼睛思考。要是师父在就好了，取个什么名字好呢？

“雍忠，叫大伙儿吃午茶啰！”煮茶伙夫通知吃午饭。嘉绒藏区一日三餐都离不开茶，吃饭就说成吃茶。雍忠是工头，作息由他安排。

“雍忠？对呀，我怎么没想到呢？”大松罗木脑海中马上浮现出麻布经书上每一页都画着的雍忠符号“卍”。它是教徽，虽然大松罗木到现在还没有完全领会其中的深意，但是觉得以教徽为寺庙名最稳妥。

雍忠领着大伙儿来到架了大茶锅的火塘周围坐下，大松罗木被请到铺了羊毛毡的位子上。

“寺庙就要修完了，也该取一个名字吧？”工头雍忠问大松罗木。

“是呀，叫啥名？”众人问。

“雍忠拉顶，你们看咋样？”大松罗木看了大家一眼，既像征询意见，又像最后一次拷问自己。

“雍忠？嗨嗨，说我呀？开玩笑吧？”平素十分严厉的雍忠，这时却忸怩起来，脸也红了。

“别自作多情！”雍忠旁边的小伙子一巴掌拍在雍忠肩膀上，“雍忠后面还有拉顶①呢，你小子拉顶得起吗？”

“哈哈哈！”大伙儿被逗乐了，开怀大笑。此时此刻，雍忠的脸更红了，连脖子都像抹了鸡血似的，很不自然地跟着大家笑。

“好听，就雍忠拉顶了！”大伙儿对这个名字十分满意。

后来，吉祥坝子上陆续冒出许多高大的寺院建筑物，与这些建筑物相

---

① 拉顶：至高无上之意。

比，雍忠拉顶寺更像民房。但是，它是琼日部落地盘上建起的第一座寺庙，意义自然非同寻常。

琼日部落尝到了修庙的甜头，自从修庙以来，求雨一次性成功，美女们主动走进部落，难道这不是个好兆头？说不定从今往后，还会接二连三地发生许多开心事！因为自从修庙以后，人们觉得什么事都会有求必应，心想事成似的。

五
看花节

修建雍忠拉顶寺，伐木队功劳最大。部落大会轮值召集人宣布了部落大会的一个决定：送十头牦牛一百只绵羊三百桶青稞酒给伐木队，看花节就要到了，伐木队应该过一个像样的节日。

现在正值仲夏，青稞和小麦已经抽穗灌浆，豌豆、胡豆和土豆的茎秆上开满了花，油菜花更是满坡满畦的金黄。一年一度的看花节到了，往年要到草山上耍半个月，今年大家都高兴，半个月是不够的，肯定要多耍几天。伐木队赶着牛羊，驮着青稞酒和其他杂七杂八的食物，来到琼日山悬空庙背后的草山上，在神海旁边搭起几十顶帐篷。

时间退回去一千三百多年前，这个时候上草山的人不是去过看花节，而是去站岗放哨。很长一段时间内，嘉绒藏区一会儿成为吐蕃军队同唐朝军队作战的后方，一会儿又成为这两支军队对峙的前沿阵地。战争通常在夏秋进行，冬春大雪封山，是交不上火的。后来唐朝和吐蕃签订了和平协议，战争停止了。但是，每当到了鸟语花香的夏季，人们还是习惯要上山。当年的临战紧张氛围一经解除，他们这才发现，原来家乡的夏景如此美丽，满山遍野都开满了各种各样的鲜花，成了花的海洋。于是每年夏季人们都要登山赏花，形成看花的节日。

各个部落都有在看花节期间召开部落大会的习惯，因为这个时候部落成员最齐，和过春节差不多。琼日部落也有这个习惯，今年的部落大会要做两个决定，第一个决定是劝大松罗木搬到新庙里，让他当新寺住持。这件事比较麻烦，大松罗木把住持的位子给巫师留着，无论如何也要等巫师回来才搬，谁也不知道巫师何年何月回来。第二个决定是推举部落酋长，这件事拖了很久，不能再拖了。

自从开始修庙后，琼日部落又恢复了对松罗木兄弟俩的关注。修庙开始后不久人们才发现，琼日部落渐渐发生着变化。山还是过去的山，水还是过去的水，但是总觉得在天地山水之间洋溢着一种让人兴奋和冲动的气味，这在过去是从来没有过的。这种气味占据了人们的全部嗅觉，于是，人们就无边无际地兴奋和冲动起来。他们要修庙，他们要一次性求雨成功，他们要美女们主动拥进部落。要是在过去，这些事情他们不但不敢想，就是想都想不出来。事情居然如此蹊跷，无论你怎样地异想天开，在如今的琼日部落，没有一样不可以实现。人们暗自觉得奇怪，想来想去没有想出一个结果，最后都一致认为与松罗木兄弟俩有关。再仔细一想，真的和他俩有关，发生的那些新鲜事哪一样不和他俩沾边？

在部落大会上，讨论第一个决定费的时间最长，主要是大松罗木不同意大会的决定。讨论来讨论去，最后大松罗木同意白天到新庙里念经做法事，晚上回到悬空庙里去，等到巫师回来后再搬家。既然白天已经在新庙里了，担任住持的事不就木已成舟了吗？酋长的推举很快也有了决定，松罗木兄弟俩双双入选。推举兄弟俩担任酋长时，也不是没有反对意见。轮值召集人发言说，选两个酋长，是不是违反了一山不能有二虎、一个部落不能有二主的古训？他的发言其实不算反对意见，只是提出了一个疑问。

“什么一呀二的，把我给弄糊涂了！”尼玛说，“我看，要说一，他俩是一胎生；要说二，他俩一个能文，一个能武，加起来多全面呀，是不是？乡亲们！”

“拉嘉罗，拉嘉罗！”大家举臂欢呼。

“大家静一静，我有话要说！”小松罗木站了起来。

大家以为小松罗木要发表就职演说，都竖起耳朵听。可是他说的是另一码子事，不过大家更爱听这样的话。

“咱们为啥要修庙？不就是想得到女人嘛！”小松罗木敏捷地用眼角余光扫了一眼闭着眼睛的哥哥，又转向伸长脖子看着他的人们说：“这几天，我们伐木队也有一个决定，到东女国去抢女人，顺便把巫师带回来。”

“拉嘉罗，拉嘉罗！”人们又一次振臂高呼。许多老人流下了热泪，他们心里一遍遍地告诉自己，孩子们有媳妇了，琼日部落有救了！

六
走进东女国

抢亲的队伍就要出发，琼日部落没有心思再继续过看花节，他们熄灭篝火，收起帐篷，跟随小松罗木的队伍走下山，要为这支肩负特殊使命的远征队伍送行。

这一天正好是召开部落大会后的第二天，很多年后，人们都还清楚地记得这个日子，这一天给琼日部落带来的命运真是让人刻骨铭心。清晨，原伐木队三百人全班人马组成的抢亲队伍迎着凉爽的河风，浩浩荡荡地开出山寨，队伍走到通往山寨以外的路口，送行的人们还不愿回去。他们都是远征小伙子们的长辈，有许多话要嘱咐，但是，一时又不知从何说起，看着孩子们就要走了，只好用动作来表达。他们咬紧牙关使眼色，捏紧的拳头伸展两根手指，想了想，再伸展出一根手指。本来也是，琼日部落光棍小伙子实在太多了点，一个人抢回两三个丫头怕不够呢。送行的人对这支队伍寄予厚望，而且都很有把握，认为只要有新当选的酋长小松罗木在，抢女人还不像从牛圈里牵牛那么顺当？就怕你牵牛的绳子没带够。

太阳出来了，太阳成为抢亲队伍唯一的路标。他们只知道东女国位于东方，除此之外，再也没有走近东女国的任何依凭。不要说这些小伙子，他们的长辈都不知道东女国在嘉绒藏区的哪一条山谷里。前几年他们听说有一支女人部落逃进了嘉绒藏区，可是并没有把它当回事。当美女马队突然开进琼日部落后，这才相信有这么回事，可惜忘了问她们住的地方。现在要去找这个部落，还真有点儿费劲。他们背了能够背得动的干粮，也不知道够不够用。现在他们来到几条沟口合拢的叉道上，看见有两条沟都是朝着东方的，走哪条沟才正确呢？小松罗木一时没了主意，叫大家原地待命，他和尼玛站在两条路的交叉口，欲选择走哪条沟好。然而最后他们谁也不知道走哪条沟才是正确的选择。

“兵分两路，总有一路是对的。”小松罗木说。

“走错了的那一路怎么办？”尼玛问。

“自认倒霉。”小松罗木顺手从地上扯起几根草，送到嘴里嚼着。

“你也太狠了点吧？我看这样，我一个人走一条沟，走错了就我一个人错，大不了我一个人当光棍。如果走对了，我就来找你们。”尼玛是大哥，小松罗木得听他的。

小松罗木他们走的那条沟是一条很深的山沟，顺沟前行，地势越来越低，沟中的小溪朝着队伍前进的方向流着。走了两天，这条山沟就走完了，队伍进入一条大峡谷，原来他们这两天走的山沟是这条大峡谷的一个支沟。峡谷中，一条大河奔流而来，这是他们出发后第一次遇到向他们流来的河。河面很宽，却没有桥，蹚是蹚不过去了。下游的河谷收缩得很紧，两边的山都要贴到一块儿了，而上游的河谷相比下面平坦开阔许多，小松罗木只得带领队伍向上游河谷走去。

上游河谷左边陡峭的阳山像赤膊袒胸的汉子，悬崖峭壁酷似强健发达的肌肉。右边奔流着不知名的大河，后来才知道这条河叫色齐河。河的对岸是肥沃的庄稼地，庄稼地的尽头又是山，但比左边的阳山矮了许多，因此右边显得开阔辽远。

他们已经进入东女国地界了，但是他们并不知道。此时此刻，远在京城的乾隆皇帝，刚好在册封嘉绒藏区第十七位土司的文书上画了一个红圈，他当然不知道今后他要册封的第十八位土司，也就是嘉绒藏区的最后一位土司，就是眼下带领庞大的抢亲队伍正在跨越东女国地界的小松罗木，并且在不久的将来还会钻入他的梦中。小松罗木也不会想到他走进这条陌生的峡谷之后，命运会从此改变。当下他最想知道的是东女国在哪儿。可是，走了这么久，连个人影儿都见不着，还抢女人呢！

有庄稼地就应该有人，小松罗木虽然这么想，可还是见不着人。他们出门两天半了，还无甚收获，年轻人耐性差，出门时的热情迅速降至冰点，好多人都打起了退堂鼓，说宁愿打光棍，也不要玩这种蒙住眼睛捉老鼠的游戏。就在这时，小伙子们看见河面上站着两个人，脚踩大木盆向下漂来。

他们没见过这种木盆，后来才知道它叫牛皮筏，用木条做骨架，生牛皮绷的，只是像木盆罢了。能站在水面上漂的人是什么人呀，该不会误入仙境了吧？小伙子们还没惊讶完，但见木盆快速漂向岸边，盆里的那两个人迅速走出来跑了，刹那间连影子都看不到。是不是刚才看花了眼？大家正纳闷时，远处走过来一支马队，十几面旗帜迎风招展。小松罗木走在队伍最前面，看见马背上武士打扮的都是女人。

“美女马队！”小松罗木一下子就认出来了，上次见过的，忘不了。马队走近了，小松罗木看见马背上的武士个个威风凛凛，英姿飒爽，感到一阵兴奋。

“碰上了，拉嘉罗！”小松罗木后面的小伙子们都看见了马背上的武士们，发现全是女的，一个个惊叫着。

“你们，什么人？”马队领头的女人问，“是不是从琼日部落来的？”

“你怎么知道？”小松罗木很惊奇。

“这么说就是啰？”领头的女人催马走到小松罗木跟前，“手掌伸出来。”

“手掌有什么好看的？”小松罗木摊开手掌让她看。

“哦，天啦！”领头的女人吃惊不小，倒吸了一口凉气，向她的那些人高声说：“巫师说得没错，果真有蹼，他们就是我们的客人。”

武士们一改刚才威风凛凛的神气，恭恭敬敬地下了马。几个侍从玩魔术似的从褡裢里掏出青稞酒、托盘和银碗，就在路边摆好了敬酒的架势。

领头女人轻盈似风，碎步飘至小松罗木面前，从侍女端着的托盘中拿起一只盛满青稞酒的银碗，双手举至眉前，声音清脆如画眉啼啭：“松罗木先生，我是东女国丞相，受女王陛下差遣，专程迎接您的队伍，请喝下这碗薄酒，洗去一路风尘。”小松罗木终于见到东女国的女人了，高兴之下一连痛饮了三大碗，其他小伙子们也都把酒当成水，喝得不比小松罗木少。

丞相的马队和小松罗木的队伍会合在一起，向东女国开进。丞相和她的武士们表面上装得十分矜持，心里却乐开了花，她们给这支野心勃勃的队伍灌了忘乡汤。想夺我们女人？做梦去吧，你们才是送上门的如意郎君呢。丞相更有一分得意在心头，她在河面上安排了哨兵，所以迎接这些男人才这么及时。

走过一个山崖口，拐了一个大弯，山谷突然敞亮开来，两边高山向后退了许多，腾出一个很大的盆地。后退的高山像母亲健壮的双臂，盆地恰似母亲的怀抱，怀抱中静静地躺着密密麻麻的房子，还有一丛一丛的树林，是个不小的山寨。山寨中央耸立着一座高高的房子，十分醒目。走近才看清刚才看到的那些房子也是石头建造的，不过比琼日部落的石头房子更美观。最高的房子顶上撑着黄色的华盖，华盖下面站着一个人，也像是一个女人。盆地两边的山上挂着一层一层的台地，台地里长着绿油油的庄稼。山谷中的大河正从右边山脚向下流过，这就是小松罗木的队伍一进入这条峡谷就迎面见到的那条河，也就是后来因发现黄金而远近闻名的色齐河。

丞相把小松罗木的队伍带到高房子前面的广场上。这座房子高九层，是嘉绒藏区最高的宫堡。当时女王并没有特意修高房子的意思，只因亡国前的雍忠颇章宫[①]是九层，于是照原样修了，房子也还是叫雍忠颇章宫。老女王亡国后不久驾崩，新女王才继位不久，正值花季少女。宫中虽说应有尽有，但是也和东女国的其他女人一样缺一样宝贝：如意郎君。

“陛下，客人来了。”丞相进宫来到女王面前，兴奋地说。

“终于来了。多少？”女王问。

“三百。”丞相说。

“才三百？”女王摇了摇头，转而头一扬，愉快地说：“三百就三百，以后还会来的。”

“还以后呢，先把这些人打整了再说吧。”丞相诡秘地眨了眨眼睛。

“那个，没有吧？”女王做了一个喝酒的动作。

“喝了喝了，”丞相得意地拍响了手掌，笑得腰都直不起来，“他们喝了忘乡汤，还说好酒呢！”

“你呀，尽做缺德事，劝也劝不住。”女王摇了摇头。

“知道错了，臣罪该万死！”丞相欲行磕头赔罪礼，结果笑弯了腰。

“看你这样，成何体统！”女王自己也笑弯了腰。

“哎哟，我的主子啊！”丞相慢慢直起腰。

“不说这些，那个人在不在？”女王亮着手掌，好像要接什么东西似的。

“小松罗木？在。真的有蹼，好奇怪哟！”丞相眉飞色舞。

---

① 雍忠颇章宫：“雍忠”是佛祖身上三十二瑞相中的一个，在藏传佛教中意味着坚不可摧，“雍忠”又是苯教的教徽，以“卍”符号表示。“颇章”在藏语里是宫殿的意思。宫殿以雍忠名之，取其吉祥。

“天啦!”女王惊叹。

“他们都在广场上待着，怎么安排?”丞相问。

“咋样?”女王悄声问。

“天下第一美男子!”丞相竖起大拇指。说到男人，丞相也失态，挤眉弄眼一副馋相。

“看你这副模样!”女王嗔怪道。

“该死!”丞相伸了伸舌头，不好意思地把脖子缩进衣领里。

“你也挑一个，趁早。”女王说。

“女王不赐，敝人不敢。”丞相眼睛骨碌碌转。

“别装了，谁不知道你!”女王扑哧一声笑了。

“感谢女王恩典!”丞相嬉笑着做了个双手合掌的敬礼动作。

“还在广场上?”女王这时才想起应该安顿这些男人们了。

“是!”丞相眨了眨眼睛，故意变了腔调说，“要不，让他们再饿一会儿?”

“你舍得?”女王向丞相撇了撇嘴，笑道：“设酸奶午宴，不能让你的郎君饿着。”

“又取笑我。”丞相脸红了，心里可是美滋滋的。丞相只比女王大三岁，虽然口头上她们之间“女王”、“丞相”地叫着，实际上这些称呼都是沿袭下来的旧称呼，她俩其实更像姊妹，彼此说话没有顾忌。

“饭后叫那些臭男人到大河里洗个澡，把脏衣服统统烧掉。晚上，举办锅庄晚会。”

“遵旨!”丞相忘记了自己的身份，像小姑娘似的蹦跳着冲出门去。

广场是一个很大的草坪，黄色的草莓花开得真繁，像天空中布满的星星。白色的牵牛花顺着细长的藤儿密密绽放，喇叭状的花朵似乎正在演奏迎宾曲。可是，小松罗木的队伍坐在松软的草坪上好一阵子，东女国还没有任何动静。他们有的抬头看天上的白云；有的眯缝着眼睛欣赏雍忠颇章宫；有的数着山上一层层台地；有的摘了草坪上的小黄花凑近鼻子闻；有的伸长脖颈看山脚下的河流。也许大家都疲倦了，三百人聚集的草坪上，竟然没有应该有的嘈杂声。

突然，大家不由自主地站了起来。起先，确实闻到了一阵阵香味，当时，大家没有在意，以为是起风了，把花的香味吹过来了。稍后，听见唧唧喳喳的说话声和嘻嘻哈哈的笑声，大家不约而同地循声张望，这才不由自主地站了起来。他们看见一大群美女一手提着小木桶一手提着竹篮，忸忸怩怩地朝直他们走来。快走近时大家的心怦怦直跳，专程前来抢夺姑娘的小伙子们，真的见到姑娘反倒动弹不得。

姑娘们各自选了一个地方，把手上的东西放下，用袖口捂住嘴脸，羞羞答答地站着，穿着翘鼻红靴的脚在草皮上蹭来蹭去。

"姑娘们，上呀！"丞相像战场上的将军发出了冲锋的命令。刚才还羞怯怯的姑娘们，现在顿时变成另一个人，撒腿冲向男人堆里，用牧人点杀肥羊的目光迅速瞧准一个，逮住胳膊拽过来，诡秘一笑，蹲下身，打开酸奶木桶盖子，插上小木勺；揭开竹篮，端出酒肉和烧馍。

"晚上把家什送来。"看着狼吞虎咽的小伙子，姑娘侧过脸娇滴滴地说。

"送哪里？"小伙子问。

"送家里来呀！"

"不认得。"

"晚上有舞会，散会了，我会带你去的。"

"人多，怕认不得你。"

"拿着，戒指，到时亮出来，我不就找到你了？"

这时，丞相又下命令了："姑娘们，撤！"像一群停在花枝上的蝴蝶惊飞，姑娘们纷纷从各自伺候的男人身边跑开，向刚才来的方向飘去，留下嘻嘻哈哈的笑声。

广场以外是山寨，一幢幢石头楼房鳞次栉比，寨中小路纵横交错。山寨以外是庄稼地，一直铺排到色齐河的河岸。地里长着一人多高的青稞，青稞已经抽穗，在茎秆的叶儿间垂挂着，微风吹过，泛着白光的垂穗便摇曳开来，像万千鱼儿跳跃。河岸上，修长的白杨树像列队站立的武士，红柳则一笼一笼地依偎在白杨树下，一条条柳丝从岸上垂下，抚弄着河面。有了这么多的遮蔽，小伙子们无所顾忌，把衣服脱光，胡乱扔向河岸，一丝不挂地跳入河中。

盛夏的河水凉而不冰，色齐河流得不紧不慢，正是洗澡的好时光、好地方。他们扑腾着，打闹着，有的还唱起了琼日部落的情歌。庄稼地里的青稞秆儿在摇动，白杨树上的乌鸦也惊飞了，他们全然不知。

姑娘们从石头房顶看见小伙子们脱掉衣服下河后，悄悄从寨子里出来，潜入庄稼地里，偷看小伙子们洗澡。她们好奇地掩嘴偷笑，羞赧地闭上眼睛，头也深深地埋进怀里。慢慢地有的人又忍不住把头抬起，旁边的人伸出手指头向她刮脸，撅起嘴唇扬起下巴冷不丁道一声：“羞！”她这才赶紧用手掌把眼遮住，见旁边的人不注意，也痴痴呆看河面，扑哧一笑，又松开手指，从缝隙里把眼光射出去。

洗舒服了，小伙子们上岸穿衣服。糟糕，衣服连影子都没有。不是明明脱在这里的嘛，跑到哪儿去了？要出天大的丑事了，怎么办？连小松罗木也没了主意。

“烧了，看！”有人吼起来。色齐河下游升起了浓烟，衣服烧焦时特有的刺鼻味他们都闻到了。

“真烧了！”大家相互苦笑。有的人想生气，眼睛开始充血。

“编个东西遮遮丑吧！”小松罗木开始折柳条。

其他人也折柳条。

“哈哈哈！”庄稼地里一片笑声，姑娘们蜂拥而出，每个人的怀里都抱着一套崭新的衣服。小伙子们全傻了，都蹲在地上不敢动弹。

“难看死了，快穿上吧！”姑娘们把衣服扔在小伙子们身上，得意扬扬地班师回寨。

今夜天公作美，月朗星疏，和风微煦。吃罢晚饭，小伙子们被邀到广场上。十余堆篝火正熊熊燃烧，每堆篝火旁边都堆放着十几个咂酒陶坛。

琼日部落的小伙子们发现东女国的人跳锅庄舞也是手牵着手，拉成圆圈，边歌边舞，先慢后快，和琼日部落的跳法一样，就是排队不同。在琼日部落，男人排在前面，女人跟在后面，而这里却相反。开始他们很不习惯，频频出错，乱了姑娘们的唱腔和步调，招来她们不满意的目光和表情，观看的人们也笑得前仰后合。后来就对了，他们很快赢得了女人们的赞许。

舞跳顺了，气氛就热烈了，敬酒的人也就特别多。尤其是舞蹈刚开始时，只是牵着手，踏着舞步走圈子，女唱男和，有不少的空闲时间，这时是最好的敬酒机会。敬酒的人一手提壶，一手端杯，依次走到舞者面前敬酒。舞毕，又牵着舞者的手，拖到咂酒坛边，摁住头，非咂足了酒不可。

当舞会气氛已经十分热烈的时候，女王由丞相陪伴，微服出宫，不声不响地混进观众中。她不公开露面，不想一开始就给琼日部落男人太高的礼遇。即使用平民服饰打扮，女王的贵族特质仍然无法掩盖。她用镶了一溜羊羔皮毛的袖口蒙住脸，只露出一对大眼睛，慢慢移动步子，审视着这些想抢夺东女国女人的琼日部落的男人们。

“不错吧？”丞相把嘴凑到女王耳边，悄声问道。

“不错。”女王脱口而出。想了想，用肩膀轻轻搡了搡丞相，纠正道：“我是说舞跳得不错。”

广场上的年轻人不知道女王已经混入观众中看他们表演，肆无忌惮地唱呀，跳呀，饮酒呀，兴致极高。姑娘们更胜一筹，主动拉着男人们的手，围着篝火跳转圈舞，举起酒壶，扭住男人们的下颌，咕咚咕咚往嘴里灌。男人女人都醉了，相互抱住一团笑。胆大的女人还猛地在男人脸颊上亲一嘴，又不好意思地把男人推开，自己边笑边跑。

多好玩！女王羡慕他们。小时候她也和伙伴们这么开心地玩过。继位前的那一次，不是跳舞，是打猎，她还用箭射杀了一只鹿。当时很开心，回到宫里就不开心了，病榻上的母亲狠狠训了她一顿：“只是玩呗，哪有真杀的？你欠的命债，妈来还吧。”果然，老女王当晚就驾崩。父亲离开她的时间更早，参加了一次战斗后，就没再回来。继承王位后，“女王”这个头衔像笼子似的把她关得严严的，她不能随意离开宫堡，不能随便与宫外的人接触，更不能像同龄人一样唱歌跳舞对情歌。今夜也一样，她不能去拉那些男人的手，不能像她们那样饮酒，不能放肆大笑。她只能神不知鬼不觉地混入人群偷看，严格地说，连这都破坏了宫里的规矩，是不允许的。

男人们和女人们又拉起了手，唱起了歌，迈起了舞步。女王看见男人队伍中有一个人的舞姿格外不同，举手投足，旋转跳跃，都像琼鸟的动作，唐卡画[①]中飞翔的琼鸟就这么刚健遒劲、孤傲大气。

“他，谁？”女王从袖口中伸出玉笋似的食指指着那人问。

“就是他。”丞相努着嘴说，“小松罗木，夏琼的儿子。”

“像！”女王向丞相眨了眨大眼睛，长长的睫毛也像在舞蹈，一转身，丢下丞相自个儿回宫去了。

“像？什么意思？”丞相一个人呆呆地站在那里，不明白女王的话，更不明白女王为何不辞而别。想了一会儿，她突然茅塞顿开，也学女王眨了眨眼睛，会心地笑出了酒窝。丞相抬头看了看月亮，月亮已经偏西，时候不早了，年轻人的兴致却丝毫未减，每个人的脸上都好似脂抹霞染，他们相互追逐，相互灌酒，乱成一片。趁此机会，丞相扯住小松罗木衣角将他领进了宫里。姑娘们的眼睛好使，丞相的动作再隐秘也被她们察觉，她们

① 唐卡画：藏传佛教特有的一种卷轴画。

也该行动了。

“亮戒指！”姑娘们向小伙子们嚷。小伙子们乖乖地伸出戴着戒指的手。姑娘们识别出各自的戒指后，抓住小伙子的手就往家里拖。

“不拿家什？”小伙子还记得白天姑娘说的话。

“拿什么家什？不拿了，啊！有你就行，乖，听话！”姑娘们说话就像哄小孩子似的。

那天晚上舞会散场后不久，东女国的上空就弥漫着男人们的汗味和女人们的脂粉味。那天晚上是东女国女人们的幸福之夜，甜蜜之夜，她们指挥男人们做这做那，把男人们折腾得疲惫不堪，充分展示了东女国女主男从的传统。

她们万万不曾想到，就在那天晚上以后的短短几年内，这些男人们会把她们的传统彻底颠覆。而就目前来说，琼日部落的这些男人们还暂时完全沉浸在东女国美女们精心编织的甜蜜梦幻中，把抢亲的使命彻底忘记。喝了美女们灌的忘乡汤后，这些男人的神经发生错乱，把东女国当成了琼日部落，把整天缠在身边的美女当成了妻子。他们忘记了时间，分不清昨天今天和明天，人人都感到很幸福，至少，来到东女国后的第一个月里一直是这种感觉。

七
什么是男人

这种幸福感只持续了一个月，到第二个月后就不对劲了，而且觉得越来越不对劲。最大的问题是他们只能当一半时间的男人，也就是说，晚上确实是男人，不当男人都不行，另一半时间则成为彻头彻尾的女人。天一亮，他们就要背着水桶到河边去背水，水背回来后要熬茶煮饭，喂马喂牛，还要缝衣做靴，织氆氇捻毛线。这些活路不都是该女人们干的吗？他们也拒绝过，可是女人们一半撒娇一半认真地说，你们男人呀，不干这些活还干什么？总不能光陪我们睡觉吧？你们不想干这些活，那得有大能耐，让我们口服心服。在他们依稀的记忆中，亲生母亲都没叫他们干过这些活。每当女人们对他们颐指气使的时候，他们也会浑身不舒服，也想拂袖而去，可又不知道该去哪里。还去哪里？这里不就是琼日部落吗？自己的家不就在这里吗？这样的日子过久了之后，他们没有一个人不憋足了怨气，个个都想寻个机会弄出点动静，让这些娘们儿瞧瞧什么是男人。

机会终于来了，是尼玛带来的。

小松罗木被女王的甜言蜜语封锁在寝宫里，甚至在这里找到了家的感觉，温馨，舒适。有时他也似乎感到自己戴上了金玉手铐，也想发脾气，但又找不到任何理由，连女王婉言拒绝他面见巫师的请求时，都没能把脾气发出来。小松罗木知道巫师就住在对面那幢石头房子里，有一次他看见巫师推开窗户，他兴奋地从女王寝宫的窗户里探出上半身正想喊，却见巫师摇了摇头，叫他不要出声，又用手掌按住心口，叫他安静下来。从此以后，小松罗木养成了每天从这边窗户探出头看那边窗户的习惯。女王问他看什么，他说不看什么，透透气，闷。有一天，小松罗木又推开窗户探出头，看那边的窗户。这一次，那边的窗户终于也推开了，巫师的上半身出现在了窗框里。巫师伸出一根手指，朝空中的太阳点了点，又比画三根手指，向小松罗木点了点头，就把窗户关了。小松罗木知道巫师又从铜镜里看到了什么，但是，指点太阳和比画三根手指意味着什么，他不得其解。女王见他整天愁眉苦脸，以为他病了，喊来医生看病。医生逮住他的手把脉时，小松罗木突然想到了另一个医生。尼玛不就是太阳吗？三根手指不就是说三天后能见到他吗？“哦，来了，来了！”小松罗木推开医生，从座位上蹦起来，把女王和医生吓了一跳。

当小松罗木提出要去见尼玛时，女王吃惊不小。女王知道小松罗木和尼玛的特殊关系，小松罗木思念尼玛是可以理解的，但是也不至于思念到神志模糊呀！小松罗木不是说尼玛走了另一条道吗？既然走错了道，要想找到东女国可不是一件容易的事，尼玛怎么说来就来了呢？要不是丞相进来禀报说一个叫尼玛的人要求见小松罗木，女王一定会认定小松罗木犯糊涂了。女王知道尼玛对小松罗木很重要，同意他俩见面。

丞相把小松罗木和尼玛带到小会客厅里。会客厅里除了他俩外，还有两个低着头立在门边的男侍从。茶几上，银碗里的酥油茶冒着淡淡的轻烟。小松罗木和尼玛在会客厅门口一见面，就紧紧抱在一起，好像隔世重逢似的。

“哥，走那条山沟一定很辛苦吧？怎么找到这儿的？哥，快喝茶！”兄弟俩入座后，小松罗木端起碗，双手捧给尼玛。

“那条山沟走对了，”尼玛接过碗，又放回原处，一把抓住小松罗木的手，诡秘地低声说：“我学到了一门技术！”

“技术？啥技术？”小松罗木不解，“你不是本来就有技术吗？”

“那是医术，两码事。我这次学来的是让石头变成铜和铁的技术。”尼玛放开小松罗木的手，端起银碗嘬了一口，“好茶，香。”

“哥，你说什么？”小松罗木像触了电似的站起来，又坐回原处，“石头变成金属倒是听说过，你当真看见啦？”

“抢亲的事，进展如何？”尼玛知道这门技术一时半会儿说不清，遂转移话题，问他最关心的事。

“抢什么亲，我们这里美女多的是。你当真看见啦？”小松罗木对石头变金属的事十分感兴趣，抢亲的事他一点儿也不记得了。

“你忘了大事了？”尼玛吃惊不小。见小松罗木没有异样的表情，以为是在开玩笑，说：“抢亲虽然是习俗，但说出来难听，听起来别扭。我有个打算，用铜和铁换美女，咋样？我们明天就试验，这里的石头比那边的还好。”

“你说的都是真的？”小松罗木还是将信将疑。

“好吧，我把实话全部告诉你。”尼玛像小时候逗小松罗木一样做了个鬼脸。

尼玛与小松罗木分手后，独自一人进了那条山沟。这条山沟起初山高谷深，尼玛走在谷底山溪边的小路上，就像一只蚂蚁在爬行。走了大半天后，高山逐渐低矮，山谷开阔起来，遍地都是巨大的石包。他看见有的人撬石头，有的人背石头，有的人烧石头，都围着石头转。傍晚时分，尼玛走进山边的村寨，敲开了一户人家的门。开门的是一个五十开外的老妪，满脸泪痕，表情十分悲伤。

“打扰了，住一夜，行不？”尼玛恳求道。

“对不起，有病人，不太方便。”老妪准备关门。

“病人？让我瞧瞧，说不定帮得上忙。”尼玛说。

躺在床上的病人是老妪的女儿，被蛇咬了脚，脚肿得发亮，人已经昏迷。尼玛有治毒蛇咬伤的经验，跑到门外荒地一看，需要的那味草药遍地都是，心里就有了底。捆扎、吸吮、放血、灌草药汤，忙了一阵后，病人慢慢苏醒过来，尼玛自己反倒因用嘴直接吸毒汁而昏倒了。好在并无大碍，醒来时天已大亮，屋里多了两个男人，一个是病人的父亲，一个是病人的丈夫。他们不放尼玛走，无论如何也要送点礼物才放人。他们说，要送的礼物在石头里面，要等上一段时间才出得来。

那两个男人把尼玛带到工场，工场在一条山沟里。那里挖有两个大洞，洞分两层，上层堆满了大大小小的石头，下层塞满了柴火，柴火正在熊熊燃烧。

“你们也烧石头？”尼玛在路上就看到有人烧石头，当时就觉得十分奇怪。

“祖上传下来的。烧了以后，有的石头里出来铜，有的石头里出来铁。

当然，有的石头什么也出不来，这得会看石头。”病人的父亲接着说，“很早以前，我们祖先就在雅拉香波山脚掌握了这个技术。后来，人们用炼出来的铜和铁打制战刀和箭镞，杀死了不少人。人们认为杀生的罪魁祸首是炼铜铁的人，于是歧视炼铜铁的匠人，包括打制战刀箭镞的铁匠，把他们划入最低等的种类。后来更糟糕，人们见着这些人就烦，干脆把他们撵了出来，我们的祖先就逃到这个偏僻的地方来了。”

“铜铁是这样炼出来的？”尼玛并不关心病人父亲的祖先，倒是对从石头中烧出铜和铁的事十分感兴趣。

“爸说了，窑里的东西出来后，一定要送你一些，能拿多少算多少。”病人的丈夫说。

尼玛知道那东西重，拿不走多少，但他还是决定耐心等待它们出来。他要看看这么珍贵的东西是怎么从那贱得不能再贱的石头里出来的。

他跟两个男人守了两个月，耐着性子等待的东西终于出来了。原来是这样炼出来的，和烤酒差不多，不同的只是从窑里出来的水一会儿就凝固了。一个窑里出来的水凝固后变成了铜，另一个窑里出来的水凝固后变成了铁。

“拿多少？尽管拿，别客气。”病人的丈夫说。

“我不要，再说，我要赶路，拿不动。”尼玛早有自己的打算。

“这不是为难我们嘛，空手放你走，我们的心一辈子不会安宁的。”病人的父亲说。

“真要送点东西，就送没有重量的吧。”尼玛试探着说。

“还有没有重量的东西？”病人的丈夫茫然地看着尼玛。病人的父亲皱着眉头不说话。

“我是学医的，喜欢技术。”尼玛把话题戳穿了。

“他要这个技术？”病人的丈夫指着土窑，眼睛观望岳父。

“真精明。”沉默半晌，病人的父亲渐渐舒展眉宇，“人家命都舍得，送！”

尼玛又待了两天，两位男人详细传授了认选矿石、制作催化灵药、筑窑、掌握火候等冶炼工艺全过程。

试验比想象的还要成功。这里的石头确实比那边的要好，柴火又是青冈，比那边的白桦劲儿大，不仅烧化石头的时间缩短了，出来的东西也多，纯度更好。

东女国整整庆祝了三天，酒没有少喝，舞没有少跳，整个部落沉浸在欢乐之中。不过，女王把尼玛封为工巧大臣的举动，给东女国的女人们心头罩上了一层阴影。难道要变天？女人们本能地感到她们的地位开始动摇。本地男人们也很不适应，女王怎么了？要坏规矩不成？

尼玛睡醒时已是庆功会结束后的第二天早晨。这天早晨特别安静，热闹的庆功会刚刚结束，大家都需要安静，他是自然醒来的，仰面躺在床上，睁开眼睛，第一眼就看见了天花板。他觉得奇怪，怎么睡在一个陌生的地方？是小松罗木给他安排的住房，天花板明明是木板铺成的呀，怎么变成了用小圆木镶成人字形花纹的高级天花板？他转着眼珠打量四周，墙壁也不对，家具陈设更不对，整个房间都不对，他发现睡在完全陌生的用柏木装修的高级房间里，窗帘都是绸缎做的。他的心里顿时打起鼓来，这次脸丢大了，喝醉酒走错了门，钻到哪家大户人家屋里了！

尼玛并没有马上爬起来，错都错了，没办法补救，他要趁现在安静，整理一下思绪。

庆功会的头一天，女王当众宣布破格任命他为工巧大臣。他不知道工巧大臣是干啥的，可能比较重要，因为很多本地人都向他投来羡慕甚至忌妒的目光。当时敬酒的人特别多，他当场就喝醉了。第二天和第三天，他被琼日部落的小伙子们请去喝转转酒。不去不行，都说他给琼日部落的男人们长了志气，让这里的女人们长了见识，叫她们知道什么是男人，这个酒不喝是绝对不行的。他被从这家请到那家，又从那家请到另一家。他喝高了，嘴巴管不住，喝一路骂一路。他骂小伙子们忘了琼日部落老家，忘了抢美女的大事，把别人的家当成自己的家，丢人！小伙子们不但不生气，反而都很开心，都说他喝醉了还想美女，好玩！屁，我根本就没有这个意思，是他们自己想歪了。想到这里，他还想骂，又想了一阵，就只想到这些。喝醉后小松罗木亲自护送他到这座房子里来的情景，一点儿都不记得了。

他想趁主人家不在，赶紧溜走。这么想着，他迅速爬起来，胡乱穿了衣服，跳下床，蹑手蹑脚推开门。房间门外站着两个男人，把他吓了一跳。

“啊，对不起!”尼玛像做了贼似的，恨不得有个地缝钻进去。

“老爷，您醒啦!”那两个男人伸了伸舌头，迅速摘下帽子端在手中，弯着腰谦恭地请安。

“你们是……”尼玛弄糊涂了，他从来没有受过这么高的礼遇。

“我们是女王派来的下人，专门侍候老爷。”个子矮小的男人虽然埋着头，眼睛却朝上看，眼珠子骨碌碌地转，见尼玛满脸的狐疑，小声说：“这座房子是女王赐给老爷的官邸，昨天晚上松罗木大人亲自送老爷过来住的。”

“松罗木？对，我这就找他去！”尼玛想起了一件急事，匆匆迈出房间小门。他发现自己走到一间豪华的客厅里来了，原来这是一个套间。他来不及细看，只是环顾了一下客厅，便快步走向客厅大门。男侍从已经把门打开，他走出门，发现外面是回廊，中间是天井，房子真大。他从二楼顺楼梯走到一楼，两位男侍从又跟上来了。

“你们不用跟着。”尼玛一边说，一边大步流星地走出蹲着石狮的官邸大门。

走出官邸大门后尼玛才发现，这一带这样的官邸还不少。每座官邸的四周都被高大的柏树和浓密的柳树簇拥着，因此只能看见房屋的一个轮廓。从官邸通向王宫的青石板小路上铺着白白的一层落霜，上面印着鸟和野狗的脚印。野狗不见了踪影，鸟儿们在小路两旁的灌木丛里欢叫着。这是一个仲秋的早晨，凉风吹拂着尼玛，他打了个冷战，用双手拢了拢被风吹乱了的长发，踏上通向王宫的青石板小路。

“哥，昨晚睡得还好吧？”走到半途，尼玛碰上了迎面而来的小松罗木。小松罗木满面春风，热情地跟他打招呼：“我正要来看你呢，结果你也出来了。”

“是你送我过来的？昨天——”尼玛有点难为情，“这几天喝多了，肯定出了不少的丑。”

“高兴啊，都喝醉了，你立了大功，更应该喝醉呀，应该的。”小松罗木理了理尼玛穿歪了的衣领，问：“哥，你去哪里？这么早。”

“我也找你呢，该办正事了。”尼玛说，“我们出来都好几个月了，不知道家里的人有多着急。”

“办啥正事？哥，我怎么不记得？”小松罗木一脸的茫然。

“我们不是商量好了用铜铁换美女吗？”尼玛一字一顿地说，“现在试验成功了，该把这件事办了。”

“铜铁换美女？笑话，怎么个换法？哥，你今天咋啦？”小松罗木越听越糊涂。

“我发现咱们出来的小伙子们都把这事忘了，都把老家忘了，都把人家的家当成自己的家了。我以为只有你不会这样。结果，嗨，怎么回事，怎么回事呀!”尼玛像给小松罗木说，又像自言自语。见小松罗木茫然地呆看自己，尼玛无可奈何地摇摇头:“等你清醒点了再说。巫师还好吧？这几天光顾喝酒，没去看他。”

“昨天我看他去了，身体还不错。”小松罗木说。

“你一个人去了？怎么不告诉我一声？”尼玛佯怪道。

“昨天，你能去吗？”小松罗木做了一个酒醉后身子瘫软的动作。尼玛响亮地笑了，是那种带着爆破声的笑，说：“马上去补，再见!”

尼玛把小松罗木丢在身后，自个儿径直朝王宫急急走去。这会儿太阳已经出来了，阳光洒满大地，薄霜已经溶化，青石板小路像抹了一层清油般润亮。宫门已经打开，门卫一眼就认出新上任的工巧大臣尼玛，赶紧伸舌脱帽弯腰：“老爷，请!”

巫师前不久搬进了王宫顶层，尼玛一层楼一层楼地攀登，爬到第九层平台时，已经气喘吁吁。

“小伙子，看你累得，还不如我呢!”巫师从窗户外看见尼玛上楼了，便推门出来迎接。

“巫师，您好!”尼玛恭恭敬敬地向巫师俯首弯腰，双手合掌行礼。

“太阳出来了，咱们就在这儿坐吧。”巫师自己在一个凳子上坐下，用手掌拍了拍旁边的一个凳子,“来，坐这儿。”

平台是房顶，一半是阳台，巫师和尼玛正坐在那里，另一半盖了房子，装修后，现在是巫师的居室。

“您走后不久，寺庙就修好了。”尼玛说。

“听说了。叫雍忠拉顶？这个名字好。”巫师说。

“大松罗木非要等您回去才肯搬过去。”尼玛望着巫师说。

“这孩子，有时脾气还真倔。我都带口信给他了，让他放心当住持。这么羞羞答答，以后万一当堪布①，看他怎么办!”巫师笑了。

“您什么时候回去？”尼玛问。

“现在很难说，女王的目的没达到，我是脱不了身了。”巫师苦笑道。

---

① 堪布：堪布是藏传佛教寺院或大型寺院中各个札仓（学院）的权威主持人。担任这一僧职的人，必须具备渊博的佛学知识和高尚的道德品质。

“女王也是，您哪里去弄那么多男人给东女国?”尼玛急了。

“说得是呀，得想个法子。”巫师点了点头。

“想法子？这种法子都能想得出来?”尼玛疑惑地眨着眼睛，突然问：“我们几百个小伙子个个昏头昏脑，是不是您想出的法子？毕竟您是东女国的人。”

“哈哈哈，”巫师笑得跺脚拍掌，“亏你想得出来。我有那么大的能耐?是你们自己送上门，还好意思怪我！人家想男人，你们就来了。真会投其所好啊!”

“为啥我们琼日部落想女人，没见女人来？您偏心!”尼玛撅着嘴，像受了委屈的孩子。

“女人不来你们就来抢?”巫师白了尼玛一眼。

“您也知道了?”尼玛惊讶。

“想瞒我?”巫师的确生气了。

“您生气了，真的向着她们呢!”尼玛醋意大发:“你就放一百个心吧，咱们琼日部落的小伙子包括小松罗木在内，都把这件事情忘得干干净净，连老家都忘了。”

“是的，只有你一个人清醒，这我知道。”巫师说。

“这是为啥?”这件事情尼玛一直没想通。

“只有你一个人没喝忘乡汤呀!”巫师说，“女王很后悔，给小伙子们灌忘乡汤虽然是大臣们的主意，可她没能拦住。”

“忘乡汤？还有这样的毒药？东女国真缺德!”尼玛坐不住了，站起来走来走去。

“或许，坏事要变成好事。”巫师说。

“您又在为她们说话!”尼玛撅着嘴坐回原位，想了想，说：“怎么个变法?”

“你猜怎么着？女王爱上咱们小松罗木了，还让我当月下老人呢!”巫师眉飞色舞。

“这么一来，不就成了上门女婿？他可是琼日部落的酋长呀!”尼玛摊开手，张着嘴巴，好像在亮牙齿给巫师看。

“傻瓜，他们成亲后，两个部落不就成了一家人吗？还用得着抢女人?”巫师佯瞪尼玛一眼。

“上门女婿又有多大出息!”尼玛仍不痛快。

“别看女王年纪轻轻，她可不是个简单的女人！”巫师点着头说，“她现在变成了另一个人，东女国的天很快就会变。”

“巫师，这么说，我们的大事还得放一放啰？”尼玛似乎开窍了些。

“不是放一放，根本不要想。好事在后面呢，懂吗？”巫师用手指刮了一下尼玛的鼻子，他还把尼玛当小孩子一样。

八
发现黄金

从石头里烧出金属后，女王说："咱们结婚吧！"小松罗木说："您没发现东女国缺一样东西？邛笼！"女王说："那是男人部落的。"小松罗木说："没有邛笼，就像女人部落。"小松罗木突然意识到自己失语，下意识地伸了伸舌头。女王并没有意识到这句话里有问题，摸了摸肚子，说："咱们结婚吧！"

女王在舞会上看到小松罗木雄健刚毅的舞姿后，便一见钟情爱上了他，不因别的，就因他的动作像琼鸟飞翔。她想，东女国世世代代供奉着琼鸟，小松罗木一定是琼鸟送来的礼物吧？自打石头里烧出金属后，她就像中了邪似的，不仅对小松罗木言听计从，甚至糊涂得几乎失去一切戒备，不然怎么会对"没有邛笼，就像女人部落"这样敏感的话都麻木不仁呢？她还将本应亲自管理的部落事务都交给了小松罗木，自己一门心思准备婚礼去了。

女王记得东女部落还在若水流域的时候，母王就戴过一顶缀了各种珠宝的王冠，并告诉她长大以后也要戴这顶王冠。然而女王终究还是没戴成，部落逃亡时，母王的男近侍不但背叛母王开了小差，还把王冠盗走。到嘉绒藏区稳定下来后，大臣们提出再缀一顶王冠，当时女王苦笑了一下，心里想，你们还不如我这个小女孩呢，国都亡了，还戴什么王冠！石头变成金属后，东女国一下子富庶起来，女王眼睛一亮，似乎看到了失去的王冠，觉得应该有一顶王冠了。可是，嘉绒藏区这个地方的土司们不在意帽子，他们看重的是酒器，每个土司都有樽、坛、罐、壶、杯一整套酒器，据说传了很多代，还要传下去。这套酒器是权力的象征，因此土司、头人[①]、寨首[②]的酒器规格不同，样式有别，分明得很，只要一看酒器，就知道官在什么位子上。女王想，入乡随俗，酒器就酒器吧，而且，就是酒器，男人部落也比不过女人部落，他们的酒器是陶器，泥巴做的，东女国的酒器要用金属来做，在举办婚礼那天亮给男人部落看。

女王把部落里的能工巧匠集中在一起，新建的作坊就在王宫脚下，形成一条长街，作坊长街上空终日飘浮着淡蓝色的云烟，叮叮当当的敲击声不绝于耳。匠人们额上沁着汗珠，脸被炭火烤得通红，手上的小锤雨点似的落下来，钳子夹住的黄铜青铁不断地改变着形状。

自从烧出黄铜青铁后，小松罗木对发现新鲜事物的兴趣超过了与女王谈婚论嫁，发现或发明一种从来没有过的新东西能使人惊愕、欢快、雀跃！他实在忘不了第一次从石头里烧出金属时的情景，整个部落的男女老少都惊呆了，周边那些高傲的“古汝”[③]部落也惊呆了。过去，那些男人执政的“古汝”部落一直睨视东女国，根本没把女人当家的部落放在眼里。现在可不一样，争相派使者前来讨好，希望得到购买铜铁的权利。小松罗木高昂着头，提出谁愿意传授邛笼建筑技术谁就能得到这个权利时，他们也没有提出任何异议。

这一买卖还来不及敲定，琼人们[④]就发现了黄金！

在男人部落，背水熬茶是女人们的事，没有任何含糊。在东女国却恰恰相反，熬茶背水是男人们的事，这也是天经地义，没有任何质疑。刚开始，琼人小伙子们很不习惯，更受不了，走到河边，懒得一瓢一瓢舀水，直接把木桶摁进河里，灌进大半桶水后，不背在背上，提起就跑。回到屋里使劲往缸里一倒，也不管水洒不洒出来。时间久了，和老婆感情深了，又有了孩子，性情就温和下来，背水的活路做得和外地女人本地男人差不了多少。也能心气平和地一瓢瓢把水舀到木桶里，用套在颈上的圈形背带把水桶勾起来，一侧身，水桶就移到翘起的屁股上了。背水时保持挺胸塌

---

① 头人：头人为土司下面的一级官职，该官职又分为三等，即大头人、二头人、三头人。土司、大头人、二头人是嘉绒藏区的统治者和贵族阶级，小头人大多出身百姓，只能依附土司向统治阶层发展。

② 寨首：寨首是嘉绒藏区最低的一个职位，相当于村组长。

③ 古汝：部族名，原意是“迁徙”的意思。也有人认为“古汝”是以牦牛为图腾的部族名，藏语嘉绒方言中，“古汝”就是牦牛。在汉文史料中，“古汝” 被译成“哥邻”。

④ 琼人们：指从琼日部落来的小伙子们。

腰的姿势，水桶离开背，独自直立着，步调达到与桶里的水浪同一个频率。他们学会了女人味儿很浓的活路，却没有学到女人们的细心，糊里糊涂地背了一趟又一趟的水，竟没有一个人发现河里有特别的东西。都说色齐河好奇怪哟，明明看见河里的水是金黄色的，舀起来就清净了，什么颜色都没有了。把这条河叫做“色齐”实在抬高了它的身价，其实只有其色，没有其物。大家认为，之所以如此，大概有两种可能，一是可能河床底下的石头是黄色的，再不然就是河床底下的石头上附着一层黄色的苔藓。河水的颜色是什么样的确无关紧要，只要水清凉干净就行，于是也就没人去管它。不少人都有过舀水时水瓢里偶尔舀进黄色颗粒的经历，他们都把它当做细沙倒掉，再把瓢口慢慢斜进水面，轻轻把水舀起，免得再把渣子舀进来，谁知道它们就是黄金呢！后来，小松罗木首先发现大河里的石头上有数不清的亮晶晶的星星，平常还看不清晰，石头上泼了水后，那些星星就会冒出来。小松罗木突发奇想，把冒出星星的石头扔进尼玛的土窑里烧了一窑，结果怎么着？烧出了金子！

色齐盆地又一次沸腾了，家家户户倾巢出动，白天黑夜都泡在河里捞石头。每个人都发疯了似的，脸涨得通红，汗水像下雨似的往下滴，抢石头风从此越刮越烈。地也不种了，庄稼地里堆满了石头，越堆越多，越堆越高，最后实在堆不下时，河里的石头也差不多被抢光了。周围的男人部落不知道女人部落为啥不要命地从河里捞石头，猜想是炼铜铁用的吧。

库里的存粮吃光了，石头又不能当饭吃，地还是要腾出来种庄稼，小松罗木这才想起周边部落等着他用金属换邛笼建筑技术。仅半年时间，遍地堆起的石头砌成了一百零八座邛笼。邛笼占地面积小，只需一间小屋那么大，往上叠垒许多层，石头耗量很大，被石头占去的地都腾出来了。各个部落的设计师和匠人们各显神通，拿出了他们最得意的邛笼作品。

这笔买卖令他们皆大欢喜，参与竞赛的部落都得到购买铜铁的权利，东女国也解决了石头占地问题，又有了这么多黄金石头砌起来的美丽建筑。

邛笼修起来后，东女国的面貌彻底改变了，好像生活在石头建筑物的森林中。黄金在石头里面，石头在邛笼里面，邛笼在云层里面。但是不久之后，他们终于发现，邛笼对东女国的女人打击太大了。邛笼里的独木梯太陡太窄，女人们很难爬上去，即使爬上去了，邛笼太高太险，女人们也头晕目眩。男人们却特别钟爱邛笼，喜欢爬到邛笼顶端，那儿可以看到很远的地方，天气热的时候，那儿的风最凉爽。在家里厌烦女人的唠叨时，他们一趟子钻进邛笼，一会儿就上顶了，女人们只好在邛笼脚下望楼兴叹。

自从有了邛笼，女人越来越管不住男人，男人的头一天比一天抬得高。也难怪，只要有邛笼的部落，都是男人说了算。

抢石风暴终于平息，金子石头也安顿下来。邛笼成为东女国热门话题（邛笼对周边部落来说并不是什么新鲜事物）的时候，色齐盆地又发生了一件稀奇事。

这件事也与金子有关。自从发现金子石头后，东女国的人感到很富足，很优越。看啦，森林般的邛笼啦，一百零八座啦，全是金子啦，以后慢慢烧金子吧，几辈子十几辈子也吃不完啦！其实，这是男人们的想法，女人们越来越讨厌邛笼。邛笼？金子？屁，就像画的香饼，中看不中用，烧铜炼铁比它强多了。话不好听，理却是这么个理。就在这个时候，背水男人们猛然想起游进瓢中的渣子，黄色颗粒或黄色薄片儿的渣子。

他们发现，舀水用力过大，瓢底蹭到水底河沙时，这种渣子就会被搅起来，有的就落进瓢里了。现在他们知道它是什么东西了，扔掉水瓢，手伸进水里，抓起一把沙子，松开，又抓起一把沙子。天啦，他们的心怦怦直跳，色齐大河的河底，遍地都是沙金！只要有沙，就有金子！

强烈的淘金风暴又呼啦啦地刮起。

这个时候，色齐盆地已经有了专做买卖的市场。市场形成以前，这里是一片大的草滩。草滩形成之前，这里是庄稼地。庄稼地靠近大河，沙子很厚，庄稼长不好就丢弃不管了。东女国的人把山沟里炼出来的铜铁运到草滩，简易的石头房子都是临时搭建的仓库。周边部落的商人们驮着粮食赶着牛马到这里交换铜铁，那些白色的帐篷是他们搭建的，市场就这样慢慢形成。这些人经常出入东女国，有的长期驻扎在草滩的帐篷里，东女国每次刮起的“风暴”他们都看得真真切切。

商人们打心眼里瞧不起女人当家的东女国，瞧不起背水做饭的东女国男人，要不是这里出产铜铁宝贝，他们才懒得到这里来呢！你看他们做的那些事情，先是玩命抢石头，现在又玩命抢河沙，什么玩意儿！只有女人，还有不醒事的小孩才干得出来。没事儿多烧点石头，多出点铜铁，比什么都强。你看他们做的那些事，嗨！

的确如此，抢石头风暴刚过，抢河沙风暴又起，地里又堆垒起河沙来了。现在不愁占了地种不上庄稼，因为有周边各个部落争着运粮食过来，只要送些铜铁就能换来粮食。再说，沙子还要倒回河里去，地里又腾出空儿来，又可以堆沙子，因此，抢沙风暴比抢石风暴更持久。

商人们没事干就到河边看热闹，坐在河岸的台地上用鄙视的眼光看河边男女们玩淘沙的游戏，对，纯粹是小孩子们玩的游戏。

人浸在河里，旁边是刻有锯齿的木槽，木槽的一头垫了石头，使它具有斜度。把沙子铲入槽中，用水冲洗，把沙子全部冲到河里。冲干净了又铲沙，铲沙后又冲洗，就这么反反复复地折腾。商人们都看烦了，站起来，摇摇头，拍拍屁股上的灰，回帐篷聊天喝酒去了。沙子冲走后，沙金便贴在了木槽锯齿上面。这事他们过了很久才知道。

后来，商人们觉得不对劲，这种无聊的游戏时间久了，再傻的人也会厌倦的，为什么这些人还乐此不疲？他们终于放下架子，从岸上走下去，来到河边，眼睛几乎贴到木槽上，近距离看了个仔细。尽管盆地人缄口不语，他们也知道是怎么回事了。现在才明白，自己才是真正的大傻瓜。他们的脸涨红起来，羞愧得无地自容。

九
弓箭和红辣椒

河沙里有金子的消息很快就传开了，各个部落都忙碌起来，人们提着木槽，扛着铁铲，踏遍了本地所有的山沟，搅浑了所有的河流，人没少累，汗没少流，最终一颗沙金都没捞着。他们忍不住头一回骂老天爷，老天爷呀，你也有偏心的时候呀，凭什么把所有的宝贝都送给女人部落呀！

各个部落都想得到去色齐河里淘金的权利，使者又络绎不绝地来了，在东女国的雍忠颇章宫里进进出出。这一次他们的运气没有上次好，都碰了钉子，没有一个使者能说服小松罗木让自己获得参与沙金开发的权利。

女人部落怎么这么不好说话？所有的部落都生气了，淘不淘金是小事，不把男人部落放在眼里是大事。土司们立即成立了临时部落联盟，给东女国带去一副弓箭和一根红辣椒[①]，向东女国宣战！

东女国收到弓箭和辣椒后，立即召开内阁紧急会议。会上，大臣们的意见分成两派。小松罗木和尼玛主张迎战，趁机试一试邛笼的厉害。其余的女大臣都主张和解，她们觉得跟生命比，金子实在算不了什么，让他们来淘吧，反正都淘得差不多了。主战方和主和方谁也说服不了谁，会议不欢而散。

东女国的百姓无论男女都支持主战派，备战成为每个人的自觉行动。铁匠们又有了显露手艺的大好时机，打制起刀剑箭镞来手舞足蹈。各家各

① 弓箭和红辣椒：嘉绒藏区古代的一种宣战方式。弓箭表示武力进攻；红辣椒表示进攻者厉害。

户都把粮食搬到邛笼里，甚至把山上的泉水都通过暗沟引入邛笼中，在做打持久战的准备。

嘉绒藏区因为沙金正在酝酿一场战争，川西坝子的人偏偏这个时候掺和进来。不过也是，谁不喜欢黄金呢！

川西坝子自古以来风调雨顺，物产丰饶，被称为“天府之国。”天府西端有一个重镇叫灌县，灌县以西的坝子尽头地形突然起了变化，不再是一马平川，开始有山了，虽然不高，还是叫山。从这里再上行一百里后，才是真正的高山峡谷，才是嘉绒藏区。天府人和山里人过去接触不多，只是道听途说对方如何的糟糕透顶，于是无端地相互蔑视。天府人称山里人为番人，山里人称天府人为下坝子①。

现在，天府人也知道色齐河里有沙金了，还传唱一首歌谣：西山高西山深，西山有条色齐河。色齐河里流黄金，黄金灿灿河似虹。黄金流跑了多可惜呀，天府人提着木槽，扛着铁铲，向西山拥来。

进山淘金的天府人很多，有段时间把道路都堵塞了，发财的机会谁也不想错过。但是他们当中大多数人运气并不好，进山以后迷了路，在高山峡谷中走散，走到色齐河边的人只有几十个。

那天午后，山梁上的邛笼冒烟了，这是发现敌情的信号。东女国早就得到部落联盟组织联军的情报，做好了迎战准备。山梁上出现了人影，几十个人顺着下山小路一瘸一拐地走着，看样子不太像联军，他们走了很久才走拢盆地。

东女国的男人们把搭在弓上伸出射击孔的箭收回来，打开小窗户，看看这些陌生人到底要干什么。

这些人的装束很奇怪，头上都有女人才有的那种辫子，有的背在背上，有的盘在头上。身上穿着开了衩的长衫子，腰带里别着烟杆，脚上穿着草鞋。这不是传说中的天府人吧？从很远的地方来的，说不定又渴又饿呢！女人们心软，都准备回家做饭给他们吃。不，没看见吗？没安好心呢！还是男人们警惕性高，看到了这些人手里拿着的木槽和肩上扛的铁铲，又把收起的箭搭在弓上，送出射击孔。

这些人一边一瘸一拐地走着，一边东张西望，看到偌大的村寨没有任何动静，眼里流露出惊奇和侥幸的神情。远处有几只野狗朝他们吠叫，这

---

① 下坝子：表面字义为住在坝子里的人，隐含外地人之意。在山里人看来，住在坝子里的外地人奸诈狡猾，不守信用，没有慈悲心，因此，“下坝子”是一种蔑称。

些人把扛在肩上的铁铲拿在手中，防范野狗的进攻。

他们走下河坎，鞋子也不脱，涉进河里，伸手抓起一把河沙，用手指翻检了一会儿，突然举起双手，歇斯底里地吼叫：“色齐！我们找到色齐了！”

邛笼里的人都吼叫着冲了出来。冲到河边时，那些人吓得慌不择路，扑通扑通往河里跳。他们可能想逃到对岸，拼命向河中心蹚，可是河心水深浪急，水已经淹到脖子，再向前走几步就没命了。只有一个人没跑，站在河滩上，面朝琼日神山，双手合掌，闭上眼睛，嘴里念念有词。刚才没人注意他，现在才发现此人穿的竟是嘉绒服装，虽然短衣薄裤，一身夏季打扮，但仍看得出来他是本地人。审问后才得知，他叫罗尔依，就是嘉绒藏区太阳部落的人。他会说汉话，就跟着这些汉人来了，而且是他给这些汉人带的路。

“拖回来！”小松罗木现场指挥。个儿高力气大的几十个小伙子跳进河，拽住那些人的胳膊拖到河滩上。那些人湿漉漉地跪在地上，捣蒜似的磕头。

“回去吧。”小松罗木挥了挥手，原谅了这些人的侵犯行为。

这些人跪着不起来，嘴里嘟囔着什么。罗尔依翻译说，他们不想走，没地方去。他们若有地方去，就不会到这里来。

“好吧。”小松罗木爽快地答应了。他们想留下来也好，女人部落需要男人。

这些人的运气还算不错，化险为夷不说，走投无路时还被东女国收留，总算有了一个安身的地方。做淘金梦的大批天府人一进山就迷路了，在各个山沟里乱窜。征讨东女国的联军刚上路就碰上他们，误以为是东女国搬来的援军，便调转枪头追杀。追杀一阵后就不再追杀了，因为联军发现这些人不太像援军，看他们的装束，更像传说中的下坝子的人。被俘的人没有任何杀伤性武器，除了每人手上都拿着一把铁铲和一只木槽外，连一根锥子都没有。联军中只有太阳部落的人知道这是怎么回事，这些人是他们的土司曲登指使负责守桥的管家放过来的，为的是赚他们的过桥费。凡是过桥的人，每人要交银一两，因此，太阳部落的人管这座桥叫收银桥。比画半天之后联军才明白，这些人想去色齐河淘沙金，土司们知道后气就不打一处来，他们靠近东女国的人都没沾上沙金的边，这些山外人倒是毫不客气地打从老远跑来了。而且，还误了联军的大事，部落联盟好不容易把联军组织起来，正要讨伐东女国时，却让这些外来人给搅和了。这些迷了路的汉人被集中在一起，关进了牛头山露天牛圈里。

牛圈旁边的草坪上，土司们正在召开紧急会议，商议下一步的打算。参加紧急会议的有十七个部落的土司，嘉绒藏区有十九个部落，除了东女国女王和琼日部落松罗木兄弟外，其他部落的头头都来了。

这些人不可能不来，这次向东女国宣战，意义非同一般。参加紧急会议的各部落土司，他们的祖先们都有占山为王的经历，但是地位没来得及被官府认可。为了得到朝廷的册封，在元代成吉思汗的骑兵一次远征云南经过嘉绒藏区时，他们抓住这次难得的机会，纷纷献上哈达俯首称臣。自那以后，他们的历代祖先带上本地的贵重礼品和部落土地人口名册，不远万里奔赴京城归附，陆续得到皇室的册封，堂而皇之地成为土司。嘉绒藏区经过漫长的岁月，各个部落土司的领地已经十分清晰，不可能再像过去那样相互械斗争夺而使领地权属变得模糊不清。土司们知道，整个嘉绒藏区，目前只有东女部落占的地盘不属于任何部落所有。东女部落迁来之前，没有一个部落发现这块地盘，现在东女国虽然发现了它，还把它占了，但是，东女国是外来部落，没有占据嘉绒藏区地盘的资格。更重要的是东女国部落女王没有被朝廷册封过，还煞有介事地称国，整天女王、丞相、大臣、王宫、内阁地叫着，好像真有那么回事似的，羞死人了。女人的脸皮一旦厚起来，男人是远远比不上的。前几年大家没在意，女人部落嘛，逃难来的嘛，荒山野地嘛。现在感到她们越来越不像话了，越来越不好说话了，越来越不把男人往眼里放了，越来越感到不教训一下是不行了。说到底，大家都认为瓜分新土地的机会来了。难怪土司们说到讨伐东女国时，一个个眼里放光，心里激动。

十几年后，在大色齐部落官寨的一个宴席上，沼泽部落土司索朗达吉回忆起那次部落联盟紧急会议的情景时说：“当时我们争论的事情很无聊，现在想起来都脸红。我们不是经常嘲笑古代养马的那老两口吗？母马临产时不去照料，而是争论产下的马驹长大后作何安排，结果母马难产，母子双亡。我们当时恰恰就是这么争论下去的。”当时他们确实把如何攻打东女国的事搁置一边，心思都用在如何处置东女国的领地和财产上面。土司们各有各的想法，意见统一不起来。色齐部落土司色齐甲布[①]在众土司中威望

① 甲布：藏语，“王”、“大王”之意。

最高，这次各部落得以联盟，主要得益于他的穿针引线，但他也不能把意见统一起来。别以为平常所有部落首领都尊崇他，部落之间的纠纷也只有他才能调解，但在遇到瓜分东女国这样的巨大利益面前，各土司绝不会轻易放弃原则，至少，沼泽部落土司索朗达吉和太阳部落土司曲登是这样，觉得没必要看色齐甲布的脸色行事。要说势力，北边的沼泽部落有十几万头牛，几十万只羊，能够随时召集数千骑兵，色齐部落有吗？没有。要说地缘优势，太阳部落占据东边的沿河良田，那儿可是嘉绒藏区的粮仓，色齐部落有吗？没有。不仅没有，色齐部落在地缘方面还处于劣势。色齐甲布的祖先当初从象雄国①迁徙到嘉绒藏区时看走了眼，把色齐河的一条支流当成主流，将其部落扎根在那里。奇怪的是大家都看走了眼，都认为那条支流就是色齐河的主流，连这个部落和部落首领的名字都带上了“色齐”两个字。大家都认可色齐甲布，最根本的原因是色齐家族的血缘有些来头。现在的色齐甲布的祖爷或许是祖爷的祖爷，曾经是喜马拉雅山区当时最强大的象雄帝国王室的重臣，与国王有直接的血缘关系，象雄帝国瓦解后才被迫远迁到嘉绒藏区的。远迁的实质虽然为落荒而逃，但其正宗的王室血统不会因之改变。这一血脉除了高贵还兼神圣，象雄王室的祖先就是神鸟夏琼。在如此既高贵又神圣的血统面前，嘉绒藏区所有土司都自然感到矮了半截。

色齐甲布反复斟酌，始终觉得东女国现在占的地盘早就应该是他的，自己的部落和自己的名字都带着“色齐”两个字呢。东女国占的地盘就在色齐河的主流上，就凭部落和自己的名字，拥有这个地盘不仅名正而且言顺。再说，祖先虽然看走了眼，部落扎偏了点儿，但是地域之间都连着呢，只要稍稍挪动一下位子就正了。而且东女国也信奉琼鸟，说起来还是一家人，因此他甚至不想打仗，只想径直走进雍忠颇章宫，搂住女王便可。

牛高马大的沼泽部落土司索朗达吉是特别拥护攻打东女国的土司之一。他的部落为游牧部落，那里只有沼泽和牛羊，他还需要肥沃的庄稼地。他认为在座的土司都有大片的庄稼地，就他没有，应当把东女国的地盘让给他，他有把握能把它拿下。几百年前，他祖先的根基也在下面的山区里，也有好几条山沟的领地，在发现山区上面的沼泽地后，就带领一些人来试

---

① 象雄国：象雄，意为大鹏鸟之地。藏文史书记载，距今四五千年前，青藏高原已经有了过着定居生活的人类。后来逐渐形成四十邦国割据的局面，其中以今西藏阿里地区为中心的象雄王国最为强大，是藏族土著宗教苯教的发祥地。吐蕃王国崛起后，该王国才突然退出历史舞台，留下千古之谜。

牧，刚好碰见路过这里打云南的元军。他们的祖先用新鲜奶酪和风干牛肉款待元军，元军长官就给他封了土司，让他在这里放好牛羊管好百姓，祖先这才定居下来，把下面的几条山沟放弃。他认为自己没有要回祖先的领地已经够大方了，小小的东女国当然该让给他。

太阳部落土司曲登别看个头小，眼睛细，心可不小。太阳部落自古以来一直守护在与天府灌县汉区一河之隔的岸边，像铜墙铁壁一样，河对面的势力一直未能渗透过河来。然而这个部落并非拒绝对岸的所有势力，除了兵匪不能过河进山外，民间贸易往来还是十分密切。河那边的日用百货从溜索上滑过来，河这边的山货从溜索上滑过去。交通工具只能用溜索，这是祖辈定下来的规矩，不准修木桥，木桥会给大规模兵匪入侵提供方便。河对面的日用百货过了河后在此打住，山里的山货驮拢太阳部落后也在此打住，中间的交易由太阳部落垄断。太阳部落是嘉绒藏区除了东女国部落外最富裕的部落，曲登还不满足，违背祖训擅自修了一座木桥，过往的人货都要交过桥银，这座木桥也因此被称为银桥。修了桥后，银子就像桥下的流水哗哗哗地来。曲登还有想法，临时部落联盟成立前就想到把东女国拿下，修一条从太阳河边到东女国色齐盆地的商道，把那里的沙金和铜铁运出来，可能的话，还可以把商道修到更远的沼泽地去，把那里的牛羊运出来。这个理想一旦实现，太阳部落就将成为嘉绒藏区首屈一指的老大。

其他的土司，无论给他们取得世袭土司地位的祖先们曾经怎样的显赫和不可一世，现在都已经成为过眼烟云。目前，这些继承者守业还说得过去，创业则心有余而力不足。他们的愿望是上山打猎见者有份，把东女国平分算了。

“十几个部落打一个部落，好比十几个太阳晒一坝青稞。现在首先要明确晒干的青稞怎么处置，先说断后不乱嘛。”会议召开的第一天，主持会议的色齐甲布老马失蹄，犯了一个不大不小的错误，把会议的方向改变了。

虽然大家都不说话，心里可都没闲着，每个人有每个人的打算，但又都不说出来，静观事态变化。

“还是先打吧，打下来再说。要不然，你们在这里歇着，我一个部落去打。”心急的索朗达吉坐不住了。

“就你有能耐？你是猎狗，我们都是兔子？”曲登土司怕色齐甲布答应，把话抵上去。他和索朗达吉是好朋友，话说重点轻点没关系，再说，他是以开玩笑的语气说的。

“你这个矮子，口气还不小，冲得我裤腰带那儿直痒痒。”索朗达吉用手比画着腰部，还迅速摸了一下曲登的头。所有土司大笑。

“你裤腰带那儿痒倒没啥，裤裆里面痒了可不能当着大家的面讲呀，我给你送去的汉人女文书是不是给你送了河那边女人们的礼物[1]？”曲登拍着手，笑得前仰后合，土司们笑得更起劲了。

土司们每年要向四川知府拜年送礼，每三年要向京城朝廷拜年纳贡。索朗达吉备受语言不通之苦，花银子把曲登土司巧舌如簧的汉人女文书匀了过来，并不是曲登白送的。

索朗达吉和曲登的对话，把土司们引向插科打诨方面去了，这些人没有一个不揣着明白装糊涂，谁都想把东女国拿下，又谁都不想得到自己不满意的结果，于是话题绕来绕去，不知不觉过了三天，还没商量出什么名堂。这时，土司们意想不到的事情发生了，口粮告罄，这才惊觉把时间白白地浪费在这里了。从牛头山到东女国部落还有两天路程，不可能空着肚子去打仗，赶紧派联军各自回去拿口粮。

“曲登土司，帮我们说个情，放了我们吧！”牛圈里的汉人大多认得曲登土司，他的名气在河对面大着呢。曲登十六岁承袭土司职位，十八岁在河对面扬了名。那时候，太阳河上游的山匪经常骚扰川西坝子，连知府大人都拿他们没办法，遂求助于太阳部落。十八岁的曲登年轻气盛，带领数百人从溜索上滑到河对面，直捣山匪老巢，活捉了匪首。自那以后，山匪再也不敢进川西坝子，他的名字从此在河那边家喻户晓。

“说啥？”色齐甲布问曲登土司。这些土司中只有曲登懂汉话，而且汉文也不错，因他小时候在河对面读过私塾。

“他们想回家。”曲登说，“不然把他们放走吧，反正没有口粮养他们。”

“想来就来，想走就走？”索朗达吉说。昨天曲登提到汉人女文书时，他就想起了这个女人说过的一句话，于是提高嗓门说：“要问清楚是谁把他们放进来的。”

“这么多汉人进来了，难道这不是一个危险的征兆吗？虽然他们说是来淘金。”色齐甲布耸耸肩皱皱眉，“我们都不敢下色齐河，他们敢，为啥？”

他的这番话像一块石头丢进了死潭里，顿时激起浪花，土司们七嘴八

---

① 河那边女人们的礼物：指的是性病。

舌地议论开了。

“曲登，这件事只有你才有本事说得好。”索朗达吉记住了几天前曲登土司取笑他的话，说：“女文书虽然没有送给我那种礼物，你修桥收银的事倒是跟我说了。”

“什么金桥银桥？曲登土司，能不能说出来让我们听听？”色齐甲布也听说曲登土司修了收银桥，现在听索朗达吉这么一说，假装不知道地问。

“靠山吃山，靠水吃水，天经地义呀。”曲登知道这个事儿瞒不过去了，仰天长叹，“你们可以开垦荒地，可以逐水草而牧，我借一河之水发点小财，眼红了吧？那好呀，咱们换位置，你们来河边呀，把河对面的人挡住呀，你们行吗？”这倒也是，河对面的人听说不好对付，色齐甲布心头闪过这么一个念头，但被索朗达吉的话打断了。

“你只图收银痛快，把嘉绒藏区的安危丢在脑后，你想过没有？就这么些天，那边就来了这么多人，说不定还在过桥来人呢。”索郎达吉虽然和曲登是好朋友，但看到了事情的严重性，“你闯下祸啦！”

“静一静，”色齐甲布这几天一直头昏脑涨，理不出个头绪，现在突然觉得眼前一亮，说，“把桥的事搞清楚，太阳部落不会违背祖训修什么桥吧！”

“我图一时商贸交易的方便，修了一座木桥。”曲登又一声长叹，“虽说各个部落都离不开商贸交易，都受着这座桥的好处，可是关键时候都装糊涂。是我违背了祖训，是我修的桥，你们就说怎么惩罚我吧！”

“原来真修了木桥。”色齐甲布皱了皱眉头，心里却忍不住地高兴，“本来嘛，修桥补路是好事，可是在太阳河上修桥就犯了大忌。也不说惩罚的事了，曲登土司并不是存心接外人过桥进山，是不是？依我看，太阳部落就不去打东女国了，明天一早赶回去把桥拆了。”

“我同意色齐甲布的意见，”索朗达吉马上接过话说，“曲登土司走的时候把这些汉人带走，赶过河去。”

其他土司都同意色齐甲布和索朗达吉的意见。

曲登土司当然明白色齐甲布和索朗达吉的用意。找岔子把我挤走就完啦？没那么容易！你们不让我得到东女国，你们也别想得到！曲登土司立即酝酿出一个计谋，心里想，自己原来还想独吞东女国呢，现在部落联盟要打东女国了，自己连份儿都没有。

“曲登土司，就这么定了！”色齐甲布见曲登愣在那里，提高嗓门说。

“看，说到回家，曲登土司就不理咱们，心儿早就飞到嫂子那儿去了！”索朗达吉又开玩笑。

“只好这样了。东女国打下来，别少了我们太阳部落的份儿呀！”曲登尽量注意说话风度，可不能把怨气表现出来。

“贪心！还想这事！”索朗达吉有些不高兴了。

“谁不贪心？但不能贪过了头，心太贪了会被贪海淹死的。”曲登翻了个白眼，伸了伸长舌。色齐甲布和索朗达吉相互一视，都笑了起来，笑得有些怪模怪样。

刚才太阳都还火辣辣的，土司们都把长袍的右袖脱下来，亮出了白绸衬衫衣袖。不知何时，天空中聚集起乌云，太阳无影无踪，牛头山被阴影罩住，土司们各自回自己的帐篷休息去了。曲登土司起先也走进自己的帐篷，坐了一会儿，又走出帐篷，望了望马上就要下雨的天空，朝露天牛圈走去。夏天，山上的牛圈是空的，牦牛都被赶到草场上去了，只有冬天下雪的时候才把牛关进来喂干草，冬天积下的粪早都晒成干粉，被冬天和春天的风吹没了。牛圈里的土比外面的草地肥沃，长出的草就格外茂盛，颜色更深，墨绿一片。那些汉人看见曲登土司走过来，都站了起来，腰以下埋没在深草里。

“土司大人。”好几个人都喊出了声，学山里的规矩，跪在地上，其他人都跟着跪下。

“你们当中肯定有人来过我的部落呢，还认得我呢。”曲登笑呵呵地说，“都坐着，我们坐着说话。”曲登的汉话确实非常流利，还带河对面的地方口音。如果不看他的穿戴，闭上眼睛听，肯定认为说话的人就是河对面的汉人。由于语言的关系，这些汉人很快与曲登土司缩短了距离，明显放松多了。

“晓不晓得为啥把你们关到这里？”曲登盘腿坐在草丛里，说话轻言细语，生怕远处的人听到似的，“山里人最担心山外人进来，因为我们以前吃过亏。汉语中有一句话，一朝被蛇咬，十年怕井绳，就这么个道理。你们都见过，山里的房子都是厚厚的石墙，又修得高，三四层；邛笼更高，十几层。门窗又都小，为啥？防山外的兵匪进来烧抢呀。我们把你们当成进山的兵匪，才把你们关起来的。”

“你是晓得的，我们交了过桥银，只是想去色齐河淘金。”一位身强力壮的小伙子涨红了脸，壮着胆说。

“我咋个不晓得嘛，我向他们解释，他们就是不信。还怪我把你们放进来了呢。”曲登说的也是实话。

“他们是什么人呀？这么不讲道理，连您的话都不信。”小伙子说。

“他们？他们都是无赖，坏蛋，我都落到他们手上了。”曲登一个劲儿地骂，把土司们的身份隐瞒了，怕吓着这些人。“他们想打东女国，就是你们想去淘金的那个地方，想把我和你们押在前面当挡箭牌呢。”

“神仙打仗百姓遭殃，逃吧，你把我们放了，我们一块儿逃吧！”另一个小伙子怯生生地说。

“逃？到处都是他们的人，逃得出去吗？”曲登压低声音，“他们知道你们逃不出去，才没人看守你们呢！”

“总不能等死呀！”还是那个壮小伙子说。

“我想了一个办法，”曲登神秘地眨巴着眼睛，“等我们睡后，你们冲出来，把我们全都捆了，往东女国送。你们这么多人，对付我们十几个人实在很轻松。这样，不但你们的命保住了，还立了大功，不晓得东女国怎样感谢你们呢。”

“这，我们不敢，怕惹祸。”一位瘦弱的中年人说。

“有我撑腰，怕啥子？现在只有这个办法了，而且得赶快！”曲登急了。

“这个办法好是好，但是，不能捆您呀！”小伙子有点为难。

“连我一起捆，一起送，这叫苦肉计。《三国演义》里面有，看过吗？”曲登不愿暴露自己，毕竟，他还要长期和这些土司打交道。

“没看过。”小伙子不好意思。

十
婚礼上的政变

东女国虚惊一场，部落联盟的征讨计划最终流产。女人们固有的骄气在骨子里没待多久又溜出来，在眉宇和嘴角间舞蹈，放出话说，男人有啥了不得，不过如此而已。

广场上，从各家各户跑出来的女人们把收留的几十个汉人围了个水泄不通，像参观稀有动物似的指指点点，她们从来没有见过这种打扮的男人。这些人的长相和肤色也很奇怪，个子矮矮的，鼻子扁扁的，脸色黄黄的。她们七嘴八舌地问这问那，罗尔依不知回答谁的问题好。

“他们是哪里人？从哪里来？”女人问。

“河对面来的，不是这条河，是我们那儿的太阳河。他们是汉人。”罗尔依说。

“他们不会说话？”女人们见这些人勾着头，闭着嘴。

“当然会说话，说汉话，不懂咱们的话。”

“吃什么？会吃酥油糌粑吗？”

“他们那儿产米，大米，好吃。”

“会干活吗？背水，做家务，带孩子，洗衣服，我们男人干的他们会吗？”

“我问他们了，他们都会，会弄饭，会弄很多种菜。好多人都是手艺人，铁匠、银匠、木匠、泥匠，啥都有。会种庄稼，都是勤快人。”

广场终于安静下来，该问的都问了，好像再也想不出新问题。没隔多久，广场上又热闹开了，女人们“轰”的一声挤过去，又“轰”的一声挤过来，广场上再一次安静下来时，那些男人已无影无踪，被力气大的女人抢回家了，连罗尔依都没放过。没得手的女人们还不死心，在看热闹的人堆里穿梭寻找，她们也需要男人。

色齐河的河滩，几个月前都还是平静的沙滩，孩子们常到这儿玩沙。刨一个沙槽，躺在里面，再把细沙堆在身上，只露出小小的脸蛋。或是做垒沙塔的游戏，沙子半干半湿，有一定的黏性，塔子垒得老高，心灵手巧的小孩子能在沙塔上用篾片凿出许多的小窗口，就像邛笼上的射箭孔。现在不同了，自从淘金以后，沙子都被铲进木槽，又让河水冲走，只剩下光怪陆离的鹅卵石。过去走在沙滩上，就像走在地毯上，软绵舒适，现在坑坑洼洼，走起路来高一脚矮一脚的。小松罗木顾不得这些，处理完河边发生的事后，匆匆向与他商量事情的尼玛告别，大步流星地从乱石滩上走过，直奔王宫。

“才回来？”女王已经有了身孕，肚子略微隆起，站在寝宫门前，手扶着门框。

“这不赶回来了嘛！”小松罗木气喘吁吁，轻轻抱住女王。他抱女王时，看见正对面的窗帘在晃动，告诉他女王刚才从窗户向外张望，盼他早早归来，也知道了自己冲上宫楼的速度等于女王从窗口走到门口的速度，他为自己能有这样的冲劲儿感到惊讶。

“准备得差不多了，我说的是婚礼。”女王拉着小松罗木的手走进室内，让小松罗木坐下。

“刚才尼玛哥说了，当下必须准备战斗，联军虽然还没来，但随时都可能来！”小松罗木让女王坐在自己的膝盖上。

“我想，三天后就可以了，巫师说，那天的日子最好。”女王吻了一下小松罗木的额头。

“尼玛哥说了，马上去搬援兵，不能耽搁。”小松罗木没有回吻。

“您，您怎么不回我的话？”女王从小松罗木膝盖上闪电似的离开，站在一边。

“头上就要下刀子雨了，您还……”小松罗木十分不高兴，站了起来。

“你，还神子呢，欺负女人！”女王竟抹起眼泪来。

“我……你……”小松罗木看见女王抹泪，心里十分懊悔，一时又不知道说什么好，紧紧搂住女王安慰。

过了一会儿，女王抬起头，清澈的大眼睛似乎在说，也许您是对的。

“请原谅我的粗鲁！”小松罗木轻轻吻了一下女王的脸颊。

“也许您是对的，”女王嫣然一笑，转而又严肃起来，“三天后婚礼一定要举办。巫师说了，那天是八月十五，属鸡的日子，是琼鸟也是您阿妈的生日，我不想错过。”

“真的？遵旨！”小松罗木从来没听说过有这样的日子，双手合掌，做出高兴的样子。心里却想，女人怎么这么不懂事，大难临头了，还像小孩子一样顽皮。

“就知道逗我乐。”女王说，“部落的事我早就不管了，您又不是不知道，您自己看着办吧。”

“尼玛哥说了，他愿意亲自去琼日部落搬援兵。”小松罗木急促地说。

“我不是刚说过嘛，我只管婚礼的事，其他的事不想听。”女王用白嫩的手掌捂住耳朵，脑袋轻轻摇晃，耳环上的一簇银丝叮当作响。

八月十五来临，王宫后面手工作坊长街平常叮叮当当的金属敲击声戛然而止，精工打制出来的各种酒器搬进了大礼堂，错落有致地摆放在陈列架上。当女王领着小松罗木和众大臣跨进礼堂时，个个张嘴瞪眼吃惊不小，尽是男人部落土司头人用的东西，女王想干啥？

陈列架是用乌黑的核桃木做的，这种色彩沉稳厚重，正好把金质和银质酒器张狂的色彩收敛住了，不然更会让参观者们的神经兴奋得难以抑制。铁质酒器的色彩朴实无华，放在这种木架上，显得有些谦虚，不过，它们蕴涵的精湛技艺依然引来参观者们惊异的目光。每一种器物都有好几种不同的样式，每一种样式又由金、铜、铁三种不同的材料打制，每一个器物上面都有各种图案和饰纹。图案大多取材于动植物，以琼鸟、狮、虎、龙、鹿、大象、青蛙、檀坍、香柏、莲花等图案居多，不少器物的型制本身就取相于琼鸟、青蛙、大象、青龙、白虎等吉祥兽鸟。琼鸟图案仅局限于重要酒器上，把部落图腾都铸造在上面，可以想象女王对这些器物多么重视。

欣赏这些精美绝伦的酒器需得花些工夫，女王有身孕，被丞相和几个侍从护送到宫中休息去了。小松罗木想，尼玛哥该看一看，可是尼玛赴琼日部落搬援兵去了，此时此刻不知是在去的路上还是在回的途中。

看完展览，小松罗木急忙回宫。女王和衣躺在雕床上，见小松罗木进来，吃力地支起上身，让他坐在旁边。

“怎么样？”女王娇气地问。

“您没事吧？哦，太美了，从来没见过这么美的东西，您真行！”小松罗木握住女王的手，说。

“喜欢吗？”女王问。

“当然，谁又不喜欢呢。可是——”小松罗木不明白女王为何打造这些器物。

“咱们明天就结婚了。”

“明天？哦，对，明天。”

“明天您就知道了。”

“哦，是吗？”

“明天结婚，是不是有点突然？”

“不，正合适。”

“才不合适呢，看，这里都大了。”

“大着肚子带着孩子结婚的人有的是。”

“别人可以，我不可以。”

“哦，是，您是女王。”

“什么女王不女王的，明天我就不是！”

“啊？”

“婚礼只是一种形式，我要在婚礼上办一件大事。”

“我听不懂，女王。”

“明天您就懂了。”

最后，女王还是忍不住把她的秘密告诉给小松罗木了，那天夜里，他俩很晚才熄灯。

本来婚礼是在大礼堂举办的，由于要在婚礼上办一件大事，女王不顾大臣们的反对，在部落联军可能随时来犯的紧要关头，临时决定在广场举办。次日正午时分，广场上已经人山人海。

广场正面搭了一个台子。前排安排了三个位子，正中的位子是巫师的，两边的位子是新娘女王和新郎小松罗木的。后排坐着各位大臣。只有尼玛缺席，他正在官寨外围部署防线。他一共设了三道防线，从琼日部落赶来的五百名骑兵布防在第一道防线上。

台子的一边陈列着新打制的各类金属酒器，另一边陈列着新娘嫁妆。台子下面垒起三座山，左边是铜山，中间是金山，右边是铁山。

台子前立着时辰标杆，当太阳的影子投在正午的刻度上时，担任知客的丞相从座位上站起，走到台子边，用女高音宣布婚礼开始。顿时，一百零八支唢呐齐奏吉祥颂歌，欢快的旋律像色齐河中翻腾跳跃的浪花；一百零八支莽筒奏出国泰民安曲，浑厚的音响犹如春雷滚滚。广场四面高高的煨桑台浓烟升腾，柏枝燃烧飘出的香味弥漫了整个广场。人们一边围绕桑烟台转圈诵经，一边抛撒龙达，向新郎新娘祝福。起先，千万张龙达腾空而起，像千万只白鸽翩翩起舞；尔后，腾空的龙达又像洁白的雪花纷纷飘落，没过多久，广场上铺起了一层厚厚的“瑞雪”。

巫师戴着高高的法帽，身着黄色的特制法衣，脚蹬厚底氆氇法靴，手执净瓶，来到新郎新娘面前。女王和小松罗木赶紧离座，跪在巫师脚下。巫师一边诵念祝福经，一边用一根孔雀翎毛向这对新人身上洒净水。台下的观众高呼：“扎西德勒![1]”

向新郎新娘献哈达仪式花的时间最长。献哈达的路线其实并不长，从台下的右边排队，依次经过台子右边的新娘嫁妆展览台，走到台子中央，向新郎新娘献过哈达后，经过台子左边的酒器展览台，从左边走下台后横走，经过铜山、金山和铁山，就回到原位了。可是，尽管事先严格规定了献哈达的人数，到头来还是没有控制住，献哈达的人大大超员。更主要的原因是行走特别慢，人们被精美的酒器和新娘的嫁妆吸引住了，无论值勤人员怎样催促都收效甚微。再这样下去，女王肯定坚持不住，她的额上沁出汗珠，两只手握成了拳头，牙关也咬得紧紧的。小松罗木见状悄声问：“又痛了?”女王点了点头，又赶紧摇了摇头。“别硬撑了，回去吧!”小松罗木扶住女王胳膊。丞相忙碌中发现这面的动静，脱身跑了过来。为了不让别人发现，又放慢步子，来到女王面前蹲下，焦急地问：“怎么了?发作了?”“有点像，肚子疼得厉害!”女王吃力地说。“回宫!”丞相态度坚决。“不，等一等，”女王摆了摆手，说，“宣布——快!”“您，行吗?”丞相担心地问。“快，趁现在还能挺住。”女王挥了挥手。

“女王有重要决定宣布!”丞相的话音刚落，全场鸦雀无声。

女王今天打扮得格外容雍华贵，从头到脚的首饰，都是用东女国自己产的黄金打制的，而且都是她自己设计的。她特别穿了一件宽大的貂皮长袍，金腰带又把腰部束得很紧，巧妙地把大肚子掩饰住了。她镇定地站了

---

① 扎西德勒：藏语，吉祥如意的意思。

起来，稳步来到台子前，两个侍从照例护卫在她左右。今天，她有许多话要说，而且都很重要，可是肚子不争气，又在向她发起新一轮的“进攻”，只好长话短说。

“今天是我一生中最重要的日子，我和神子结婚，”她俯视着台下的金山、铜山和铁山，继续说：“我的丈夫是琼鸟的儿子，神保佑我们，给东女国送来神子，我们这里才不断地有了新发现，新发明，新创造。为了东女国今后的前途和命运，我把祖祖辈辈传下来的王位让给我的丈夫。他虽然是男人，但是，他是神子，我想，列祖列宗会同意我的决定的。从今以后，他就是我们的新王，我是他的王妃。”女王停止了讲话，扫视着黑压压的人群。台下响起了一片嗡嗡声，人们有的交头接耳，有的高声议论，台上的大臣们也开始骚动起来。

女王不顾台上台下的不满情绪，从桌上端起象征大王权力的巨大金樽，高高举在空中，大声说：“谁拥有它，谁就是大王！”然后郑重地把金樽送到小松罗木手中。小松罗木把伸出的手缩了回去，他担心大家不服闹出乱子。女王狠狠地向他使了个眼色，把金樽重重地推到他怀里，接着又把特制的大王专用器物金坛、金罐、金壶、金杯递到小松罗木手中。小松罗木见女王额上沁满细密的汗珠，脸色苍白，知道要发生什么事了，赶紧把女王递过来的器物交给近旁的侍从，从桌上拿起象征王妃地位的金樽，双手捧给女王。啊，现在该叫王妃了。王妃吃力地接住，灿烂地笑了一下。她实在坚持不住，摇晃了几下，侍从未来得及扶住，她便软软地瘫倒在地。

小松罗木，啊，现在该叫新王了。新王赶紧俯身把王妃抱起来，十几位大臣也赶紧离座围过来了。“不要管我，给大臣们授器物！”王妃闭着眼睛，有气无力地说。“好，好，您放心！”新王目送被卫队从自己怀里抬走的女王回宫，声音已经哽咽。

谁也想不到女王自己给自己搞了一次政变，主动从女三宝座上走下来，把小松罗木扶上王位，自己心安理得地当起他的妻子。这个决定对女王来说并不重要，她已经把实际王权都交给小松罗木了，当众宣布只是给一个名分。但是，对于东女国人来说，名分太重要了。东女国自古以来都是女人的天下，现在让男人指使女人，这不是变天了吗？这与男人部落有什么两样！虽然他们基本同意女王刚才说的话，小松罗木是神子，神子自有与众不同的地方，但是他们还是认为女王终究是女王，小松罗木只不过是女王的一个侍从而已。不过就目前而言，他们不得不承认小松罗木不仅成为女王的丈夫，而且还得到新王的名分了。从此，东女国不再是东女国，天已经变了。参加婚礼的人虽然无一不是崇拜女王的人，然而谁都没有特别的反应，大家依然就那么坐着，都以为这是一场梦，马上就会醒过来的，过不了一会儿，女王又会满面春风地从幕后走到前台，让大家哈哈大笑一场。因此，小松罗木以新王的身份向众大臣授酒器时，竟没有一个人捣乱。

按照程序，酒器授完后，该跳露天宫廷舞蹈了，可是就在这个时候，唯一没有领受酒器的工巧大臣尼玛骑着只有琼日部落才有的纯白色高头骏马，直接冲至婚礼台前才下马，向新王耳语一阵后又翻身上马，冲出广场，一溜烟不见了人影。

“乡亲们，”新王一直紧锁的眉头突然间舒展了，“本来接下来该跳舞了，但是，有一批远客马上就到，咱们还得先接待他们一下。”

下面一片嗡嗡声。

“来了。”有人叫道。

“大家安静，原地坐着不动，远客来了，我们要懂礼貌，不要叫别人笑话。”虽然是知客，但丞相也和大家一样才听说有远客到场。她莫名其妙，东女国迁到嘉绒藏区后，还没顾得上与外界交往，哪里来的远客？

会场上虽然人声有些嘈杂，但是人们都遵守纪律，没有人站起来探望，更没有人到处走动。

“啊，都是贵客！”有人惊异地脱口而出。

“都是土司，给咱东女国大面子了！”有人感叹。

“不对，都捆着，像俘虏！”有人发现新情况。

“不会吧，土司都成了俘虏？”有人不相信。

说得都没错。他们都是嘉绒藏区的各地土司，又都被牛皮绳结结实实地捆着，骑着高头大马的尼玛把他们引到台子前面的金山、铜山和铁山前面。

“看座！”丞相听完新王的耳语后，故作夸张地高声唱道：“欢迎各位尊贵的土司光临！”

大臣们立即给各位土司松绑，安顿到刚刚铺好丝绸卡垫的座位上。

“东女国新王向土司们敬献哈达！”丞相又高声唱了一句。

新王心里百般焦急，惦记着宫里的王妃，但是他强装笑颜，逐一向土司们献哈达敬洗尘酒。土司们麻木地应承着，实在不好意思抬起头来。举行这一仪式花的时间并不多，但是新王觉得特别漫长，待到最后一位土司接过哈达喝下青稞酒后，新王一阵风似的溜进了宫里。

“上酒！”丞相又唱道。

美女们鱼贯而入，向土司们敬酒。

参加婚礼的人们看见这一切，就像做梦一样，他们怎么也弄不明白高高在上的土司们怎么自己背着牛皮绳跑到这里来了，他们不是要组织联军攻打咱们东女国吗？新王也是，为什么对仇人像接待娘舅似的又铺卡垫又献哈达？新王能干不假，女王禅让王位他们现在也可以接受，但是向仇人献殷勤，他们想不通。

土司们也在梦中。他们糊里糊涂地被汉人们捆绑，徒步走了两天路，最终掉进东女国的嘴里了。他们从来没有徒步走过这么远的路，脚走跛了，脚底打起了水泡。这倒还在其次，有生以来第一次丢这么大的丑，这才使他们心疼如割。

看见东女国举办婚礼，土司们愤愤不平，像受到莫大侮辱似的。还攻打东女国呢，人家根本就没有理睬带去的弓箭和红辣椒，没把部落联军放在眼里，竟然在露天广场举办起婚礼来了！

色齐甲布一直认为自己的家族才是琼鸟的正宗血脉，根本不相信松罗木兄弟是从琼鸟蛋中蹦出来的，现在不得不重新考虑这件事了。谁不帮自己的孩子？人家不用一兵一卒，就能让人把对手结结实实地捆绑后送到家门口，凡人能做到吗？还有，对仇人彬彬有礼，殷情接待，这样的胸怀凡人有吗？

索朗达吉越想越觉得不对劲，这些汉人哪有这么大的胆？肯定是曲登捣的鬼。但是，为啥把他也给绑了呢？他弄不明白其中的名堂，也像其他土司一样，牙关咬得嘎嘎响，深埋着头，紧闭着眼睛，就是仰面饮酒时也不把眼睛睁开。

曲登现在有些后悔了，他后悔的倒不是指使汉人捆绑土司们，而是后悔不该把自己也给绑了。他万万没料到自己会在东女国这么多人面前丢丑，这个代价实在是大了点。

参加婚礼的人们一直在等丞相宣布跳舞。不跳舞，他们的盛装打扮算是白费功夫了，可是等了很久都听不见丞相的声音，连丞相的影子都没见着。有人说除了尼玛陪土司们喝酒外，其他的东女国大小官员包括丞相都跑进宫里了，丞相一时半会儿恐怕不会出来。他们开始不耐烦了，美女给土司敬酒有啥看头？恶心！把仇人当亲人，呸！人们纷纷站起来，好多人都有了回家的念头。

就在这时，空中突然响起了雷声，雷声先在雍忠颇章宫上空响起，然后再慢慢向四周散开。雷声不大，不仔细听还不容易听见，像远处传来的敲鼓声。雷声快要消逝时，空中出现了彩虹，弯弯的，亮亮的，一头挂在空中，一头伸到雍忠颇章宫顶。接着下起了花雨，虽然范围不大，只在雍忠颇章宫周围，但是五颜六色的花瓣在空中纷纷扬扬，十分壮美，挪动步子要走的人们不走了，连土司们也扬起僵硬的头来看。这一突兀显现的天象虽然短暂，但是太奇妙了，没见过的人听说后都不可能相信。

欢呼声响彻云霄。

“王妃生了，女孩，你们也知道了啊！”丞相从宫里跑出来，站在高高的台子上，激动地大声宣布。她以为人们为王妃生了小公主而欢呼，这也难怪，她没有看见刚才的奇异天象。

“仙女，仙女！”人们听完丞相的宣布后，欢呼声更加响亮。投胎凡间的仙女出生时，就会出现奇异天象。过了很久，确定再也不会出现别的动静了，广场上的人们这才依依不舍地回家。

尼玛听丞相宣布王妃生下公主后，顾不了眼前的土司们，一趟子跑进宫里。尼玛一走，美女们也轰的一声散开，与琼日部落的援兵们跳舞去了。土司们没人理睬，像流浪汉似的，有的摇头，有的叹气，都一杯接一杯地喝酒，似乎故意要把自己灌醉似的。除了曲登土司外，其他土司都喝得酩酊大醉，不得不早早入睡。

这天夜晚，是东女国的美女们和琼日部落的援兵们终生难忘的夜晚，他们在露天广场通宵达旦地跳舞、饮酒、唱歌，说笑。第二天，东女国突然消失了五百名美女，她们跟随琼日部落的骑兵，跑到琼日部落那边去了。巫师说过，东女国和琼日部落早晚会成为一家人。

十一
古经插图

东女国贵宾楼里，刚才还满腹愤懑的土司们，现在却伸展躯体打起呼噜，进入各自的梦乡，只有曲登土司辗转反侧，怎么也睡不舒服。室内鼾声如雷，酒气熏天，他受不了，想出去透透气，就从铺上爬起来，蹑手蹑脚走到门边，手刚摸到门框，却被门卫的一声呵斥吓了一跳。正准备往回走，尼玛推门进来，一把抓住他的手："正好，还清醒着，新王正等着你呢。"

走在通往贵宾接待室的路上，曲登紧张的心情慢慢舒缓下来，尼玛一直亲热地握着他的手，连走路时都没有松开。

从牛头山到东女国的路太远了，又不好走。终于看到东女国官寨时，树林中埋伏的琼日部落骑兵突然冲出来把他们包围，要不是罗尔依出现，曲登哑巴吃黄连，肯定会跟着大伙儿一同命赴黄泉。罗尔依被女人劫持后，完全成了一种夜间工具，不用时就被锁在屋里，虽然吃喝不愁，但是闷得慌。女王婚礼那天，女主人兴奋过度，忘记了锁卧室门，只匆匆锁了大门就跑了。很久没看到蓝天白云，罗尔依一层一层地登楼，登到顶楼时，没来得及往天上看，远处两军对峙的场面把他吓了一跳。仔细一看，哎哟喂，一边是尼玛率领的琼日部落骑兵，另一边有自己部落的土司，还捆着，还有进山想淘金的那些汉人。他赶紧下到一楼，推开窗户跳出来，一趟子跑到了阵地上。"罗大爷。"那些汉人都认得罗尔依，围了过来，三言两语把曲登使用苦肉计的来龙去脉说了，罗尔依翻译给尼玛听，这才避免了动刀动枪。婚礼典礼上，尼玛又把这一消息报告给新王，所以新王当时才突然眉开眼笑，解除了联军入侵的担忧。给土司们敬酒的时候，按平常规矩，应该首先向色齐甲布敬酒，可是新王选择了曲登。当时，新王很想给曲登使个眼色，向他表达谢意，可是曲登埋着头，闭着眼睛，看都不看他一眼。此刻新王听尼玛说土司们都喝醉了，只有曲登一个人清醒着，这才赶紧叫尼玛把曲登叫来。

“尼玛大臣说了，您今天双喜临门，可贺可喜。我空着手拜见您，惭愧得很。”曲登嘴里这么说着，心里却想，巴掌大的地方还称国叫王，煞有介事似的。

“曲登土司，久闻大名，幸会幸会！”新王离席站起，快步走到曲登面前，双手扶住他的肩膀，行了碰头礼，“谁说您空着手来见我？您可给我们送了大礼！”

“此话怎讲？”曲登听不懂，仰面看一眼比自己高出一头的东女国新王，自己跟自己说心里话，“此人真有一些神子风范呢。”

“您给我们送来了那么多贵宾，还有比这更大的礼吗？”新王拉住曲登的手让他坐下，回头对站在旁边的尼玛说：“大哥，快，给客人斟酒，今夜咱们痛饮几杯。”

“我都喝多了。尼玛，是吧？”曲登土司望着尼玛说。尼玛确实单独向曲登敬了几次酒，曲登也知道尼玛为什么特别高看他一眼。当时心里酸酸的，有一种受到讽刺的感觉，现在东女国新王说他送来了贵宾，他也有这种感觉。

“啊，玛凶郭[①]！”尼玛一边往酒杯里斟酒，一边向曲登挤了挤眼。

“不喝酒也好，咱们聊一会儿天怎么样？”新王向正在斟酒的尼玛摆了摆手。

“不过，喝几杯也好，回去睡个安稳觉。”曲登挠了挠脑袋。同室的那些土司鼻孔里好像安了唢呐，叫人心烦。

新王向尼玛使了个眼色，尼玛换了大酒杯。

“能看看你的手吗？”酒过三巡，曲登胆子壮起来。

“当然能，您就看个够吧！”新王把手伸过去。

“果然有，跟传说中的一样，鸟爪似的。”曲登朗声大笑，“不，跟琼鸟的神爪似的。”

---

① 玛凶郭：藏语嘉绒方言，不知道的意思。

“长了一点不该长的东西。”新王把手收回来。

“您，还有您哥，真的是从蛋里蹦出来的？”曲登认真地问。

“我咋知道，都是瞎吹的。可能吗？信吗？”新王翻了个白眼。

“我都看见啦，凡人手上有吗？我信！”曲登双手合掌施礼。

“不敢当，不敢当！”新王把曲登的手拉下来，制止施礼。

碰杯过分频繁了，尼玛斟酒都有些跟不上。曲登感到嘴里的舌头大了，不太好使，但是头脑还没糊涂，还听见了透过两道门和一个长长的甬道传来的婴儿啼哭声。

“你有小孩？还是个女子。”曲登问。问时还偏着脑袋，好像婴儿的哭声很好听。

“刚生的。”新王自豪地说。

“哦，是的，看我这记性。”曲登想起丞相在广场台子上宣布过，还看见了奇异天象，当时大家就觉得这个女婴非同寻常。

“听说您有两个公子，对吧？”新王问。

“有，两个。”曲登伸出两根指头，“大的六岁，小的两岁。”

“大儿子说媳妇没有？”新王靠近曲登问。

“还没有，我就为这个苦恼着呢，合适的还真不好找。”曲登摇了摇头。

“我女儿给您当儿媳妇，咋样？”新王笑着说。

“您，舍得？”曲登不敢相信，又希望这话是真的，用企求的眼神看着新王。

“您给我们送来这么大的礼，我正愁没有像样的礼还呢。”新王端起酒杯站起来，“为我们结成亲家，干杯！”

“今天的日子真好！”曲登受宠若惊，连说话时的声音都有些颤抖，“我这一趟吃的苦，值！”连饮了三大杯酒。

尼玛把醉如烂泥的曲登背回贵宾楼后，本来该回家休息，可是有话梗在喉头，又回到新王身边。要是过去，他早就当着客人的面，像猛火炒豆子似的噼里啪啦说出来了，可现在小松罗木当了新王，不是他过去的小兄弟了。

“大哥，还有事？”新王勉强瞪着红红的眼睛。

“兄弟呀，你！”现在没有外人，尼玛朝新王跺了一脚。

“怎么了？我，做错什么事了？”新王吃了一惊。

“哪有你这样说话的！”尼玛把脑袋偏向一边。

“我说错什么话啦？”新王的酒醒了一半，急切地问。

“你不觉得曲登有问题？”尼玛摆出大哥姿态。

“肯定有问题呀，要不然，谁愿意自投罗网！”新王嗓门很大。

“你头脑还清醒嘛。既然这样，为啥把才出生的女儿随随便便送人？”尼玛十分气愤，尽量克制情绪，但是没成功，声音还是变了调。

“你就不知道了吧？”新王明白了尼玛不高兴的原因，声音低下来，耐心解释：“女儿送给太阳部落，就和他们成亲戚了。我还希望王妃再生许多女儿，和所有的部落联姻。这样一来，咱们就再也不会见到弓箭和红辣椒了。”

“你真的长大了！”尼玛愣了半天，第一次向他的小兄弟施双手合掌礼，悄无声息地走了。

土司们已经待了四天，深刻感受着如同囚徒的痛苦。不是物质上的痛苦，是精神上的痛苦。他们总是提心吊胆，毕竟他们曾经给东女国送过弓箭和红辣椒，现在可倒好，不战而败，成了人家案板上的肉。不知新王葫芦里卖的什么药，每天好酒好肉地侍候着，这出戏要演到什么时候？猫抓住老鼠时也玩一玩，但是不会玩这么久的。曲登也纳闷，新王变卦啦？酒也喝了，女儿也给了，为啥还扣住他不放？

第五天，吃过早茶，土司们被请到大礼堂里。礼堂里临时摆放着从婚礼大典上撤回来的王妃嫁妆，这些东西占去大半个场地，因此这里更像展览馆。

一跨进大礼堂，曲登心里咯噔了一下。难道死期到了，向我们交代殉葬品？殉葬品确实漂亮，不过，这些东西对东女国来说算不了什么。

奇怪的是大礼堂里有一种浓浓的喜庆气氛。卡垫全部换上了崭新的红色绸缎外套，座位围成四围。卡垫座位前面摆放着核桃木矮脚长条茶几，吉祥杜鹃木盘里面尽是好吃的东西：手抓肉、血肠、肉肠、奶饼、和尚包子、清蒸狍子排骨、红烧鹿筋、风干獐肉……酒碗里斟满了东女国的特产名酒女儿白干。一只半人高的陶坛尤其引人注目，看坛口冒的水泡，就知道那是酒劲儿很大的陈年咂酒。

临死前吃顿饭是规矩，没想到饭菜还这么丰盛，曲登想。曲登发现东女国这边除了坐月子的王妃没有出场外，其他的头头脑脑都到齐了。不对呀，他们当中只会有两个男人，一个是新王，一个是尼玛，怎么多了两个？

他们是谁呢？能坐在这里。曲登弄不明白，只觉得这两个男人都不简单，一个银白长发披肩，银白长髯飘胸，志爽神扬，仙风道骨尽显；一个身材伟岸，高鼻大眼，神态端庄，活脱脱跟新王外貌别无二致。曲登猜想这个人可能就是新王的胞兄，可惜此人把手放在膝盖上，袖口又把手遮住了，如果看到他手上有蹼，那就毫无疑问了。

土司们今天可开了眼界，都说东女国的女人美，此话果真不假。背后站着专门侍候斟酒的女人美，中间围着酒坛跳舞的女人美，连担任主持人的丞相也出奇的美。他们心里很不平衡，老天爷怎么这样偏心呀？黄金给了这里，铜铁给了这里，连美女都给了这里，凭啥这么偏心呀！曲登也这么想，尔后失声苦笑，唉，死到临头了，还忘不了计较这些。

看见土司们差不多酒足饭饱，美女也欣赏够了，新王发言了。

“这几天确实太忙，没空看望大家，实在对不起了。”新王站起来，向土司们双手合掌致礼表示歉意。土司们都屏声静气地听着，心里想，看这个态度，至少不会马上对他们下毒手。

“那天，没想到各位大人大驾光临，太出人意料，太令人高兴了！”新王坐回原位，顿了一会儿，接着又说：“但是，没想到会以那样的方式光临，把我们给弄糊涂了。”

土司们顿时有些尴尬，相互看看，都笑出了声，只不过笑得很难看。

“也许这就是神的旨意，给我们嘉绒藏区各部落首领提供一个相聚交心的机会。”新王无不感慨地说，“在你们面前，我是晚辈或者是小兄弟，但是我发现我们之间缺少交流，缺少了解，更缺少友谊。东女国迁到这里时间也不算短，但是从来就没有机会跟你们接触，这是第一次。就是这一次，也是各位大人给足了面子，主动接触我们的。”

土司们听后不好意思地又笑起来。

“我看过一幅画，一位老人笑着的画。笑得那样慈善，那样率真，又那样普通。看到这幅画，就感觉这是父亲的笑脸，这是母亲的笑脸，这是妻子的笑脸，这是朋友的笑脸，这是孩子的笑脸，心里热乎乎的。我在想，如果咱们嘉绒藏区每个人的心中都有这么一副笑脸，大家不就成为一家人了吗？”新王见土司们瞪着好奇的眼睛，又神秘地继续说：“各位大人想不想知道这幅画在哪里？告诉你们，它就在传说中的麻布经书里，是里面的一幅插图。”

“麻布经书？你见过？”曲登现在基本相信新王没有耍花招，昨夜又喝了酒，还成了亲家，因此说话应该比较随便。但是提问的不是他，他仍然装疯卖傻，避免土司们猜疑。提问的是色齐甲布，麻布经书可是传说中的奇书，都说应该在嘉绒藏区，而且应该在琼日神山的某个石窟中。寻书的人不少，可是这么多年来谁也没找着。

“我和我哥哥就是看着这本书长大的，但是，我印象最深的还是那幅画，”新王似乎沉浸在回忆中，转而忽闪着大眼睛，提高嗓门介绍道：“这位就是我哥，昨天晚上赶到的。这位是巫师，是我们兄弟俩的师父。今天是他的生日，刚满一百岁。”

新王把曲登不认识的两个男人介绍给大家。这两个人土司们当然都听说过，一个是雍忠拉顶寺的住持大松罗木，一个是神通广大的巫师，平时无缘见上一面，现在都坐在眼前。

“本来我早就打算送各位大人回家，突然想起了那幅画，才派人到雍忠拉顶寺，请哥哥把麻布经书带来，在师父百岁生日庆典上让各位大人瞧瞧。这一去一来就是四天，让大家受苦了！”新王说着，叫哥哥把经书出示给大家看。

土司们伸长脖子张大嘴巴睁圆眼睛看大松罗木从背囊里取出书。他们满以为只要书从背囊中取出来，就会金光四射，因此有些土司提前眯缝着眼睛。结果，掏出来的不过是一摞麻布片儿，厚厚的，用木板夹着，黄绸裹着，皮绳捆着。土司们的脖子缩了回去，不过，他们并没有失望，反倒增添了许多的虔诚，传说中的奇书就是这个样子，只不过与想象中的不一样罢了。

大松罗木解开皮绳，打开黄绸，拿掉面上的木夹板，第一页就是新王说的那幅画。大松罗木用皮绳捆紧经书，递给新王。新王把书捧在怀里，像见到久别重逢的亲人，端详画面良久，热泪忍不住夺眶而出。经书就这样依次传递着，像被感染了一样，一见到这幅画，没有一个人不激动，没有一个人不热泪盈眶。这是一部什么样的书啊？这是一幅什么样的画啊？为何让人不由自主地热泪盈眶？

经书最后传到巫师怀里，巫师的眼睛也湿润了。

“哭得好哇！”巫师的男低音特别具有穿透力，感叹道：“我就等着嘉绒藏区的部落首领们聚在一起大哭一场，在我凑够百岁的今天终于等来了。我们为昨天的仇恨今天的怨恨而哭，这样的泪水一定会熄灭心中的无明之火[①]，浇灌出嘉绒藏区和睦的参天大树，绽放出像经书画面上老人笑容那样

---

① 无明火：怒火。“无明”在佛教典籍中指烦恼、愚昧、痴狂。

的灿烂花朵。”

大礼堂里鸦雀无声，只有巫师的男低音在房梁上萦绕，在座的人都不由自主地双手合掌聆听。

“这的确是一本奇书，多少人多少年像翻箱倒柜似的在大山里找它，结果都是空手而归，我却在石窟里睡醒后发现被我的头枕着，奇不奇怪？还有这个，也卡在我睡觉的石窟缝隙里。”巫师从脖颈上摘下细细的套绳，从怀里拉出一面小铜镜，“它上面会出现一些画面，告诉我正在发生和未来即将发生的事情。但是一般人看不见，我们这个屋里，只有我和大松罗木能看见。当然，大松罗木现在还看不见，还得做一个开眼仪式。”

在座的人第一次听见这样的奇谈怪论，有的摇头，有的点头，但都十分好奇。

巫师让大松罗木跪在自己面前，翕动嘴唇抖动长髯念了一阵咒经，忽然举起麻布经书朝大松罗木背上敲去，同时朝他头顶大喊一声“哞！”所有的人都吓了一跳，没想到百岁老人能吼出这么大的声音。

“从今以后，你就不要等我回雍忠拉顶寺了，你就是那里的堪布。”巫师扶大松罗木坐回原位，把经书和铜镜递过去。

“师父，这怎么行？我永远是您的学生，这个位子是您的，您不能走！”大松罗木惊慌失措，声音都在发抖，他领悟到了师父的隐语。

“今天看见了我最想看到的场面，这一生再也没有什么遗憾了。以后会发生一些事儿，不明白时可以看看铜镜。”巫师目光灼灼，精神特别抖擞，清了清嗓子，“这样吧，我给大家念一段麻布经书上的经文。”

巫师的男低音又响起来，像奏出的莽筒声，浑厚而又激越；像雄鹰在蓝天上飞翔，孤独而又自在；像天外传来的奇妙声音，陌生而又亲切。诵经声令听众遐想起世界形成前朦胧混沌的状态，洪水朝天时排山倒海的巨浪，黑夜中满天的星斗和清晨凝着冰霜的无垠草原，以及背着行囊远足时看到雪山森林的莽莽苍苍，一种强烈的沧桑悲壮感涌满胸腔，所有的人无端地直想哭。忽然，天地不再朦胧，洪水不再朝天，不见了星斗和雪山森林，诵经声不知什么时候悄然停止。大家抬头一看，巫师竟睡着了，再仔细一看，巫师已经坐化圆寂，只留下一具空壳似的肉身。大松罗木最担心的事还是发生了，师父走了。

“哇！”大家一直憋住的气球破了，放声大哭起来。

忽然，哭声停止，只有稀疏的抽泣声，大伙儿的眼光都投到巫师端坐的躯体上。巫师的躯体在众目睽睽之下渐渐在收缩，最后竟收缩成初生婴儿那么大。

“天啦！”大家都倒抽了一口气，再一次不由自主地双手合掌致敬，朝巫师法身行长头礼①，“刷，刷，刷，”全身摩擦地面的声音响成一片。

“师父涅槃成佛了！”大松罗木对弟弟小松罗木悄声说。

“哥，我现在不知道该高兴还是悲痛，心里堵得慌！”弟弟小松罗木说。

“师父的肉身不能这样放得太久，我想带回雍忠拉顶寺，马上造灵塔②。”堪布说。现在，大松罗木已经是雍忠拉顶寺的堪布了。

“哥说的是，我这就安排。要造就造黄金灵塔，我们出得起黄金，工匠也是现成的。”小松罗木说。

兄弟俩的对话土司们都听见了，都争着捐献灵塔上要用的宝物。从报的品种来看，天珠、玛瑙、珍珠、琥珊、珊珀、松耳石、钻石、砗磲，各种各样的珠宝都有，数量也相当可观。

巫师圆寂，大伙儿一时不知做什么善事好。父母去世，戒三年肉，转神山神湖，向穷人布施钱财；兄弟姐妹去世，放生牛羊和鱼。巫师可不是凡人，他已经涅槃成佛，要尽大善才是。什么是大善，谁也说不清楚。

堪布把经书装进行囊，背在背上，铜镜挂在脖子上，用包经书的黄绸裹好巫师的法身，放在果盘中，抱在怀里，不跟谁打招呼便径自离去。走至礼堂门口，突然回转身，道：“实践巫师遗愿，就是大善。”然后扬长而去。

“对呀，巫师不是希望咱们和睦友爱吗？”色齐甲布走到小松罗木面前，“你是巫师的学生，又是东道主，你当盟主，咱们盟誓，实践巫师遗愿。”

土司们抓起肉盘上的削肉刀，刺向自己的手腕，把鲜血滴到硕大的咂酒坛中，唱起了古老的盟誓歌：

今天是个特殊的日子，
我们围着酒坛把誓盟。
天上神圣太阳来作证，
地上至尊琼鸟做判官。

① 长头礼：全身匍匐于地的一种磕头方式。这是一种大礼，只能用于佛和菩萨。
② 灵塔：珍藏高僧大德法身的佛塔。

喝血酒的人不计前仇，
从此就成为盟兄盟弟。
有福同享有难更同当，
为了盟友割肉都不痛。

屋顶上的木瓦石头压，
发出来的誓言信用守。
太阳琼鸟睁亮眼睛看，
食言小人打进地狱底。

最不可思议的是土司们一致同意释放捆绑他们的汉人们，也赞成东女国把这些汉人安顿在他们的一条山沟里。那条山沟后来得名嘉德陇瓦，即汉人山沟的意思。

东女国用五匹壮马驮着黄金，并派去五百名工匠，去琼日部落打造巫师灵塔。各个部落运送珠宝的驼队在通往琼日部落的路上络绎不绝，驼铃声清脆回响于幽深的山谷。灵塔还没有来得及打造成形，朝拜的人们已经蜂拥而至，围着安放巫师法身的寺庙转经磕头。老后还能变回初生时的样子，这是从来没有过的事啊！时间这个东西真是让人捉摸不透，能够这样变来变去，凡人谁能做到？转经磕头的人都是这么想着而来的。

这一来不要紧，可苦了琼日部落。这么多人突然到来，使他们应接不暇，最棘手的是香客们没地方住。好在琼日部落和东女国成了一家人，两边一商量，共同建造接待香客的客栈。琼日部落从上面修下来，东女国从下面修上去，两个部落之间修起了一溜八层高的邛笼。修成邛笼可以两用，一旦发生战争可以御敌，平常又可容纳许多香客。自从部落联盟下了战书后，东女国不得不考虑万一真的打起仗来怎么办。修邛笼时，顺便把山路修直了，过去两天的路程现在缩短了一半。

巫师坐化成佛一周年的前三天，灵塔打造完了。按照事先的约定，各个部落选拔一百名少年到雍忠拉顶寺当和尚。各个部落早就做了准备，接到观瞻灵塔的通知后，护送的队伍浩浩荡荡地开进琼日部落。雍忠拉顶寺突然间有了一千八百名僧侣，成为方圆几百里内僧侣最多的寺院。只给寺院送人还不行，送去的人都是各家各户的宝贝儿子，他们总得有地方住吧。

于是，各个部落又到这里大兴土木，修建僧舍和札仓[①]。琼日部落的吉祥坝子上过去只有孤零零的一座寺院，现在修满了大大小小高高矮矮的房子，连荒山野林的琼日山，现在山腰以下都是鳞次栉比的房屋，这里俨然变成了一座城镇。作为镇寺之宝的巫师灵塔、麻布经书和铜镜，像磁铁一样把嘉绒藏区每个人的心灵牢牢吸引。二十年后，雍忠拉顶寺堪布赴京觐见乾隆皇帝，皇帝封他为禅化法王[②]，授予掌管整个嘉绒藏区宗教事务的权力后，雍忠拉顶寺的名声更大了。

① 札仓：寺院的一级组织机构，相当于大学中的学院。

② 禅化法王：禅化法王是一种封号性僧职称谓，这类称谓还有大宝法王、大慈法王、大乘法王、大智法王等，是由历代中央王朝授封的。

十二 商道

东女国和琼日部落之间崎岖的道路在修客栈的过程中意外地得到平整，路程也缩短了一半，东女国新王从中受到启发，萌生了开辟商道的念头。东女国的铜铁产量猛增，没有一条像样的路，就不能把这些东西快速运到汉人的城市里去。汉人城市里生产的茶叶布匹等日用杂货，仅靠蜿蜒于崇山峻岭的羊肠小道，也不能满足山里人日益增长的需求。新王把他的想法说出来后，雍忠颇章宫里的女大臣们没有一个不嘟噜着嘴，祖祖辈辈都这么过来的，有必要费这么大的劲儿吗？王妃也担心又会惹出什么麻烦来，毕竟这又是一个前所未有的大事。尼玛却很兴奋，主动请缨负责修商道的事。新王打算将商道从东女国一直修到太阳部落的银桥桥头，与河对面的汉人城市灌县连接。

当初也许是从战略角度考虑，嘉绒藏区各个部落的山寨分布于山腰以上的居多，因此路在山上绕来绕去，山脚却一直弃之不顾。这给东女国提供了修商道的极大便宜，新王决定抛弃旧路，沿着河流顺着山脚开出一条新路。这样，既避免了占地纠纷，又可以把路修直修平，缩短路程。

东女国人少，能够抽出来修路的人实在不多，好在他们收留了做过淘金梦和绑送过土司的那些汉人，这些汉人正好想做活路挣钱，最麻烦的劳动力问题就这样解决了。曲登土司对修商道也很感兴趣，提出太阳部落段由他负责修。“见效了吧？联姻没错吧？”新王向尼玛得意地说。“也许，嗯，不一定。”尼玛点了点头，又摇了摇头。

其他部落的人看到东女国修路，都不以为然。路是走出来的，用得着花这么大的工夫去修？而且，山脚从来就没有人走过，也不会有人走，瞎折腾！东女国把路修出自己部落以外了，这不是摸到别人头上捉虱子吗？毕竟是女人部落嘛，能干出啥玩意儿？他们像看滑稽戏一样盯着忙忙碌碌的修路工地。

后来，情况就变了。听说东女国要把路一直修到太阳部落，与河对面的灌县城接通，人们脸上不屑的神情突然消失，紧张和愤怒溢于言表，甚至成群结队地冲到工地挑衅，打架斗殴经常发生，后来干脆拆毁刚修好的栈道和桥梁。

“也许你是神子，手上长着蹼，谁说不是呢。但是，你修这条路肯定是修错了！”一位住在山上的大爷握住新王的手说。大爷听说东女国要把修的新路接到银桥上去，再也坐不住了，让五十多岁的儿子将他背下山，一定要见东女国新王，说话时大爷下巴上的白胡子都在抖：“你们是东女国，不知道我们古汝部落的情况。我们的祖先很早以前就住在太阳河上游，后来在河上架了桥，修了从桥头到山寨的路。再后来，西北草原上的牧人就跨过新桥从新路上闯进来了，我们的祖先不得不撤退到嘉绒藏区。安稳了这么多年，你们年轻人觉得太清静了吧？硬要让别人闯进来弄出点杀人放火的动静才舒服？”反正大爷不是东女国人，他用不着怕东女国国王，“你修这条路，太阳部落修了银桥，正好重复我们祖先做的傻事。河对面想进山的人多着呢，正等着你们把路修到他们眼皮子底下呢。”

到修路工地滋事的都是年轻人，他们当中也不乏明白人，知道要阻挡外人入侵，破坏修路筑桥并不能奏效，只要有脚，都可以想办法进来的。东女国不是进来了吗？做淘金梦的汉人不是进来了吗？古代吐蕃军队不是进来了吗？古汝部落的祖先还是最先进来的一批人呢。嘉绒藏区的人不可能世世代代孤立地生活，肯定有人要走出去，也要有人走进来，路肯定迟早要修的。道理他们明白，可是老人们逼他们去破坏，他们又不得不去破坏，只是破坏得不那么彻底而已，要不然，修路工期一再推迟不说，修不修得成路还真不好说。

只有色齐部落的年轻人这次没听老人们的话，更没有听色齐甲布的话。他们大胆地质问土司：“为啥要这样？这不是没事找事干吗？”色齐甲布呵斥道：“你们懂啥？不只是我们这么干，哪个部落不这么干？”

“你们答应过巫师的，还盟过誓，不是要和睦一心吗？为啥现在各整各的?”年轻人这次真是吃了豹子胆了，敢跟色齐甲布辩论。

色齐甲布没有耐心和这些毛头小伙子们理论，背着手气呼呼地走了。过了一会儿，官寨传来土司的命令，要求小伙子们每人再承担捣毁一座桥的任务。

小伙子们聚在一起商量对策。有人提议，捣毁那么多桥不如砍一个人的头来得快当，其他人连忙点头。

色齐甲布最为苦恼的是自己头发已经花白，年岁上了六十，膝下还没有一男半女。在民间，色齐甲布以“克妇星”出名，他这一生克死了四十二个老婆。有人说，色齐衙门是漂亮女人的地狱，也有人说这些女人可以进入天堂，因为色齐甲布身上流着神的血，如果神也有血的话。很多漂亮女人就怕被色齐甲布看中，进地狱入天堂暂且不论，仅就不到一年便会死去这一现实，已经令人毛骨悚然了。现任土司夫人卓玛措是色齐部落最美的女人，年方十七，从野鹿苑嫁过来的。野鹿苑是色齐甲布的猎场，卓玛措的父母是猎场的看护人。土司有一次去猎场打猎，看见了卓玛措，就把她带回了家。父母满心欢喜，可她闷闷不乐，与其和一个老头在一起，还不如在野鹿苑看野鹿奔跑呢。色齐甲布举办了盛大的婚礼，也激不起她的兴奋和激动，色齐甲布一怒之下，只要外出，就把她锁在官寨内。卓玛措可是在野鹿苑爬树攀崖长大的，衙门内的高墙对她而言只是有点碍手碍脚的坡坡坎坎而已。只要色齐甲布一走，她就翻墙而出，在通往东女国的沿河小路上溜达。东女国那边只要有热闹的事，她都要溜进去看看。东女国的男人们特别喜欢她来溜达，只要她来，男人们也跟着溜达。东女国女人们并不忌妒，土司夫人这么随和，女人们当然都喜欢她。举办篝火晚会那天夜里她也溜了进来，而且看见了小松罗木。她从来没见过这么英俊伟岸而又孤独冷峻的小伙子，跳舞时很想凑过去跟他拉拉手，他却被东女国的丞相叫走了。第二次看见小松罗木是在他的婚礼上。那天的他不仅伟岸英俊，而且少了孤独冷峻，眉宇间充满自信和豪爽。她真想哭，不知道为一见钟情的人成家而哭呢，还是为自己的丈夫被押送进场而哭。不管怎么说，当时她哭了，悄悄地哭，没有人知道，只有她自己知道。自那以后，她不再翻墙而出，不再在通往东女国的路上溜达，也再未走进东女国看热闹，色齐甲布出门时也不再锁上大门。

保镖跑进官寨报告土司在回家的路上遭遇伏击身亡时，已经是下半夜了，卓玛措呼天喊地的恸哭深深地感动了官寨内所有的人。消息传出去后，整个色齐部落的人都被卓玛措感动："背着锁的女人呀，还这么记情！"官寨大小管家和部落各个头人都齐心筹备卓玛措接任土司的事，色齐甲布出殡后三个月，卓玛措正式接任丈夫的土司职位，成为当时嘉绒藏区唯一的女土司。

色齐甲布遭遇不测，给其他部落的土司带来强烈的震撼。他们虽然不知道色齐甲布的死因，但是，都知道在阻挠修路这件事情上，色齐部落的人没听土司的话。

已经失去信心的筑路队，现在不需要尼玛苦口婆心地劝导，都回到工地上干活了。自从色齐部落出事后，到工地骚扰的人明显减少，出来捣乱的只剩下最后一拨死心塌地的年轻人。直到有一天发生了除了当事人之外谁也不会相信的事，骚扰才彻底告终。

那天正好新王有空，修路的事没让他省过心，他当然不会为自己修路的决定后悔，只奇怪一个非常简单的道理怎么会搞得这么复杂！路已经修了两年，修了被毁，毁了又修，修了又毁，基本上等于没修。听尼玛汇报，现在情况变了，色齐甲布死了，毁路的人少了，筑路队的劲头又起来了。这天正好有空，他便独自一人骑马出宫，准备到工地上去看看。

捣乱的那拨年轻人又像往常一样从山上结队而来，看见一单轻骑朝修路工地款款独行，距离稍近时才认出是东女国新王——修新路的决定者和策划者。他们埋伏在山崖顶上，山崖脚边是新王必经之路。新王依然走他的路，扬着缰绳头儿，双脚蹭在马镫里敲着马匹肚儿，毫无防备地前行，那群年轻人似乎还听到新王在马背上吹出的山歌口哨声。刚走过山崖脚边，山崖顶上滚下几十个熬茶锅大小的石头，几十个年轻人的头也齐齐地伸出来往下看。年轻人看到崖下的情景，差一点儿自己也掉下崖去。石头滚落了，新王似乎一点儿也没察觉，倒是一行不知名的大鸟飞过来，好像把掉下的石头驮走了。自那以后，这拨捣乱的年轻人没了踪影。

虽然比原订计划超出两年，商道终于还是建成，东女国新王十分高兴，王妃也如释重负，夫妇俩走出王宫，在新路上走来走去。这条商道是嘉绒藏区最宽敞的路，两支驮队可以在路面上轻松错过。这条路又是嘉绒藏区最便捷的路，过去从太阳部落到东女国，要翻越七座大山，需要七天的马程，现在只需四天即可轻松到达。这条路成了嘉绒藏区的交通主干线，各个部落各条山沟的小路都弯弯曲曲地扭来，连在这条商道上。尼玛在商道的每一天马程处，选择一个宽敞的地方，为南来北往的游商们建了一个歇脚点，这样就有了三个歇脚点。歇脚点修了客店、仓库和道班房，客店和仓库的租金提供给道班房养路，所以这条路一直养护得很好。

商道建成后，太阳部落土司曲登有几分得意在心头。当初他就想过，独吞东女国后修一条商道，垄断嘉绒藏区的商务。当时他的想法很美妙，把新修的商道再从东女国拓展开去，与嘉绒藏区北部以外的草原接通，开辟出一条新的茶马商道，让太阳部落商队的马铃声响彻通向雅鲁藏布江边和喜马拉雅山山麓的茶马古道。茶马古道有两条，一条是北路的青藏古道，一条是南路的康藏古道，都是绕道。穿过嘉绒藏区的新道一旦建成，便是快捷方便的中道了。曲登当初设想的中道后来确实建成了，虽然建成的人不是他，而是东女国新王，但是，中道上的太阳部落路段是他修的，他仍然可以得意。尽管这段路只有半天的马程，他还是对自己办的这件事已经欣赏过多次了。没有这条商道，太阳部落路段没有多少价值，有了这条商道，太阳部落路段就是黄金口岸，这里可是这条商道的咽喉啊！从今以后，说到嘉绒藏区这条道上的商务，除了东女国就只有太阳部落最有话语权。所以，曲登土司有几分得意在心头，向前来参观太阳部落商道的东女国新王和大臣尼玛说："竣工典礼就在敝地办了吧。"

"也好，咱们是亲家，哪里办还不都一样。"新王不顾尼玛扯袖子暗示反对，一口应承下来。

不管东女国新王答不答应，举办新路竣工典礼，曲登早就做了决定，并安排部署好了，他想给人们造成一个错觉，新的商道是太阳部落修建的。为使这种错觉扩大影响，曲登邀请了河上游尔玛部落的羌戏班子，河对面灌县城内的川戏班子，还请了灌县知县和住在成都城里的川陕总督岳钟琪。为了提高知名度，曲登土司特意邀请了雍忠拉顶寺的僧侣神舞队，商道竣工典礼规格之高，在嘉绒藏区前所未有。为了避免与春节发生冲突，竣工典礼选在正月十七举行，这时正值农闲，看热闹的人特别多。自从干扰商道修筑的事件停止以后，各个部落对太阳部落修了银桥的事没再追究，从这座木桥上过来看热闹的人占了新路竣工典礼观众的一半。河这边的嘉绒藏区，东女国和琼日部落能来的人都来了，色齐部落新土司卓玛措也带着她的团队来了，其他部落的土司虽然以各种理由没有来，但还是派来了代表。

商道竣工典礼在太阳河的左岸举行，那里正是嘉绒藏区最大的河坝地。曲登想趁总督光临之际风光一把，故筹备这次典礼很是舍得花银子。台子搭得辉煌壮丽，石墙底座上面镶了柏木地板，支撑遮阳棚的圆木用黄绸包裹，遮阳棚用的布是上等白绸，给贵宾们准备的氆氇卡垫和核桃木矮桌都是新做的。台下成千上万的观众伸长脖子观赏新搭的贵宾台，发出一阵阵啧啧惊叹声。太阳部落的美女们像一群翩跹于花丛中的蝴蝶，给来宾们引路入座，敬茶斟酒。

台下的临时广场上，给观众备了一圈千坛咂酒，整个河岸美酒飘香。

台上除了一排座位还空着外，其余座位都坐满了。

“东女国的客人还没到，再等等?”曲登蹑手蹑脚走到岳钟琪座前请示。

岳大人抬了抬圆润光滑的下颌，眼睛朝台子下面看。曲登转身一瞧，台下从左至右正走过来一支雄赳赳的马队，正是他等待的东女国客人们。为首的是新王，紧跟其后的是一位女孩，不用说正是新王闺女，也是他的未来儿媳。女孩后面跟着王妃，王妃在马背上的姿势依然那么楚楚动人。王妃后面跟着三位女大臣，曲登在东女国被俘期间见过，对其中的丞相印象深刻。女大臣后面跟着的竟是罗尔依。

为啥把他夹在其中?曲登感到有些唐突。虽然那次从牛头山被押往东女国的路上遭到琼日部落骑兵伏击时，是罗尔依解的围，但是他不愿意把罗尔依当贵宾接待。谁不知道罗尔依的底细?他就是太阳部落的人，从小失去父母，一直在河对面的灌县城里流浪，把他夹在这里算个啥?

罗尔依后面还跟着好多美女，曲登点着头数了数，天啦，十七个！新王带这么多美女干啥?曲登伸出手指挠了挠被天蓝色礼帽罩着的脑袋，再仔细一看，确实不见修路功臣尼玛的影子，他觉得东女国贵宾团有些稀奇古怪。

新王下了马后扶女儿下马，王妃、大臣们和美女们都纷纷下马，太阳部落的人把这些马牵走了。曲登从台上快步走下来，握住新王的手，满脸狐疑又强装笑颜，向新王后面的小公主、王妃、大臣点头致意，来不及寒暄就走上台，来到岳钟琪座前，将东女国贵宾逐一向台上的贵宾们介绍。他介绍完新王、小公主、王妃和三位女大臣后，对新王说，剩下的你介绍吧。曲登不想介绍罗尔依，罗尔依没有资格成为贵宾。曲登还有一个用意，想让东女国新王在总督大人和灌县知县面前出个丑，新王不懂汉语，看他怎么办?

新王左手摘下四耳獭皮吉祥帽端在胸前，右手平举指向前面，朗声说：“他叫罗尔依，东女国女婿，精通汉语。敝人听曲登土司说，今天有川陕总督岳大人和灌县知县大人光临，为了交流方便，特别带他来当通司[①]。”因为是罗尔依翻译的，这番话好像就成为罗尔依的自我介绍。曲登的小小阴谋终是没有得逞。

岳钟琪和灌县知县点了点头，曲登挑了挑眉毛。

“这些丫头是专门来侍候各位来宾的。”新王把手指向美女们。顿时，美女们从怀中抽出洁白的哈达，右手逮住哈达一头，向左手一抛，哈达就平端在两只手臂上了。接着，向第一排的贵宾鱼贯而行，把哈达献到他们手上。连曲登都觉得这个场面十分美丽，只是感觉被搅了场，心里顿时腾起一股无名火。

东女国的美女一入场，太阳部落的美女自己都感到乌鸦遇见了凤凰，悄然退到后台角落里，东女国美女们当仁不让，娴熟地给贵宾们敬茶劝酒。女大臣们也没闲着，在罗尔依的陪同下，向岳大人和灌县知县敬酒。她们第一次出这么远的门，第一次开这么大的眼界，兴奋得走路都是足下生风。岳钟琪早就听说东女国出美女，就是不曾看见。没想到人人视为畏途的嘉绒藏区，竟也深藏着这么多的宝贝。女大臣们敬的酒，他可是来者不拒，特别钟爱丞相敬的酒，好像丞相敬的酒里溶了蜜似的。

“总督大人，典礼开始吧？”曲登向岳钟琪垂手请示，眼前的场面，他实在看不下去了。

“你自己看着办吧。”岳钟琪把从丞相手中接过来的酒杯停在嘴边，瞥了曲登一眼。

“总督大人，本来这个典礼要在我们东女国办的，我们新王怕总督大人走那么远的路不方便，故决定就近举办。曲登土司筹备典礼实在是受累了，要不，这个主持我来试试？也好请教总督大人。”丞相见曲登倒退几步转身离开，用纤细的手抚弄着耳环上的白银垂丝，甜甜地说。

“曲登土司，”岳钟琪提高嗓门，向已经站在台前准备主持典礼的曲登招了招手，“你过来。”

曲登把已经从腹中提到嗓门眼儿的典礼开场白硬吞了回去，碎步跑过来。

“这样吧，让这个丫头主持，你坐这儿，咱们喝一杯。”岳钟琪用宽厚的手掌拍了拍丞相站起来后空出的座位。曲登很不情愿又无可奈何地坐下，

---

① 通司：对翻译员的一种别称。

整个典礼的演进，完全脱离了他早先设置好的轨道，他这个东道主被煞费苦心请来的贵宾撇在一边，自己连陪衬都靠不上。总督也不过是一个难过美人关的货！曲登心头的怨气胀得鼓鼓的。

“曲登土司，你陪总督大人多饮几杯，妹妹这就去献丑啦！”丞相朝曲登浅浅一笑，款款向台前走去。丞相本来就是东女国有名的美女，从曲登那儿巧妙夺得主持人角色后，完成了新王交代的任务，于是更加容光焕发，春风得意，走在台上，一步一履风情万种，当她走到台前立定后，台下爆发出雷鸣般的掌声。

曲登虽然坐在软而厚实的卡垫上，却感到如坐针毡，浑身都不舒服。妖精，东女国尽是妖精，他在心里骂东女国丞相，也骂东女国其他来的女人。广场上表演的第一个节目就是东女国宫廷锅庄舞《献帕》，王妃、大臣和公主都同侍女们共舞。舞蹈情节很简单，出征的男人们浴血奋战凯旋，日夜焦虑的女人们喜上眉梢，捧着夜以继日织成的氆氇新帕出门迎接，揩去勇士们身上的血迹和汗渍。这么简单的故事情节，为何搞得这么复杂，又是跳又是唱的？疯子，一群疯子，不，群魔！曲登心里越发骂得狠毒。

雍忠拉顶寺的神舞受到观众们的追捧，这也是曲登不能容忍的。还在头一天，曲登还为这支神舞队如约而来激动不已，以为给了他莫大的面子，现在从心底里后悔邀请了神舞队，我这里又不是寺庙广场，神舞凑什么热闹！虽然河对面的川戏和河上面的羌戏为他挽回了一点儿面子，因为这些戏班子不代表东女国，但是弄来弄去，典礼上的文艺演出变成了东女国文化和河那边文化的展示和交流，与太阳部落一点儿关系也没有。

我背糌粑口袋，糌粑却被别人吃了。曲登觉得自己冤，心里隐隐有些惭愧。看见新王频频穿梭于总督岳大人和灌县知县之间，又是俯首低语，又是齐眉举杯，更感到自己傻，脸上开始发烫。

“亲家，没见你喝多少，怎么脸这么红？”新王终于有空了，在罗尔依的陪同下来到曲登座位边坐下，举起杯说：“咱们来一杯？”

“亲家，应该我过去的，怎么你倒先过来了？你是贵客嘛！”曲登端起酒杯，声音装得像平常那么大。

“咱俩还用得着客气？”小松罗木一扬头，把酒干了，咂了一下嘴唇，说：“我们这个丞相，没见过世面，不懂规矩，抢活路做，反客为主了啊！”

“是我的主意，不怪她的。”坐在曲登右边的岳大人听到小松罗木的话，说：“这个主意不错吧，看，有板有眼的。嗨，不错，这丫头真不错！”说完起身如厕去了。

“是呀，不错不错。”曲登重复岳大人的话，问：“亲家，尼玛怎么没来？”曲登不明白修路功臣尼玛为啥不显真身，他希望东女国出点事，酒杯拿在手中忘了干杯。

“他呀，只能守家啰！”小松罗木哈哈一笑，“谁让他见了那么多世面呢，你太阳部落他可是像跨自家门槛一样来过好多趟，他把机会让给姐妹们啦！”小松罗木晃了晃空杯，示意曲登该把杯中的酒干了。

“嗨嗨，”曲登干咳一声，正欲把杯子送到嘴边，眼睛愣住了，他看见小松罗木手指上的戒指。这不是岳大人钟爱的玉戒指吗？

“哦，总督大人的。”罗尔依解释道，“我们新王和岳大人交了生死朋友，互相交换了戒指。”

“哦，哦，好，好！”曲登的眼皮跳了几下。

“灌县知县也跟我们新王签了协议，知县要在东女国设商务办事处，新王答应给他们拨地皮呢。”罗尔依向曲登献殷勤。

“哦，哦，好，好！”曲登的眼皮又跳了几下。

“亲家，还不干了？”小松罗木摇晃着自己手中的杯子。

“好，好！”曲登凶狠地把杯中的酒甩进嘴里。

十三 禅化法王

商道竣工典礼举办完后，嘉绒藏区下了一场大雪，整个大地像披上了一件银白色的羊皮大氅，只有山脚下商道上的积雪被人来人往的脚步和重复叠印的马蹄融化了，路面油黑闪亮，远远看去，恰似给大氅镶了一道水獭皮滚边。

商人们贩运货物，抢占歇脚点地盘，尼玛建的客栈和仓库很快被租完。没有租到房子的商人干脆自己修，房子越修越多，最后连修房子的地皮都没有了，三个歇脚点很快形成集贸市场。

东女国草滩市场成为嘉绒藏区最大的贸易市场，灌县商务办事处建起来了，它是外地人在这里建的第一个商务机构，因此占了很大的便宜。新王给他们划了很大一片草滩，再过几个月，草滩市场商贾云集，地皮寸金寸土，这样的好事哪里去找？房子修得奇奇怪怪，砌墙不用石头，用的是烧成方块的泥巴，后来才知道它叫砖。盖房子用的也不是杉木薄板，而是用泥巴烧的像嘉绒妇女顶在头上的叠帕，后来才知道它叫瓦。看到灌县商务办事处修房子了，原来搭帐篷做生意的各部落商人也心血来潮，撤了帐篷改建石头房子。各个部落的土司也想通了，虽然没有闭上警惕的眼睛，但也不愿看到便宜尽让外人占了去，纷纷向新王献哈达，到草滩上圈地去了。草滩市场渐渐成为嘉绒藏区最大的商贸市场，也是东女国最繁华的地段。

修商道带来的变化令东女国女大臣们十分震惊。新王不顾她们的反对和王妃的担心，孤注一掷地坚持修商道，原来他早就看到今天了啊！东女国库存的铜铁运光了，新炼出来的铜铁供不应求，山里的山货源源不断地运出，河那边的日用百货源源不断地运进，东女国的税收源源不断地流入。唯一让人不满意的是女人没有过去金贵了，自从琼日部落来了一批男人，河那边来了一批汉人，东女国女人走了一批后，东女国的男女人数差不多相等了，连地位都平等了，王权还落到了男人手上。不过，她们对新王还是挺拥戴的，当新王提出新目标，打算将商道继续从东女国往北修，修到沼泽地那边去，连接通往雅鲁藏布江江边和喜马拉雅山山麓的康区茶马古道时，她们都投了赞成票。修这条路难度很大，要穿过沼泽地，她们能够投赞成票确实不容易。不过话又说回来，要是其他人修，恐怕不一定成功，沼泽地一踏上去就和跳进色齐河差不多，只不过淹没的时间稍微缓慢一些而已，但是带来的惊吓比跳河又大得多。但对东女国来讲，就容易多了，她们曾经就是从沼泽地上走过来的。才过十余年，至今还清楚地记得那是一条像铺了绿地毯似的小路，两边是沼泽，偏偏这条长了芦苇看似沼泽的路踏实硬朗，走在上面如履平地，那只带路的梅花鹿仿佛就在眼前奔跑。

这条路也是嘉德陇瓦的汉人们修的。修好下面的商道后，他们造了房子，讨了老婆；修好上面的商道后，他们指望买耕牛，开荒种地。

上面这段商道只用了两年，就和沼泽地那边通往康区的路接通了。中路一下子成为黄金线路，茶马古道右路和左路的商人蜂拥而至，成都、雅安、灌县的巨贾捷足先登，沼泽地那边的康巴商人也朝这边赶来，东女国草滩市场成为中路商道的大型中转站和货物批发市场，东女国的税收成倍增长。琼日部落成为新商道的必经之地，雍忠拉顶寺的香火格外旺盛。无论上行的商人还是下行的商人，都要到寺院里烧香拜佛，布施财物。有了这条新路，各部落朝拜寺院就方便多了。过去朝拜寺院只能步行，山路崎岖不能骑马，现在可不一样，穿上节日礼服，骑上精心打扮过的马儿，快步走在这条平坦的商道上，也是一种享受。

现在，不仅雍忠拉顶寺里的麻布经书、巫师灵塔和神秘铜镜像能量极大的磁铁，把嘉绒藏区各个角落的香客们吸引过来，堪布也成为吸引力很强的磁铁，他的名字不仅在嘉绒藏区家喻户晓，而且在东部太阳河以外很远的地方和北部沼泽地以外很远的地方传诵。堪布成为传奇人物，有关他的故事越传越神，故事里面讲到的那些事儿只有琼鸟山神才能做到，但是，掘井的事确实有根有据。

大家都知道，在琼日山上，巫师和松罗木兄弟俩还有尼玛住过的石窟中哪有什么泉水，他们当时都要走过洞口外的长廊，到森林里的山涧取水。自从新修了商道，嘉绒藏区突然忙碌起来，人们上山挖药材猎野兽都是争先恐后，从山外进来采购山货的商人们拿着银子在歇脚点等着呢。这样的比拼不打紧，时间一长就都得了一个怪病，失眠症。晚上通夜睡不着觉，眼前尽是虫草、贝母、鹿茸、麝香、熊掌、银子。他们找过堪布，堪布念了经，做了法事，该想的法子都想了，不怎么顶用，不得已，堪布最后使了狠招，自个儿到琼日山石窟中闭关去了。出关后人们进去一看，发现石窟中新出现了一个泉眼。泉眼是一个浅浅的石窝，虽然不大，但是里面的水怎么也舀不完，要多少有多少。人们试着喝进肚里，全身顿时清爽舒坦，失眠症当晚就彻底消失。

铜镜也成为他扬名的翅膀。自从巫师给他开了天眼后，他就像巫师一样能看铜镜的画面了。铜镜选择画面作为自己的语言，用一种蕴涵寓意的画面告诉你想要知道的东西。这样就存在一个翻译的问题，比如出现了雪山，就要翻译成坚固，稳妥，不可动摇。如果雪山上罩有云雾，或起了风飘起了雪，就要翻译成虽然稳固但有干扰。如果看到雪崩，这是凶兆，遇到这种情况，就要像医生看病一样，开出预防或控制的处方，根据其轻重缓急，念诵不同的经文或举办不同的法事。在这里，最难的是翻译工作，一样的水波，阳光下的水波意味欢快，阴影下的水波却象征邪恶。因此，堪布不轻易给人看铜镜，但是只要堪布看了，翻译后的结果都令人惊叹不已。

商道竣工典礼一闭幕，太阳部落土司曲登便病倒了，吃不下饭睡不好觉，而且一直不见好转。他的管家请堪布看铜镜，堪布说，六天后你们土司可以和牦牛摔跤。管家是专程到东女国提亲来的，到雍忠拉顶寺看铜镜只是顺便而已。东女国新王的公主一生下来就成了曲登土司的儿媳，但是，明媒正娶的规矩可不能有一丁点儿的马虎。东女国新王不仅恪守联姻诺言，而且把离太阳部落最近的歇脚点提前作为嫁妆送给了太阳部落官寨。管家回去把这一消息告诉给土司后，曲登眼睛一亮，从床上支起身子，披上羊羔皮外衣，偏着脑袋问：“你说的可都是真话？”管家不住地点头。“哈哈哈！”曲登大笑，说：“给我煮面，就煮岳大人送的面！”管家看见土司吃面狼吞虎咽，一点礼节都不顾，心里窃笑，屈指一算，他从雍忠拉顶寺走出到今天，刚好六天。

色齐部落女土司卓玛措在掌印五年多的日子里，实在感到孤寂难熬。

她身边不缺男人，但都不是自己的男人。她并不想当土司，而想给自己心爱的人当老婆，过正常人的生活。心爱的人虽然近在咫尺，可是，他是人家的丈夫，东女国的新王，可望而不可即。五年多的日子里，过去关在官寨里都能逾墙而出的那种野性无影无踪，她变得郁郁寡欢，满腹的忧伤和惆怅，经常站在可以看到东女国部落的窗前发愣，经常泪流满面。管家看到土司无心理政，人也日益憔悴，十分着急，听说堪布看铜镜很厉害，就去了一趟雍忠拉顶寺。管家隐瞒了女土司的身份，只向堪布说他家女儿饭不思茶不想，家务活也不肯干，她到底想干什么？堪布念了咒经看了铜镜后说：“你说的女儿可不是普通女儿，手上掌着印呢。”“是吗？”管家大惊失色。“别瞒我了，铜镜不会出差错。”堪布说，“她正在做梦，你别说，还会梦想成真呢。”“什么梦？”管家急切地问。“东女国女王就做过这样的梦。”堪布说完就把铜镜收起来，再也不谈这件事了。

管家回去后向女土司报告，堪布看了铜镜后说了，您在做东女国女王做过的梦。卓玛措正在梳头，听后梳子掉落地上，半天说不出话来。管家弯腰捡梳子，说：“堪布说了，您会梦想成真。”当她把梳子递给女土司时，发现她满脸通红，十分激动的样子。

果然如堪布所言，女土司梦想成真。她招东女国新王为夫婿的事本来应该比登天还难，结果却出乎预料地顺利。东女国这边，无论王妃还是各位大臣，都十分赞成这桩婚事。新王成了卓玛措的丈夫，同时也是王妃的丈夫，新王掌控两个部落，东女国的势力会增强许多。色齐部落那边，也十分欣赏女土司的这一举措。为暴夫守寡五年，已经够长的了，把权力让给新丈夫，自己做土妇，这是一个很明智的选择。特别是把色齐部落的印把子交到从琼鸟蛋里蹦出来的神子手里，他们很放心。色齐部落的人管上门的女婿东女国新王叫色齐甲布，后来东女国的人也跟着这么叫。新王听到这么叫心里很别扭。“色齐甲布早就死啦！”他吼道，“那个人的名字不该这么叫，色齐河主流在咱们这儿，名正言顺的。”东女国的人纠正道。“叫你色齐甲布没错，您已经是色齐甲布了。”色齐部落的人说。新王入赘接管了色齐部落的土司职权后，不仅他的名称有了变化，部落的名称也跟着变了。人们把这两个部落看成一个部落，称东女国为大色齐部落，称原色齐部落为小色齐部落，东女国或东女部落的称谓从此消失。王妃还是叫王妃，人们改不了口，照老样子叫着。原东女国的雍忠颇章宫成为大色齐部落第一官寨，原色齐部落官寨成为大色齐部落第二官寨。

新王，哦，从现在开始就应该叫色齐甲布了，他收到川陕总督岳大人寄来的信时，上面的商道刚修了一半，和卓玛措结婚也不到一个月，还没来得及接手原色齐部落杂七杂八的事务。岳大人在信中催得紧，通知他赶赴京城，皇上要召见。岳大人确实在商道竣工典礼上喝醉酒时说过，他要把修商道的事奏报朝廷，当时色齐甲布以为是一句戏言，没想到岳大人果真说话算数，而且把皇上都说感动了，才下旨召见色齐甲布。色齐甲布感激岳大人，可是京城那么远，一来二去得花大半年的工夫，在这个节骨眼上他走不了呀！不去更不行，皇上的召见千载难逢不说，还辜负了岳大人的一片苦心。

色齐甲布同意罗尔依的建议，让大哥去晋见皇上。罗尔依早就觉得堪布应该找机会去一下京城了，说不定能讨到封号，这样名声地位都会大大提升。但是他又不敢提，贸然进京，万一见不到皇上怎么办？皇上又不是想见就能见到的。现在好了，皇上亲自召见，机会多好。虽然要召见的不是堪布，但是既然色齐甲布走不开，堪布去也一样，兄弟俩不仅名字一样，连长相都一样，谁叫他们是双胞胎呢！他认为反正得去一个，不能错过这么好的机会。“当今皇上是文殊菩萨转世，能有机会拜见圣上，善莫大焉！”堪布欣然接受。只不过他担心这种顶替的事，皇上认不认可！色齐甲布也拿捏不稳，不得不专程去成都向岳大人请教。

色齐甲布是带着罗尔依去的，走到灌县城，他对罗尔依不得不刮目相看。这么大个城池，罗尔依在这里混过好多年呢，怪不得他见多识广，脑子灵活。到了成都城，灌县城又算不了什么了，这里的人多得像天上的星星，这里的街道密得像蜘蛛网，这里的房子多得像嘉绒藏区的树林，这个城市看不到边。

“修路、做女婿都是好事。”岳大人在给色齐甲布接风的宴席上说，“这个节骨眼上你走是不太合适。可以的，就你大哥去，皇上喜欢高僧大德，我写个奏折带上。”

哥哥进京送什么礼品给皇上最合适？色齐甲布为难住了。不能送鹿茸麝香熊掌之类，哥哥肯定不会带，那些都是猎物，哥哥看见就会生气。带贝母、雪莲花之类觉得礼又轻了点儿。尼玛和罗尔依也没辙，只好直接问堪布。堪布笑了笑：“别为此事操心。贫僧者，一钵盂一禅杖，仅此而已。不过，要见菩萨化身的皇上，不带一点供品也说不过去，就带一壶琼日山泉水吧。”

这壶泉水可带对了。堪布及随从到达京城时，正值蒙古草原叛乱，清军进剿日久，始终攻克不下，皇上为此寝食不安，患上了失眠症。他接见过许多大活佛，没有一个送水的，出于好奇，命身边的人把水倒入玉碗中，端详良久，鼓起勇气一饮而尽。“快哉，快哉！”皇上心中的焦躁和不安一扫而光，一种从未有过的清爽和愉悦布满全身。那天晚上，皇上睡了一个安稳觉，他的失眠症奇迹般地消失了。

堪布送的泉水给他带来了好运，他被安排到新的住所，送的饭菜顿顿不一样。派来侍候的人过分谦恭，这点使他很不自在，不知道怎样回应他们。他可以自由出入皇家图书馆，那里有许多藏传佛教各个教派的经典。

“堪布你可愿意助朕一臂之力？”一日，皇上突然驾临堪布住所。

“敢问何事？”堪布从座位上惊起，站立一边。

“蒙古草原骚乱不息，朕这里不安啦！”皇上用手掌拍了拍胸口。

“犯上作乱，这是不义，贫僧岂有不助之理，只是力不从心。不然，以雕虫小技一试。”堪布双手合掌道。

“如何一试？”皇上问。

“贫僧只会这个。”堪布摸了摸铜镜。

“甚好，甚好！”皇上虽然瞪着疑惑的眼睛，还是点了点头。

堪布把铜镜放在手心一看，画面不好，呈现凶兆。

“念三天擒王经。”堪布皱了皱眉，说。

“这般简单？”皇上更瞪大了眼睛。

“就可以了吧。”堪布很自信。

“好！”皇上回宫去了。

不久，皇上得到前线奏报，贼王因宿鸟乍飞，被惊马摔死，众贼树倒猢狲散。皇上命人查贼王死期，结果正好是在堪布念完擒王经的当天下午。

堪布再一次被安排到新的住所，每天送的饭菜更是花样翻新，派来侍候的人不仅对他谦恭有加，对他的随从们也如侍候达官贵人般殷勤。皇上三天两头前来看望，嘘寒问暖，探究麻布古经，关系日益密切。当又得知堪布本意只是擒王，知晓贼王死于非命后十分内疚，念了七七四十九天超度经后，更对堪布的品德十分欣赏，有了让其留在宫中的想法。堪布婉言谢绝，决意回家。与京城比较，他更喜欢琼日山的宁静，雍忠拉顶寺的粗茶淡饭，嘉绒藏区的蓝天白云。堪布只有一个请求，他要皇上的一幅画像，给雍忠拉顶寺再添一件镇寺之宝。皇上不仅满足了堪布的请求，还封他为禅化法王，掌管整个嘉绒藏区的宗教事务，又给雍忠拉顶寺送匾一副，上面亲书“嘉绒禅林第一寺”，派专人护送堪布一行到成都。

川陕总督岳钟琪见到堪布也格外高看一眼，亲自护送堪布荣归雍忠拉顶寺。岳大人还派人通知嘉绒藏区所有的土司赶赴雍忠拉顶寺，参拜禅化法王和皇上亲书的御匾，嘉绒藏区各地的信徒们也闻讯赶来，挂匾仪式很隆重，超过商道竣工典礼。

十四 阿果

岳大人此次嘉绒藏区之行，阿果给他留下深刻印象。

在雍忠拉顶寺举办的挂匾仪式结束后，岳大人被色齐甲布请到第一官寨做客。因为是私人邀请，除了通司罗尔依外，陪客的都是土司的家人：色齐甲布本人，两位夫人，年满九岁的阿果。

色齐甲布在官寨外的草坪上设宴招待客人，这里天高云淡，芳草萋萋，风轻花香，岳大人满心欢喜。

起初，岳大人并没有留意阿果，毕竟是小孩子，不容易引人注意，他关注的是两位夫人。这两个女人都甘愿把权力让出来，交给心爱的男人，她们之间又像亲姐妹一样恩爱，这是何等的胸襟？嘉绒藏区的女人为何与山外的女人如此的不同？她们热情大方，就像山区崖壁上迎风招展的红叶，毫无贵妇人的娇柔和慵懒。岳大人虽然与她们语言不通，但是基本上没有沟通上的障碍，一见如故似的。色齐甲布真有福气！岳大人都有些忌妒起色齐甲布了。

众人举杯把盏，笑声朗朗，草坪上其乐融融。阿果不声不响地端坐在两个阿妈中间，一双大眼睛特别清澈明亮，睫毛又弯又长，忽闪忽闪地看着岳大人。

“阿果！”岳大人过了很久才看见这双眼睛，看见后便失声惊叫，是那种脱口而出的惊呼，没来得及经过大脑的审读和批准。这双眼睛给岳大人的感觉，就像一个人爬了很高的山，在口干舌燥之际，突然看见绿宝石般碧蓝深邃的湖泊。

色齐甲布和两位夫人殷勤地劝吃劝喝，岳大人脑子里不断地闪现出阿果的影像，怎么也应承不好。这个小丫头虽然还是未曾绽放的花蕾，但已经芳香扑鼻了。舒展的眉宇，端直的鼻梁，充满朝气的嘴唇，蛋白色的脸庞，大山深处竟有这般尤物？岳大人闯荡江湖数十载，还没遇到过这般女孩。这个小丫头貌美还在其次，她的影像使人挥之不去的要害还在于她身上有一种实难抗拒的魅力，使人忘掉一切只想上前去抱一抱她，多么可爱的小丫头！

“岳大人，您要我唱歌吗？”阿果说。阿果特别喜欢唱歌跳舞，凡是到色齐甲布家做客的大人们，几乎无一不要求她唱歌跳舞。

“好呀，阿果，唱一个！”岳大人求之不得。

阿果从草坪上一骨碌站起来，嚷道：“我要你们伴舞！”说完撒娇地去拉大人们。大人们笑着站起来，手牵着手，随着阿果的歌唱舞蹈。

天空中飘浮着白云，
风儿呀请不要吹散，
天空是白云的家。
草原上蹒跚着羔羊，
鹰儿呀请不要惊吓，
草原是羔羊的家。
河水中栖息着鱼虾，
渔翁呀请不要垂钓，
河水是鱼虾的家。

这是一首脍炙人口的东女国古歌，经罗尔依翻译后，岳钟琪十分感慨。眼前唱歌的是一个天真可爱的小女孩，唱歌时满脸的灿烂，而歌词却是这般凝重，或许小女孩还不知道歌词的意思。

阿果先是站着唱，岳大人但见这小女孩亭亭玉立，个头儿比实际年龄还高了一大截，嗓子又特别清脆，像布谷鸟欢唱。唱到第二遍时，小女孩也加入舞蹈的行列。她的舞姿特别与众不同，举手投足如鹰起鹤落，扭腰转体似龙飞凤舞。这个小女孩无论从头到脚还是由里及外，每一个动作，每一种表情，都流动着一种令人心旌摇荡的神韵。

“你这闺女，莫不是下凡的仙女？”岳大人不是开玩笑，他真的在脑海中闪现过这么一个念头。

“小女野孩子似的，就喜欢热闹，也不懂规矩，让岳大人见笑了。”色齐甲布其实十分欣赏自己的女儿，亲热地把阿果搂进怀里。

在大色齐部落玩了三天，岳大人要打道回府。色齐甲布一直把他送到太阳部落银桥的桥头堡。一路上，岳大人看到赶牛吆马的商队来来往往，各个歇脚点生意兴隆，心里十分畅快，毕竟，嘉绒藏区是他的辖区。

“你们这儿挡路的山有多少？”在桥头堡分手时，岳钟琪问。

“色齐部落就有九座大山。”色齐甲布说。

“正是，看来我没有数错。”岳大人在途中数过。

“你女儿似仙女下凡，将来必定不同凡响。”岳大人头脑中还记着阿果。

在嘉绒藏区，阿果确实被认为是仙女下凡。阿果是小名，只有她的父亲和两个母亲这么叫着，走出家门，她被叫成康珠玛。康珠玛就是空中飞行的仙女，寺院壁画上就画有这种仙女，佩戴璎珞，长裙飘逸，彩带飞扬，驾着祥云飞行。

康珠玛这一名字是在她出生那天，当丞相激动地站在高台上宣布“生了，女孩”的时候，广场上不少人不假思索地喊出来的。雷鸣、彩虹、花雨，出现这种奇异天象，降生的小孩如果是儿子，必定是活佛，如果是女孩，必定是仙女，山里人都坚信这一点。也有人说当时的天象不是那样，雍忠颇章宫上空的响声不是雷鸣，是巫师的击鼓声；雍忠颇章宫顶与背后山顶间架起的光带不是彩虹，是巫师煨桑时腾起的火焰；雍忠颇章宫周围飘下的花瓣不是花雨，是巫师献给三宝[①]的花供，与孩子出生毫无瓜葛。但是人们宁肯相信就是雷鸣，就是彩虹，就是花雨，都在场呀，未必自己还信不过自己？

阿果满三个月了，是正式取名的时候，父母带她到雍忠拉顶寺，请她的伯父取名。堪布抱着侄女叩拜镇寺之宝，阿果表现极差，完全是一副心不在焉的样子，后来甚至不耐烦了，在伯父怀里挣扎，连哭的表情都有了。当来到当今皇上画像前叩拜时，阿果突然镇定下来，目不转睛地看着画像。过了一会儿，开始望着画像咯咯咯地笑，两只胳膊伸过去，十只小指头在画面上乱抓。看到这个场景，堪布闭目凝神了一会儿，泪水禁不住夺眶而出，从怀里掏出一根护身绳[②]拴在侄女颈上，又在侄女小手背上亲了亲，就

① 三宝：藏传佛教将佛、法、僧尊称为三宝。
② 护身绳：经高僧加持过的线绳，通常系于颈上，据说具有护身防邪作用。

把她递到色齐甲布怀里，转身急匆匆走了，没有取名字。

阿果喜欢当今皇上画像和堪布流泪不肯取名字的事儿不胫而走，很快传到民间。人们更加相信阿果就是仙女投胎，当今皇上是文殊菩萨转世，仙女和菩萨都是一个圈子里的人，投生前都在一起，现在相遇了，不高兴才怪呢。堪布看到菩萨和仙女邂逅，当然会热泪盈眶，好难得嘛！正因为是仙女，堪布都不敢取名呢。

阿果还是小孩子的时候，只要被允许和有这种可能，人们都争相抱她。这倒不是因为她是色齐甲布的女儿而想溜须拍马的缘故，除了小女孩确实长得乖巧惹人喜爱外，想抱小孩的人还有一个不可告人的目的，就是想证实一下接生婆传出的话，闻一闻有没有香气。阿果的肚脐下面显现藏文三十个字母中的最后一个字母，这个字母发音“啊”，据说这个字母具有神秘的力量，许多咒文都离不得这个字。这个字母为上下结构，中间是一根横线，在咒文中写这个字母时通常要在横线上面画一钩弯月，弯月里面画一个小圆圈，表示太阳。阿果的肚脐下面也就是字母的上面，弯月十分清晰，弯月朝上，护着肚脐眼，因此肚脐眼代替了太阳。接生婆每次提到这件事时都挤眉弄眼，绘声绘色。接生婆说，香气就是从有字母的肚脐眼那里冒出来的。谁也不敢扒去阿果的衣服去看肚脐眼，但是凡是抱过阿果的人都闻到了香味。这种香味和柏枝的味道差不多，有那么一股淡淡的清香。据说仙女都自带这种香气，凡间女人没有，才制作香水喷到身上，学仙女呗。

阿果父母带着阿果回家，色齐甲布骑着他的青马走在前面，王妃骑着枣红马，怀里抱着阿果跟在后面。堪布莫名其妙地流泪，不给闺女起名，在阿果父母心里罩上阴影，除了途中在歇脚点打尖时说了一些不紧要的话外，一天的行程中两人一句话没有，回到第一官寨后，心情还是好不起来。其实王妃的想法跟后来民间的传说差不多，她相信自己的闺女与一般的闺女不一样。不仅孩子身上有特殊的字母标记，能释放出香味，而且她的一举一动一颦一笑都给人一种惊异的感觉。她不敢肯定孩子就是仙女转世，但是，跟别的女孩不一样是肯定了的。

色齐甲布不愿意把闺女认作仙女，他讨厌人们把阿果叫成康珠玛。他不相信自己是神子，因此也不相信阿果是仙女。神仙应该在天上，就算人间有神仙，也应该在隐秘处，怎么人神不分指鹿为马呢？更主要的原因是他怕闺女承受不了这样的盛名。因此，进晚餐的时候，他对怀里抱着阿果的王妃说，我们还是叫她阿果吧。阿果是王妃在哄怀里的孩子睡觉时无意中顺口叫出来的，没有任何意义，只是个音调而已。

“阿果，你真是康珠玛那该多好！”王妃逗怀里的阿果玩。

“该断奶了。”色齐甲布说。

“我奶多，咋办？”王妃把奶头从阿果嘴里抽出来。

“孩子带贱点，我想从嘉德陇瓦女人中找一个奶妈来，您看咋样？”色齐甲布说。

“汉人？”王妃有些惊异。

“咱们官寨里汉人还少吗？”色齐甲布笑了笑。确实，在第一官寨里的下人中，汉人占了一半，伙房里的厨师，作坊里的铁匠、银匠、木匠，种菜喂猪的人，大部分都是汉人。

“女儿吃了汉人的奶，会不会变成汉人？”王妃目不转睛地望着丈夫。

色齐甲布这时忘了先前的不愉快，笑得前仰后合：“我们天天喝牛奶，怎么就没变成牛了呢？”

“但是，我的奶水好。非得断奶请一个奶妈吗？”王妃的脸红了，觉得刚才自己说的话很幼稚。

“这是规矩，不然，人家会笑话咱们的。”色齐甲布说。

王妃点了点头。

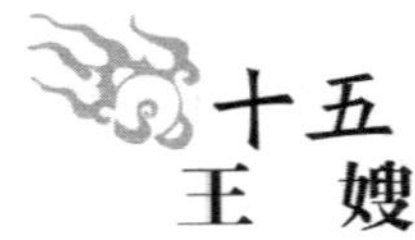

十五 王嫂

寻找奶妈的事自然落到罗尔依身上，这个差事罗尔依干得很轻松，也挺有面子。他只是到嘉德陇瓦打了一转就回来了，第二天早上，就有三十多位年轻女人到第一官寨报到。她们记着当年色齐甲布收留她们丈夫的事，现在想做点什么报答他。

丞相把这些女人带到对面山顶的热水塘。丞相没带翻译，她在尼玛那儿学了一些简单的汉语。尼玛精通汉语，他领导修路时，经常和修路的汉人混在一起，汉语是那时学会的。

色齐盆地对面的这座山像一头大象，名字也叫象山。象鼻从山顶伸下，刚好伸进色齐河里，木桥的一头就搭在象鼻上。象脚至象腰都是一层层的梯田，象腰以上密被灌木，灌木林中也有稀疏的高大乔木，到了夏秋季节，这面山上的色彩十分斑斓。从山下往上看，山脊确实像象背，但是登顶一看，却是丘陵状的宽阔草坪，与琼日部落的琼日山山顶十分相似。拱如馒头般的草丘之间的沟壑中，密布高山松、冷杉和柏树等常绿乔木。这里虽然没有琼日山山顶的那种高山湖泊，却有温度很高的温泉。温泉从一面山崖脚底冒出来，不断地吐出珍珠般的水泡，热水顺着蜿蜒于柳林的天然石槽流进山崖右侧半里开外的大石坑里。原本能够煮熟鸡蛋的温泉，经过这段路程的冷却，流到石坑里时，温度刚好可以让人跳进去沐浴。也许石坑底部有一个十分巧妙的出水口，石坑里的热水高度刚好达到成年人的腹部就不再往上涨了，天旱地涝春夏秋冬都无明显变化，容量掌握得恰到好处。

泡在石坑里往上看，蓝天白云下面的悬崖峭壁棱角似刃，低头环顾，石坑表面光滑如镜，没有成千上万的人上千年的泡泉经历，石坑表面不会被磨成这般模样。

走了两个多时辰，丞相一行终于登上山顶，大家都气喘吁吁。丞相带来的两个侍女，在热水塘草坪上摆好了打尖的食物。馍馍夹猪膘，在高山上吃起来格外香。未来的奶妈们不会饮酒，丞相带头豪饮，准奶妈们不知不觉超量发挥，饮下不少酒，红霞在脸颊上飘飞。

“都下去泡澡。”酒足饭饱，丞相安排那两位侍女放哨，自己三下两下脱光衣服，一丝儿不挂地走进热气腾腾的大石坑里。未来的奶妈们忸忸怩怩，只脱了上衣，赤着上身蹲在地上，双手扶住胸部，就是不敢脱裤子。

“害羞啥，都是女人！”丞相笑着招手，“还不快点下来？好舒服哟！”

草坪上的女人们你看我我看你，一脸的窘相。

丞相一只手掌摇晃着，一只手掌捂着嘴遮住笑声，转而又把手指伸进嘴里，吹出一声尖利的口哨。两位放哨的侍女听见哨声转过脸来，看见丞相的手势，立即从高坡上冲下来，一边止不住笑出声，一边逮住一个草坪上的女人，按在地上脱裤子，被逮住的那个女人咯咯咯笑个不停，在地上挣扎，不让脱裤子。其他女人跑过来帮侍女，只一会儿工夫，被脱光衣服的女人被赤裸裸地抬着，抛进大石坑里，女人们笑得前仰后合。这一招还很管用，其他女人都自觉地脱掉裤子，往池子里扑，两位侍女笑嘻嘻地又返回高坡放哨去了。这些女人在热水中一泡，全身心都得到松弛，刚才喝的酒这时也在身体内加快流转，她们兴奋起来，打起水仗来了，胸前的乳房跳动不已。

丞相坐在一个石礅上，光光的后背靠在石坑壁上，胸部和腹部任凭阳光抚摸，白白的两条大腿浸在池水中，由于池面水波的作用，好像是游动的两条大鱼。她开始认真地观察池中每一个人的身材，其中对胸部特别对乳房的审视是重中之重。这些女人平常看起来黄皮蜡脸的，不像本地女人白里透红像熟透的桃子，其实身上都细皮嫩肉的，一个比一个白。丞相很快锁定一个女人，丞相之所以锁定得这么快，是因为这个女人在这拨女人中十分出众，大有鹤立鸡群的感觉。看到这个女人，就不再想看其他女人了。这个女人高而不觉单调，胖而不显臃肿，一头乌亮的头发湿漉漉地沾在宽厚的背上，双眼皮大眼睛。根据丞相的经验，长有这种眼睛的女人一般使不来心计，思想比较单纯。加之她始终保持着矜持的表情，丞相便喜欢上她了。最主要的是她的双乳饱满坚挺，乳头突出，色彩红润，丞相估计这个女人可以抵得上一头奶牛。唯一不太称心的是双手粗糙了点儿，她们都是农家女人，在这种圈子中找，就得有这种思想准备。

丞相向这位女人招手，叫她过来，让她坐在旁边的一个石礅上。丞相发现这个女人的乳头带着马上就要滴落的一颗白色奶珠。

“奶出来了。”丞相说。

“嗯。”那女人应了一声，用手捏了一下乳房，奶水便射了出来。

“奶水好啊，”丞相向她凑近点儿，问：“孩子多大了？”

“两岁，可以不喂奶了。”那女人低着头说，“奶水还这么好，我就来了。”

“你叫啥名？”丞相问。

“我们当家的姓王，他们都叫我王嫂。”那女人将一绺长发在指头上绕着，眼睛盯在水池中。

“你们家几个人？”丞相问得仔细。

“我们当家的，儿子和我。”那女人说话稍用劲儿时，高耸的双乳便不住地抖。

“你当家的也同意？”

“他不同意，我就不会来。”

选奶妈的事丞相说了算，王嫂面试通过，被留在第一官寨中，其余的女人每人领了五块大洋就回去了。

王嫂能否长期住下来，还得经过一段时间的考察。临近春节前，王妃做了决定，叫人把住在嘉德陇瓦的王嫂丈夫和孩子接到官寨里来。王嫂丈夫王老五，是个老实巴交的庄稼汉，老家兄弟多，地又少，是跟着罗尔依跑进山来淘金的那些汉人中的一个。他在嘉德陇瓦分到三亩地，两次修路都有他，工钱除了修屋买牛外，其余的都花在去老家讨老婆的事上了。王嫂的孩子是个男孩，嫁给王老五的第二年秋天生的，名字叫王秋。大年十五过后，因阿果缺玩伴儿，王秋留了下来，王老五需要料理土地和耕牛，就回去了，色齐甲布还给了他一个送信的肥差。嘉绒藏区山高水长，道路崎岖，各个部落居住分散，送信的差事苦是苦了点，但是报酬不薄，寄信人送一份，接信人送一份，吃双份报酬。再说，信件免不了涉及机密，送信人非土司头人亲信不用，因此，送信人就具有一种身份，当人们听见送信人坐骑脖子上铜铃的叮当声，都会赶紧回避退让。

王嫂很快得到王妃的信赖，色齐甲布经常听到三妃表扬王嫂的话。王嫂长得漂亮，这是故意说给色齐甲布听的，女人都忌妒别的女人漂亮，她要看看丈夫的表情。王嫂的奶子可以抵得上一头奶牛，阿果只咂一会儿就饱了。王嫂能干，凡是女人要干的活路没有一样不精通。她可以裁制衣服，伙房里做的饭菜她始终不满意，给王妃和色齐甲布的饭菜她亲自做，直到伙房里的烹调技术提高后才停止。她会唱许多好听的汉族摇篮曲，能使烦躁时的阿果安然入睡。她这人特别勤快，天不亮就起床，很晚才入睡，整天洗衣抹桌扫地，反正有做不完的活，谁也没有规定她要这样。官寨里汉人不少，可她从不串门，从不搬弄是非，交头接耳惹是生非是许多奶妈的通病，可她没有。她还有一个更大的优点，从不抬头看一眼色齐甲布，始终保持应有的距离，这正是王妃十分欣赏她的地方，而这个优点，王妃没有跟丈夫说。令王妃十分感动的是她看见王嫂用自己的奶水给阿果洗澡。阿果平常是用牛奶洗澡的，可是有一次，王妃看见王嫂把阿果放进牛奶澡盆里用牛奶洗一遍后，又把自己的奶挤到阿果身上，反复轻轻搓揉按摩，最后用牛奶清洗一次，再用澡帕揩干。后来王妃又碰见好几次，叫她别那样了，王嫂却说奶不挤出来，奶子疼。王妃知道这是托词，有这样的女人当奶妈，还有啥不放心的呢？经常用人奶洗澡的阿果，皮肤就像剥了壳的鸡蛋，就是后来岳大人看到的阿果的肤色。

王妃决定长期留用王嫂的头一天，专程去探望第二官寨夫人卓玛措。卓玛措给色齐甲布生了一个男孩，正在坐月子。王妃在妹妹卓玛措那里只住了一个晚上，第二天不顾卓玛措的再三挽留，早早就回来了。那一夜她彻夜未眠，她想女儿，差点连夜赶回。半夜时分，她想起了王嫂，那天早晨，王嫂被王妃硬拉到身边共进早餐，这是王嫂第一次与主人一起用餐。王嫂十分诧异，并不知道这是王妃向她致歉的一种方式。

管家给王嫂腾出一个套间，在六楼的南面，离七楼近，阿果住在七楼。套间里的家具一应俱全，连冬天取暖的铜炉都有。王嫂住里间，孩子王秋住外间，这种安排也为王老五有时来看老婆孩子提供了方便。

奶妈是自己人了，就得熟悉这个家，管家带王嫂从一楼到顶楼走了个遍。王嫂过去从来没有看到这么大的房子，一楼能够看见的是家丁的住房，单间少，双人间和多人间多，还有一个放了不少坐垫的接待室。二楼和三楼又有许多上了锁的房间，管家说都是仓库，不用看了。四楼是各部落头人的下榻处，一个头人占了三间，里面的陈设很豪华，好像相互竞争奢侈似的。还有藏式和汉式两个会客厅。五楼也是部落头人的下榻处，光线最亮的大房间是轮值头人的办公室。六楼有藏餐和汉餐厨房，藏式和汉式宴会厅，王嫂住的套间也在这里。七楼是主人家居所，大小房间不少，还有一个占去楼层四分之一的大房间，管家说这个房间叫德吉康瓦，是幸福厅的意思，平常不用，每逢重要节庆就闹热了，色齐甲布要在这里宴请寨首以上的部落各级首领。登到八楼，管家引着王嫂匆匆走过，只是口头上说，八楼是大色齐部落最高长官色齐甲布办公的地方，闲人免进。又说第一官寨有两层楼最忙，一个是六楼，两个伙房的灶炉差不多整天都是烫的；一个就是八楼，各个寨子打官司的人络绎不绝。打官司的人先到一楼接待室登记，批准后从第一官寨背面墙壁上的悬浮楼梯走上去，直通八楼，到休息室排队等号，天天这样。九楼的一半是经堂和禅房，过去巫师就住在这里，现在又修了五间僧舍，雍忠拉顶寺派来的五名喇嘛长期住在这里。另一半是阳台，阳台的女儿墙上安装了一圈铜皮转经筒。阳台的西北角耸立着一座白塔似的煨桑台，每天早晨，值日喇嘛要在这里煨桑祈祷。这个煨桑台是巫师在世时亲自垒起来的，是巫师留给第一官寨的唯一遗物，非常珍贵。阳台的另外三个角里都分别耸立着不同样式的烽火台，不同位置不同样式的烽火台分别传送不同的信息。第一官寨背后有一条铺着石砖的路，叫颇章达朗，是官寨背面的路的意思。这条路其实是一条手工作坊街道，就是因为这里打制过王妃定制的酒器而名气很大。石砖路的一侧是高大宽厚的第一官寨石墙，另一侧，石头平房一字儿铺排，每个石头平房隔成里外两间，里面住人，外面是手工作坊。有两间石头房子被刷成白色，非常醒目，其中一间是杂货铺，另一间是酒馆。这一溜石头平房里住的都是有手艺的淘金汉人。

王妃第一次向阿果发脾气，是在阿果两岁那年，一巴掌打掉了阿果手上捧着的雪梨，又一巴掌拍在了阿果的屁股上。

当时正值雪梨成熟的季节，第一批摘下的雪梨送进第一官寨里。色齐盆地比周围结满黄澄澄雪梨的半山要热得多，王妃打开室内所有的花窗，单衣薄袍地坐在卡垫上，手里拿着一只茶杯，抿了一口凉茶，刚把茶杯放到茶几上时，阿果迈着蹒跚的步子，手里拿着一只洗干净了的雪梨，从门外走了进来。不用说，是王嫂叫她送来的。

“阿果，来，阿妈抱。”王妃笑眯眯地向阿果招手。

“阿妈，天气热，您吃。”阿果走到王妃面前，两只小手把雪梨递过去。

“阿果，你再说一遍！”王妃愣了一下，让阿果重复说了一遍，王妃听清楚了，确实说的是汉话。

“你说的啥话呀？”王妃接雪梨的手改变了姿势，一巴掌把阿果手上的雪梨打落，又一巴掌拍在阿果的屁股上。

可能没有打痛，阿果并没有哭，只是眼眶中噙满了泪水，眼睛看着雪梨在地上打滚。

“我做错了吗？”当雪梨终于停稳时，阿果看着阿妈说。这一句是藏语。

“你没有错。你给阿妈送雪梨解渴，你是对的，是阿妈不对。”王妃顿生愧疚，一把抱住阿果。

不过，吃晚饭时，王妃还是把这件事向色齐甲布说了。色齐甲布去外面办事见不着他也就算了，就算在官寨里时，也一直待在八楼，连饭都要给他送上去，只有用晚餐时，一家人才能坐在一起，用晚餐是王妃最大的快乐。

“阿果会说汉话，好呀！”色齐甲布抿了一口酒，说。

“这样下去，不就成了汉人娃？”王妃担心地说，“我是曾经提醒过您的。”

“这件事恐怕要怪您自己吧？”色齐甲布挤眉弄眼，“您不笑话王嫂，女儿也学不到汉话啰。”

“您又提这事儿。”王妃脸红了，佯瞪了丈夫一眼，失声笑了。

王嫂本来已经能够说一些藏语了，王妃又不断鼓励她，她的藏语对话能力便大有长进，只是发音不太准。藏语嘉绒方言音调很敏感，发某个语音的时候，遇上弹音，弹得重一点轻一点，意思就会变，有时变得足够吓人一跳。王嫂发弹音很困难，要用很大的劲儿才能弹上。有一次，王嫂要说的一句话遇上了发弹音，她一用劲儿，弹音过重，弹出脏话来，王妃当场笑得前仰后合，直叫肚子痛。王嫂羞得满脸通红，连脖子耳根都红了。自那以后，她打死都不肯说藏语了。

“其实这是好事。”色齐甲布认真说，“我现在和汉人打交道的时候多，吃够了不懂汉语的苦头，不得不把罗尔依带在屁股后面。我都在学汉语呢，就是学不好，说出的话和王嫂说藏语差不多。”

“这么说，我错怪了阿果？还给了她一巴掌。”沉默了一会儿，王妃耸了耸肩，不好意思地说。

“我猜猜，打哭了没有。”色齐甲布拍了拍脑袋，“嗯，她没有哭，她笑了，您给她挠痒痒了不是！”

“那我也给您挠痒痒！”王妃举起双手，在色齐甲布背上噼里啪啦地拍打。

色齐甲布扭转身，正想顺势把王妃抱进怀里，门吱呀一声开了。阿果在王嫂那里吃过饭，擅自走过来，推开门，探进脑袋：“阿爸阿妈，你们做啥游戏？我可以参加吗？”说的是汉语。

大凡女人一旦全身心爱上一个男人，就会毫无原则地对他言听计从，无条件信赖，王妃亦然。自那以后，王妃觉得汉语原来如此动听，她为自己过去竟没发现汉语这般美妙而惊奇不已。她不仅不反对阿果学说汉语，自己也悄悄跟着王嫂在心里学。王妃和王嫂对话很有趣，王妃从来都说藏语，王嫂自从那次发音走调出了洋相后，再也不敢说藏语，一直说的是汉语。然而她们大致都能听懂对方说什么，王妃汉语听力进步很大，她甚至能听懂汉语中一些复杂委婉的表达。就在打落阿果手中的雪梨后不久，王妃和王嫂就有下面这样一段对话：

“丞相好一阵子没来了，她整天瞎忙些什么呀？”王妃唠叨道。

“嘻！”王嫂痴痴地笑着，并不答话。

“王嫂，你老是笑，恐怕知道些啥了吧？”王妃偏着脑袋问。

“她有了，怕羞吧。”王嫂终于小声说了出来。

“她有了？怕羞？”王妃在嘴唇边细语重复王嫂的话，咀嚼其含义。她觉得王嫂这句话里包含着很复杂很委婉的意思，但她没费多大的劲儿就茅塞顿开，兴奋地说：“这是好事呀！你咋知道的？快说来听听。”

“您也知道的，大概十多天以前，丞相要我陪她去热水塘洗澡，那次她吐得很凶。”王嫂刚把话说完，又后悔不该把丞相的秘密告诉给王妃。当时丞相说了，要保密，等肚子鼓得大大的，她才去见王妃，给王妃一个惊喜。丞相她骄傲着呢，根本没说怕羞，王嫂给王妃说丞相怕羞，这是她自己的想法。

“有了就好，有了就好！”王妃十分高兴，叫王嫂拿雪梨来吃。用晚餐的时候，王妃把这件事讲给色齐甲布听。

“丞相她有了！”王妃兴奋地说。

“丞相她有什么了？把您高兴成这个样子。”色齐甲布听不懂这句有头无尾的半截话。

“有了，你都听不懂？”王妃故作惊讶。

“半截话，谁听得懂!”色齐甲布摇了摇头。

“您不是在学汉话吗？这就是汉话，我都能听懂。”王妃得意地说。

“别卖关子了，丞相有什么了？快说来听听。难道天上给她降下稀世之宝不成？除了老公和孩子，她应该说啥都有了。”色齐甲布对“有了”这句话确实不解。

“您说对了，她就是得到稀世之宝了。”王妃仍热衷于卖关子。

“越说越玄了，什么稀世之宝呀？”色齐甲布急切地问。

“她怀上孩子啦！‘有了’就是怀上孩子了的意思。”王妃这时才把谜题点破，“王嫂亲口给我说的，她陪丞相洗温泉澡时发现的。”

“今天您带来这么好的消息，来，咱们连干三杯，庆贺庆贺!”色齐甲布举起酒杯，王妃才抿一口，他的肚里已经灌下三杯酒了。

“都说尼玛哥和丞相有那个意思，丞相怀的孩子是他的吧？不会错吧？”色齐甲布咬着风干肉说。

“丞相跟我那么多年，我知道她。她不像其他喜欢玩弄男人的女人，我不要您怀疑她。”王妃瞪了丈夫一眼。

“我怎么会呢？”色齐甲布跟王妃碰了碰酒杯，开玩笑地说：“你们东女国的女人除了您以外，对男人都挺霸道的，我怕丞相一不小心欺负了哪个男人。”

“净瞎说!”王妃漂亮的眼睛眨了眨，睃了一眼丈夫，把酒杯送到嘴边抿了抿，放下杯子，说：“这样说来我还有点担心您大哥尼玛呢。他聪明能干，又有地位，追他的女人听说还不少。”

“这点我敢保证。”色齐甲布一本正经地，“咱们大色齐部落，除了您，哪个女人比得上丞相？他要花心，除非他是傻瓜!”

色齐甲布兴致很高，多喝了几杯酒，话就多了。王妃也多抿了几杯酒，兴奋着呢。正在这时，尼玛和丞相推门进来了。色齐甲布和王妃第一眼就落在丞相隆起的肚子上。

“报喜来了？”色齐甲布半认真半开玩笑地说。尼玛和丞相只笑不答。寒暄一阵后，王妃让尼玛留下来陪色齐甲布聊天饮酒、自己牵着丞相的手，到自己房里说话去了。

十六
德吉康瓦

阿果五岁那年是她最孤单的一年。王妃这年给阿果生了弟弟阿更，多个伴应该好玩了吧？不，一点儿也不好玩。这一次，王妃无论如何坚持自己喂奶，没有给阿更请奶妈，王妃和王嫂都围着小阿更转，没有多少工夫答理她这个姐姐，阿果的日子基本上是在九楼昔拉喇嘛的书房里度过的。王秋虽然是阿果的陪读生，阿果并没有觉得自己有伴儿，两个小孩一天说不上几句话。阿果只要进入昔拉喇嘛的书房，待不了多久，屁股好像坐在针毡上，两只大眼睛一会儿望东窗，一会儿瞅西窗，根本听不进昔拉喇嘛教她认字母时发出高一声低一声的那些音调。昔拉喇嘛并不批评她，而是揣摩她的兴趣，课余时间给她讲故事。这一招还真灵，阿果的大眼睛终于从窗子上收了回来，双手托着下巴，静静地看着昔拉喇嘛。阿果记性特好，每次进晚餐的时候，她就把白天听来的故事讲给阿爸阿妈听。阿果虽然才五岁，掌握的词汇不够用，说话也不流利，发"嗯"的时候多，但是非常投入，一个稚嫩的小女孩学大人样讲故事，别有一番情趣。阿果讲东女国的故事时，自己掉眼泪，王妃也跟着悄悄抹眼睛；阿果讲释迦牟尼舍身喂虎时表现出的敬佩之情，连色齐甲布都为之动容。

色齐甲布和王妃本来为没工夫陪阿果心里不安，没想到阿果在昔拉喇嘛那儿找到了乐趣，他俩很是欣慰。可是没过多久，大概秋末冬初吧，阿果却惹出了麻烦。

九楼喇嘛们念大经的那天早上，昔拉喇嘛要到经堂里念经，安排阿果和王秋在书房里自习。王秋看了一会儿书后就睡着了，阿果不让王秋睡，唱阿妈教给她的东女国古歌，然而歌声一点儿也影响不了王秋睡觉。阿果用昔拉喇嘛写字用的老鹰羽毛挠王秋的耳朵和鼻子，王秋只是用手扇一下，仍然睡他的觉，时不时咂巴一下嘴巴，口水从嘴角流出来。

“猪！”阿果朝王秋狠狠瞪一眼，看看书桌，望望窗子，觉得待在这里实在无聊，便打开门，从八楼的悬浮楼梯走下去，来到官寨外，经过颇章达朗路，溜进寨子里闲逛。她看见一家门口拴着一头高大肥壮的牦牛，突然想起这个时候正是宰牛季节，一个可怕的画面从脑海中浮现：几个小伙子用皮绳捆住牦牛四肢，推翻在地，屠夫高举铁斧，斧背向牦牛头顶砸去。这种行为不符合昔拉喇嘛的教导，实在太残忍了，她不想再发生这样的事。看了看四周，不见一个人影，赶紧跑过去，把拴牛的绳子解开，缠在牦牛的脖颈上。牦牛得到解脱，扬起四蹄跑开了。阿果自个儿嘻嘻地笑，浑身来了劲儿，挽起袖口，挨家挨户去解牛绳。当解到第十三头牦牛的牛绳时，被这家请来的屠夫逮住，把她送回官寨中。从此，阿果对这位杀牛的屠夫恨死了。

用晚餐的时候，色齐甲布和王妃轮流责备阿果，阿果表面承认错误，心里却乐滋滋的。

“阿果，你怎么想到去干这样的事？”责备够了，色齐甲布问。

“一个人待在书房里，不好玩。”阿果撒了谎。

“王秋不是你的伴儿吗？怎么能说一个人？”王妃问。

“他呀，猪！”阿果撅着嘴说，心里盘算着怎样收拾那个屠夫。

一天正午，太阳火辣辣的，九楼阳台女儿墙上的铜质转经筒烫得没人敢摸，昔拉喇嘛疲倦得直打哈欠。

“天气太热，咱们都眯会儿吧。”昔拉喇嘛边说边趴在矮桌上，没等一会儿便鼾声大作。阿果蹑手蹑脚出了书房，走到女儿墙边往下闲看。王秋今天没有睡意，不声不响地跟在阿果后面。

“去看打铁，咋样？叮叮当当，火星四溅，好看。”阿果哄王秋。

王秋只顾摇头，不说话。阿果生气了，身子转向一边，不想理王秋。

“睡了一个人，酒馆墙根下。”王秋终于说话了。

“哪里？”阿果装出才发现的样子，其实她早就看见了，那人蜷着腿躺着，太阳晒在脸上也全然不顾，很像杀牛的那个屠夫，所以才哄王秋去看打铁。

“不会死了吧？”王秋惊恐地叫道。

“走，去看看！”阿果拉着王秋向前走。

“不，我……”王秋从阿果手上挣脱了。

“那么，我明白地告诉你，他就是把我送回官寨的杀牛屠夫！”阿果跺着脚，舞动双手，情绪有些激动。

王秋张着嘴，却没有声音，诧异地看着阿果。

“我要教训他，你愿不愿意帮忙？”阿果问王秋。王秋不知所措，仍然呆呆地看着阿果。

阿果突然想出了一个主意，又蹑手蹑脚地返回昔拉喇嘛的书房，从药箱里取出一撮艾绒捏在手心，返回王秋站着的地方，把他搡在一边，从悬浮楼梯跑下去。走到酒馆前面一看，果然是那个屠夫，一股股酒气从他嘴里喷出来。

“小姐，有事啊？”酒馆老板看见阿果，从里面走出来，笑脸相迎，像招呼大人似的跟阿果说话。

“嘘！”阿果手指竖在唇边，做了个不要声张的动作，从酒馆门背后捡起一块小木片，跑到就近一户人家院子里，挖了一些新鲜牛屎回来，敷在屠夫的右手掌心。这时，她发现王秋也下来了，躲在酒馆老板背后，莫名其妙地看着自己。阿果回到酒馆，把艾绒搓成柱状，昔拉喇嘛给病人烧艾绒时就是这样搓成细柱状的，阿果让酒馆老板把艾绒点燃，踮起脚悄声来到屠夫面前，俯下身子，屏住呼吸，把手上燃着的艾绒用口水粘在屠夫的前额，然后慢慢站起来，小心翼翼地向后退。酒馆老板怕事，把门窗都关了，表示酒馆里没有人。阿果跑到悬浮楼梯五层楼的高度后，停下来看下面的动静。这时王秋也跑拢了，不敢站着，蹲在地上看。艾绒像一棵枯黄的秋草长在屠夫的前额，燃烧的火星像一朵小红花。当艾绒烧到根部时，屠夫被烧醒，右手一巴掌拍在艾绒上，手掌里的牛屎在屠夫脸上开了花。屠夫一边用袖子胡乱揩牛屎，一边愤愤地站起来四处瞧，见一个人也没有，酒馆都关门歇业了，有气没处发，一蹦三跳地走了，阿果笑得缩在楼梯上走不动路，王秋也咧着嘴笑。

这件事，色齐甲布和王妃还是知道了。阿果怀疑是王秋告诉给他妈，他妈又告诉给她妈的。色齐甲布责备够了后问她，为什么要这样，她的回答还是那句话，一个人待在书房里，不好玩。

第二年开春以后，昔拉喇嘛的书房里添了两张矮脚核桃木课桌，大色齐部落第一官寨迎来两个小男孩，阿果有伴儿了，不再孤单了。

这两个小男孩都是阿果的弟弟，一个叫达拉，神虎的意思，另一个叫尼玛木，都是堪布伯伯取的名。

达拉是父亲色齐甲布和母亲卓玛措的孩子，比阿果小一岁。色齐甲布和王妃都劝卓玛措和达拉母子俩搬到第一官寨来住，大家一起过日子。可是当色齐甲布去第二官寨接母子俩时，遭到小色齐部落头人和寨首们的阻拦，他们无论如何不放母子俩走。要是在达拉出生前接卓玛措走，他们不会阻拦的，都夫妻了，住在一起谁敢干涉？现在不同了，他们的原土司卓玛措有儿子了，有继承人了，她应该把土司权力从上门女婿那里收回来，交给自己的亲生儿子，这才符合嘉绒藏区的传统。色齐甲布料到这次接人顺利不到哪里去，做了最坏的打算，不仅承诺日后一定归还儿子，还带了土司印作抵押。就是这样，那些人以保管土司印为由，还是不肯放卓玛措走。为接走儿子，色齐甲布在土司印上面又搭了个人质。

尼玛木是尼玛和丞相的儿子，取名字时，尼玛不太同意儿子叫尼玛木，父亲和儿子的名字差不多，以后怎么叫呀？可堪布不同意更改，算出来就是这个名字，换其他名字都不合适。丞相怀孕后，尼玛和丞相很快就成了家。色齐甲布送的贺礼出乎这两口子的意料，让尼玛当嘉德陇瓦的头人，头人官寨都修好了，一并相送。不过，嘉德陇瓦的头人也只有尼玛来当最合适，嘉德陇瓦的百姓都是东女国收留的汉人，两次修商道尼玛都领导过他们，很有一些缘分。尼玛想，孩子的名字叫尼玛木就尼玛木吧，可是他才四岁，学文化早了点儿。但是，丞相一定要把儿子送去跟阿果和达拉一起学文化，只有儿子送到那儿，她才能够以照顾儿子为由经常到第一官寨去见王妃。自从搬到嘉德陇瓦后，她越来越想念王妃，想念她生活了二十多年的色齐盆地。

色齐甲布新委任了一个小管家，大管家太忙，光是接待前来拜访的商人都应付不过来，需要一个帮手。小管家年方二十五岁，名叫绕拉，过去是雍忠拉顶寺跳神舞的和尚，现在已经还俗，协助昔拉喇嘛管理四个小孩的学习是他的主要职责。

绕拉觉得昔拉喇嘛的书房不适合孩子们学习，空间太小，没有娱乐活动场地。绕拉喜欢宽敞的环境，他在寺院跳神舞时就在寺院大经堂前的广场上，你想想看，场地有多大。他看上了七楼的德吉康瓦，一年用不上几次，怪可惜的。色齐甲布支持绕拉，德吉康瓦成了孩子们学习和玩耍的场所。房间的一头是教室，给昔拉喇嘛的座位下面叠了三个氆氇卡垫，挑了一张镶有黄铜边条的矮脚书桌当讲台。昔拉喇嘛座位对面，一字排开摆了没有镶黄铜边条的四张矮脚书桌，座位下面只放了一个缎子卡垫，这是四个孩子的座位，老师和学生的待遇是有严格区别的。教室只占房间的很小部分，其余的空间都是孩子们的娱乐活动场所，之间用八宝吉祥浮雕屏风隔着。在这位年轻的管家看来，孩子们娱乐比学习更重要。

德吉康瓦三面都安装了窗户，最宜观景。从东面窗户望出去，绵延的群山、平坦的农田、稠密的石头寨楼，依次由远而近地铺排着；右边色齐河岸的商道上，各路商队车水马龙地来往。从大色齐部落本部寨子伸向左边山脚并隐入一条山谷的便道，就是通向小色齐部落的山路。绵延的山脉背后有五个大的河谷，分布着五个部落。五个部落背后又是绵延的山脉，山脉背后又有两个部落，其中的太阳部落连着太阳河，太阳河上游是羌区，下游是汉区。从南面窗户望出去，象山斜倚在高高的蓝天上，层层梯地刚被耕过，油黑的泥土翻在面上，微风送来阵阵新鲜泥土的清香。田埂上，青草已经冒出头，形成一条一条的绿带，于是，象山像披上了一件黑底绿格的大氅。象山背后是嵯峨的群山，那儿分布着三个部落。从西面窗户望出去，近处仍是稠密的石头寨楼。寨子尽头，东面平坦的农田继续向西推进，一直抵达地势逐渐缩小的山谷口。这个山谷口是原东女国的西大门，现在是大色齐部落和琼日部落的通道。琼日部落的背后又是重重叠叠的大山，那儿分布着四个部落。

北面因其他房间阻隔而没有窗户，如果有窗户，可以看见和东面和西面一样的寨楼、农田和大山。其实这里没有大山了，而是茫茫的丘状高原。丘状高原不是草地就是沼泽地，那儿有两个部落，沼泽部落就在沼泽地边上。

绕拉能跟孩子们玩到一块儿，就因为他好动贪玩。好动贪玩的性格使他早早离开打坐念经的生活，被编入神舞队跳神舞。念经打坐不是他的强项，不一会儿就睡着了，跳神舞他可是一把好手，很快就在寺院里小有名气。可是没过多久，他又违背寺规跑到太阳河那边的灌县城里学川戏，寺院没办法，只好让他还了俗。进官寨当了小管家后，绕拉好动的性格还是没有改变，课余时间教孩子们跳藏戏就不说了，这是他该干的事，就是昔拉喇嘛上课时，他都要自个儿跑到九楼阳台又唱又跳，有时还吹上一阵唢呐，已经有人在背后说他是疯子管家。

有一天，他又跑到九楼阳台又唱又跳，唱够跳累了，就趴在女儿墙上东张西望。官寨四周都是平坦的田野，眼下正值春耕时节，各家各户扛着犁，吆着牛，向田野热热闹闹地走去，人们还捧着酒壶，拿着哈达，穿上了节日的盛装。今天是开犁节①！绕拉跑回七楼，他要带孩子们去看热闹。孩子们也吵着要去，昔拉喇嘛没反对。

绕拉背上唢呐，王秋牵着达拉，阿果牵着尼玛木，走出官寨向人们聚集的地方跑去。聚集的人群男女老少都有，大人们在忙着布置会场，小孩子们相互追逐嬉戏。

又走一阵，绕拉看见除了小孩子们外，大人们都停下手中的活儿，怔怔地看着他们。这种局面只维持了一会儿，那些人便蜂拥过来，边跑边喊："康珠玛！康珠玛！"把阿果围了个水泄不通。一位头戴蓝色波斯帽、身穿白色氆氇长袍的老汉，左手握一根哈达，右手使劲儿刨开围观人群，钻进包围圈，涨红着脸，嘴唇边儿溜出一串不容易听见的"康珠玛"，弯腰低头至阿果面前，把哈达颤抖地挂在阿果脖子上。老人很激动，飘在胸前的长胡子也在抖。

阿果还没回过神，老汉又挥了挥手，推开围观人群，牵着阿果的手径直朝刚才人们聚集的地方走去。走拢绕拉才发现，人们已经在这里忙乎很久了，地上摆着过年时才用的昔玛②，又堆了一大堆油炸馍，手抓肉，青稞咂酒陶坛也摆了一大堆。

老汉举起阿果的手，高声说："康珠玛来了，今天的仪式吉祥，吉祥！"

绕拉兴奋地跑来跑去，也不知道为什么兴奋，也许是以前没见过这种场面吧。达拉、尼玛木和王秋莫名其妙地看着仪式的每一个动作，阿果也是。

老汉从毡包里取出卷在木轴上的画，展开，是一幅财神唐卡。老汉直直地站立，表情十分肃穆，男人们各自举一面彩旗在手中，排在老汉后面。少男少女各自背了一捆经书，排在彩旗后面。其他女人在经书后面排成很

---

① 开犁节：春耕时祈祷丰收的一种祭祀活动。

② 昔玛：一种贡品。船形木盒一隔为二，分别装满糌粑和炒熟的青稞。糌粑还要堆起来，堆成金字塔状；炒熟的青稞堆里插数根染成红色的青稞穗，这就是昔玛。

长的蛇阵。绕拉兴奋地跑来跑去，背上的唢呐一闪一闪地发亮。阿果他们跟在蛇阵后面，把尼玛木留在原地，那儿有好多小孩可以跟他一起玩呢。可能是事先商量好的，官寨九楼的五位喇嘛刚好这时赶到，排到老汉前面。其中一位喇嘛手里提着冒烟的香炉，其他四位喇嘛手里拿着唢呐。昔拉喇嘛也在里面，怪不得他同意绕拉带孩子们来玩呢。

祈祷游行队伍很壮观，财神前面香烟萦绕，唢呐嘹亮；财神后面彩旗猎猎，诵经如雷。人们绕了很大一个圈子才回到原地，阿果都有些累了，绕拉还兴奋着，别的唢呐早就闭嘴了，他的唢呐仍然尖声尖气地叫。

白石包[①]前面，人们你一捆我一捆地堆放柏枝，堆到够不着后，就往上面撒糌粑放酥油洒净水。老汉点燃柏枝，人们围着浓烟滚滚的桑堆，一边挥手抛撒龙达，一边高声祈祷石神赐福。阿果这才知道，这块大白石可不简单，它是神灵！

两个小伙子各自牵来一头高大健壮的牦牛，煨桑的人们一下子从白石包旁撤离，跑来参观今天拉犁的牛。大家不得不为这两头牛的威武神采赞叹，这两头牛不仅神采威武，打扮得也十分漂亮。粗壮的犄角用酥油擦拭得光滑明亮，耳朵上挂着彩色布条，脖颈上套了红色绒布项圈，尾巴上也拴了五颜六色的布条，看上去花枝招展，活泼可爱。

对今天拉犁的牛，那是要认真犒劳的。老汉在助手的帮助下，给每头牛喂了一铜瓢青稞酒，一大团酥油糌粑。牦牛吃了糌粑喝了酒便来了精神，瞪着眼睛催促老汉挂犁。

挂好犁，老汉唱《拉犁歌》。老汉每唱一小段，众人齐声高呼“吉祥！”

一声蛙鸣春门开，
万物复苏闹春耕。
肥壮牦牛牵过来，
檀香架担架起来。
象皮架绳挂起来，
柏木犁杆吊起来。
金子犁栓穿起来，
银子犁头拉起来。

---

① 白石包：藏族土著宗教苯教认为万物皆有灵，藏族又崇尚白色，因此对白石精灵情有独钟。

大地披上花豹皮，
木锄敲灭全身虱。
五指挥洒万颗雨，
铁铧翻开书万卷。

布谷鸟儿一声叫，
夏天大门徐徐开。
银锄挥舞亮闪闪，
禾苗伸腰精神爽。
牵起排来扯杂草，
麦田好似姑娘辫。

青稞穗浪泛银光，
照得秋门分外明。
小伙甩臂舞把子，
牛尾马尾扇蚊虫。
姑娘背起青稞穗，
奔马闪电追不着。

青稞装得仓仓满，
丰收歌儿冬门开。
阿妈阿姐笑眯眯，
青稞舀进炒盘里。
炒盘是个大草原，
青稞花儿开万朵。
万朵花儿沐沸水，
再躺凉席身撒粉。
聚拢坛中把眼闭，
舒舒服服睡大觉。
一觉醒来在殿堂，
人人都唱祝酒歌。

绕拉不吹唢呐了，蹲在地上记歌词。阿果也觉得，《拉犁歌》挺有意思，一首歌就把春夏秋冬的农活唱完，而且比喻也十分有趣。将往地里撒肥料说成给大地披上花豹皮，打地里的土疙瘩称作敲虱子，还将撒种子和打雨点扯在一块儿。酿咂酒时的炒青稞、煮青稞、摊开晾冷、撒酒曲、装坛发酵等活路本来没啥稀奇的，但是，经歌里这么一唱，便觉得酿咂酒也挺好玩了。

唱完《拉犁歌》，老汉象征性地扶了一下犁把手，就转手交到一个小伙子手里。这时，两头牦牛再也等不及了，拖着犁开跑，扶犁的小伙子身后划开一条深沟，油黑的泥土翻卷过来，这就是《拉犁歌》中唱的铁铧翻开书万卷，微风送来久违的泥土清香。人们雀跃欢呼："吉祥！吉祥！"

小伙子又驾着牦牛犁过来，开犁仪式结束。人们争相从牛脖子上把犁解下，又喂了许多酒和糌粑就把牛放了。接下来就是饮酒吃肉，唱歌跳舞，摔跤推杆①。因有阿果在，年龄最小的尼玛木也不闹着回家，玩到星星出来都没有倦意，要是在平常，这时他早已进入梦乡了。

这一年，绕拉还带孩子们参观过草滩市场商贸节、山寨看花节、赛马节、雍忠拉顶寺林竹插草秆会②和默朗节③。参加各种节日活动开心是开心，孩子们也更贴近他。但是，他们每次参加都会把节日活动彻底扰乱，因为人们一看见阿果，就"康珠玛，康珠玛"地叫着拥来，后来发展到向她跪拜。每每遇到这种情况，阿果也很尴尬，睁着慌张的眼睛向绕拉求助。绕拉没办法，自那以后，他就不再带孩子们参加这类活动了，人们拥挤的阵仗确实有些吓人。

绕拉实在太理解向阿果拥来跪拜的那些人了，要不是他在官寨天天跟阿果在一起，见到阿果时他也会这样的。她出生时的天象，身上散发出的芬芳气味，出奇的美貌，以及天生的慈悲心肠，他都差不多要相信阿果就是康珠玛。他当过和尚看过经书，知道仙女会投胎人间隐居凡尘的，但不能完全肯定阿果就是仙女下凡，他知道自己是个还了俗的肉眼凡胎，看不出里面的真相。

观察一年多后，小管家绕拉正式提拔阿果当娃娃头。要选娃娃头，阿

---

① 推杆：藏民族的一种体育活动项目，竞技的两个人各握木杆的一端，向对方用力推，谁把对方推出划定的界线谁就成为赢家。

② 林竹插草秆会：每到冬季，苯教寺院通常会举办一次为期一个月左右的传法大会，这个法会藏语叫"林竹"。传法大会期间，信徒们持戒诵经，完成各个规定的修炼科目。最后，法师要在这些信徒的头顶上插草秆，相当于考试。草秆能否直立于头顶决定应试的成败。这种传法大会就叫林竹插草秆会。

③ 墨朗节：重要的宗教节日之一，一般从藏历初三开始，正月十五结束。

果是最理想的人选。她不鄙视地位低下的王秋，不袒护自己的弟弟达拉，不欺负年龄最小的尼玛木，几个小男孩都喜欢她，喜欢让她使来唤去。阿果当上娃娃头后，处处摆出昔拉喇嘛那种架势，课余时间甚至不顾忌讳跑到昔拉喇嘛座位上打起盘腿，给三个男孩讲故事，还教他们汉语——连昔拉喇嘛都不懂的汉语。除了王秋以外，达拉和尼玛木都瞪着好奇的眼睛，听阿果叽里呱啦说话。一说起汉语来，色齐甲布都不是阿果的对手，孩子们佩服阿果之余，实在有些瞧不起色齐甲布了。

那天，色齐甲布推开屏风走进来时，阿果正好坐在昔拉喇嘛垫了三层氆氇卡垫的高位上，摇头晃脑地教小男孩们汉语。阿果看见阿爸进来了，摆手摇头示意不要搅场，色齐甲布听话，抱起儿子达拉，坐在达拉的位子上。听了一阵，色齐甲布童心萌发，提出和女儿比赛汉语对话。孩子们哈哈大笑，这不是自讨苦吃吗？阿果也笑了，眨了眨漂亮的眼睛表示迎战。说起嘘寒问暖、日常起居、穿衣戴帽这类话，两人不分上下。色齐甲布打算将话题往更深的方面引，阿果发觉了，来一个先发制人，把话题率先引到带孩子方面去。这方面的汉话，王嫂带阿果时天天都要说起，阿果早已耳熟能详。阿果的"阴谋"得逞，色齐甲布没说上几句就卡壳了，几个男孩拍手大笑。

"我会写汉字，你会吗？"色齐甲布站起来，把达拉放在座位上，来到昔拉喇嘛的讲桌前，拿起竹笔[1]，在一张白纸上写了"阿果"两个汉字。

"汉人也有字？"阿果睁大吃惊的眼睛，弯长的睫毛忽上忽下。

"三爸耍赖，"尼玛木的声音虽然稚嫩，但是听得出来，这是生了气的那种声音。尼玛木称堪布为二爸，色齐甲布当然该是三爸。

"就是，阿爸耍赖，姐姐赢了，阿爸输了！"达拉支持尼玛木。王秋心里也支持阿果，得意地笑着，嘴上不敢说什么。

"这是汉字？好看，画画一样。"阿果忘记了比赛的事，她对汉字产生了兴趣，"阿爸，您怎么会写这个？"

"师爷那儿学的。"色齐甲布骄傲地又写了几个汉字。

商道修通以来，第一官寨需要使用汉字的时候越来越多。刚开始，对汉字的需求还不怎么迫切，有灌县商务办事处的人帮助，还应付得过去。后来，无论来信还是去信，需要保密的内容多了起来，这种事外人不能代

---

① 竹笔：藏族传统的一种笔，毛竹削制而成。

劳，色齐甲布叫罗尔依从灌县城里请来一位师爷。罗尔依现在也是小管家，专门负责对外联络。

“为什么你一个人学，不让我们学啊？”阿果的表情十分委屈。其他孩子跟着喊：“我们也要学！”

“你们真想学？”色齐甲布把写了字的纸亮给孩子们看。

“要！”孩子们齐声回答，声音拖得很长。

“好，明天就开始。”色齐甲布把字放回桌上，心里十分高兴。他转弯抹角向阿果提出比赛，目的就是让孩子们自己提出学习汉字，现在目的达到了。

“我认输，不耍赖，请客，好不好？”色齐甲布撇了撇嘴，做了个鬼脸，夺门而去，身后传来尾音拖得很长的“好……”的声音。

第二天，昔拉喇嘛的座位旁边新添了一个座位和一张铜边矮脚讲桌，师爷是俗人，不能坐喇嘛的位子。

阿果不再坐昔拉喇嘛的位子了，师爷教认汉字后，没有阿果的戏唱。不过，阿果还是认为既然自己是娃娃头，就不能和其他孩子一个样，应该多一些能耐。虽然会说汉话的优势被师爷抢了去，但是她还会跳舞，还会唱歌。自那以后，阿果玩起了新花样，课余时间在教室屏风外面的活动场地教伙伴们唱歌跳舞。

绕拉的活路阿果给他干了，这也是他选娃娃头的目的，现在他有空就跑到色齐河滩吊嗓子，跳神舞，比画川戏。寨子里的人见他就笑，称他格罗疯子①。这个称呼对喜欢调笑的山里人来说，比称疯子管家更带劲儿。

孩子们学习进步很快，阿果十一岁的时候，藏文学习进入文法和诗歌写作阶段，汉文《三字经》没有一个字不认识，还可以大段大段地背诵，这给色齐甲布和王妃很大的鼓舞和信心。这一年阿更六岁，到了读书识字的年龄，色齐甲布还想到亲家的两个孩子，仁青和多吉也该读书识字，特别是仁青，该识几个汉字。

色齐甲布和王妃习惯在用晚餐的时候商量家事。达拉和尼玛木来了后，餐桌换成了大一点的核桃木新桌子。这种饭桌不用上漆，抹擦久了后，会显出乌黑本色，自带光亮，木纹也十分好看。王秋有时在这里用饭，有时被妈妈叫到她那里吃饭，他爸爸王老五来了时，不用妈妈喊，他自己就会

---

① 格罗：和尚还俗后被称为格罗。“格”是和尚的意思，“罗”为变易之意。

跑回去。

每次晚餐时，色齐甲布的心情就会好起来，跟夫人和孩子们一起吃饭是一种享受。管家知道这个，不再劝色齐甲布给孩子们另弄一桌，晚餐也安排得丰盛些。

孩子们吃饭唧唧喳喳，吵得像一群小麻雀，吵完也就吃完，一窝蜂跑出门玩去了。

“该给阿更安个座位了。”王妃说。

“我想把他们兄弟俩也接过来，一起安。”色齐甲布说。

“曲登亲家不是病了吗？这时把孩子们接来不合适吧？”王妃说。

“他的病又不是一天两天，都好几年了。”色齐甲布倒是无所谓。

“你也是，那么早就把闺女许配给人。仁青那样儿，阿果会嫁给他吗？”王妃皱了皱眉。

“说出去的话，放出去的箭，没办法收回的。”色齐甲布顿了顿，看了看王妃，开玩笑说：“多吉倒是像模像样，要不然，嗯？”

“亏你想得出来！”没等色齐甲布把话说完，王妃翻了个白眼，扑哧一声笑了。

色齐甲布派大管家去接仁青和多吉，大管家只带回来多吉，仁青被他父亲留下来代理土司的职务。

多吉比他哥哥小四岁，比阿果大两岁，今年该是十三岁了，个子长得挺快，色齐甲布发觉他比上次见到他时又冲高了一大截。色齐甲布还记得当时的情景，阿果和多吉很合得来，没两天就混熟了。王妃叫阿果跟仁青玩，曲登叫仁青跟阿果玩，出门时两人高高兴兴地一起跑出去，回来时仁青哭丧着脸，阿果和多吉却很开心。孩子们不知道大人们早就约定好了的事，不按大人们设计的套路走。孩子们还小，不便说他们不太懂的事，可是大人们惦记着这件大事，开始为这件事作铺垫。色齐甲布想把仁青和多吉接过来，就是想给孩子们提供接触机会，学习汉文只是个借口。接过来的本该是仁青，现在可倒好，该来的没来。阿果不知内幕，见到多吉，笑眯眯地伸出手，学大人样去握手，还说了一句“欢迎您”，拿出线装书《三字经》给多吉看，还给多吉大段大段背诵里面的内容。尼玛木不高兴，撅着嘴，鼓着眼睛瞪多吉，他被阿果惯坏了。

多吉被接到第一官寨的第六天下午，好像商量好了似的，沼泽部落土司和麝香部落土司都把自己的长子送来了。

沼泽部落土司索朗达吉虽然和太阳部落土司曲登是好朋友，但早在十多年前就已开始记恨曲登土司。当年牛头山上不明不白地被那群汉人绑送到东女国的事，他到现在都认为是曲登的阴谋。他认为，东女国扩而大之为大色齐部落了，商道使大色齐部落肥上添膘了，这个曲登土司的诡计又跟着出来了。叫儿子去第一官寨学习汉文是假，偷阿果的心才是真。谁不想傍大色齐部落这棵大树呢？谁不想把康珠玛娶回来当儿媳呢？要娶阿果，沼泽部落官寨与大色齐部落才是门当户对，更有资格。

十多年前，麝香部落被人们称为陪坐部落。那年，部落联盟在牛头山开了六天的紧急会议，麝香部落土司次嘎始终没说成一句话，说了也没人听，要不然怎么会叫陪坐部落呢？麝香部落很偏远，在嘉绒藏区的最西北，从琼日部落翻过一座大山后，还要走三天才到。那里有四个部落，其他几个部落有自己的山地和草场，农牧兼具，日子还有依靠，麝香部落几乎全被森林覆盖，该有土地的地方被禽兽占领，该有草场的地方又是沼泽。这个地方自古以来以盛产麝香闻名，连部落的名字都叫麝香，就因为太偏僻，别人走不进去，他们走不出来，虽然盛产麝香，可是不能给他们带来福祉。麝香部落的人不记得跟别人发生过什么边界纠纷，因为谁也瞧不起这块地方，送都怕没人要，想发生边界纠纷都难。只有东女国才看上了麝香部落丢弃了若干年的沼泽地，麝香部落没有一个人知道他们的这片沼泽地里有一条坚实的路径，东女国修的北部商道就要通过这条秘密路径，伸向更远的地方。东女国提出用白花花的银子买这块烂泥地，次嘎也不傻，提出附加条件，他要在这段商道上建一个像东部商道上建的那种歇脚点。歇脚点建成后，很快成为远近闻名的麝香交易市场，麝香部落从此开始走向兴旺。现在的次嘎不是当年的次嘎，底气十足。他认为当今的嘉绒藏区，位于中部腹心地带的大色齐部落无可争议是老大；东部自然是太阳部落最强；南部不属于嘉绒藏区就不说，北部草原很早就由沼泽部落称雄；西部嘛，在麝香部落面前还没有一个部落敢撅屁股放屁的，西部当然是麝香部落的天下。东、西、北三强中，谁的手伸得快，谁就能得到阿果，他得知曲登的儿子已经到第一官寨了，赶紧亲自把自己的长子送去。已经慢了一步，不能再慢第二步。

色齐甲布在六楼藏式宴会厅里宴请次嘎土司和索朗达吉土司，他们的儿子和多吉也一并入席。说来也巧，这三个孩子都同庚，只是月份上有些不同。长相差别就大了，虽然个儿都差不了多少，但是，次嘎的儿子嘎嘎浓眉大眼，一头鬈发，牙齿特别白；索朗达吉的儿子索拉胖乎乎的，笑起来眼睛眯成一条线；多吉皮肤白嫩，眼睛又大又亮，手指细长，将来肯定是个高个儿。因为今天请的客人有两个部落的土司，所以王妃特意参加。陪客的还有昔拉喇嘛、师爷、小管家绕拉，他们都是与教育孩子有关的人。

色齐甲布觉得这几个孩子个个长得聪明伶俐，都可爱。他没料到土司们对学习汉文有这么高的兴趣，既然人家求上门来了，哪有不支持的道理。其实也简单，就是加几个座位的事。孩子们熟悉得很快，吃完饭跑出门玩去了，席面上的气氛还十分活跃，主人和客人都是老熟人，没有拘礼方面的障碍，尤其酒喝得耳热面红后，更是无话不说，笑声不断。

索朗达吉的话头扯到十多年前就在这座官寨前面的广场上沦为“阶下囚”的事情上，“当时我们好狼狈呀，没脸抬头。”索朗达吉说。“这个就怪不到我头上了，我是安排了部落里最美的姑娘们给你们敬的酒，只能怪你们没有眼福，头都不肯抬！”色齐甲布说完，大家哈哈大笑。“当时真不明白是怎么回事，头一天大家个个都是准备冲锋陷阵的勇士，一觉醒来，竟被关在牛圈里的汉人们给俘虏了！”次嘎的话还没说完，大家又忍不住笑起来。“那次失败，要怪就得怪色齐甲布。啊，不是你，是原来的那个。啊，请原谅我说已经死去了的人。”索朗达吉默默地诵了一句八字真言[①]，回忆道，“东女国都没去攻，他就说东女国迟早都是晒干的青稞，先说好后不乱，没晒干以前，就把将要晒干的青稞处置了。这不是让人笑掉大牙吗？就像母马还在怀胎，就说怎样安排马驹的事。结果，母马们都被拴在东女国广场上了。”大家又是一阵大笑。“看样子，您还不服气呢？还想打？”色齐甲布故作严肃。“不敢不敢，您不记当年恨就已经谢天谢地了。”索朗达吉双手合掌，做了一个致歉的动作。

尼玛木九岁了，脾气越来越差，他对多吉初次见面时就没有好感，现在更是有了成见，看见多吉就瞪眼。十五岁的多吉拿他当小弟弟看，故意去惹尼玛木。有一次，尼玛木实在气不过，逮住多吉的手狠狠咬了一口，自那以后，多吉就不再逗尼玛木玩了。这两天，尼玛木又看不惯嘎嘎和索拉。他讨厌这两个人像多吉一样围着阿果转，跟阿果说话，跟阿果拉着手跳舞。过去，阿果一直关照自己的，看开犁仪式时还牵着自己的手走了好

① 八字真言：八字真言是苯教明咒，即“嗡嘛志嘛依萨勒德”。苯教认为，颂念此经即可积善积德。

长的路呢。现在，阿果好像不再理自己，很少跟自己说话，她把课余时间都用来和这几个新来的坏男人说笑，和他们唱歌跳舞。还仙女呢，整天跟男人们疯，不害臊！

尼玛木的气愤纯粹是一种浪费，嘎嘎和索拉根本没有觉察到他在生气，只觉得这个小弟弟不爱说话，老是喜欢瞪白眼。多吉也没看出尼玛木有什么新变化，他第一眼看见尼玛木时就是这个样子。要说有什么新变化，就是他知道不能再跟这个小弟弟开玩笑，不然他会咬人的。

新来的男孩们虽然不知道大人们送他们到这里来的真正意图，但是，他们的思想和行动正朝着大人们设置的路线迈进着。他们的年纪才多大呢，懂什么呀，可是一见到阿果，心儿就怦怦直跳。一种清淡的柏枝香味迎面飘来，头脑中立即产生幻觉。高大的柏枝结满了茶色小果子，柏树林四周稍稍倾斜的草坪绿茵茵的，草坪尽头与蓝天连接，湛蓝的天空带着飘浮的白云，从与草坪连接处以无限大的弧形概括到视线尽头的环山背面，柔和的阳光把草坪上带着晨露的野花照耀得流光溢彩。这种幻觉不可能不令人兴奋，阿果身上有一种神秘力量，深深地把他们吸引住，使他们产生各种美妙的幻想。阿果总是笑脸相迎，热情地给他们辅导汉文学习，带领他们唱歌跳舞，好像大姐姐似的。这些人也觉得阿果像大姐姐，有时还有母亲似的感觉。跟阿果在一起，温暖，舒坦。虽然阿果的热情对他们不分薄厚，可是他们经常争风吃醋，暗暗生对方的气，这点和尼玛木差不多。阿果称赞嘎嘎帅气时，索拉和多吉的心顿时作痛，好像被猛扎了一刀似的；阿果说索拉牧歌唱得好时，嘎嘎和多吉就背过脸去。最受伤的是嘎嘎和索拉，阿果称赞多吉爱干净，爱学习，多吉学写的诗词哪怕师爷打了好多叉叉，阿果都要拿来念，阿果还不止一次地提到多吉的汉语说得好，是这群孩子中说得最好的一个。你看，还用上了“最好”，气不气人？他俩还知道多吉是享受阿果笑脸最多的一个。凭啥？就凭比咱俩先认识？最气恼的是多吉为巴结阿果想出的点子真多。他从市场上买来糖果给阿果的几个弟弟吃；他比阿更大七岁，竟然跟这个孩子玩成了好朋友；他叫色齐甲布和王妃时，声音特别甜蜜柔和，旁边的人听了都肉麻。也奇怪，就这样嗲声嗲气地喊，色齐甲布和王妃还很喜欢，这从他们的眼神中就能看得出来。这几个孩子的明争暗斗，阿果一点儿都不知道，她依然想对谁说笑就对谁说笑，想美言谁就美言谁，她哪里知道这又会为这几个男孩的争风吃醋推波助澜了呢？

十七 藏戏团

绕拉从色齐河滩回到官寨七楼教室，组织孩子们排练他新创编的嘉绒藏戏《松赞干布和文成公主》时，孩子们长大了许多，年龄大的那一批男孩都吃十七岁的饭了，嘴唇上长出毛茸茸的胡须。阿果虽然刚十五岁，她的个儿和仪表与十七八岁的少女却相差无几，最小的阿更都十岁了。正因为孩子们长大了，可以扮演员了，绕拉才从河滩回到官寨七楼教室的。经过两年河滩上的“疯癫”，他的嘉绒藏戏创编成熟，他有一个野心，成立嘉绒藏戏团。为了说服色齐甲布，他准备利用孩子们搞一个模拟演出。

嘉绒藏区崇尚歌舞，每个村寨都有村寨级别的歌王和舞王，每个部落又有部落级别的歌王和舞王。嘉绒藏戏被当地人称为有故事的歌舞，级别比一般的歌舞高得多。演藏戏要有专门的演员，配备专门的服装、道具和乐器，当时民间还没有专门的嘉绒藏戏表演团队，只能看到一些爱好者表演一些片段。雍忠拉顶寺的神舞队虽然可以表演完整的嘉绒藏戏，但是他们的本职是跳神舞，嘉绒藏戏的表演经常被省略。这也怪不得他们，一出嘉绒藏戏，一演就是一个整天，他们没有这个时间。

四个男女主角确定下来了，多吉饰演松赞干布，阿果饰演文成公主，索拉饰演去长安说亲的绿东赞，嘎嘎饰演护送文成公主进藏的唐朝大臣。其他孩子有的饰演吐蕃迎亲官员，有的饰演唐朝送亲官员，都是配角演员。大量的歌舞演员暂缺，绕拉自任导演。

角色分配后，配角演员们都很兴奋，觉得比坐在教室里读书好玩，很快进入角色。主角演员中，十分得意的是多吉，这不仅因为他饰演的角色是吐蕃一代英主，更重要的是阿果扮演文成公主，文成公主就要成为松赞干布的王妃了，他隐约觉得这里面好像预示着什么，阿果也很喜欢饰演的角色，但是到排练时她却没有进入角色。不是不能进入，是她不想进入，违反了绕拉的指导，把角色中的人物想象成了自己。虽然明知是演戏，她却当了真。以前从未谈婚论嫁，现在说嫁就嫁了。我不可能嫁给松赞干布，他已经去世一千多年了，要嫁就嫁给当今皇上，想到这里，她把多吉当成了当今皇上。

心里憋了一肚子气的是嘎嘎和索拉。比较而言，嘎嘎还好些，他饰演的唐朝大臣，还是文成公主的娘家人，还能在阿果前后舞动跳跃；索拉认为自己就吃亏大了，他饰演的绿东赞挨不上阿果的边不说，还是多吉饰演的松赞干布的部下，他要在多吉面前马首是瞻才符合戏路。多吉还配饰演松赞干布？呸！马屁精一个，就知道在阿果面前嬉皮笑脸，就知道买糖果给阿更吃，就知道嗲声嗲气地叫阿果的爸妈，松赞干布是他这样的？索拉心里骂道。嘎嘎也是，他也实在忍受不了多吉在戏中成为阿果的丈夫。摇尾巴的狗样儿，他都配演这个角色？呸！

多吉和阿果本来就喜欢自己饰演的角色，刻苦学戏自不必说，嘎嘎和索拉也把一肚子的怨气发泄在学戏上，暗发狠心要超过多吉，把他的角色抢过来，因此排练效果出奇的好。本来计划排练半年，结果到第三个月的时候，就已经很好了。色齐甲布看完模拟演出后十分满意，立即拍板采纳了绕拉提出欲成立嘉绒藏戏团的建议。

招收演员的话传出去以后，人们听说阿果也在演戏，仅几天报名的就有一千多人，如果不限定报名时间，这个口子怎么也扎不住，谁不愿意和康珠玛在一起呢？绕拉忙乎了一个多月，选出美如仙童的少男少女各三十名，少男少女骨子软，容易训练。

参加过模拟演出的孩子们，现在该为藏戏团的演员培训出一把力了。绕拉是这么想的，所以他在招收演员期间给他们放了假，算是一种奖励。尼玛木的脸上终于有了笑容，他一直对多吉、嘎嘎和索拉怀恨在心，认为他们是坏男孩，抢走了阿果对他的亲热。现在放假了，这些坏男孩该回家了，他们的家远，回去以后一时半会儿回不来。他不打算回家，就是回家也可以马上回来，他家近，只有几个时辰的工夫。他要和阿果在一起，坏男孩们不在了，阿果就有空像过去一样跟自己说话，高兴了也会抱一抱他，还会牵着自己的手去溜达。可是他还是没能笑多久，这几个坏男孩的做法使他恶心，他们竟然不回去了，因为谁也舍不得离开阿果。尼玛木病了，他的父亲尼玛把他接回了家，从那以后，尼玛木再也没有回来。尼玛木走后不久，王秋也回去了。他倒不是气病走的，他的父亲王老五在一次送信途中被惊马摔成左大腿骨折，王嫂又回去不了，只好让他回去照顾伤残的父亲。父亲的伤好些后，王秋子承父业，干起了邮差的营生。

假期满后，在官寨七楼的德吉康瓦里读书的只有阿更和达拉两兄弟，阿果、多吉、嘎嘎和索拉被调到藏戏团培训新演员，分别负责把自己饰演的角色的接班人带出来，他们不可能一直演戏。他们当中嘎嘎和索拉的演戏生涯甚至只有几个月，看花节上露一把脸后就得退下来，回到部落去接父亲的班当土司。

主角演员的培训采用一对一的训练方法，加大了培训力度，绕拉把自己的主要精力投入对歌舞队的正规训练中。在藏戏表演中，歌舞队虽然忽而充当背景，忽而连接情景，忽而烘托场面，忽而担当解说，始终处于配角地位，但是，它具有强烈的装饰功能。它那根据剧情而变化的服饰、唱腔和舞姿，让戏剧故事演绎得更加生动和丰满。由于它是对戏剧演绎的补充和强调，因此具有加强戏剧对观众心灵的震撼作用。嘉绒藏戏中的歌舞，完全采用民间歌舞形式，高雅的嘉绒藏戏一旦选中了这一载体，就有了广泛的群众基础，注定了它喜闻乐见的特性和不朽的生命力。绕拉亲自抓歌舞队的训练，看中的正是这一点。

色齐甲布拨出专门经费，让绕拉购置服装、道具、乐器等所需物品。

有了第一次的排练经验，加之精选出的少男少女头脑灵活，都具有一定的戏剧表演潜质，这一次的排练只用了两个月，刚好赶上看花节。

今年的看花节，大色齐部落的人们把帐篷搭在半山腰和山脚下的草坪上，反正离大色齐部落第一官寨广场越近越好，他们要观看嘉绒藏戏团的首次公演，他们要目睹康珠玛的风采。

色齐甲布请了六位客人：他的老朋友岳钟琪大人，雍忠拉顶寺神舞队导演巴登，主角演员嘎嘎、索拉、多吉他们的父亲和未来女婿仁青。嘎嘎和索拉的父亲因事未能赴约。多吉的父亲曲登本来也不想来的，他的身体一直很差，连土司印都交给仁青了，太阳部落称曲登为老土司，称仁青为新土司。但是这次不赴约肯定不行，他要利用这次机会，在还没离开人世之前把儿子的婚事再弄牢靠点，所以硬撑着病体来了。

广场中央用白石粉勾了一个大圆圈，圆圈内演藏戏，圆圈外是观众席，人们陆续从四面八方朝这里聚集，不断吞噬着绿色草坪。

沿白色圆圈线一周，摆放着官寨上等的氆氇卡垫和矮脚茶几，茶几上堆着各种水果，各类点心，酥油茶、青稞酒斟在银碗里。请来的贵客、色齐甲布、王妃、卓玛措夫人、官家、各位头人和寨首、师爷、官寨九楼的喇嘛们、官寨七楼读书的孩子们，在小管家绕拉的引领下，从官寨正门走出，进入广场，在备好的卡垫上各就各位。人们还在从四面八方陆续朝这里聚集，演员们正在做演出前的最后一次检查，今天是首演，不能出半点纰漏。广场上人山人海，所有的草坪都看不见了。

突然，千万张脸朝着一个方向，挤得水泄不通的广场顿时鸦雀无声。嘉绒藏戏团的演员们从官寨的一个侧门鱼贯而出，正向广场走来。

鸦雀无声的广场突然响起同一种高呼的声音："康珠玛！康珠玛！康珠玛！"人们的脖颈随着演员的移动而扭动，最后固定在观看白粉圆心正好的位置，嘴里的喊叫仍然没有停息，人们甚至扔哈达，撒龙达。顿时，一条条扔向圆心的哈达，像一条条奋力过江的银龙，抛向空中的龙达像千万只白鸽飞翔。绕拉两只手掌做成喇叭状使劲喊，挥手跺脚弯腰鞠躬，都不能使场面安静下来。色齐甲布看着绕拉焦头烂额的样儿，哑然失笑，向他比画了一个动作，绕拉这才如释重负，按色齐甲布的手语，把戏剧演出结束后由阿果演唱的吉祥颂歌提到了演出前。

观众没有一点准备，连藏戏团的演员们也感到莫名其妙，广场圆心突然飘起一首吉祥颂歌：

天上有太阳月亮和星星，
她们是天上的三宝，
愿天上三宝吉祥！
河中有青龙白云和黑虾，
她们是河里的三宝，
愿河中三宝吉祥！
……

这首歌是用悠扬甜润的女高音，以古老的道歌形式唱出来的，这首歌起音后，喊叫声渐渐平息，过江的银龙趴伏于地，飞翔的白鸽栖落地上。

歌声停止许久，人们这才再一次喊叫起来，“吉祥，吉祥，吉祥！”这次只是齐喊了一阵便忍住了，他们不忍心惊动康珠玛。色齐甲布和绕拉的临时节目调整果然奏效，广场终于安静下来。

曲登老土司用胳膊肘碰了碰新土司仁青的腰，侧脸向儿子挤了挤眼。仁青使劲儿点头，眼睛又去找阿果。

天籁之音，天籁之音啦！岳大人情不自禁地赞叹。

巴登没有说话。心里想，为啥把头尾打了个颠倒？

一阵浑厚的莽筒声从器乐阵营中率先腾空而起，演员们列队亮相，向观众致礼，新创编的嘉绒藏戏《松赞干布和文成公主》正式上演。绕拉在乐队阵营前打了个盘腿，一手扶着铜锣，一手握住锣槌敲锣。戏剧的演进、进场、退场，各种乐器的吹奏和打击，都要听从锣声的指挥。今天是首次演出，绕拉捏着一把汗，敲锣的手无缘无故地僵硬，没有平常那么自如。过了好一阵，他才松了一口气，他看见了观众们如痴如醉的表情，即使有人交头接耳，眼睛里射出来的都是惊喜和兴奋。出现这种场面，绕拉不是没有想到过，今天给观众呈现的是完整的《松赞干布和文成公主》，而不是过去那种片段式的表演。出场的演员又都是百里挑一选出来的俊男美女，倾倒部分观众在所难免。然而他完全估计错了，倾倒的观众不是部分，而是全部。然而今天的观众跟平常看戏不一样，他们关注的并不是戏剧完不完整，演员漂不漂亮，他们好像不是来看戏的，如果这一点让绕拉知道了，不知他会怎样的失望。今天的观众只关注一个人，那就是阿果，所有的眼睛只随阿果的一举一动一招一式转动，只有懂戏的巴登才被新创编的戏剧打动，心里不断地叫好。

岳大人不懂藏戏，这是他平生第一次看藏戏。但是，当他听了阿果唱的吉祥颂歌之后，对接下来演的藏戏兴趣甚浓。藏戏中的每一个要素，无论步式、唱腔、说白，还是行头、服装、道具，他都感到特别新奇，特别鲜活。看着正在表演的藏戏，特别是看着阿果行云流水似的表演，岳大人感觉自己也随之热血沸腾，全身充满活力，好像又回到年轻时代。

其实，行伍出身的岳大人并不懂表演，对川戏也没什么兴趣，以至没有看出正在表演的嘉绒藏戏中吸收有川戏的一些特色。他感觉新奇鲜活的不是戏剧本身，而是演员，说到底是对阿果的感觉。大概五六年前，那年他专程护送雍忠拉顶寺堪布回寺，主持挂匾仪式，在大色齐部落第一官寨做客时见过阿果。当时还是小姑娘的阿果，给他的印象就非常深刻，特别是那双大大的明亮的眼睛，眨眼时长长弯弯的睫毛忽上忽下的神情，那首带着伤感情调的东女国古歌，以及淡淡的又令人兴奋的柏枝香味，一直萦绕脑际。比起当年的阿果，眼前的阿果更具魅力，除纯净纯美依然不减当年外，还多了一分一般少女难得的神韵。如果当年的阿果是花蕾，那么现在的阿果就是绽放的鲜花。如果当年他欣赏的仅仅是小阿果的奇美，现在就不仅仅是欣赏了，而是在内心深处萌动着他自己也没有觉察的某种欲望。

“闺女大了啊!”岳大人侧身对色齐甲布说。

“是呀，都十五了。”色齐甲布也十分感慨。不知不觉，女儿都成大姑娘了。

“名花有主?”岳大人说完，心里一惊，怎么这样问呢!

“刚出生就送人了。”色齐甲布没有在意岳大人的表情，耳畔响起王妃埋怨他的话。这么好的闺女，他真舍不得把她嫁出去。

“哪户人家?”岳大人问。

“太阳部落官寨。”色齐甲布指了指隔了五个座位的仁青。

“新土司仁青?”岳大人瞪大了眼睛。

“正是。”色齐甲布点了点头。

“哦?哦!”岳大人生硬地点点头，心里却一个劲儿地摇头。

巴登导演没想到戏这么快就演完了，才三个时辰，比演川戏长不了多久。要是他们神舞队，演这出戏有粗细两种演法，细演要两天，粗演也得一个整天，这才叫嘉绒藏戏，观众大老远赶来，要看就让人家看个够。不过，他对绕拉的创编，总体还是满意的。绕拉吸收了川戏进出场手法，使故事情节的进展一目了然。川戏中的水袖、抖髯等招式也拿了进来。绕拉还大量吸收了民间耳熟能详喜闻乐见的歌舞，使本来庄重的藏戏突然添了几分生动。但是，使他始终愉快不起来的是，绕拉创编的藏戏偏离雍忠拉顶寺演的藏戏过分地远了些。他有一个预感，今后没有多少人愿意看雍忠拉顶寺演的戏了。

藏戏团也要过看花节，演员们都是孩子，正当贪玩的时候。大管家是戏迷，让绕拉领走官寨中最豪华的帐篷，搭在昨天演过戏的广场上，又让伙房送去许多美味佳肴。少男少女们尽情地唱歌跳舞，狂欢声在官寨九楼上都听得见，只有嘎嘎和索拉郁郁寡欢，魂不守舍，小演员们还以为这两个老师摆架子呢。其实不然，阿果被叫回官寨陪客人去了，他俩的心里顿时空荡荡的。现在他俩终于明白，为啥明明不愿意跟多吉同台演戏，却又完整地演了呢？原来他们确实离不开阿果。

嘎嘎和索拉敏锐地发现多吉的表现与往常明显不同，搭帐篷时阿果也在场，多吉以往令人生厌的黏糊劲儿少了许多，即使说荡然无存也不为过。他对阿果突然矜持起来，尽量避免近距离接触，不得已碰面了，也不说话，礼貌地微笑一下就走开。这一突如其来的变化反倒让阿果的眼神荡起诧异的涟漪，尔后又转瞬即逝。阿果什么事都不留在心里，过了也就过了，可嘎嘎和索拉却感到很诧异，也奇怪一夜间怎么会有这么大的变化。然而后来他们又觉得没必要想那么细，重要的是多吉主动与阿果拉开了距离，往日积在胸口的恶气一下子泄了许多。他俩第一次感到多吉这人还是挺不错的，汉语说得比谁都好，脑子好使，跟谁都处得好，戏也演得棒。现在他俩多么想见到阿果啊，为什么非要把她叫去陪客不可呢？她可是藏戏团里的台柱，应该跟大家一块儿过看花节呀!

阿果在官寨大门口碰见王嫂带着阿更和达拉走出来。

“王妈!”阿果边招呼王嫂，边向两位弟弟笑着说：“别调皮，惹王妈生气。”

“带他们到广场玩，那儿闹热着呢。”王嫂跟阿果搭话，走了一阵又回过头说：“王妃在等您呢。”

阿果把叫她的下人支走，自己径直来到阿妈的房间。阿妈正在往一只细瓷碗里倒酥油茶，听见阿果喊，把陶壶放在茶几上，顺势坐下来，向阿果招手。

“过来，坐这里，这是你的。”王妃把碗推到阿果面前。

“阿妈，喝什么茶嘛，不是说去陪客人吗?”阿果坐下后又站起来。

“客人都走了，你阿爸也送客人去了。你陪阿妈坐一会儿。”王妃轻轻扯了扯阿果的裙角。

客人们一大早就走了，他们要赶路。虽然骑着牲口，但是都愿意在太阳没出来前多赶些路，白天太阳大，容易疲倦。色齐甲布要亲自把客人送出大色齐部落地界，把跟女儿谈话的事撂给了王妃。跟女儿谈话的事本来没这么急，就因为曲登把阿果和仁青的事讲给多吉听了，这才不得不把这个事给阿果挑明。色齐甲布和王妃原本打算等孩子长大后才说的，孩子才十五岁，还是个小丫头，不是谈婚论嫁的时候。既然多吉都知道了，难免他说漏嘴，一旦那样，阿果会怎么想？

“要不，我们一起到帐篷里去玩，那儿可热闹呢，王妈都带弟弟们玩去了。”阿果拉阿妈的手。

“你就不能陪阿妈坐一会儿？”王妃侧过身，故作生气的样子。

“好好好，女儿陪您，陪您一辈子，这该可以了吧？”阿果摇晃着肩膀，像哄小孩子似的说。

“学会骗人了啊？哪有女儿陪父母一辈子的，你也有嫁出去的一天。”王妃正不知道今天的话题从何谈起，现在忽然找到切入点了。

“阿妈，我也要嫁呀？”从阿果的眼神看，王妃感觉孩子还十分不明白男婚女嫁这码子事。其实阿果很早就知道女人是要嫁人的，演戏的时候，她就自个儿把自己嫁给皇上了。

“昨天的戏演得真好，全场都在叫你的名字呢！”王妃把话锋转移了，她不想纠缠孩子根本听不懂的话题。

“昨晚您都说过几遍了。”阿果双手捧起碗，啜了一口茶。

“来的客人中你觉得谁好？”王妃压低声音说，怕别人听见似的。

“岳大人帅气，像阿爸。巴登喇嘛有学问，懂戏。”阿果说话直截了当。

“还没说完呀，仁青哥呢？”王妃小心翼翼地问。

“仁青哥不爱说话，比多吉哥丑。”阿果说完朗声大笑。

“学会说人家的坏话了啊，你不知道仁青哥有多能干，才比你大几岁？都当上土司了。”王妃引阿果上钩。

“他没有文化，呆头呆脑的，比不上他的弟弟多吉。”阿果并不上钩。这不是有意的，她根本不知道阿妈给她扔来一弯金钩。

“好事呀，你可以帮他呀！”王妃心一急，说漏了嘴，把色齐甲布的意图暴露了，让阿果驾驭仁青，这才是色齐甲布慷慨地把刚出生的女儿许配给太阳部落的真正意图。

“我帮他？我跟他有什么关系！莫非……”阿果吃了一惊，不敢往下想。王妃陷入被动，鱼儿惊跑了，只剩下孤零零的金钩在那里。

“你不觉得咱们大色齐部落跟太阳部落的关系不一般吗？”王妃盯住停在远处的惊鱼，不露声色，按钩不动。

“我怎么知道？”阿果警惕地看着王妃。

“曲登叔叔还救过咱们部落的命呢！”王妃的神情一下子严肃起来。

“这我知道，”阿果忽闪着大眼睛，“阿爸跟我讲过，所以我才和多吉哥哥好。”

“你要跟仁青哥哥好才对。”王妃纠正道。

“是，要和仁青哥哥好。”阿果附和着说。

“怎么个好法？说说看。”金钩又飘过来。

“我也不知道，好就好嘛。”鱼儿不动。

“咱们两家可以成为亲戚的。”金钩又向鱼儿移过来一大截。

“亲戚？”鱼儿又一惊。

“你一出生，就是曲登叔叔未来的儿媳妇，太阳部落官寨未来的土司夫人。”王妃向阿果竖起大拇指，做出人人都十分羡慕的表情。

“我要嫁给他？”王妃没想到，阿果本来应该大声尖叫出来的话，可事实是，这句话只是从唇边轻轻滑过，不带一点力气。

“你，不同意？”王妃看了阿果的表情十分揪心，一把逮住阿果的手，“你跟阿妈说实话，愿不愿意？”

“为啥是仁青哥？多吉不行吗？”阿果的眼泪夺眶而出。

“傻孩子，仁青是长子，只有他才能当土司呀！”王妃嗔怪道，“再说，这门亲事是你阿爸答应的，如果我们悔婚，别人就会说你阿爸背信弃义，会坏了他的名声。”

“阿妈，什么是名声？名声有那么重要吗？”阿果现在是个十足的孩子。

“在咱们这里，名声比生命都重要。”王妃解释不清什么是名声，就把它省略了。

“我不想嫁人，”阿果嘟囔着说，“要嫁我就嫁皇上。”

“皇上？”王妃吓了一跳，“你怎么会有这种想法？这可能吗？你不是发疯了吧？孩子！”

“除了皇上，我谁都不嫁！”阿果冲出门跑了。王妃怔怔地坐在原地不能动弹。过了很久，她突然想起阿果出生三个月时在雍忠拉顶寺经堂里向着皇上画像傻笑和伸出小手抓挠的情景，当时堪布流出了眼泪，连名字都没有取。

藏戏团的演员们不能继续过看花节了，他们得准备巡回演出。首次演出获得巨大成功后，各个部落争先恐后邀请他们去演戏，绕拉不得不以邀请函到来的先后顺序安排演出场次。然而意想不到的事发生了，阿果拒绝演出！虽然阿果带出了一个扮演文成公主的演员，但是她怎能和阿果比！没有阿果出场，演出的效果就像牛肉汤里没有放盐，怎能端到桌席上去？阿果是藏戏团台柱，没有阿果，藏戏团的旗子怎么打？各个部落邀请藏戏团去演出，就是冲着阿果来的。

阿果不是不想演戏，她很喜欢演戏，她拒绝演出，就是因为她不想再演出嫁的戏，说到出嫁她就害怕。可是从目前情况看，阿果不出场演出肯定不行，邀请函都收了一大摞，收了便不好退回。再说，阿果也不忍心让那么多的观众失望，阿果说，那就换戏吧。

更换的藏戏叫《智麦更登》。阿果十分喜爱剧中的主人公智麦更登，在她五六岁的时候，阿妈就给她讲过《智麦更登》这个故事，这个故事在嘉绒藏区家喻户晓。智麦更登是毫不利己专门利人的楷模，他身为王子，继任王位后开仓济贫，把国库施舍得干干净挣，只剩下一枚如意宝。邻国国王是他父亲的夙敌，为了试探他，派一个白发黄牙的乞丐前来讨要如意宝，他毫不犹豫地拿了出来。一个瞎子向他讨要眼珠，他同样忍痛取出，让这位瞎子重见光明。排练《智麦更登》时，男演员们谁也演不好智麦更登，智麦更登那种特有的慈悲情怀怎么也出不来。当阿果女扮男装，一台戏演下来，智麦更登特有的人格魅力被演绎得淋漓尽致，观众把场上的演员当做真正的智麦更登，人人感动得泪涕涟涟，高呼“向智麦更登致敬!”

阿果主张更换戏后，嘎嘎和索拉不想回家过看花节的决心更坚定了。多吉已经加入了藏戏团，肯定会留在阿果身边，他俩可不能学多吉，都是长子，回去迟早要接土司的班，不能在这里混。可是阿果提出更换戏后，家里带来口信叫他们回去过看花节他们都没听，还是留了下来。这不是很明显吗？前段时间多吉突然恭敬起阿果来了，恭敬就是距离。现在阿果又要更换戏，这就是说，不愿跟多吉扮演夫妻，他们之间肯定出了问题。嘎嘎和索拉留下来，并非商量决定的。现在轮到他俩谁也见不得谁，谁都宁愿对方消失。过去三个男人争一个女人，现在两个男人争一个女人，比过去更痛苦。

最明白的是多吉，他知道嘎嘎和索拉的心情，也知道他们所做的一切都是徒劳的，包括他自己过去所做的一切。阿果是他哥哥的，这是父母之命，谁也违抗不了。他羡慕哥哥，但并不忌妒，有时甚至为将来有阿果这么一个嫂子而高兴。他不喜欢嘎嘎和索拉，他知道阿果是他未来的嫂子前，这两个人合伙仇恨他，孤立他，处处给他难堪；他知道阿果是自己未来的嫂子后，他俩又把自己对未来嫂子的尊重当做主动退出情场而幸灾乐祸。他不愿这个局面持续下去，更不能让他俩对自己未来的嫂子有任何非分之想，他打算破灭他俩正在做的美梦。

多吉挨打和嘎嘎、索拉的不辞而别，是在同一天发生的。多吉鼻青脸肿、一瘸一拐地回到广场帐篷时，色齐河边嘎嘎和索拉气歪了脸的印象还没有从多吉脑海中消失。

“不小心摔的。”大伙儿围过来时，多吉兴高采烈地说。当阿果从人群中挤过来，用袖口擦他脸上的肿块时，他才流下了泪水，脸也因疼痛而皱巴起来。

“嘎嘎和索拉回家过看花节了。”没有人问，多吉主动说。其实多吉不是摔伤的，是被嘎嘎和索拉打伤的，就在色齐河边的杨树下被他俩暴打了一顿。那时，阿果、绕拉和演员们正在帐篷里玩呢。

多吉挨打和嘎嘎、索拉拂袖而去，就是因为一首新编民歌引起的。这首新编民歌的曲子带有浓郁的嘉绒藏区东部风味，歌词又朗朗上口，很快在藏戏团演员们中间流行开了。

草坡一对牧羊娃，
伸手想把白云摘。
白云天生飞蓝天，
莫要忘了赶羊回。
嘎嘎嗦呀嗦啦嗦……
神山一对寻狗娃，
伸手想把凤凰牵。
凤凰天生栖梧桐，
莫要忘了寻狗回。
嘎嘎嗦呀嗦啦嗦……
潭边一对钓鱼娃，
伸手想把青龙捞。
青龙天生卧深渊，
莫要忘了钓鱼回。
嘎嘎嗦呀嗦啦嗦……

嘎嘎和索拉一听到这首新编民歌就感到别扭，歌中的衬词怎么会是嘎嘎嗦呀嗦啦嗦？很多民歌的衬词固然用了嗦呀啦嗦，但是也有不用嗦呀啦嗦的呀！这首民歌通篇戏谑那一对不醒事的孩子，用一下“嘎嘎”这个表达“亲爱”意思的词也不是不贴切，但是会这么巧合吗？他俩哼了几遍，觉得越来越不对劲儿，嘎嘎嗦呀嗦啦嗦就是咱们两个人的名字呀，歌中不知天高地厚的那一对孩子难道指的就是咱俩？用上嘎嘎，还暗含一层意思：宝气！嘎嘎和索拉坐不住了，去问唱歌的演员们是谁先唱出来的。歌都流行一阵子了，都是你传给我，我传给他，他又传给你，形成一个循环。要查第一个唱的人，就等于查先有蛋还是先有鸡一样难。尽管难查，他俩还是不死心，很难咽下这口气，继续寻找线索。有一个现象引起他俩的注意，即从来没听见多吉唱过这首歌！不甘寂寞的多吉怎么就不唱大家喜欢的歌呢？他俩十分怀疑第一个唱这首歌的人就是多吉，有人会唱后他就不唱了。这不是此地无银三百两，恰恰把自己暴露了吗？说不定歌都是他编的呢。曲子是他们那边的民歌调，多吉平常又喜欢瞎写一些歪诗，不是他是谁？

那天，藏戏团的演员们又在帐篷里唱起了这首流行的民歌，嘎嘎和索拉斜着眼睛看多吉。多吉和往常一样，不唱这首歌，发现有人斜着眼瞟自己，遂走出帐篷，从帐篷拉绳上捡起一条毛巾，到色齐河边去了。嘎嘎向索拉使了个眼色，两个人一前一后走出帐篷，来到色齐河边，看见多吉解了腰带，正在脱外衣。

嘎嘎和索拉顺着那条下坎小路跑下去，多吉听到脚步声，慌忙蹲在地上，扭头朝这边看。

“坐下，有话要说。”索拉掀了一把多吉，多吉倒在地上。嘎嘎坐在多吉旁边，手臂按住多吉肩膀。

“那首歌，怎么回事？”索拉两手叉腰，站在多吉面前。

“哪首歌？”多吉看看索拉，又看看嘎嘎。

“就是你不唱的那首歌。”嘎嘎用胳膊使劲儿按了一下多吉的肩膀。

“我编的。”多吉一抖肩膀，把嘎嘎的胳膊甩开。

“你编的？我们查了很久，怎么不早说？”索拉逼近一步。

“没问过我呀！”多吉下意识地举起一只手，扶住脑袋。

“嘎嘎嗦呀嗦啦嗦，什么意思？”嘎嘎又把胳膊搭在多吉肩头。

“这……”多吉支支吾吾，最后干脆笑了。

“谁是想摘白云的牧羊娃？”索拉一拳头击中了多吉头部。

“谁是想牵凤凰的寻狗娃？”嘎嘎站起来，一个飞腿踢在多吉腰上。

“谁是想捞青龙的钓鱼娃？”索拉又冲出一拳，多吉流出了鼻血。

“你们别做梦了，阿果是我嫂子。”多吉昂首挺胸，站了起来。

“嫂子？什么嫂子？”嘎嘎揪住多吉头发。索拉瞪着牛眼般大的眼睛，半空中举着拳头。

“我也是咱们首演藏戏那天晚上才知道的。”多吉说了实话。

“嫂子，嫂子！”嘎嘎和索拉整个脸都气歪了，边喊边打，把所有的愤怒都倾注在歇斯底里的喊叫和拳打脚踢上，打累了之后扬长而去。

阿果和绕拉把多吉扶进官寨，让他躺在床上。那些天是多吉最幸福的日子，没有嘎嘎和索拉在眼前晃来晃去，阿果每天来探望好几次，给他端来好吃好喝的。可惜不到半个月伤就好了，他宁愿一辈子就这么躺在床上，看阿果进进出出，端水送饭。心里又在狠狠地给自己扇耳光，多吉呀多吉，你可不能胡思乱想！

大色齐部落今年的看花节没怎么过好，半山上和山脚下搭起的帐篷里，人越来越少，都跑到广场去看藏戏团排戏。就是不排戏的时候也有不少人到广场闲玩，只看这些美如仙童的少男少女演员们，都是一种享受。藏戏团的演员们成为大家崇拜的偶像，戏演得棒，人又长得好看，他们不明白人与人之间的差别怎么就这么大呢？大色齐部落繁华的地方是草滩市场，演员们只要逛市场，操各地方言的商人们就要叫苦连天。赶场的人们忘记了买东西，跟在演员们屁股后面跑，演员们走到哪就跟到哪。其实叫苦的商人们也跟在后面，忘了做生意。演员们怕逛市场，待在广场上不出来，这些商人把货摊摆到广场周围，因为赶场的人都跑到广场这边来了。商人们总会指着某一种货说，这个都不买呀？某演员都买了呢！买东西的人一听这句话，不再犹豫，价也不讲，马上成交。绕拉成为市场上抢手的伸袖筒人①，只要有大一些的生意，卖家和买家都喜欢找绕拉做中间人。绕拉把手伸进卖家袖筒，摸一摸手指，又伸进买家袖筒，摸一摸手指，不一会儿就成交了，以至于绕拉成为市场上不可或缺的人物。他自己也热衷于在市场上摸来摸去的营生，这实在太有意思了，充满神秘和不可知，又可在瞬间将不可能变成可能。色齐甲布发现绕拉的经商才能，索性让他负责官寨贸易，藏戏团由阿果挂帅，色齐甲布把阿果当大人看待。

藏戏团的巡回演出是在秋末庄稼收割完后开始的，这时，戏已经排练得十分成熟，嘉绒藏区也进入农闲期。按照演出地点的排列顺序，第一站是嘉德陇瓦部落。

嘉德陇瓦部落属于大色齐部落属下的一个小部落，都是一家人，不用繁缛礼节的，可是尼玛木一大早就带着两个随从，骑着精心打扮过的高头

---

① 伸袖筒人：掮客。这种掮客把手伸进买家和卖家的袖口，以捏手指的方式撮合价格，所以称之为伸袖筒人。

大马，到大色齐部落第一官寨迎接藏戏团来了。尼玛木头戴一顶蓝色波斯礼帽，右手露出白色衬袖，身穿一件藏青色獭皮镶边长袍，脚蹬一双乌亮的黑皮马靴。经这么一打扮，十一岁的他俨然像个大小伙子。

尼玛木一面吩咐随从向演员们献哈达，一面从马背上跳下来，从怀里抽出一根上等哈达，献给阿果。

“阿果，上路吧。”尼玛木献了哈达后，只跟阿果说话，对站在阿果旁边的多吉看都不看一眼。

“叫姐姐呀，这么大了，还不改口！”阿果瞟了一眼旁边很不自在的多吉，向尼玛木说，“你呀，还是老样子。”把尼玛木献过来的哈达交给多吉。

藏戏团现在演的《智麦更登》里没有多吉的戏，他主动承担了服务工作。收拾服装道具，安排食宿，对外联络，维持演出秩序这些杂七杂八的事，都是他一个人的事。他还像团长阿果的保镖，只要没事，就不离阿果半步；他又像团长阿果的仆人，小心翼翼地侍候着阿果。

演员们都是天真活泼的少男少女，在广场排练了几个月的戏，都有些待不住了。今天出门换新地方，都十分兴奋，一路上自由自在地放声歌唱，嘉德陇瓦部落不远，大家还没唱尽兴就到了。

刚收割完庄稼的青稞地里，已经来了不少人，大伙儿就等着藏戏团的到来。青稞地里留下的青稞茬儿在阳光照耀下反射出亮光，还闻到一阵阵野薄荷的芳香。部落头人尼玛和夫人，也就是原东女国丞相，带着排列成队的年轻人敬酒来了，那边的观众都朝这边看。演员们都是孩子，不喝酒的，敬酒只是做个样子罢了。

“阿爸阿妈都好吧？”尼玛握住阿果的手。

“都好。好久没见到伯伯和丞相了。”阿果说。

“还丞相呢，哪朝哪代了！叫婶婶。”尼玛夫人开心地笑了。

演出开始前，又出现了在大色齐部落官寨广场首演时的那种场面。观众发疯似的高呼：“阿果，阿果！康珠玛，康珠玛！”尼玛夫人有些紧张，站起来向观众挥手示意安静。尼玛和尼玛木父子若无其事地坐着，他俩心中有数，阿果会有办法的。

果然，阿果故伎重演，唱起了吉祥颂歌：

天上有太阳月亮和星星，
她们是天上的三宝。

愿天上三宝吉祥！

……

阿果清泉流淌般的歌声，把现场的观众带进了鲜花盛开的山野，碧草连天的草地，飞瀑流辉的丛岭，獐鹿嬉戏的林苑。荆棘丛生的心田被歌声的铁铧犁过，枝蔓藤条不再张牙舞爪，温润的本色是那样的安详。人们静了下来，听阿果歌唱吉祥颂歌，《智麦更登》顺利地粉墨登场。

《智麦更登》的故事在藏汉杂居的嘉德陇瓦部落也是家喻户晓，汉人们还把智麦更登比喻成男观音。现在看了藏戏，观音菩萨离他们更近了，几乎就在他们眼前。多吉手里照例拿着一根短柄白色牦牛尾巴[①]维持秩序，今天，牦牛尾巴失去作用，没有一个人乱跑乱挤，大家都看得聚精会神，不少人向"智麦更登"磕头作揖，三个时辰的演出就像喝一碗奶茶一般飞快过去了，人们掏出哈达向在场中谢幕的"智麦更登"抛去，哈达像雪片一样纷飞，不一会儿，场中堆起了一座雪山。

演出场次越来越多，大部落请了小部落请，小部落请了各个村寨请。阿果从十五岁演到十八岁，整个嘉绒藏区还没有转完。那几年，嘉绒藏区掀起了智麦更登热，古代的智麦更登成为今天人们的楷模。人们尽量改变自己，使自己更像智麦更登。阿果也变了，她同意嫁给自己并不喜欢的仁青。

① 短柄白色牦牛尾巴：短柄白色牦牛尾巴是演藏戏时维持秩序人员的一种标志，就像寺院维持秩序人员的标志是手持铁棍一样。

十八 敢死队

阿果十八岁那年，地里的庄稼长到膝盖深的时候，大色齐部落第一官寨发布了招收敢死队的文告。

廓尔喀[①]人入侵西藏一个边地城市，西藏地方政府向朝廷告急，朝廷下令川陕总督岳钟琪派兵救援。岳钟琪想起了色齐甲布，下令火速组织两千人的嘉绒藏兵，配合川军入藏抗寇。

色齐甲布决定成立敢死队，叫绕拉招收队员，因为绕拉有招收演员的经验。用绕拉的话说，嘉绒藏族的尚武精神已经达到信仰层面，只要是成年男人，如果不报名参加敢死队，就会被视为胆小鬼、懦夫、假男人，保准一辈子抬不起头。尽管事先也预料到报名的人一定会很多，故在文告中明文规定招收范围只能在大色齐部落内部，每个家庭只能报一个人，年龄在二十岁至二十五岁之间，而且必须是已婚有子女的，可是谁也管不了这些条条框框，报名的人像赶集似的成群结队而来。琼日部落的男人们也来报名，理由是色齐甲布也是他们琼日部落的酋长，琼日部落和大色齐部落早就成了一家人。绕拉没办法，只好增加限制条件，发挥招收演员时积累的经验，首先限制报名时间，把源头堵住，又增加规定，必须是猎人出身，而且要能在两个时辰内跑步登上山顶，用火铳枪打翻草坪上的靶子。结果有三千人做到了。

“三千就三千。”色齐甲布舍不得刷下其中任何一个人，这些人就是自

---

① 廓尔喀：今尼泊尔的旧称。

己的生死兄弟了，他要亲自带领这支精悍的队伍，赶赴西藏参加抗寇战斗。

敢死队的出发时间定在阴历三月十七，这天是属虎的日子，是雍忠拉顶寺堪布亲自选定的。离出发还有三天时间，色齐甲布给每个敢死队战士赠送五百块大洋，让他们回家安顿家庭，他自己也要做些准备。

三月十五这天清晨，大管家在院子里吩咐仆人牵马备鞍，色齐甲布一家人打扮一新，簇拥着达拉走出官寨。

今天，色齐甲布要兑现承诺，把儿子还给小色齐部落。色齐甲布、王妃、阿果、阿更都骑上马，向小色齐部落出发。王秋天刚亮就先走了，他要通知卓玛措夫人，她的儿子马上就要回来了。

卓玛措并不在意达拉住在哪里，她的内心更倾向于儿子就在他父亲身边，这样她就可以经常去看儿子，同时可以看到儿子他爸。尽管色齐甲布也惦记着她，时不时到第二管寨办理公务，但是对她来说，这点远远不够，而且自从头人寨首们不愿意放儿子走、土司印绶寄放到她手上后，色齐甲布到第二官寨来的次数明显减少。她也从来没有主动去第一官寨看丈夫，哪怕一次都不曾有过，她怕别人说她就想着丈夫。今天儿子送回来了，她也非常高兴，她似乎突然间更加敬仰起丈夫来了，她要在那些头人寨首们都在场的时候让他们瞧瞧，她的丈夫是如何讲信义守诺言的，她叫管家快快点燃邛笼顶上召集头人和寨首的烽火。

头人和寨首们听说少爷要回来后惊喜万分，耐不住就地等待，都掉转马头，快马加鞭迎接达拉少爷去了，卓玛措夫人不得不骑了一匹马跟去。

两拨人马在原东女国和原色齐部落的交界处相遇，大家纷纷下马，原色齐部落的头人和寨首们向色齐甲布和少爷达拉跪地请安，王妃、卓玛措夫人、阿果和阿更聚在一处说话。色齐甲布牵着达拉的手，来到卓玛措夫人面前，郑重地说："儿子就交给您了。"他又转过身提高嗓门，向还跪在地上的头人寨首们说："请起来吧，儿子就交给你们了。"

头人和寨首们交头接耳低声嘀咕，又相互推搡，好像有什么难言之隐。

"孩子都交给你们了，我们这就回了。"色齐甲布准备上马。

"请留步！"一位头人向前急走几步，又跪在色齐甲布面前，"甲布九年前说过要把儿子送回来，今天兑现了，我们实在钦佩之至。既然甲布您都把儿子送回来了，就好事做到底，恳请甲布同意立少爷达拉为土司，刚才我们正为此事嘀咕来着，只是不敢向您开口。"

"绕了半天，就是不想还土司印嘛。那是抵押物，今天我把儿子带来了，你们倒想赖账?”色齐甲布面有愠色，“我这个色齐土司是你们同意继承的，说抢走就抢走啊?”

头人、寨首们头埋得更低，连王妃、卓玛措夫人和孩子们都听懵了。

“你们看看这个，”色齐甲布不露声色，从怀里掏出一张盖有印章的纸，递给跪在面前的头人。

头人用颤抖的手接过那张纸一看，顿时号啕大哭，鸡啄米似的磕头。

“念给大家听听。”色齐甲布哈哈大笑，扶头人起来。

头人吃力地站起来，用袖口抹了一把满面的泪水，结结巴巴地念起来。头人虽然念得就像醉汉走路，大家还是听懂了。文中大意是小松罗木请求把原色齐土司的官职退还给原色齐部落，建议由合法继承人达拉继承，川陕总督岳钟琪经请示朝廷，同意照办。原来，色齐甲布是早有准备的。

在场的人虚惊一场，色齐甲布爱开玩笑，没想到在这样的大事上也改不了习惯。

“快谢谢阿爸!”王妃一把拉住达拉的手，快步走到色齐甲布面前。

“为啥要谢?”达拉眨巴着眼睛，在场的人都笑起来。

“咱们爷儿俩连平起平坐都不行了。你这个土司是官府认可了的，是正宗的土司；我这个王是自封的，官府那里是不算数的。”色齐甲布又跟儿子开玩笑。

“阿爸，我的是你的，你的是我的，我们不分家。”达拉稚声嫩气地说。

“土司说得对。”刚才念字还结结巴巴的头人，现在舌头变得十分灵巧，改口也改得挺快，“咱们名义上分开了，心里面分不了。你们是大色齐部落，我们是小色齐部落。”

“都是色齐，都是一家人。父亲是大色齐甲布，儿子是小色齐甲布!”其他头人和寨首异口同声地说。自那以后，人们确实一直这么叫着。

“承诺兑现了，过两天我要出远门，恕不奉陪。”大色齐甲布谢绝头人和寨首们的再三挽留，跟卓玛措单独说了一阵话，又紧紧抱了抱达拉，便翻身上马打道回府。王妃、阿果、阿更跟卓玛措夫人和达拉有说不完的话，见大色齐甲布策马回走，也只好匆匆与在场的人告别，纷纷翻身上马。大色齐甲布一行的背影被身后腾起的尘烟隐没，卓玛措夫人、达拉和头人寨首们还站在原地久久地目送。

回家的路上，阿果估摸着阿爸接着要办的事就是把她嫁出去。阿爸承诺过的大事就两件，一件是把儿子达拉还给小色齐部落，这件事已经做到了，另一件是把女儿嫁到太阳部落去。为这件事，阿果生过阿爸的气，自从阿妈把这件事挑明后，她就生阿爸的气。我是一件东西吗？想送谁就送谁，而且是刚出生那天就送了。在知道这件事情之前，阿果对阿爸的印象可好了。她认为阿爸是天下最能干的人，他一个人就当了琼日部落、原东女国部落和原色齐部落的首领，上面与川陕总督岳大人是好朋友，周边与麝香部落、沼泽部落、太阳部落是好朋友。他让石头变成铜铁，让大河献出黄金，修通了商道，大色齐部落成为嘉绒藏区最富饶的地方。他又懂藏汉两种语言和文字，对孩子们是那样的和蔼可亲，对两个阿妈又那么好，还成立了藏戏团，让她尽情地唱歌跳舞，到嘉绒藏区各个地方巡回演出。多好哇，阿爸！但是自从从阿妈那里知道自己被阿爸送人后，她对阿爸做的任何事情都看不顺眼。觉得阿爸太聪明，总不吃亏，处处占大便宜，还讨别人喜欢，阿爸的做法与昔拉喇嘛和师爷的教导不符。阿爸虽然被选为琼日部落的酋长，却根本没管过那里的事，修北路商道时，只是把商道拐进琼日部落，那里的人就已经对他感恩戴德了。而遇到生死关头，人家又总是挺身而出为阿爸卖命。阿爸对他们做了什么能得到如此厚报的事呢？没有，一件也没有！原色齐部落土司死后不久，阿爸的手伸过去，不仅把土司夫人和土司印一起捋了过来，连部落名字都一并带上，受人欺侮的小小东女国部落一夜间变成了大色齐部落，人家反倒成为小色齐部落。阿爸用铜铁做诱饵，让周围的部落争着给自己部落修石碉，使自己的部落成为最有防御能力的强大部落。他又让汉人们修商道自己发大财。阿爸与其说跟岳大人交朋友，不如说跟川陕总督交朋友，总督的保护伞罩在头上后，麝香部落和沼泽部落的土司都借口送孩子学汉文，巴结阿爸来了。阿爸学汉文，让我们也学，目的很简单，不就是想让大色齐部落官寨比别人多长一个脑袋嘛。阿爸成立藏戏团，虽然自己也非常欢喜，可是也一定是有他自己的目的，尽管这个目的阿果还没搞清楚。

也许不会吧，我才十八岁呀！阿果看见许多小麻雀在路边的柳树上跳跃，马队走过来，呼啦啦一起飞远了。小麻雀们都一起玩耍一起飞走，阿爸会忍心与我分开吗？不会的，他从来没向我提起过这件事，阿果宁愿这样想。怎么不可能？弟弟都送出去了！阿果又马上否定。想到送弟弟，阿果怀疑自己对阿爸的看法或许是错误的。阿爸送弟弟，意味着把整个原色齐部落送出去，这种做法不符合她对阿爸的看法。阿爸为啥急急忙忙兑现诺言？阿果在马背上思考了很久，最终找不出一个能够说服自己的答案。她突然想起与这个答案毫无瓜葛的藏戏团。藏戏团正在排练献帕子的锞庄舞，敢死队出征那天的仪式上要表演这个舞蹈。今天早上临走时，她还委托过多吉继续组织排练，不知演员们听不听他的管教。这件事可不能马虎，后天就要拿出来的。“敢死队？”阿果突然对这个词特别敏感起来，心儿顿时突突直跳。她现在才一下子明白阿爸抓紧时间兑现诺言的用意，他不是正在做战死的准备吗?她赶忙环顾四周寻找阿爸，看见阿爸和阿妈并辔而行，缰绳松松的，在马颈下面形成一个弯儿。阿爸在马鞍上侧身细语，阿妈低着头，用丝巾在抹眼泪，阿更不声不响地跟在后面。阿妈的抽泣告诉阿果，阿爸阿妈一定在说出征的事。阿果开始心惊肉跳，开始懂得阿爸组织敢死队的后果。阿爸这一去就回不来了吗？阿爸自愿去送死，这就是我认为太聪明、总不吃亏、处处占大便宜的阿爸吗？不，这样的人不会自愿去送死的。现在，阿果突然深深地内疚起来。她错怪了阿爸，阿爸却一点儿也不知道。她感到对不住阿爸，阿爸心甘情愿献出生命，自己却为嫁到自己不喜欢的地方去而计较。还智麦更登呢，看看你自己，你都配演智麦更登？阿果觉得心痛胸闷。阿爸阿妈在商量我的事吧，阿果又这样猜测。阿爸过去从未跟自己提过这件事，为啥不提起呢？是不是怕遭到我的拒绝，不忍心看到女儿痛苦？或者以为女儿还小，等长大了再谈？现在他马上就要出发，时间只有一天半了，他一定等不及，一定为兑现不了允诺过的事而痛苦。想到这里，阿果立刻做了决定，同意嫁到太阳部落，不给将要出征的阿爸留下任何遗憾。一旦做出决定，聚积在心的郁闷顿时烟消云散，阿果心中涌起说不出的愉快，于是敞开嗓子唱起了吉祥颂歌。

天上有太阳月亮和星星，
她们是天上的三宝。
愿天上三宝吉祥！
……

河谷台地上的庄稼地里，头戴绣花叠帕，身穿红色衬衫的妇女们正在薅草，听见歌声，都直起腰侧耳细听。听出唱歌的人是阿果，提起长裙甩开手臂就向阿果跑来，明明知道她们不会赶上骑着马的阿果，还是一个劲儿地跑。

大色齐甲布一家人刚经过大色齐部落官寨门前的古柏旁边，大管家急匆匆地从寨门里跑出来，摇晃着手，示意停步。大管家小步跑到大色齐甲布马头前，向他使了个眼色，牵着大色齐甲布的坐骑缰绳来到古柏下。大色齐甲布从马背上俯下身子，侧着耳朵听大管家说话。大管家用手掌掩住嘴，悄声说："太阳部落老土司和大管家来啦，就是为那件事来的。我怕阿果知道，这就先出来通报。"

"大管家，说大声点呀，是不是接我来啦？"阿果耳朵尖，听得一清二楚。大管家十分窘迫地望着大色齐甲布。

"阿果同意了。"大色齐甲布接过大管家手里的缰绳，眨了眨眼睛。

"同意啦？"大管家眼睛一亮，如释重负。

"走吧，见客人去。"大色齐甲布一抖缰绳，策马走到前面去了，大管家在马队侧面小跑着。

时间来不及了，阿果出嫁和敢死队出征仪式只好同一天一并举行。三月十七这天，全部落能来的人都来了，友好邻居小色齐部落和琼日部落能来的人也来了。广场上挤满了人，比藏戏团首演那天还多得多，以至广场以外连着草滩市场的空地上都是前来送行的人。

也像藏戏团首次演出一样，广场中心用白石粉画了圆圈。今天的圆圈特别大，两支大型马队要在这里列队出发。

雍忠拉顶寺的僧人仪仗队进场时，参加过大色齐甲布和王妃婚礼的人们突然想起那天架在官寨和后山之间的彩虹，红衣黄帽的仪仗队入场时恰似一道那样的彩虹。

仪仗队的莽筒吹响了，似春雷滚过的莽筒声渲染了现场的庄重气氛。雍忠拉顶寺堪布头戴鸡冠黄帽，手持麻布经书，站在圈子中央。

"啊啧啧！"全场发出一阵惊叹声，三千名全副武装的敢死队勇士骑着高头战马，擎着琼鸟彩旗，雄赳赳地入场了。全场一片欢呼，龙达满天飞舞，莽筒的鸣叫声戛然而止，堪布用他浑厚的男中音诵读歌颂战神的经文，勇士们解辫低头聆听，全场鸦雀无声，只是依稀地听见人们抽泣的声音，他们有的是勇士们的父母、妻子、兄弟姐妹或儿女，更多的是部落里的乡亲们。堪布迈着稳健的步伐，走到勇士们的队列前面，依次给勇士们的脖颈系红色护身绳。走到大色齐甲布面前时没有特别的表示，只是点了点头就回到圆圈中央，点燃高高垒起的桑堆。勇士们围着桑堆转圈，向空中抛撒龙达，高呼"拉嘉罗！"全场的人们也跟着抛撒龙达，高呼"拉嘉罗！"

后来很多人在回忆这天的情景时，都一致认为勇士们跳的铠甲舞是最棒的。三千人的阵容啊，吼号子时，连天上的云都吓跑了。踏步跳跃时，大地都在晃动。铠甲舞是一种出征前祭祀战神的舞蹈，勇士们自己也觉得这天跳铠甲舞时真的看见了战神，看见了琼鸟在飞翔，浑身充满了力量，吼号子时的声音比哪天都大，踏步跳跃时有使不完的劲儿。

那天最令人意想不到的是王妃亲自出场跳献帕舞。为了在这天跳这个舞蹈，藏戏团演员们都排练好几天了。王妃很久没跳过这种舞，然而依然那么娴熟，特别是舞步中表现出的那种真情实意，谁也无法模仿。这种舞蹈，本应在战士出征回来时跳的，献上帕子，让胜利归来的英雄抹去汗水；献上帕子，让安全归来的亲人拭去血渍。大色齐甲布要出征了，王妃亲自跳这种舞蹈，用心何其良苦！这是一种企盼，一种愿望，谁不愿出征的亲人毫发无损地安全归来？舞蹈结尾时，演员们向勇士们跪献帕子，王妃也捧着帕子跪在地上，仰面深情地望着大色齐甲布，泪水忍不住从眼眶中涌出。为什么啊？为什么非要丢下妻室儿女亲自出征不可？你能回来吗？你一定要回来啊，不能丢下我们不管啊！有话无言，声音哽咽，在场的人被王妃的情绪感染，没有一个人不流眼泪。

“女儿出嫁了，喜事啊，咱们应该高兴才对！”大色齐甲布接过王妃手中的帕子，想了想又退了回去，“帕子您留着，我回来时再接不迟。”

王妃连连点头，灿烂地笑了：“您说得对，我留着，您回来那天再献。啊，您看，孩子的出嫁仪式开始了！”

藏戏团六十人阵容的陪嫁亲友团跳着锅庄进场了，僧侣仪仗队吹起了欢快的唢呐，堪布用他特有的男中音颂念祝福经。阿果手举两根长长的哈达，款款来到父母面前，深深地鞠了一躬之后，唱起了女儿出嫁时的离别歌。

恩德无量的父母呀，
听听女儿心里的话。
我徒步走路的时候，
才知道马儿的恩德。
我喝白开水的时候，
才知道奶牛的恩德。
我离乡出嫁的时候，
才知道父母的恩德。

我像只鸟儿呀像只鸟，
翅膀长硬就往远处飞。

从此不能为妈梳发辫，
也不能为爸端一碗茶。
如果我是男孩该多好，
日夜守候在你们身边。
如今女儿大了走他乡，
丢下父母实在不忍心！

王妃努力抬起已经泪流满面的脸，向阿果回了一首《劝女儿》歌。

女儿你别哭你要笑，
今天是你的喜庆日。
男大当婚女大当嫁，
自古以来都是这样。
你母亲流的是喜泪，
女儿你放心去婆家。
公公婆婆是你父母，
伺候真诚别耍花招。
拿出本领操持家务，
小两口儿和睦相爱。
邻里关系亲同手足，
尊老扶幼千万牢记。
夹着尾巴为人处世，
不可学黜轻浮狂妄。

听完阿果和王妃的对唱，全场所有人无不眼热鼻酸。阿果出嫁了，康珠玛就这样嫁了？每个人都觉得阿果嫁得太突然。阿果恭恭敬敬地将哈达用双手捧到父母手上，张开双臂，抱住父母泣不成声："阿爸，您要远征了，您要保重呀，我等着您到太阳部落来看我呀！"

"马牵来了。"王妃替阿果擦着泪水说。

阿更和达拉牵着给新娘准备的白马过来了，这匹马是全部落毛色最纯的白马。本来尼玛木也应该在牵白马的舅舅[①]当中，他听说阿果要出嫁，

① 舅舅：藏族对妻子的兄弟也称舅舅，而不叫舅子。

又突然病倒了。

“上马！”大色齐甲布亲自抱起女儿扶上马鞍，“阿果，今天阿爸没有礼物送你。容我几天，我要用赶走野狼①作为送给你的新婚礼物。”

“阿爸，您安全回来就是最大的礼物！”阿果眼泪汪汪，呜咽着说。

“勇士们，上马！”大色齐甲布下达了命令。两支马队同时出发了。大色齐甲布带领的敢死队出西寨门，朝琼日部落和麝香部落方向进发。每个人手上都举着一面琼鸟彩旗，绕拉背上晃动的唢呐闪着金光，三千匹战马的铁蹄把大地叩动得摇晃起来。送阿果出嫁的队伍出东寨门，向太阳部落行进。曲登老土司的红马和太阳部落官寨大管家的青马在前面引路；紧跟其后的是阿果，纯白新娘马特别引人注目；阿更和达拉的马紧贴白马两侧；后面是六十名藏戏团演员组成的陪嫁马队；多吉骑一匹白额黑马殿后。东路和西路两侧挤满了欢送的人们，人们一边拼命地挥舞手中的哈达，一边拼命地往马头前挤，不献上哈达不敬上送行酒谁也不甘心，直到走出大色齐部落地界，送行的人们这才不得不停下步子。

敢死队一路得到沿途居民的热情支援，提供充足的粮草，他们日夜兼程，如期到达扎西宗②，与岳钟琪率领的川军会师。

扎西宗可不像嘉绒藏区，这里没有那么高的山峰，没有那么深的沟壑，放眼望去，但见平畴千里，阡陌纵横。田野里的青稞已经抽穗灌浆，一片丰收景象。扎西河也不像色齐河那样急促地奔腾，而是平缓地静静流淌，那么自在，那么舒畅，就像阿果的歌唱。谁能相信这么恬静祥和的地方却笼罩着战争的阴霾呢！扎西宗可是敌寇虎视眈眈的猎物，这里农业发达，商贸繁荣，集中了许多的贵族庄园和巨贾豪宅，有数不尽的财宝。现在随时都有兵临城下之危，城里的商铺大多关闭，不少有钱人家收拾细软，携老扶幼跑到拉萨躲难去了。

清朝驻藏大臣和西藏噶厦地方政府摄政王召开紧急会议，驻藏大臣是满人，但是能说一口流利的藏语，岳钟琪不懂藏语，大色齐甲布为他同声翻译。在翻译的过程中，大色齐甲布感觉到了事态的严重性。西藏羊峒③地

---

① 野狼：凡是入侵的敌人，藏族统称他们为野狼。

② 扎西宗：地名。“扎西”，藏语里是吉祥的意思。“宗”，本义为“堡”，后来成为对一级行政机构的称呼，相当于“县”。

③ 羊峒：汉文古史中，很长时间内都把“象雄”称之为“羊峒”。“象雄”是藏族对阿里地区的古代称呼，不过，古代的象雄比今天的阿里地区大得多。

区发生叛乱，西藏各地驻守的藏军和各地民兵均调到那里平叛，廓尔喀军队乘虚侵入西藏边境，西藏由于兵力匮乏，只好请求朝廷速派援兵。摄政王的话更让人揪心，侵略军虽然受到沿途僧俗民众的拼死抵抗，但是由于力量悬殊，他们已经抵达离扎西宗只有五天路程的地方。会议宣布岳钟琪为总指挥，扎西寺堪布、扎西宗宗本和大色齐甲布为副总指挥，限一个月内克敌制胜。

回到驻地，扎西寺堪布和扎西宗宗本催促总指挥立马发兵，他们从前线回来，手拿刀矛的民众与手握洋枪的敌寇作战的场面实在惨不忍睹。岳钟琪可是身经百战的将军，他不可能匆匆发兵，发兵前他要仔细研究。

“有没有地图？”岳将军问。

“有，堪布画的。”宗本拿出一张临时画的示意图，在桌子上展开。

“敌人马上进入平原了。”岳将军指着标有敌人目前占领的地理位置的示意图说。

“他们武器精良，人又比我们多三倍。”宗本补充一句。

“您怎么看？”岳将军问看了老半天地图却一言未发的大色齐甲布。大色齐甲布没法发言，他在看地图时眼前产生了无法排解的幻觉。地图上标示的山川、道路、村寨和谷地鲜活起来，甚至还能听到河水流动的声音和村寨里的鸡鸣狗叫，这些景物分明就是嘉绒藏区啊。他看见村前寨后和各个山梁上耸立的邛笼石碉，琼鸟从神山上飞来，在这些石碉顶上蜻蜓点水似的飞飞停停。过了一会儿，神鸟又飞回神山，景物突然消失，面前摆着的仍是那张地图。他回过神来，清理了一下思绪。我不在家乡，我来到了扎西宗，看到了令人羡慕的青稞地，意识到现在正在研究作战方案，岳大人正在询求我的意见。突然，他想起了石碉，知道这是神的暗示。

“这一大片地里的青稞长得多好，看着就要收割了，绝不能让这些恶狼给践踏了。”大色齐甲布抚摸着地图上的扎西平原。

“扎西寺更不能糟蹋了呀，有四百多年的历史！”堪布觉得这个副总指挥忽视了扎西寺。

“这是一道山梁吧？”大色齐甲布指着地图上的一个位置问堪布和宗本。

“是，叫雪山梁子。”堪布说。

“这就好了，”大色齐甲布说，“只凭这道山梁，就可以拖住敌人。能拖上九天，我们胜算的可能性就大。”

“然后呢？”岳将军等待下文。大色齐甲布把下文一说，岳将军一拍桌子：“好，就这么定了！”

“放心，民工我们解决。”堪布和宗本的脸上浮现出很久没有过的笑容。

岳将军和宗本率领川军和部分民工日夜兼程，趁敌人抵达前赶拢雪山梁子，挖战壕，宰檑木，垒石包。大色齐甲布和堪布带领敢死队，赶赴扎西寺，在扎西寺周围砌了十六座嘉绒藏区才有的那种邛笼石碉。东南西北每一方四座，每一座九层。敢死队队员个个都是砌碉熟手，又有大量民工运石头和稀泥抬木头，十六座高碉同时砌，每天砌一层一点问题没有，九天就砌完。每一层高碉的四面都有密密的射击孔，十六座高碉能够安排三千二百名射击手，敢死队只有三千人，射击孔绰绰有余。射击手们面前堆好了石子，他们点射一个敌人便要移动一颗石子，都争取移动的石子多一些。

遗憾的是射击手们没能移动多少石子。廓尔喀人进攻雪山梁子时死了一批，川军和民工们把敌人挡在雪山梁子南坡下面七天，放下的大石包和檑木砸死了这些人。

后来据战俘讲，他们察觉山上的石包和檑木放完后，翻过雪山梁子进入平原。发现后无围追，前无堵截，虽然提心吊胆，还是行军了两天。当他们看见金碧辉煌的扎西寺院群落时，贪婪的心已经忘记了恐惧，尤其看到寺院四周高高耸立的那些石碉时，以为都是藏宝的佛塔，忘了疲劳，忘了死亡，争先恐后地向猎物扑去。可是就在这个时候，一座“佛塔”顶上突然响起了清脆嘹亮的唢呐声，铜质唢呐在阳光下金光闪耀，红绸飘带在蓝天的映衬下格外鲜艳。他们当中的一个人举起枪正向吹唢呐的人瞄准时，“佛塔”的一个小窗口爆出一团小火花，半空中传来石块砸在牛角上的那种沉闷声，瞄枪的人应声倒下。更不幸的事情接着发生，他们认为藏有宝物的所有“佛塔”都成了愤怒金刚，全身冒着火光，枪声就像炒豆子似的噼里啪啦脆响，身边的人一个接一个地倒下。

“我不会打枪，吹唢呐吧！”当时绕拉就在大色齐甲布身边。

“吹响一点，这么高的地方吹，吹不远。”大色齐甲布觉得无聊，听一听唢呐也好。

“啪！”大色齐甲布点射了瞄枪的人。

“嘀嗒。”绕拉吹了一口唢呐。当绕拉吹了五次“嘀嗒”后，大色齐甲布只是把枪扛在肩上，不想再射。地上已经横七竖八地撂倒了密密麻麻的人，他突然想起割青稞时捆好的把子丢得满地都是的情景。那是青稞把子，这不是青稞把子，是人！

“不打啦?”绕拉从嘴边拿开唢呐，问。

“跑了。”大色齐甲布说。

“回来了，”绕拉说，“川军把他们撵回来了。”

“何苦呢，跑这么远送死！”大色齐甲布把肩头的枪又塞进射击孔。

“你打，我要吹了！”绕拉又把唢呐凑到嘴上。

“堪布怎么混了进去?”大色齐甲布放下枪。

堪布身着袈裟，带着观音菩萨唐卡画像，在廓尔喀人中间窜来窜去。在西藏，两军作战时有高僧劝说停战的传统。可能廓尔喀国也是，他们并没有向堪布开枪。

“举白旗了，投降了!”绕拉又吹了一口唢呐，“枪也甩了!”

活着的敌人纷纷放下枪，双手扶着脑袋蹲在地上，战斗就这样结束了。总共只用了九天半，缴获了许多洋枪。敌人死了一半，俘虏了一半，川军、敢死队和民工无一人伤亡。大家都十分惊奇，只有敢死队心中有数，在欢庆胜利时，他们特意煨了很大的桑，撒了很多的龙达，感谢琼鸟的指点和护佑。

驻藏大臣立即向朝廷报喜，摄政王要了一面敢死队的琼鸟战旗，后来一直收藏在布达拉宫里。

羊峒平叛很不顺利，平叛两个月，收效甚微。虽然控制了羊峒王后裔占巴次珠发动的骚乱局面，但是参加叛乱的人分散在各个隐蔽的山沟里，几万人的藏军在这么大的地盘摆布开来，犹如糌粑撒进河里。那个时候正是多事之秋，青海一带也发生叛乱，岳钟琪接到朝廷的紧急命令，立即赶赴青海平叛去了，驻藏大臣和摄政王眼下能够增派的兵就只有大色齐甲布三千人的敢死队。敢死队快马加鞭赶至羊峒藏军营地时，藏军总司令说：“三千人马，滴水灭火！”

藏军代表与占巴次珠代表谈判过几次，都因未达成任何协议而告吹。占巴次珠谈判方提出了藏军根本不可能接受的条件：只要藏军在三天之内让老天爷下雨，他们就投降；如果办不到，就答应他们恢复羊峒王国。只要恢复羊峒王国，他们保证能让老天爷把雨下个够，立即解除旱情。

叛乱就因旱灾引起。去冬今春没下过一场雪，进入夏季又没下过一场雨，草原上的牛羊一片片地倒下，地里的庄稼一片片地干枯，老百姓怨声载道。

17世纪末，西藏地方政府在羊峒地区设立“噶尔本”①，直接管理这一

---

① 噶尔本：17世纪80年代，西藏噶厦地方政府驱逐了控制阿里地区半个世纪的拉达克军队，在当地设置“噶尔本”政权，对全地区进行管理。

地区，废黜了旧羊峒王。现在遇到旱灾，地方政府毫无办法，旧羊峒王系的后裔利用民众的强烈不满情绪，散布“羊峒王不出，青天亦愤怒”的言论，发动叛乱。叛乱伊始从者甚众，不少人相信只要羊峒王复出，老天爷就要下雨，旱情就会结束。过去羊峒王统治时代，没有发生过这么厉害的旱情。经过半年的平叛，到了决定胜负的最后一战时，更加严重的旱情使得双方都几乎丧失了战斗力，灾害对双方都是平等的。

“再谈判一次。”大色齐甲布向藏军总司令建议。他观察了几天，气象明显悄悄在变化，就不知道占巴次珠发觉了没有。

“他们的条件无法接受，”司令愤愤地说，“看谁拖得过谁!”

“老百姓受罪。我愿意一试，”大色齐甲布说，“我看过麻布经书，知道怎么求雨。”

“什么经书？你有那么大的把握？”司令瞪着疑惑的眼睛。

“会成功的，您放心。”色齐甲布没说经书的事，说了司令也未必相信。他看了看天，想把变化了的天象说出来，经书上说的久旱必雨的天象就是这样，可是一时半会儿说不清楚，就把眼光收回来，看着司令的眼睛。

“万一不成功我们就被动了。”

“不成功也没关系，我有办法活捉占巴次珠。”

大色齐甲布预备了一个方案，说给司令听。

“这个办法好是好，就是风险太大了。”

“风险和机会是同等的。”

“求雨时不能只去三个人，你要多带些人去。”

“人带多了他们不会答应。”

“有什么要求？”司令问。

“谈判地点不变，还是在草原上。那里离双方的营地都远，地域又平坦，不便暗藏伏兵。他们那边参加谈判的人，最好每个瓦卡①来一个人，当见证人嘛，免得他们反悔。”大色齐甲布说。

占巴次珠也珍惜最后一次的谈判，更乐意多派他的人参加，来了两百多人，每个瓦卡都派了一名头目。藏军谈判方只去了六个人：藏军副司令、大色齐甲布、四名警卫人员，他们虽然都带了枪，但由于人少，对方没介意。藏军代表还牵来了一头牦牛，对方不知有何用意，都斜着眼看。要是

---

① 瓦卡：在野外活动时，以灶为单位共同吃住的群体称“瓦卡”，在同一个灶里吃饭的人叫同一个瓦卡。

在过去，在这么美丽的草原上聚在一起，少不了唱歌跳舞饮酒作乐，可是今天却不一样，每个人都感受到一种剑拔弩张的气氛。

和前几次谈判一样，实际谈判的就四个人，双方的首席代表和助理。他们盘腿面对而坐，中间隔着一张矮桌，其余的人围成几大圈听双方辩论。不同的是今天没有过去那种愤怒的斥责和激烈的争吵，藏军谈判方空前的从容和大度，不仅没有急于控制谈判局面，而且竟与对方聊起天来，刚才那种紧张气氛缓和多了。

一只乌鸦孤零零地从高空飞过，大色齐甲布抬头看了看，把枪递给对方首席代表："洋枪，试试？"

"没见过。"对方谢绝了，他才不想出洋相呢。

"还是你来。"对方助理狡黠地挤了挤眼，把难题推过来。

"啪！"大色齐甲布扣动扳机，乌鸦划一条弧线应声坠地。

"拿来看看。"大色齐甲布放下枪，对站在旁边的警卫说。

"在这儿。"警卫捡回乌鸦，指着还在淌血的脖子。

对方首席代表狠狠地盯了一眼他的助理，圈子里的各个瓦卡代表都往前挤，想看乌鸦的伤口。

"开始吧。"藏军首席谈判代表说。

"是你们请老天爷下雨，还是让我们恢复羊峒王国？"对方首席代表问。

"你说的又是老话题，能不能变些词儿？"藏军首席谈判代表不屑地说，"三天后的清晨，树林里的鸟开始叫的时候，我们的人向老天爷求雨。就在你们总部后山草坪上，神湖在那里。"

"求雨？"对方首席代表的嘴角向下弯，尔后又把嘴紧紧闭住，怕一不小心笑出声来，"敢开这种玩笑，佩服！"

"这事儿不用你操心，求不到雨我们认输。"藏军首席代表昂着头说。

"早就该这么耿直了，"对方首席代表这时才把憋在胸中的笑声随着说话巧妙地释放出来，"拖到现在，大家都不好受。"

"这么说来，你们同意啰？"藏军首席代表做出站起来的样子，他担心对方识出破绽。

"来多少人？"对方首席代表突然警惕起来。

"三个人。"藏军首席代表拍了拍大色齐甲布的肩膀，"他，还有两个助手。不多吧？"

"行！"对方首席代表顿时将因警惕而紧张的情绪完全松弛下来，脸上浮出轻蔑的神色，“那就签字画押吧！”

“这个就不必了。我们让你们多来些人，就是让他们当证人，这比签字画押更可靠吧？都是你们的人。”藏军首席代表提高嗓门，“你们能做证人吗？”

“只要我们亲眼所见，亲耳所听，哪有不能的？”站着的人群中，有一个人拍着胸口大声说。

“我们做证人！”其他人异口同声地高喊。

“所有的人都发誓！”大色齐甲布站了起来，指着草坪上的牦牛，“发毒誓，谁反悔谁就像这头牦牛一样，敢不敢？”

“敢！”所有的人都吼叫起来。

大色齐甲布快步走至牦牛前，像当年扛整根湿木头一样扛起牦牛，双手握紧后腿，将其掼在地上，又冲过去，一拳头砸在牦牛额头，牦牛脑袋顿时开了花。趁在场的人都目瞪口呆的当儿，大色齐甲布和四位警卫剥下了牛皮。

血淋淋的牛皮摊在草坪上，人们轮流踩牛皮，靴底印下鲜红的血渍，这是古老的发誓习俗，也是最狠的发誓方法，人们称之为发毒誓。

“今天你把他们震住了，痛快！”回来的路上，副司令还在兴奋中。

“求雨时，他们总部的人最好都来看热闹。”大色齐甲布说。

“你是个奇人，我看见了，你的手长得像鸟的爪子。”副司令说。

“我是鸟的儿子。”大色齐甲布笑着说。

“鸟的儿子？嘿嘿！”副司令也笑了。

大色齐甲布带了两个敢死队队员，一个是绕拉，一个是猴子。猴子是绰号，他虽然年轻，却是老猎人，跋山涉水攀崖窜林就和猴子差不多。大色齐甲布和猴子自然要带洋枪的，还背了不少子弹，求雨时用。绕拉不会打枪，背着金光闪亮的唢呐，求雨时也要用它。占巴次珠总部派来带路的就有五十多人，带路是他们提出的条件，藏军要到他们总部后山求雨，肯定要有防备，他们不怕两杆枪和这些弹药，他们怕的是藏军借求雨耍诡计。

上山提前了一天，天黑前要走拢神湖边，天刚亮就要求雨，此时正是树林里的鸟叫的时候。其实，鸟叫与求雨没有关系，但与埋设伏兵关系极大。占巴次珠总部的注意力，全部集中在山梁这一面的大色齐甲布一行三人和清晨的鸟叫上，没想到去理会山梁那一面有什么动静。其实，早在天亮鸟鸣前，神湖背后的树林里，一千名敢死队战士已经在那里埋伏好了，给占巴次珠玩了个声东击西。他们藏在高大的杉树上面，来看求雨的人从林中走过都没看见他们。

大色齐甲布坐在斜面草坡上，面对神湖背诵麻布经书上的求雨经文，绕拉和猴子从林中掰来柏枝，在湖边垒起高高的桑堆。看求雨的人络绎不绝，大家都认为求雨肯定无望，但是亲眼看看这位奇人也好。

太阳渐渐升高，阳光越来越炽热，都快正午了，天空依然一片瓦蓝，连一朵云彩也没有。

对方首席谈判代表不耐烦了，在神湖下方的人群中高喊：“还等到什么时候啊！”

“一天才过一半呢！”绕拉说。

“桑都还没煨，急什么！”猴子说。

绕拉和猴子站在堆桑的地方，这里离对方首席谈判代表站着的地方近。

大色齐甲布居高临下，看见人群中有可疑的人，像杀手。参加过谈判的那些证人也在那里，他们没发觉。

又过了两个时辰，阳光仍然十分烫人，好多人感觉头昏脑涨。

大色齐甲布念完经，围着神湖转了三圈，点燃了桑堆。带着芳香的桑烟一缕缕地升腾，向高高的远空飘去。像收到一种信号似的，桑烟升向空中不久，从东方飞来一只陌生的鸟，也许人们的头脑已被晒得神志模糊，都觉得这只鸟好大好大，展开的翅膀遮住了整个蓝天，身上都感觉凉快了些。等到神志清醒时，鸟儿不见了，但确实没那么热了，天上有了云彩，竟把太阳给裹住了。再过了一会儿，云彩没有先前好看，变成了乌云，天也好像黑了。

大色齐甲布和两位助手疾步爬到草坡顶。前面是神湖和看求雨的人，后面是树林，他们就在这个分界线的草坡顶上排成一行，面前堆着一大堆子弹，大色齐甲布和猴子手里举着洋枪，朝天“砰砰砰”地放。看求雨的人并不紧张，事先说过求雨程序的，他们懂。绕拉使劲儿吹唢呐，唢呐的声调急促高亢，树上潜伏的敢死队战士们知道这是突袭占巴次珠总部的信号。当堆着的子弹打完，枪筒烫得不能摸时，老天爷终于被打醒了，不堪忍受凡人如此无礼的打搅，真的发了天威，天空顿时乌云翻卷，电闪雷鸣，接着瓢泼大雨铺天盖地而来，天地间雾蒙蒙的一片。看求雨的人们不顾雨水怎样地冲刷，仰望天空，伸展手臂，闭着眼睛高喊：“老天爷呀，你终于睁眼了呀，你害得我们好苦呀！”不少人哇哇大哭。

参加过谈判的那些证人现在才发现埋伏在人群中的杀手，不由分说悉数捆绑起来送往总部，他们要当着占巴次珠的面问个明白，为什么干这种违背誓言的事。来到总部，占巴次珠那一伙头目一个也不见，乱七八糟的东西丢得一地都是。在地上呻吟的几个伤员说，打雷下雨时，突然降下好多神兵，把头儿们抓走了。

敢死队的三千匹战马迈着矫健的步子，昂首挺胸行进在熟悉的家乡商道上。马背上的战士们肩挎从侵略者手中缴获的新式洋枪，手擎琼鸟彩旗，向商道两侧自发欢迎的人们挥手致意。队伍最前面，大色齐甲布高高举着驻藏大臣代表朝廷授予的猛虎大旗，黄底黑图的色彩十分夺目。欢迎的人们还从河岸的柳林中、半山的小路上奔跑着向商道拥来。高山上跑下来的人发现来不及了，就一簇簇一群群地站着，向山下声嘶力竭地吼：“拉嘉罗！拉嘉罗！”

敢死队多么英武，多么飒爽！

大色齐部落、小色齐部落和琼日部落一片欢腾，“神啊，伟大的琼鸟啊，感谢您啊！”各家各户房顶的宝瓶状桑烟台冒出青蓝的桑烟，柏枝、糌粑、艾蒿燃烧释放的芬芳弥漫空中。

十九
第十八位土司

大色齐部落官寨双喜临门，甲布从作战前线扛回了猛虎大旗，清廷又封他为大色齐部落土司。各部落土司带着祝贺团来祝贺，官寨大院车水马龙，官寨又恢复了往日的喧嚣。

王妃亲自参加接待工作，给从各部落来的土司递茶敬酒，笑声不绝于耳。她很久没有这样笑过了，敢死队走后，她每天清晨向琼神煨桑，每天傍晚向琼神祈祷，每天夜里睡觉时都抱着帕子，那些日子是在提心吊胆中度过的。她从丈夫走的那天起就盼着他安全回来，盼着跳献帕舞。西藏太远，打听不到任何消息，只有一天一天地等待。一个自称岳大人卫兵的人倒是来过官寨，带来了消息，说他见到了敢死队和大色齐甲布。“他们好好儿的，又打仗去了。”来人说。“又打仗，会好到哪儿去？”王妃眼里噙着泪花。“敢死队立了大功，岳大人派快马去京城报喜，举荐大色齐甲布当土司呢！”来人说。“岳大人是大好人，他还好吧？”王妃问。“岳大人青海平叛立下大功，本来该好好儿的，现在不好了，丢官了。”来人说。“立下功劳反而把官丢了？”王妃大吃一惊。“听说是张大人和苟大人一伙告的，说岳大人是岳飞的第十三代后人，脑袋里长有反骨，皇上让他回老家种地去了。”“张大人苟大人都是些什么人，能看见脑袋里的骨头？”王妃不屑地说。“我也觉得奇怪，皇上怎么相信这类人！”来人说。“岳大人绝不会对朝廷有二心，跟我们那个人一个样。未必他得罪了这伙人？”王妃担心地问。“官场很复杂，我说不清楚。刚把岳大人推翻，苟大人马上就坐上他的位子了。”来人说。打那以后，再也没有得到任何消息。没有一点预兆，没有一丝声响，敢死队突然回来了，大色齐甲布突然出现在家门口。喜从天降，王妃高兴得像个活泼可爱的大姑娘，待晚上客人们退尽时，王妃竟当着阿更的面，给大色齐甲布跳起了献帕舞。

“您说过的，回来那天献。留着呢，天天盼着这一天。”话刚说完，已是满脸泪花。

“是的，我说过，我接。”大色齐甲布也跳起接帕舞，泪水也是夺眶而出。

“我再也不让您出远门，守家的日子真难受！”王妃哽咽起来，扑上去紧紧抱住大色齐甲布不放。

“阿爸，阿妈。”阿更端着两只酒杯走过来。

王妃看见阿更，脸上顿时出现红晕，接酒杯时不好意思看阿更。

“给您看一样东西。”大色齐甲布从褡裢里掏出黄绸包裹。

“什么呀？现在才拿出来。”王妃把包裹接过去。

“打开！”大色齐甲布说。

“印！哪里来的？”王妃把打开的包裹急急合拢。

“又不是抢的，你那么担心！皇上派人送到西藏来了。”大色齐甲布说。

“皇上？”王妃怔怔地看着丈夫。

“岳大人……”大色齐甲布强忍的泪水夺眶而出。

“岳大人，恩人哪！可是——”王妃转过脸抹眼泪。

皇帝封给大色齐甲布的土司职衔是安抚司，官至从三品。其实，在嘉绒藏区大家在乎的只是朝廷颁发的土司印绶，至于品位大小并不在乎，反正印章大小都差不多，又不发俸禄。土司之间无论官位悬殊有多大，都没有隶属关系，谁也管不了谁。皇帝给大色齐部落土司封的领地包括了琼日部落，明白人知道这正是十分了解嘉绒藏区的岳钟琪明显偏爱大色齐甲布的地方，让既成的事实合法化，免去今后可能带来的纷争。过去朝廷封土司时，划定的领地往往都是一笔糊涂账，不是划小了就是划大了。划小了别人会争划漏的地盘，划大了又会出现占别人的地盘的情况。历史上嘉绒藏区械斗不断，皆源于这本糊涂账。地方官员宁愿把账弄糊涂，账弄糊涂了才能引起土司之间的纷争，有了纷争，他们才有事可做。调停纷争可以赚钱，而且可以赚纷争双方的钱。纷争大了可以扣一个叛乱的帽子上报朝廷，上面就会拨军费，情况说得越糟糕，上面拨的军费就越多。其中一小部分拨给纷争双方息事宁人，大部分成了地方官员们的囊中之物。息事宁人后又可上报平叛胜利，上面又要奖励，这部分就是纯利了。两个部落的领地加进来，大色齐甲布成为嘉绒藏区领地最大的土司，从此人们称他为大土司。

自从对大色齐甲布改称大土司后，人们对王妃也改称夫人了。大家对“王妃”这个称呼开始觉得不妥，实在不合时宜。

前来贺喜的祝贺团依然络绎不绝，管家们依然忙前忙后，土司夫人依然亲自安排接待，还没从兴奋中解脱出来。

麝香部落祝贺团抢了第一，敢死队回到家乡的第二天，土司次嘎亲自出马，带领少爷嘎嘎和头人寨首们，组成三十五人的祝贺团，出现在大色齐部落土司官寨的大院里。晚上，大土司夫妇单独宴请次嘎父子，少爷阿更陪坐。宴请的地方还是在几年前宴请过次嘎父子和索朗达吉父子的六楼藏式宴会厅。

“只晓得你会耍魔术，能把顽石变成金属，没想到你还会打仗，把老虎旗子都扛了回来。”次嘎在开玩笑当中带了几分恭维。

“托琼仁波且[①]的福，运气好了一点。”大土司轻描淡写地说。他不想把话题在老虎旗上纠缠，话头一转，看着嘎嘎，说：“嘎嘎又长高了，是去年吧，怎么不辞而别呢？”

“多吉，他受伤了。”嘎嘎毫无准备，大土司突然这么一问竟让他说出实话。

“是，多吉说他是摔伤的，说你和索拉回家过看花节了。”阿更说完，眨了眨眼，像发现什么秘密似的把脸凑近嘎嘎，小声问：“莫非你们打架啦？”

“没，没有，怎么会呢。”嘎嘎朝父亲挤了挤眼，“是您带口信叫我回家过看花节的，是吧？”

“啊，是，是的。看花节嘛，一年就那么一次，全家人齐了多好啊，是不是？”次嘎知道嘎嘎在撒谎，想为儿子遮掩，但是底气差了点儿，表情没跟上，于是端起酒杯向主人家敬酒。

---

① 琼仁波且：琼，大鹏金翅鸟名；仁波且，藏语中为“无上宝贝”之意。

“多吉这个小子，还是仗义了一回呢。”嘎嘎心里这样想，但是还是不能勾销对他的恨。嘎嘎听说阿果和仁青就像油掺进水里，根本合不到一块儿，倒是多吉整天像哈巴狗似的跟着嫂子屁股转，以前的德性一点儿也没有变。

“阿果没回来看您老人家？”次嘎旁敲侧击打听阿果的消息。他组织祝贺团来，主要是冲着阿果来的。既然阿果和仁青合不到一块儿，分开是早晚的事，次嘎做梦都想为儿子攀这门亲事。阿果是谁呀，康珠玛，她到哪儿就把好运带到哪儿，还能和大色齐部落攀上亲戚。太阳部落官寨肯定走下坡路了，要不然怎么与阿果裹不到一块儿？他以为阿果早就回娘家了，才带儿子来寻机会，没想到观察了这么久，就是不见阿果踪影。

“我也想她，快一年没见面了。”大土司说，“前天从成都出来路过太阳部落，我就想去看她。我们人马多，不方便。盼她出来看我们，结果还是没出来。”

“你们突然路过，女儿怎么知道！”夫人帮女儿说话。

“兴许这一两天就来看您。”次嘎也盼着见到阿果。

“现在女儿是人家的人了，不一定想来就来得成。”夫人边说边向次嘎轻轻摆了摆手。阿果和仁青不和的事，嘉绒藏区几乎路人皆知，只是大土司刚回来，还蒙在鼓里。夫人不想刚到家两天的丈夫为这件事生气。

“看一下自己的父亲，就这么难？”大土司有些不高兴，夫人的好意反倒起了副作用。

“而且是来看出远门回来的父亲呀，太阳部落不会这么不近人情吧？”次嘎装作没看懂夫人的手势，乘机煽风。

“您回来才几天呀？女儿也许还没来得及动身，过两天会来的。”夫人对怏怏不乐的丈夫说，“不说这个，请客人喝酒，看，菜都冷了。”

次嘎不善饮酒，喝了一阵便有了醉意。说话舌头不听使唤，但在这个时候话又特别多，别人不容易插上嘴。

“咱们嘉绒藏区，皇帝册封的土司有十七个。‘十七’这个数字张着嘴巴，人们都说皇帝还会册封，直到数字让嘴巴闭住为止。现在册封你了，你是第十八个土司，‘十八’是闭嘴的，吉祥，这下圆满了。”

次嘎嘴角边挂着口水泡沫，眼睛眯缝着，开始说酒话。他的话嘎嘎和阿更自然听不懂，大土司夫妇也听不明白。他们从来没听说过数字也有张嘴和闭嘴的，也没听说“十八”是吉祥数字。

“闭嘴了好，我不喜欢皇帝封土司，你除外。我拥护封你做土司，要不然怎么会来朝贺呢。你本来就是不是土司的土司，管了三个部落。一个部落给了儿子都还剩两个，比所有土司领地都大。皇帝也挺狡猾的，做了个顺水人情。”次嘎这时又清醒过来，接着又糊涂了，“十八是个闭嘴的数字，好，好。再封土司，就要打仗，土司之间要抢地盘，要打仗，打仗。”

“次嘎，咱们歇息去吧。嘎嘎，扶你阿爸去睡觉。”大土司站了起来。

“再坐一会儿，我要等阿果。嘎嘎和阿果才是天生的一对，你们怎么把她嫁到太阳部落了呀！”次嘎牢牢抓住餐桌不放。

“阿爸！”嘎嘎怕阿爸又失言，背起次嘎就走。

“阿更，快帮嘎嘎哥。”夫人催孩子们把次嘎弄走。

土司们的朝贺活动还在继续，麝香部落的次嘎土司带了个坏头，别人都效仿他，祝贺团的规模越来越大，沼泽部落索朗达吉带来的祝贺团成员就超过百人。好在这是最后一个来的祝贺团，不然后面又不知玩出多少新花样。

大土司早就厌烦了这种无休止的迎来送往，他的兴趣转移到洋枪上了，在西藏缴获到洋枪时，他就迷上了这玩意儿。嘉绒藏区本地造的火铳枪使用起来挺麻烦，先要点燃麻绳中加入硝粉的火捻，再把火捻挟到连接在扳机上的铁叉里，扳机扣动时，铁叉带着火捻点燃药窝里的火药，火窜进枪筒，引燃里面的火药，产生的力量把铁丸子或锡丸子发射出去。火捻点的是明火，所以这种枪又叫明火枪。这种枪的麻烦还不止这些呢，遇到下雨天，火捻点不燃，就是点着了，又容易被雨水浇灭。火捻容易受潮，就是晴天，也有点不燃的时候。洋枪就不一样了，枪筒屁股后面有个嘴儿，火泡扣到上面后，一扣扳机，“啪！”枪就响了。他手上只有一支洋枪，弄坏了怎么办？

仿造洋枪的想法是在对没完没了的祝贺生起厌烦时萌发的，他接待客人没精打采，一有空就溜进官寨背后的铁匠铺子里，研究仿造洋枪。那儿的师傅们对仿造洋枪的兴致一点儿也不比他低，都放下手中的活，投入这一研究中。

最难仿制的是火泡。洋枪用的火泡特别薄，厚了就扣不到小嘴儿上，不知道是用什么材料做的，能打到这么薄。在大色齐部落，能打薄的只有金子，试验倒是成功了，就是太贵。改用银子也成功了，不过还是便宜不了多少。又改用黄铜，黄铜的柔韧性比黄金白银差不了多少，只是打薄到符合要求时容易裂，废品多，但是十之六七可以用，成本能够接受。

枪套用本地核桃木做的，木质坚硬油亮，木纹天然细腻。枪筒用上等钢材打造，上面刻有线条流畅形象生动的琼鸟图案，枪箍材料还用上了黄金，这样一来，无论式样还是用料，都超过了原来的洋枪。

大土司秘密仿造了五支洋枪后就收手了，他知道这是犯法的，犯法的事不干。

洋枪仿造成功后，下了一场大雪，他才想起已经入冬。朝贺活动已经结束，太阳部落终究还是没有人来。他虽然厌烦朝贺这档子事儿，太阳部落的人没有来，心里还是不好受。他知道了曲登老土司在他去西藏后不久病死了，但是，仁青该知道怎么办呀！他不图仁青也组织祝贺团来祝贺，那样做太装模作样，儿子达拉就那样搞了，父子俩都不自在，可是，带阿果来看一下出远门回来的丈人应该想得起来吧。你们不来也罢，我派大管家请你们来！大土司虽然是在气头上做的这个决定，但也是出于真心，他确实太想念唯一的女儿了，仿造洋枪成功后，他有空就想念女儿，专心专意地想。

二十
钥　匙

阿果和多吉的逃走，给仁青打击不小。他没想到事态发展得这么糟糕，原来以为把阿果关上两天，让她的心静下来，情况会好转的。当然，后来他也意识到不该把阿果关起来。当时他太激动了，完全失去理智，如果阿果当时抗争的话，他一定会毫不犹豫地一刀捅死她，幸好阿果一点儿也没有反抗，连一句话都没有。他踢开门，把阿果推进去，阿果就倒在地板上，动都没动一下。他关门上锁时，阿果还是保持刚才倒在地上的姿势。平心而论，本来被锁进房子里的应该是多吉，阿果并没有错。当时她端端地坐在床沿上，任凭多吉给她怎样地涂脂抹粉。仁青知道阿果很在乎当天的演出，他下了最后通牒，这是她最后一次演出了。在他看来，阿果还没有从过去巡回演出的情景中跳出来，还沉迷于演戏中。平常沉默寡言的她，一穿上戏装，就像久旱的禾苗遇到雨露，突然鲜活起来。她压根儿忘记了自己是嫁到太阳部落的媳妇，是他仁青的妻子，是众人敬畏的土司夫人。藏戏把她的魂勾走了，让她演最后一次戏已经是仁青最大的让步。演员们不堵住走廊口子，仁青也不会气冲冲地跑到窗前的。他早就厌烦阿果带来的这些演员们，她们死心塌地地向着阿果，和阿果一样，对他很冷淡，漠视他的存在。好像他和她们处在不同的世界，可望而不可即。

仁青本来在爬楼梯，想到楼上去休息，像往常一样，他不会看戏的。演员们故意拥挤，堵住走廊口子。仁青停住脚步，朝演员们那边看，演员们立即做出若无其事的样子，其实已经表明有事了，仁青胸中的气息顿时急促起来，他感到蒙受了莫大的羞辱。部落里早就暗传阿果和多吉叔嫂热恋，仁青并不理会，弟弟风度翩翩，确实与阿果般配，谁都会往那方面去想，尤其阿果恢复了《松赞干布和文成公主》的演出后，这个戏里面就有阿果扮演的文成公主和多吉扮演的松赞干布热恋的戏，演这种戏，也难免不使人产生误会。为了消除误会，他才制止阿果继续演戏，只给了她演最后一场的机会。虽然阿果对他一直视同路人，但他并不认为这是因为叔嫂热恋引起的，多吉是自己的亲弟弟，怎么会做出这等事？直到要坝子那天，他心中努力筑起的信任之墙才轰然倒塌，对多吉和这些演员的憎恨就是从那天开始的。

不知道为什么，那天早晨他的心情特别好，自从阿果嫁过来以后，就这天早晨是他心情最好的一次，过了几天之后回想起来，好像阿果冲他笑了一下。再过几天回想之后又觉得不对，那天早晨阿果不是冲他笑的，而是冲他哭的，要不然怎么脸上会挂着泪珠呢，只不过阿果哭时也像笑时那么好看罢了。不管怎么说，那天早晨他十分高兴，决定要坝子，到官寨专用的草坪去野餐。难得土司高兴一回，管家准备了许多好酒好肉，演员们唱歌跳舞，草坪上欢声一片。那么多人中，只有阿果满脸的惆怅和忧郁，草坪上正当热闹的时候，她从仁青身边无声无息地走开，悄然飘进草坝前面的树林里。仁青的心情一下子进入严冬，演员们反倒比先前更加起劲儿地跳呀唱呀，根本不把仁青的心情当回事儿。草坪上人们开始敬酒时，仁青看见多吉趁混乱之机钻入树林，脸上顿时冒出青筋，猛然从地上站起，他要过去看个究竟。然而这种想法完全是无用的，他根本脱不了身，演员们把他团团围住，又是唱敬酒歌，又是敬青稞酒，无论他怎么声嘶力竭地吼骂也压不过那么多人的合唱，无论他怎么推肩搡背，也冲不破演员们的重重合围。虽然没有证据证明阿果和多吉在树林里干了什么，但是这件事情却深深地伤了他的心，从此，他就没有正面看过多吉一眼。“为虎作伥！”他骂这些演员。今天，这些演员又故伎重演，他怎么不生气？“都滚回老家去，这里不需要你们！”仁青像怕吵醒了熟睡的小孩似的，声音压得很低，但是很有威力，比大吼大叫更可怕，是那种让人不由分说必须服从的语气。“听见没有？快，滚！”管家不知什么时候到的，也学主子的声调和语气，把演员们赶下楼。仁青蹑手蹑脚走过走廊，朝一扇扇窗户里面看。管家不敢跟紧，又不敢离开，就在走廊口子上站着。阿果眯着眼睛接受多吉的化妆，多吉专心专意地在阿果脸上涂抹，根本没有察觉到窗子外面还站着一个人。

这层楼有许多小房间，过去堆放杂物，阿果来了以后成了演员们的寝室，每次演出，阿果就在其中某个寝室里化妆。现在每个房间的门都关着，花格窗子糊了纸，看不见里面。仁青用食指挨个儿捅破每个房间的花窗纸，捅破阿果和多吉化妆的房间的花窗纸时应该有响声，可是他俩居然没听见。为了不打草惊蛇，仁青没有再弄出动静，用一只眼睛朝洞里瞄。阿果还是端端地坐在床沿上，多吉猫着腰站在阿果前面，左手扶着阿果的头，右手在阿果脸上涂抹。仁青从洞里看到的是一个侧面，看不清这两个人的面部表情，但是两人的距离太近了，仁青都感觉到多吉口中呼出的气流。“这是最后一次了，弄好一点。”多吉说话的声音很小，很软，仁青偏过脑袋把耳朵贴到洞口才能听清。他等待阿果的回音，贴在洞口的耳朵没有动。

“你不恨我哥吧？”又是多吉的声音，“不演戏了，今后的日子怎么打发？我挺担心你。”

多吉的这句话让仁青的心痉挛了一下。

好一阵儿没有语言，仁青又用另一只眼去看。阿果仍呆呆地坐着，鼻翼扇动了几下，两行晶莹的泪水夺眶而出，从已经涂抹过白粉红胭的脸上滑下来。

“别这样，会花脸的。”多吉用化妆用的布擦泪水，轻轻抱了抱阿果，安慰道：“别伤心，我会永远陪伴你。”阿果微微点了点头，向多吉浅笑了一下。

“果然背口袋的是我，吃糌粑的是这两个人！”仁青大口大口地喘气，拳头捏得紧紧的。他正要打算砸窗子时，从楼外的院子里传来喧哗声，他知道是那些该死的演员们。他们怎么没走？脸皮那么厚！家丑不可外扬，他强压怒火，把高高举起的拳头放下来。

“演员们着急了，快脱！”似乎多吉也听到了外面的喧闹，慌慌张张地伸手脱阿果的外套。阿果似乎也紧张起来，配合多吉解外套纽扣。其实不用这么紧张，换戏装比化妆快多了。再说，演员们在院子里喧哗，不是催阿果下来演戏，而是提醒阿果和多吉有人监视。

“哐啷！”花格窗子被仁青的一个猛拳砸得粉碎，阿果吓得像融化了的雪娃娃瘫软在地板上。多吉赶忙把戏袍披在阿果身上，转过身伸展手臂，挡住哥哥的袭击。管家从走廊口冲过来，拖着多吉就往楼下跑。边跑边劝，为了一个女人，土司兄弟俩打架，传出去多难听！对仁青的打击，大半来自多吉。即使相信脱外套是为了换戏袍，但是抱嫂子总没有其他理由吧！他把阿果锁进卧室没几天，多吉竟然把阿果劫走了！早知道这样，该把多吉也锁了。他本来期待多吉主动认错的，认了错，答应再也不做对不起他的事，那么虽然装了满肚子的怒气，也可以原谅多吉的，谁让他是自己的亲兄弟呢！可是，多吉不但不认错，反而较起劲儿来了，太不像话！这两个贼男贼女会跑到哪儿去？说不定逃回阿果娘家去了，仁青最担心的就是这个。他哪里惹得起阿果娘家，要不然也不会忍气吞声到现在。要是父亲在就好了，父亲在的话，他敢一张纸条都不打就把她休了。父亲是什么人物？东女部落的救命恩人！当年要不是父亲略施手段，东女国早就被部落联盟生吞活剥了，阿果一家一夜间会成为部落联盟的阶下囚。阿果就是她父亲答谢自己父亲的礼物，礼物好可以收下，不好丢掉就是。可是，这份礼物现在成了压在手掌下面的弹簧，往下压，压不到底，一松手，会弹伤自己，想丢都丢不脱。他拒绝了大管家的建议，不同意到阿果娘家去接人，好歹自己也是个土司，向女人低头，没门！再说，阿果不一定逃到娘家去了。可是，不把阿果找着，她父亲回来怎么交代？不把他的皮剥下来才怪。真不该把这个让人倒霉的女人关起来，他不止一次地后悔过。可是那是不可能的呀，只要是血性男儿都会这么做，没把她弄死算便宜她了。可是自那以后，仁青的心一直就平静不下来，敢死队的马队经过太阳部落时，他的心里就像马蹄叩动大地一样怦怦直响，非常担心马队停下来，阿果父亲出现在他面前，他都做好了从后门溜走的准备。好在马队没有停下来，浩浩荡荡地向前开走了。随着马蹄声的稀落，他的心才终于有了一点平静。接着，他的心又怦怦直跳，各部落土司争先恐后往阿果娘家跑。他想去也去不成，阿果的事怎么交代？他越想越后怕，后来竟然病倒了，大土司派来的大管家来到太阳部落官寨时，他正病得厉害。当然，病是病了，其实没那么厉害，装的。

阿果被锁后，多吉像失了魂落了魄似的，整天心慌意乱迷迷糊糊。他想找哥哥替阿果求情，赶快把她放出来，可是哥哥正在气头上，头脑还不清醒，这样做只能火上浇油，加深他们之间怀疑和误会。哥哥的心眼也太小了，他抱怨道。阿果不喜欢哥哥不假，除此之外她没有一点儿错，错就错在双方父亲用亲生儿女做人情交易。多吉想出了一个危险的主意，砸锁入室，把阿果救出来。这样做的后果显而易见，他和哥哥的手足情谊从此就断了，甚至会成为仇人，他知道哥哥的脾气。但是，为了阿果，他什么都可以不顾。他闻惯了阿果身上飘过来的香气，淡淡的柏枝香味是那样的刻骨铭心。他喜欢阿果浅浅的一笑，阿果的这种浅笑会让他全身舒坦，像喝了蜜酒似的。阿果清脆的歌声能够驱散一切忧愁和烦恼，让他心中顿时充满快乐。他清楚阿果心中没有他的位置，阿果无论白天还是黑夜都处在梦境中，她心中的白马王子是看不见摸不着的当今皇上。尽管这样，他还是愿意跟阿果在一起，哪怕一天，一个时辰。他现在真的离不开阿果，几天没见心里就发慌。他相信阿果真的是康珠玛，要不然，营救她的机会怎么会自己主动找上门来？阿果被关后的第三天深夜，多吉准备行动了。砸锁的小斧头，拴门扣的细铁丝都放在枕头边。他打算先把这幢楼中凡是住有人的房间门扣都拴紧了，再去砸锁。砸锁当然会弄出动静来，等到那些人拉门，绞铁丝，再冲出来时，他和阿果早就逃之夭夭。他点亮清油灯，翻身起床，正要把营救工具往怀里揣时，“咚咚咚”，有人敲门。这一突如其来的敲门声，在夜深人静的时刻显得格外响亮、怪异、甚至恐怖。多吉停止动作，手上拿起来的斧头无声地掉落在床铺上。奇怪，他们知道了？多吉干咳了一声，故意镇定后问：“谁？”又是咚咚咚的敲门声，但是没有先前那么响亮，敲门声之间的间隔也长多了，好像很不情愿敲门似的。“来了！”以防万一，多吉侧着身子，突然一下把门使劲儿拉开。又是咚的一声，声音很沉闷。这次不是敲门发出的声音，而是一个人倒在地板上发出的声响。估计此人刚才全身靠在门上，门突然拉开，身体失去依靠，直伸伸地摔了下来。一股酒味朝多吉扑来，好像摔碎了一只酒坛子。虽然清油灯灯光很暗，但是不用细看，多吉一眼就认出来了，倒在地上的正是哥哥。多吉看见哥哥自从把阿果锁进房子里后，不知道为了庆贺胜利还是为了排解郁闷，每天都醉醺醺的，今天又喝得烂醉如泥。

多吉关上门，把仁青抱起来。个子矮小的仁青在牛高马大的多吉怀里，犹如在多吉胸前挂了一副嘎乌①。多吉把仁青平放到大床上时，仁青含糊不清地在说话：“你，你，认错，我，阿果给，给你。你，不，不认错，我，我打死你。”“哥哥，你醉了！”多吉边脱仁青外袍边说。“我，我醉了？我，我没醉，清，清醒着呢。”说完就打起了呼噜。多吉摸到了仁青身上一团硬硬的东西，不用看就感觉到是一串钥匙，多吉喜出望外。开阿果门的钥匙只有两把，一把在给阿果送饭的小管家手里，这几天多吉一直打他的主意，小管家怕惹祸，一直躲着多吉；一把肯定就在这里面了。多吉暗暗

① 嘎乌：装有护身符的银盒，通常挂在胸前。由于印盒打制得十分精巧，嘎乌又成为一种装饰品。

庆幸哥哥的造访阻止了他的鲁莽行动，如果哥哥迟来一步，这幢楼现在不知乱成什么样子，他和阿果能否顺利逃脱还很难说。多吉非常仔细地给哥哥盖好被子，垫高枕头，床头还放了一大杯凉水，酒醉的人醒后最想喝水。

有了钥匙，营救当然十分顺利，问题出在出官寨大门的时候。如果他俩不在马厩里耽搁，就不会在官寨大门口碰见大管家的，就可以逃到商量好了的成都。到马厩里去牵马的时候，他俩几乎同时想到一个问题，骑马去哪里？多吉提议去阿果娘家，那里最安全。阿果认为不妥，那样会引起部落之间的矛盾。阿果的意见是去成都找岳大人，让他帮助她去京城，这辈子就是不能嫁给皇上也要见上皇上一面。大管家从朋友家里喝酒回来，碰见牵着马走出大门的阿果和多吉，吓得酒也醒了，“多吉，你闯大祸啦！”多吉放下架子，几乎哀求道：“大管家，都这样了，放我们走，求你了！”阿果好像没发生任何事似的，说话十分镇定：“大管家，你看怎么办？”“我有一套空房，你们在那里躲一阵子。”大管家对主子的忠心是出了名的，他绝不会让这两个人逃离，又得罪不起阿果和多吉，就突然做出这么一个决定。“这可不行，我们……”多吉可不想落入大管家手里。“我看可以，听大管家的就是了。”阿果打断多吉的话，她觉得大管家做出这个决定已经很不容易了，因为这是一个惹火烧身的决定。

二十一 两层小楼

阿果和多吉隐居的房屋是一幢别致的两层小楼房，坐落在太阳河岸边的一片小树林里。这里与部落山寨之间有一大片庄稼地隔着，确实是隐居的好地方。这片小树林，二十多年前是一片荒地，荒地之前是一片上好的熟地，是大管家的父母遗留给他的。大管家小时候跟着朝佛的父母到过西藏，父母返乡时，把他留在拉萨一座著名的寺院里当了和尚。大管家三十多岁回乡探亲时，父母双双病故，当时老土司曲登还在，见他学问好见识广，人又厚道，就把他挽留下来，他就成了官寨里的大管家。他没工夫打理父母留下来的那片熟地，熟地自然变成荒地，荒地没人打理，就自个儿长出许多树木，树木长高后，居然成为一片郁郁葱葱的小树林。老土司去世前对他说，该在树林里修一座小屋，那里静，适合你老了之后去念经，并给了他一笔钱，算是对他忠心的最后一次奖赏。大管家照办了，修了这座两层小楼房。二楼有经堂，吊脚厕所，还有一个大阳台；一楼有一个客厅，两个卧室，一个厨房。房子虽小却样样齐全，又很精致。大管家住二楼经堂，阿果和多吉各住一楼的一个卧室，帮大管家看家的远亲那依睡客厅，刚好，好像早就安排好了似的。

大管家做起了两头讨好的游戏，可是这个游戏很不好玩。大管家有事无事就在官寨和小楼房之间来回跑，他一面去宽土司的心，保证阿果和多吉没有去娘家告状，更不会惹出其他麻烦；另一面又把土司如何为这件事烦心，甚至病倒的事告诉给阿果和多吉听，为的是引起他俩的同情和谅解，与土司重归于好。

“土司相信了，我说你们没去阿果娘家。”大管家从官寨回来说。

“本来就没去嘛。”落入大管家手里，多吉怏怏不乐。

“这就对了，他心里好受些。”阿果叹了口气，说：“还是怪我，我对他就是喜欢不起来，才弄成这个样子。他是土司，要脸面的。”

“把你锁起来，你还为他说话。”多吉说。

“阿果真是个懂事的好孩子！”在大管家眼里，阿果和多吉都是孩子。

“敢死队回来了，那个马队，好威武哟！”又有一天，大管家说：“阿果阿爸双喜临门，在西藏打了胜仗，扛了一面虎旗回来；皇上又封他土司了！”

“大管家，你放我们走，我们去看阿果的阿爸！”多吉激动起来。

“不能去。仁青不去，你去合适吗？”阿果强压内心的兴奋，说话时态度很坚决。

“土司病了。”又有一天，大管家回来皱着眉头说。

“装的。”多吉撇了撇嘴，“阿果的阿爸回来了，他不装病行吗？”

“不，真病了。你还不相信你亲哥哥？”大管家很失望，怎么就不能引起他们的同情呢？

“我相信，我太了解自己的哥哥了。”多吉说话时脸朝向一边。

与大管家所期望的恰恰相反，多吉渐渐开始憎恨哥哥了。准确点说不是现在才开始，大概从住进这座小楼房后这种憎恨就开始了。随着与阿果之间的感情一步步加深，这种憎恨也跟着增长。为了阿果，他现在可以不顾世人耻笑，敢和哥哥决斗。

大管家平常住在官寨里，不太忙的时候到这里小住几天，遇到大的宗教节日，也要到二楼经堂念念经。看守和侍弄房子的是一个耳朵不好使但手脚麻利的年轻女人，她是大官家的远房亲戚，大管家叫她那依，那依是聋子的意思。阿果和多吉叫阿姐她听不见，只要叫她带有揭短含义又不太礼貌的那依时，她就抬起头寻找发音源，朝喊她的人笑。

那依的父亲是个很不错的银匠，在官寨专职打制银器，与土司关系很好。有一次那依从外面回来，眼前发生的事把她吓呆了，老屋垮塌，父亲埋在里面。这一突如其来的灾难对她打击太大，眼睛虽然没哭瞎，耳朵却不好使了。土司仁青可怜那依，就把她送给大管家照看小楼房。那依也不是去白吃饭的，她得照顾大管家，说白了，就是监视。那时老土司曲登已经去世，大管家权力很大，仁青不放心，把那依放在大管家身边再合适不过，那依和大管家扯得上一点亲戚关系，不容易使人看出仁青的真正用意。

那依把这片小树林当成自己的家，在离小楼房不远的一棵大树下，搭了一个隔成两间的木棚，一间养了一头奶牛，另一间圈了几头肥猪。又在林间荒地上开出一片菜地，虽然现在已经入冬，看不到夏秋菜园里的光景，但是从那依风风火火的状态中，可以想象得出菜园一定曾是生机勃勃的。现在来了两位年轻人，那依有了伙伴，无论挤牛奶喂猪，还是洗衣做饭打扫卫生，都比平常干得漂亮，她也需要有人欣赏她的劳动。

阿果和多吉在这里住了一阵后，被软禁的感觉渐渐消失，他们喜欢上了这片小树林，还有这座小楼房和那依，尽管离开这里的念头没有消失，但是，目前暂时住在这里还是不错的。

刚住进来时，阿果的情绪十分低落，这倒不是因为仁青把她锁进房里的缘故，她并不怨恨仁青，甚至对仁青还有几分同情。如果我是他，也会这样，她不止一次地这样想。她知道问题的根源在自己这边，是自己从来没把他放在心里，从来没觉得他是自己的丈夫。她之所以到太阳部落来，走进仁青的官寨，唯一的目的就是兑现父亲的诺言，仅此而已。既然父亲的诺言兑现了，她就没有必要非要和不喜欢的人在一起。她原来打算以演戏的方式打发光阴，等父亲从西藏回来后，就与仁青分手。她要离开太阳部落，可能还要离开嘉绒藏区，她要去成都找岳大人，请他帮忙送她到京城。她的最低目标是看一眼当今皇上，当然，如果有缘分的话，就和皇上白头偕老。

阿果情绪低落的原因不是来自外部，而是来自内心，来自对自己的严厉拷问。你是康珠玛吗？她对自己提出疑问。如果你是康珠玛，为何给仁青造成那么大的痛苦？为何让堂堂土司在部落臣民面前失尽脸面？为何让太阳部落官寨罩上阴影？认命吧，回到仁青身边去吧，她不止一次地劝告自己。不可能，这怎么行？她又本能地一次次否定自己。“祸水，你也是祸水！”她生气了，开始恶毒地咒骂自己。自己被关被锁的事千万别让父母知道，她经常这样祷告。一旦两个部落因这件小事而械斗起来，自己的罪孽就大了。

小楼房环境优美清静，可她闷得慌，这里缺少她要的氛围，对，就是缺少藏戏团里那种唱歌跳舞说说笑笑的氛围。幸好多吉会说那么多笑话，知道那么多太阳部落甚至嘉绒藏区的历史掌故，没有多吉，她会闷死的。

只要看见多吉向阿果眉飞色舞地吧唧嘴巴，那依总是赶紧放下手中的活，小跑着凑过来，用手掌扩大了耳郭，侧着脑袋听，脸上立即出现忍俊不禁的笑容。阿果很纳闷，多吉什么时候学会说那些笑话和故事的？她和多吉可以说是一块儿长大的，一块儿读了那么多年书，一块儿演了那么多年戏，嫁到太阳部落后，又是天天在一块儿演戏，她从来没听过多吉讲故事，笑话是爱说点儿，可好像没有现在说的这么有趣。小时候，父母带她到太阳部落去玩过一次，记得第一次见到多吉和仁青兄弟俩的时候，多吉就爱说话，他说出的话跟别人的不一样，几乎多吉每说一句话，她就咯咯咯地笑一下，吓得仁青躲在一边不敢答理她，大概那时他就会说笑话了。奇怪的是演《松赞干布和文成公主》后，她对多吉的印象渐渐模糊不清，在她看来，此人就是松赞干布，不，她把松赞干布幻想成了当今皇上，此人就是她朝思暮想的意中人。穿上戏装走上戏台，她对多吉左顾右盼，情意绵绵，这是当今皇上啊，她的如意郎君啊！走下戏台，卸了装，“如意郎君”原形毕露，这个时候是她最失落的时候，如从梦中突然醒来，一切都和原来的一样。她不想看见卸了装后的多吉，就像一个收藏家不愿看见赝品一样。她喜欢演戏，她宁愿生活在梦里，和虚幻的“当今皇上”谈情说爱。如果离开戏，离开梦，她真的不知道嫁到太阳部落后的日子怎么过下去。仁青下最后通牒时，她非常伤心，有一种面临死亡的感觉，被仁青关进卧室时，都没有这么伤心过。住进大管家的小楼房后，这里寂静得似乎连空气都凝固了，好在多吉会说那么多笑话，会讲那么多令人忍俊不禁的故事。一个多月后，阿果这才像挤压进箱子里的衣服被拿出来熨平了一样，可以慢慢地伸伸胳膊展展腰。她突然发现了演戏前的多吉，你是多吉呀！她这么一惊讶，连自己都感到奇怪。多吉明明一直就在藏戏团里，他是松赞干布的饰演者，自己怎么就把这么一个大活人忽略掉了呢？她告别了梦，回到了她不愿意看到的现实里。她知道多吉是仁青的亲兄弟，嫂子不能接受小叔子的亲近，但是这座楼房里除了整天忙东忙西的那依外，就只有她和他了，不跟他在一起，不听他说笑话讲故事，她会闷死的。仁青不是我丈夫，我只是帮阿爸兑现诺言，阿爸回来后就和他分手。每次听多吉说笑话讲故事时，她总是这样安慰自己。

自从发现原本的多吉后，阿果虽然必须面对几乎被囚的残酷现实，但是情绪明显好了起来，连聋子那依都听到阿果哼唱戏曲的声音。尽管多吉讲的笑话和故事不知重复了多少遍，可阿果每次听了都觉得新鲜，仍然会发出咯咯咯的笑声。多吉的情绪也被调动起来，说笑话讲故事更卖力气。有时，她和多吉一边饮大管家从官寨里带来的青稞酒，一边闲聊过去一起读书演戏的往事。多吉进入微醉状态时，就把他和嘎嘎、索拉如何争风吃醋，尼玛木如何暗恋阿果，他怎么受的伤等等秘闻悉数抖落出来，弄得阿果瞪大眼睛，一个劲地惊讶："真的？怎么会这样？"她确实一点儿也不知道这些事，她现在才发觉自己在情感方面是多么的迟钝。有时，兴致来了，她和多吉还会来一段《松赞干布和文成公主》的戏，这个时候，她又把多吉当成皇上了。每当这个时候，多吉的心便怦怦直跳，阿果情意绵绵的眼神和绯红如涂了胭脂的脸颊，比大管家带来的青稞酒更醉人。白天可以这样打发，漫漫长夜就难熬了。冬天的夜特别漫长，等待清晨树林里唧唧喳喳的鸟叫，就像等待一个世纪。阿果辗转反侧睡不着觉，她有个毛病，脚暖和不起来就不能入睡。和仁青睡在一张床上的时候，虽然没让仁青暖过她的脚，但是那是夏秋，她的脚暖和着呢。在娘家的时候，到了冬天，她就要和王嫂打脚蹬，长到大姑娘学认字演藏戏的时候都是这样。王嫂把她的脚抱在怀里，用铺盖捂紧，不一会儿她就睡着了。她也有睡不着的时候，不是脚冷的原因，是王嫂讲的故事让她睡不着。故事说当今皇上扮成老百姓，到江南一带到处游逛，见着漂亮女人就带回宫去。王嫂开玩笑说，皇上要是见着你了，非要把你带进宫里去不可。她用脚丫子蹭一下王嫂的肚皮，天真地问："皇上怎么不到咱们这边来呢？"王嫂拍拍她的脚背："会来的，怎么会老去一个地方呢？"现在，没人把她的脚抱在怀里，用被子紧紧地捂住。到了晚上，她就怕睡觉，躺在床上，双腿整夜蜷缩，膝盖抵在胸前，不敢打伸睡。腿杆弯麻了，只要略略伸下去，好像伸进冰窟里，赶紧又收回来。双脚冰冷之后就睡不着觉，翻来覆去地在床上炕烧饼。她不是没有想过办法，睡觉前喝几杯青稞酒上床后就敢把脚打伸，但是醒后会发觉这双脚似乎与她没有关系，已经冻麻了，要用双手捂好一阵才慢慢恢复知觉。多吉和那依都知道阿果这个毛病，就是爱莫能助。每天起床后，阿果两眼惺忪，左手扶腰，右拳轻敲脑袋，直叫头大。那依睡觉前给她一件烤烫了的衬衣，让她把脚包住。这个办法只管一阵儿，衣服退热后反倒变得像一块薄冰。最好的办法是跟那依打脚蹬，可是以那依的身份，怎么敢跟土司夫人打脚蹬？多吉跟你打脚蹬，那依小声对阿果说。咯咯咯……阿果露出洁白整齐的牙齿，忍不住朗声笑起来，扬起长长弯弯的睫毛，迅捷地瞟了多吉一眼，她希望多吉没听见那依刚才说的悄悄话。真的，那样很暖和的，那依被阿果笑傻了，用手掌不停地拍嘴巴。那依觉得男女打脚蹬没有什么可笑的，尤其到高山上去劳动时，不便带那么多行李，男女打脚蹬再平常不过了。我愿意效劳，多吉红着脸，咬着嘴唇说，好像说这句话需要用很大的劲儿。

虽然那依当时说出来的话阿果觉得十分可笑，虽说让多吉晚上捂脚外人不会知道，但是叫一个大男人睡在脚边不是挺别扭吗？连翻个身或打个哈欠都不方便，说不定更不能入睡呢。然而没过多久，他们却真的那样做了。

那天是阿果的生日，那依特意准备了丰盛的晚餐。多吉为了助兴，给阿果敬酒祝福时说了许多阿果从来没听过的新笑话。阿果猜想是他这几天瞎编出来的，不然为何以前老是重复说过的笑话呢，不过真是好听，阿果和那依不得不用袖口把笑声挡住。他们兴致很高，都开怀痛饮，阿果和多吉哼了不少戏曲，连那依都低声唱了几首老家的古老情歌，直到深夜，才想起该睡一会儿了。那依打来一盆热水让阿果烫脚，自从她知道阿果睡觉怕脚冷后，就没有中断晚上睡觉前给阿果端一盆热水。今晚酒喝多了点儿，那依端水时水在盆中浪起了水花。阿果也喝多了点儿，看着那依端水的姿态忍不住咯咯咯地笑。多吉喝得更多些，兴奋地在屋里走来走去，看见那依给阿果端水，搓着手笑着对那依说，我该干点儿什么呢？今天是阿果生日，我给阿果洗脚。那依弯腰把洗脚盆放在阿果面前，站起身看了多吉一眼，快速眨着眼睛，回忆多吉刚才说的话，她没听清楚。我才不要一个大男人给我洗脚呢，会折寿的，阿果向那依轻轻摆了摆手，好像提出给她洗脚的人是那依似的。再说，你给我洗脚，我的脚会痒的。阿果说这句话时，才把眼光从那依移到多吉身上。看见多吉涨红的脸颊，阿果自己也像姑娘似的羞赧了，埋下头，迅速脱掉靴子，把白净的双脚伸进盆里去。

“我说出的话不好收回了，就当生日礼物！”多吉挽起袖口，快步走到脚盆边蹲下，双手逮住水中晃动的脚。

“不要，不要！”阿果惊叫起来，发出被人咯吱后特有的那种笑声，双脚在多吉宽大的手掌中挣扎，双手蒙住脸，“那你给我捂脚吧，洗脚好难受，痒死我了！”

“对，捂脚，我早就说过。”奇怪，阿果的声音很细很小，那依却听见了，或许是猜着了，跑过来拍了一下多吉的背。

那夜阿果睡得特别香甜，入冬以来，她的脚从来没有那天晚上那么暖和过。

跟多吉打脚蹬以后，阿果的脚又有人抱在怀里，用被子紧紧地捂住，每夜都睡得十分香甜。

躺在床上，怀里紧紧搂着阿果的脚，多吉便怨起许多人来，包括阿果的父亲，自己的父亲，还有胞哥仁青。阿果父亲精明一世，怎么对自己的女儿这么不当回事儿？想送人就送人，跟一件东西似的。自己父亲也是，明明知道哥哥配不上阿果，硬要把他俩凑合在一起，这下好了吧，两个人都不痛快了吧！最糟糕的是哥哥，歪脖子树怎能接纳凤凰呢？他还把金子般的阿果锁进房子里去了。人可以锁，心能锁住吗？经过许多不眠之夜的苦思冥想，多吉终于想出了一个万全之策，急急忙忙告诉给阿果听。阿果摇着头说，我不能同意你的想法，我不会跟你逃到你说的那个地方去。我要等这阵风声过了之后，明明白白地跟你哥分手。我不能逃跑，那样的话，会损害家族荣誉的。这次逃出来已经犯了大错，好在太阳部落保了密，外人不知道。

哥哥和阿果没有缘分，多吉坚信这一点。老天爷根本没有打算把他俩拴在一起，要不然为何让阿果天生丽质，气质高雅，心地善良，而哥哥体形矮小，举止猥琐，性格古怪呢？阿果被锁进房里的那几天，多吉的心比刀绞还难受。这么娇贵的女人，怎么忍心向她动粗？多吉不仅怨哥哥，而且都有了憎恨，要不然不会撕破兄弟面子把阿果救出来。虽然阿果为这事埋怨了他不知多少回，但他并不后悔。他觉得自己当了一次真正的男人，把心爱的女人救了出来。有时回想起这件事时，他不但不后悔，反而很自豪。他认为所有真正的男人都会为心爱的人做任何需要做的事，包括冒险甚至牺牲。何况，他相信阿果并不讨厌他，甚至喜欢上自己了。如果说以前没有把握说这句话，那么从给她捂脚开始，特别是睡到她那头开始，他敢说这句话了。正因为他相信阿果爱上了他，他才想到带着阿果跑到牧场去。牧场多好呀，蓝蓝的天空，绿绿的草地，有牛羊和牧狗做伴，不会听到别人在背后说三道四，也免去与哥哥发生不可避免的纠葛。不管怎么说，哪怕自己不愿承认，可自从与阿果打脚蹬以后，他明明白白地意识到，他和哥哥已经成为情敌。他憎恨哥哥，憎恨哥哥锁阿果，憎恨哥哥怀疑自己，还憎恨哥哥……憎恨什么呢？说不清楚，反正他很想跟哥哥谈一谈阿果的事，哪怕争吵，甚至打架都不在乎。他不能没有阿果，阿果婀娜的身姿、秀美的发辫、柏枝的香味、宽容的性格、善良的心灵、馨香的肌肤，包括冰凉的玉脚乃至一笑一颦，一投足一举手，都已融进他的血液，无法分离。

他觉得阿果也不能没有他，至少在她没有见到当今皇上之前应该如此。试想，她何曾在哪个小伙子面前整天咯咯咯地笑，而且还举杯对饮，长袖共舞？她又何曾允许哪个小伙子对她滔滔不绝地说笑话讲故事，她又何曾与别的男人晚上抵脚而眠？除了他再无别人。他猜测自己可能是老天爷派到凡间专门保护阿果这位“康珠玛”的，不然，为何苦恋她的嘎嘎、索拉，还有暗恋她的尼玛木都先后离她而去？为何营救阿果的偏偏是自己？为何阿果被锁进房间里时，钥匙偏偏不请自到？为何营救阿果那么顺利？只要能和阿果在一起，就是她嫁给皇上，他也愿意尽心保护。他可以在皇宫里找一份差事，洒水扫地都可以，只要能见到阿果就行，哪怕远远地看上一眼，他也会心满意足。他会暗中保护她的，绝不允许再出现把她锁进房间里这类事。多吉整夜整夜睡不着觉，就想这些乱七八糟的事。

“阿果，您娘家的大管家来过。”大管家有一阵子没回小楼房，只要他来，准有新消息。

“有啥事？”多吉说话总比阿果快一些。

“阿果父亲派来的，接阿果和仁青。”大管家无奈地摇了摇头。

“仁青没事吧？都怨我，不该逃出来的。”阿果皱了皱弯如新月的眉头。

“这事怨不得您，是我闯的祸。”多吉安慰阿果，又把头转向大管家，“哥哥怎么说的？”

“土司病重，不能说话，大管家没问出个名堂。”大管家如释重负地说，“我们也说不知道阿果哪里去了，可能到哪个山寨演戏去了吧？”

“我家大管家心细，不好蒙的。”阿果担心地说。

“大管家走了没有？”多吉也有些焦急。

“走是走了，但是，我送走他回来看土司时，床头上有一支枪，是一支挺好看的新洋枪。”大管家脸色不大好看，“土司说，是大管家放的。”

“留枪干什么？”多吉有些紧张。

“说是阿果阿爸送给土司的。”大管家问阿果，“是不是你阿爸听到什么风声了？”

“阿果怎么知道？”多吉替阿果回答。

“什么不好送，为啥送枪呢？”大管家叹了一口气。

“威胁？”多吉也有些担心。

“我冒风险把你们留下来，就是为了避免动刀动枪，现在，嗨……”大管家叹了一口气，“但愿不是这个意思！”

“肯定走漏了风声。阿果被关的事，官寨里的人谁不知道!”多吉急了，“留下枪，就是挑战，就是下战书呀!”

“不行，不能再待在这里，我得马上回娘家，不能发生这种事!”阿果果断地做出决定。

“土司没说什么，也许不会有这种事，我们不能瞎猜。”大管家摇了摇头，不赞成阿果走。

“宁可信其有。”阿果这时说话做事挺像她父亲，“我阿爸说过，当年部落联盟给东女国下战书时，就用的这种方式，当时送的是弓箭。”

“我也听说过，才有这种担心。还不是一回事，都是凶器。”多吉说。

“既然这样，那就宜早不宜迟。”大管家有些慌张，“你们等着，我去牵两匹好马来，多吉也跟阿果一块儿去，走夜路我不放心。”

没过多久，大管家牵一匹马骑一匹马回来了，在小院子里喊阿果和多吉出来。那依听见喊声，一趟子跑到楼顶，非常利索地点燃了桑炉里的干柏枝，红红的火焰在黑夜里格外醒目。大管家扶阿果上马，向已经跨上马背的多吉说：“路上小心，照顾好阿果，那依已在为你们煨桑祈祷平安了。”

那依下楼时，阿果和多吉已经隐没在小树林里。不知为什么，那依却瘫软在地上。“好心人啊，担心成这样!”大管家说。

二十二
仿制洋枪

自从那支漂亮的仿制洋枪靠在仁青床头后，仁青就真的病了。仁青本来就不爱说话，现在连饮食起居时不可省略的话都免了，他的大管家无所适从，实在不好伺候。大管家猜想土司得的是心病，是这支枪闹的。阿果和多吉去大色齐部落了，对于枪的顾虑可以排除，但是不好开口，瞒着土司把阿果和多吉藏起来，这个罪可不轻。

“是一把好枪。”大管家试探着想从枪身上开导土司。

仁青无言，斜靠在高高的枕头上，两眼愣愣地盯住掩着的门。

“还是金子呢。”大管家把枪拿在手里，摩挲着枪上的黄金套环。

仁青还是无言，只知道这里放了一把枪，没有理它，现在转过头瞟了一眼，心里一惊，果然是一把好枪。要是在过去，他会一把抢过去，容不得别人抚弄。他有两大爱好，一个是女人，还有一个就是枪。在嘉绒藏区，男人们大凡都有这两种爱好，只不过土司们更执著些，因为他们有这个条件。不过，阿果睡到他宽大的雕床上后，他对女人的爱好减弱了许多，或者说几乎完全消失。怎么说呢，虽然阿果睡觉时习惯于把背朝向他，但这并不妨碍他从阿果的背部和颈部，特别是那团蓬松的秀发里面嗅到淡淡的柏枝香味。阿果的正面只能白天才能看到，尽管距离始终那么远，可望而不可即，但是正因为有了这么一段距离，够不着，摸不到，他才像在人群中寻找曾经见过一面的美女一样，忙于窥视阿果，无暇顾及其他女人。只要瞟一眼阿果，无论是忧愁的面容，还是伤感的眼神，都能使他怦然心动。

所以，他失去了对女人的爱好，如果有，也只有阿果一个女人。他唯一不能理解的是，阿果为何不能把身为一方土司的他放在心上？为何眼里布满伤感，脸上挂着忧愁，晚上又只会对他向背而眠？为何见了多吉就笑逐颜开，像换了一个人似的？时间一久，尤其当他知道阿果让多吉晚上捂脚，两个人打脚蹬睡后，他对阿果产生了刻骨仇恨，并迁怒于所有女人，他才彻底失去了对女人的爱好。对枪的爱好就不同了，他收藏了各式各样的明火枪，只要是好枪，他都舍得花重金搞到手。当然，他收藏的枪支，大多还是头人们和寨首们送的。“我们土司送给你的，自己造的洋枪。”那天大色齐部落大管家咣的一声把枪朝地板上一杵，让它斜靠在床头。听到“自己造的”，他并没有动心，他收藏的明火枪哪一支不是嘉绒藏区各地自己造的？这并不稀罕。听到“洋枪”时，他差点把目光射过去，但是自尊心不允许他这样做。过去听说过“洋枪”这个名字，却没见过，然而想到对方在追问阿果下落的同时咣的一声把枪亮出来，心里顿时罩上不祥的阴影，对这个新家伙唯恐避之而不及。现在这一眼瞟过去，也不是他的本意，纯属大管家的“诱惑”。虽然明明看见是一把从未见过的顶级好枪，可他就像突然发现了一条毒蛇，失神的眼睛睁得大大的。

“是一把好枪。”大管家想说这把枪只是礼物，它并不危险，可是一时半会儿没找到合适的过渡语言，又重复了一句老话。

“你高兴?”土司朝大管家翻了个白眼，又看天花板。

“我，枪……”大管家见土司生气了，嗫嚅道。

“毒蛇，毒蛇！要咬人的！”土司喃喃地说。

“放心吧，土司，”大管家小心翼翼地说，“要咬早就咬了，不会等到现在。”

“她和他，在你那儿多少天了?”土司望着天花板，好像在回忆。

“三个多月了吧?”大管家顺着土司的问话回答，尔后吓了一跳，自己怎么说出了大实话？土司怎么知道我把阿果和多吉藏在小楼房的?

“也许你做得对。”土司朝天花板微微点了点头。

“我，我……”大管家想解释，但是，这件事情发生的事实与动机有很大的冲突，一时半会儿解释不清。

“砰砰砰！”大管家正急切为搜索合适的语言而结巴时，外面传来轻微但又急促的敲门声。大管家停止结巴，用请示的目光看了土司一眼。土司抬了抬下巴，大管家碎步跑去开门。门口站着两个背着明火枪的官寨卫兵，躬腰低声说："阿果抓来了，多吉跑了。"

"怎么会这样？"大管家几乎不敢相信自己的耳朵，阿果和多吉不是昨天夜里就去大色齐部落了吗？神不知鬼不觉，怎么会被抓住？

"跑了？"仁青土司掀开被子从床上跳下来，像被关在笼子里的牧狗，咆哮着在房间里转来转去。他已经强烈地意识到从未经历过的危险像一条张嘴吐舌的毒蛇，正从暗中向他扑来。

"怎么会这样？"大管家完全乱了方寸，不断重复这句话，跟在土司屁股后面转圈子。

大管家的脑子乱透了，阿果和多吉不是明明白白从小树林里走出去的吗？那依还跑到楼上煨桑，祈祷他俩一路平安呢。阿果和多吉藏身的地方外人不可能知道，官寨卫兵怎么会去拦截他俩呢？看来土司是知道这个秘密的，要不然刚才不会问自己"她和他在你那儿多久了"，可他是怎么知道的？大管家现在顾不上土司如何惩治自己，多吉跑掉确实比那支枪更危险，他一定会逃到大色齐部落去，后果将会很严重。土司一直心存疑虑，现在看来很有道理，他现在十分担心土司的安全。

"毒蛇！毒蛇！"土司被无形的危险越裹越紧，几乎感到窒息，停止了走动，看见一把椅子，屁股无力地落在上面，嘴里像念经似的重复这两个字，也不知道他指的是那支仿制洋枪，或者逃脱的多吉，还是指估计会进攻太阳部落的大色齐部落人马。

坐到椅子上后，仁青长长地叹了一口气，发现那两个卫兵还在门口唯唯诺诺地站着，向他们瞪着眼猛跺了一脚，那两个卫兵伸了伸舌头，倒退着溜了。

大管家等着土司的训斥甚至惩罚，虽然土司说过"也许你做得对"，但是事实上已经不对了，多吉的脱逃意味着两个部落械斗的开始，大土司绝对容忍不了他的宝贝女儿被关被锁被抓，说不定送枪就是一个信号，土司的疑虑一点儿也没错，这里面确实有问题，送什么不好，为何偏偏送枪呢？

此时的仁青土司心头对大管家可谓怒火万丈，恨不得一口把他吃掉。当他知道大管家把阿果和多吉藏起来了后，尽管没有表露出来，但他还是十分感激大管家的。他理解大管家的用意，这两个人与其跑到阿果娘家惹出大麻烦，倒不如软禁在大管家的小楼房里，这是下策中的上策，至少可以平静一阵子。当时他还为自己对这么忠心的仆人心存戒心安插眼线而愧疚过。现在不同了，虽然不知道是否因大管家故意放纵，但这两个人成功地从他的小楼房逃出却是事实。虽然阿果抓住了，多吉却跑了，他一定会带大色齐部落的人马进攻太阳部落，他是个要色不要哥的人，仁青已经领教过了。然而仁青努力控制情绪，告诫自己，现在可不是发怒的时候，更来不及追究责任，他要用这个人，要把官寨这个摊子暂时交给他。说到底，官寨里上上下下那么多人，最可靠的还是这个人，至于追究责任，留到今后也不迟。现在的问题是时间来不及了，要不然，他会把那些卫兵挨个儿绑在柱子上，挥舞皮鞭将他们抽个半死不活不可。他就是担心大管家那里有个闪失，才让那些卫兵每天晚上守在小树林里，叫阿果和多吉插翅难飞，结果还是出问题了。那么多卫兵追了一个晚上加一个早晨，才只把阿果抓住，还是让多吉跑了。这两个人应该调换一下，抓住的应该是多吉，跑脱的是阿果才对。不管怎么说，阿果安全跑回娘家，大土司好歹见到了女儿，就不会发展到兵戎相见的地步。现在可好，阿果被抓，后果太严重了！

“毒蛇出洞，要出洞！”土司好像自言自语，又好像对大管家说。

“毒蛇？”大管家再一次听到土司提到毒蛇，不知何指，茫然地望着土司。

“母狗拴在这里，公狗会罢休吗？”土司把后脑勺靠在椅背上，闭上了眼睛。这是一把汉式雕花椅子，很能让人休息的椅子。嘉绒藏区越往里走，就越见不到这样的椅子，而太阳部落的官寨里，几乎每个房间都能见着。

“毒蛇，您指的是多吉？”大管家把“公狗”换成了“毒蛇”，“公狗”太难听了。还有“母狗”，更难听，特别是用在阿果身上实在不恰当。大管家第一次听见土司对阿果用如此恶毒的语言，心里打了个寒战，感到今后的问题越来越严重。

“他会引狼入室，带阿果娘家的人向咱们发兵的，他做得出来。”土司现在似乎平静了许多。

“我也十分担心，担心发生这种事。”大管家本来想说十分担心土司的安全，又觉得这句话不太妥当，怕伤了土司的面子。嘉绒藏区的男子个个都自认为是英雄好汉，最忌讳别人说他怕谁，土司们更是这样。

“没有什么好担心的，天不会塌下来，太阳部落也不是好欺负的。”仁青土司说话虽然底气不足，不过这几句话确实是土司该说的话。

“是，我去召集头人们，”土司的话振奋了大管家，“咱们部落又不是拉不出人来！”

“不必，”土司摇了摇头，又摊开双手耸耸肩，“你敞开大门迎接他们就是。”

“土司啊，现在可不是开玩笑的时候！”大管家急了，如果大色齐部落真的发兵过来，最多四天以后这里就可以听到枪声了。

“阿果家里来人了，难道不该热情迎接吗？”土司的话似真似假，大管家听不明白。正在云里雾里时，土司又说话了：“我去一趟成都，马上就走，这里的摊子你守住就行了。”

“我？我守不好吧？”大管家感到自己的责任突然重大起来。

“我一走就好守了，”土司的话又似真似假，“他们要来就是冲我来，我一走他们就自讨没趣了，好玩得很。”

事实证明土司的话并不是开玩笑，他真的带了两个随从就走了，把偌大的一个官寨丢给了大管家。走时留下两句话，将阿果照顾好，有事到苟大人府里找他。

阿果摔得不轻，估计是侧着身子摔下马的，半边身子不敢动，一动就痛。可能碰在了有口的石块上，额角上留下一处伤口，伤口虽然不大，但是肿成了青紫色的包块，糊了一层血渍，看上去挺吓人的。大管家请来藏医检查，藏医说，幸好没伤着骨头，给了一些吞服的药，又用麝香、藏红花、铁棒锤、草乌、九牛糙等药兑成药酒，吩咐用来擦阿果伤着的半边身子。阿果不想待在官寨，宁愿睡在大管家的小楼房里。大管家也这么想，好让那依给她擦药酒。

阿果是用轿子抬过去的。这乘轿子早在她嫁到太阳部落前就准备好了，专门为她制作的。太阳部落只有两乘轿子，一乘是仁青土司的，一乘就是她的。她不喜欢坐轿，被别人抬着，心里挺别扭，她喜欢骑马出行。有身份的人骑马时要有人在前面牵着缰绳，这样才体现等级，显示高贵，她不喜欢别人牵马，自己握住缰绳自在些，缰绳的头儿在马屁股上一挥，“嘚嘚嘚”地小跑起来才痛快。今天可不行，半边身子动不了，只好坐轿子。这是她平生第一次坐轿，她发觉坐轿并不舒服，一颠一簸的，被摔伤的半边身子钻心地痛。

那依从小楼房的阳台上看见小树林里摇晃过来一乘轿子，也没仔细辨认是男式轿还是女式轿，就断定是土司乘轿看她来了。赶紧对着镜子用湿毛巾擦了把脸，又用手指胡乱梳了梳头发，拍了拍身上的灰，从楼梯上小跑下来，站在小院门口，躬着腰等候。她一直惦记着土司当年把她送给大管家时说过的话，让她到大管家身边去不只是解决她的糊口问题，更重要的是关照大管家的生活，要把小楼房当成自己的家。小楼房里发生的任何事，比如来了什么客人、和大管家谈了什么话、商量了什么事、大管家回到小楼房后做了些什么，都要向他汇报，大管家不能太劳累了。当时她特受感动，土司对大管家关心到这个程度，连日常生活中的琐碎小事都要过问，太难得了，大管家忠心耿耿地为土司忙里忙外，不离鞍前马后，值！土司暗地里关心照顾大管家，却叫她发誓保密，不让任何人知道，这件事更让她感动。堂堂的正人君子！她想。她住进这座小楼房后，一直没碰上需要汇报的事，大管家很少回来，一来就直接上二楼，走进经堂念经，吃了饭就睡觉。也从来没来过客人，过得很自在，不用土司操心。阿果和多吉进来后，汇报的事就多了。土司非常关注这件事，叫她想办法一定要留住这两个人，如果这两个人跑了，大管家就会吃大罪。她确实想到一个很好的办法，让多吉跟阿果打脚蹬。阿果的脚被多吉捂热了，舒坦得“皇上，皇上”地尖叫后，她向土司如实汇报，说他俩好像很快活，没有溜走的意思。她发现土司听后脸色很难看，一点儿也不快活。他们不会一直待下去的，跑的那天你就煨桑，当时土司就是这么说的。土司还承诺过，只要把桑煨了，桑炉里冒出火光或者浓烟，她就做了一件大善事，他会亲自来看她，还要送她三亩地，修一座房子，让她成一个家。昨晚煨了桑，今天土司果然来了，土司就是土司，一言九鼎。

“那依！”大管家大声喊。那依抬头一看，轿子拢了。

“背阿果！”大管家一面招呼停轿，一面给那依做了一个背人的手势。

“不是土司？”那依将信将疑，掀开轿帘，果然是阿果。

阿果斜躺在里面，表情很痛苦，向那依勉强笑了笑，算是打招呼。

“多吉呢？”那依心里怦怦直跳，问。

“跑了！”阿果做了个手势。

“愣着干啥？背！”大管家吼道。

那依惊慌地看了一眼大管家，鸡啄米似的点了好几个头，蹲下身子，阿果在大管家的扶持下趴到那依背上。

二十三
尼玛敲响了太阳部落官寨大门

阿果被抓回来后的第四天下午，大色齐部落官寨的轮值头人尼玛敲响了太阳部落官寨的大门。大管家接到卫兵的报告，急匆匆走出门一看，提到嗓子眼的心终于落回原处，尼玛和多吉只带了四个随从，没有向太阳部落发兵的迹象。放心后又有些愤愤不平，大色齐部落根本没把太阳部落放在眼里，才来几个人，哼！

“尼玛头人，请！”遵照仁青土司的吩咐，大管家装作满面春风的样儿，热情迎接客人。

“阿果呢？阿果在哪儿？”多吉没下马，在马背上用皮鞭指着大管家。

“在那边。”大管家并不责怪多吉，这件事很容易使人造成误会，阿果和多吉中了埋伏，谁都怀疑放他俩走肯定是个圈套。

“尼玛叔，我去看看！”多吉知道大管家说的“那边”在什么地方，没等尼玛回话，掉过马头向小树林奔去。

“叫仁青出来，我们在外边谈。”尼玛下了马。

看得出来，尼玛是把满腔的怒火强压在心里头的。听了多吉的报告，他力主发兵，趁机夺了仁青的权，让阿果当一回女土司。当初阿果父亲把阿果送给太阳部落，不就是为了这个吗，现在机会来了，是仁青自找的，活该！大土司不同意发兵，只许他去看阿果，他这才只好强压怒火。

“回尼玛头人的话，我家土司去成都了，一时半会儿回来不了。”大管家这时才意识到土司的先见之明。

“溜了？”尼玛强压的怒火一下子蹿了出来，恨不得一把火把官寨烧个精光。

“我家土司有急事才走的，有啥话我来转达，行不？”大管家装作卑躬屈膝的样子，心里暗喜，看你能把我们土司怎么样！

那边响起了马蹄声，大家都朝那边看。多吉把阿果抱在前面，快马朝这边跑来。

“尼玛叔，你看，阿果！”多吉下了马，让阿果就坐在马鞍上不动。

阿果的伤好多了，可以骑马了，只是额上的包块还没消，青紫色的包块在白净红润的脸上特别显眼。

“说清楚，怎么回事？”尼玛一把抓住大管家的衣服。声音不大，但是像藏獒扑向猎物时在喉管里回响的那种声音。

“大伯，不关大管家的事！”阿果想下马，刚一动，有伤的半边身子撑不住力气，从马背上滑落下来。多吉眼明手快，迅速把阿果抱住，在场的人轰的一声围过去。

“我没事，真的没事。”阿果当众被人抱着，实在不好意思，脸红得像熟透的苹果。她努力挣扎，但是半边身子动不了。

“人都这样了，你说咋办？”尼玛朝大管家瞪着怒眼。

“阿果像我自己的女儿一样。藏医说了，没伤着骨头。土司说了，要我们照顾好阿果，过两天就会好的。”大管家用袖口擦额上的汗，其实天气并不热。

“你别说仁青，提到他我就冒火！”尼玛真冒火了，“我是阿果的大伯，她的事我做主！”

“当然，当然，尼玛头人，一切都听您的。”大管家想尽早大事化小，小事化了。

“听我的就听好了，”尼玛鼓着眼睛，“阿果我要带回去，留在你们这儿不放心。”

“这个我做不了主。土司回来后你跟他说。”大管家理直气壮。

“你还提他！阿果伤成这样，他为什么丢下不管？”尼玛逼近大管家，指着他的鼻子问：“阿果出了事，你能负这个责？”

大管家的脖子被尼玛的气势压没了，缩进衣领里。尼玛用指头点了两个随从，叫他俩立即把阿果带走。阿果怕事闹大，不愿离开，可是身子动弹不了，由不得自己，被抱到马背上。

“大管家，好歹咱们是亲戚，不让进去坐坐？”看着随从带着阿果走远了，尼玛舒了一口气，语气缓和多了。

“早就该请进的，请，请！”大管家想装出一副热情的样子，可是见阿果被带走了，他不会笑了。

官寨客厅里在场的人只有五个，除了太阳部落的大管家外都是自己人，尼玛很满意。递茶端水的下人虽然碍不了事，他也不让进出，大管家不知道尼玛葫芦里卖的什么药，心里忐忑不安，右眼皮跳得厉害。

“大管家，仁青傻，给他面子他不要。”尼玛用手拍了拍卡垫，示意大管家坐下，“你看到了吧，嘉绒藏区谁有那么好的枪？我兄弟造了五支，第一个送的人就是仁青，连我都没有份。他可倒好，不登门道谢不说，还把阿果弄成这样。”

大管家顺从地坐下来，心里想，我们想复杂了。他现在反倒觉得奇怪，亲戚间送礼再正常不过了，为什么当初就想歪了呢？

“我还有话说，”尼玛扫了一眼客厅大门，他带来的另外两个随从心领神会，跑过去站在门口，用背抵住关紧的门。尼玛说：“阿果都带回去了，歇脚点我要收回。本来就是我建的，阿果父亲给了你们官寨，我不同意。”

“你敢！”大管家在原则问题上毫不含糊，“这是阿果的嫁妆，你有什么权力收她的嫁妆？阿果带来的歇脚点，现在成为我们土司的领地，你收回歇脚点，就是掠夺我们土司的领地，就是犯法，你想过没有？”

“我欣赏你。”尼玛仔细打量着愠怒的大管家，“你是个好管家，可惜进错了门，仁青不会感谢你的。”

大管家尝到了兵临城下的滋味，心里很不服气，昂着头朝向一边，根本不答理尼玛。尼玛突然想起了什么，走到多吉面前，向他耳语了一阵。多吉虽然不停地点头，但是神情十分紧张，在客厅里走来走去，又不停地抓耳挠腮，尼玛狠狠地瞪了他一眼，他才稍微平静下来。

“你这种态度，可能要吃一点皮肉之苦呢。”尼玛走到大管家面前，拍了拍手掌。

站在门口的两个随从听见掌声跑过来，一个抱住大管家的头，嘴里塞进毛巾，另一个从怀里掏出绳子，把大管家捆了个结结实实，绑在笨重的柜子上。这根绳子本来是给仁青准备的，现在用到大管家身上了。多吉趁机溜出客厅。

“明人不做暗事，我要把太阳部落的土司印拿走。”尼玛用拳头比画了盖印的动作，“本来想把仁青带走的，算他跑得快，没抓到。太阳部落必须用一样东西做担保，不然阿果生死难保。我想了这么久，只好拿印了。除了印，你们还有什么值得用做担保的东西？我今天对你不恭敬，虽然图个拿印的方便，其实也是为了你好。人都这样了，还能怎样呢？仁青不会怪你的。”

土司的印绶在哪儿，多吉最清楚，也知道怎么去拿。尼玛认为在等多吉回来的时间里和大管家多聊几句也不错，至少可以消除寂寞。大管家只能摇头晃脑，因为唯一没有被剥夺的自由就只剩下脖子的扭动，但是无济于事，从多吉回到客厅后不敢正视大管家和脸上挂着愧疚的表情看，大管家知道他们已经得手了。

“再见！”尼玛来了雅兴，要和大管家行碰头礼，弯着腰把头送过去。大管家忍受不了这种调戏，攒足劲把头撞过来。头碰头的声音比较沉闷，尼玛眼前出现许多虽然模糊但又明显在飘浮的星星，脑袋感觉又重又大。他慢慢直起腰，站稳脚跟，待多数星星散去之后睁眼一看，大管家额头有了一个阿果额角也有的那种包块，上面也被鲜血染成了紫红色。

“好主意，这样更好向仁青土司交代。”尼玛向大管家竖起了大拇指。接着，一边向挤在门口的多吉和两个随从挥了挥手，表示出发，一边回头向昏昏沉沉的大管家说：“别睡着了，怕着凉。再见！”

大土司从来没有发过这么大的火，他把仿制洋枪抵在尼玛胸口，要不是夫人在场，尼玛的命就没了。尼玛纳闷，自己为大色齐部落扬眉吐气了一回，大土司为啥会发这么大的火？为啥把他的脾气惹了个底朝天？他想不通，能从西藏扛回虎旗的人怎么就变得这么胆小怕事？太阳部落有啥可怕的？这次他们几个人去，不是如入无人之境吗？他当初还认为大土司很有远见，把刚出生的阿果送出去，不是仅仅给太阳部落土司曲登做儿媳，而是在埋伏日后长远的机会。现在机会来了，送到手上了，他又像捧着了炭火。是不是装模作样呢？他想。不像，枪口都抵到胸口了，还会装模作样么！要不是夫人在场，扣动扳机只是一瞬间的事。

尼玛听了大土司说出的严重后果后，一点儿也不服气。自己吓自己，抢印夺地只是吓唬一下仁青，怎么会招来血光之灾？“我辞职，这样可以讨好太阳部落！”尼玛赌气地说。

大土司听了夫人的劝告，又见尼玛一脸委屈的样子，也觉得自己刚才太冲动了，想了一些道歉的话，可是一句也没说出口，嘴里吐出来的却是自己想没想过的话。“好吧！”大土司挥了挥手。

新上任的嘉德陇瓦头人是尼玛的儿子尼玛木。尼玛木是大土司的干侄儿，小时候在官寨里待了好几年，跟着阿果、多吉那批孩子们读书学习。当时干侄儿没有引起大土司特别的注意，只觉得他是个性格孤僻，不愿意招呼大人的孩子，不像多吉，开朗活泼，甚至会撒娇，讨人喜欢。现在干侄儿长大了，可以承袭父亲的职务了。

尼玛木小时候并不是不招呼所有的大人，他只是不想招呼应该叫叔叔的大土司。他恨多吉，自从多吉被接到官寨读书，阿果亲热地向他笑着说了一声“欢迎您”后就恨上了。多吉被接到官寨学习是大土司的主意，阿果亲热地向多吉说一声“欢迎您”，根源在叔叔身上。看到叔叔就想起多吉，就想起阿果见到多吉时的音容笑貌，心里就不舒服，不想打招呼。远远地看到叔叔的影子，他就想躲，确实躲不过去了，动一动嘴唇，发不出声音，尴尬地跑开。现在上任了，叔叔是土司，头人必须要和土司正面打交道的。可是，他还是做不出谦恭的姿态。现在倒不是又想起多吉，又想起阿果见到多吉时的音容笑貌，而是为父亲鸣不平。他觉得不值得向叔叔点头哈腰，说不定有一天叔叔还会把仿制洋枪的枪口抵到自己胸口上呢。

上任那天，大土司把珍藏的一支仿制洋枪送给尼玛木时，尼玛木没说一句感谢的话，更没有做出大土司所希望的惊喜样子，这使他很寒心。这支枪本来是给尼玛准备的，在大土司的心目中，仿制洋枪比什么都珍贵，嘉绒藏区只有五支，只有与他最亲的人才能拥有。除给自己留了一支外，给仁青送了一支，仁青是阿果的男人，送给他等于送给阿果。给两个儿子达拉和阿更各留了一支，给大哥尼玛留了一支，现在送给尼玛木，他连一句好听的话都没有。他知道尼玛木为什么会这样，他不怪干侄儿，尽管大哥夺地抢印酿成了大祸，不过自己在处理这个问题上确实也太冲动，差点做出痛悔一辈子的蠢事，干侄儿一时半会儿转不过弯也在情理之中。千错万错是仁青的错，为什么那样对待阿果？又是关又是锁又像追逃犯似的抓捕！没有这些事就不会出后面的事。现在，大土司完全迁怒于仁青，自己从西藏回来都快半年了，他连个照面都不打，对送去的珍贵的仿制洋枪竟无动于衷，现在又把阿果弄成这样。仁青他太狂了，根本没把他这个老丈人当回事，根本没把大色齐部落放在眼里。既然你这样对我，难道我还巴结你不成？他立即做出决定，与太阳部落断交，解除阿果与仁青的婚姻关系。

二十四
战　书

次嘎的笑声还在门外回荡，麝香的香味率先飘了进来。麝香部落的人都带这个味儿，冬天也是这样。

这几天，大土司实在有些烦，对大哥的愧疚一直折磨着他，干侄儿在接受仿制洋枪时不冷不热的面孔一直浮现在他眼前，夫人对他无声的埋怨胜似呵斥大骂，阿果为他做出与太阳部落断交的决定担惊受怕。他反复问自己，怎么会这样呢？怎么会呢？想找一个人倾诉，却没有一个合适的人。现在好了，老朋友次嘎来了，至少，他有了一个发泄的机会。

大土司牵着次嘎的手，走进六楼藏式客厅。半年前他从西藏回来后的第二天晚上，也是在这间客厅里招待前来祝贺的次嘎土司的。他想起来了，那天晚上次嘎喝高后，提到阿果不该嫁到太阳部落去，难道他那个时候就发现仁青和阿果不对劲？这个次嘎，为什么就这么聪明呢？

喝了一阵酒后，大土司一改过去接待客人时稳重和言语不多的习惯，说话滔滔不绝，将这几天堵在胸口的怒气怨气像开了闸门的洪水似的释放出来，屋子里充满了他对仁青的谴责，与太阳部落断交和解除阿果婚姻的话不知重复了多少遍。起初次嘎很高兴，积极配合大土司的情绪，对仁青和太阳部落义愤填膺，支持大土司做出的果断决定，其中，赞成解除阿果和仁青的婚姻出自真心。偌大的嘉绒藏区，康珠玛只有阿果一个，就像夜空中虽然有数不清的星星，最大最亮的还是只有启明星一样。康珠玛是福星，哪个部落不想得到她？我麝香部落就想得要命。沼泽部落也想得要命。

想得到阿果的部落多了去了，敢跟麝香部落竞争的就只有沼泽部落，结果两个部落都落了空，阿果出乎预料地被嫁到了太阳部落。仁青他配吗？像一只小老鼠，不把康珠玛吓着才怪呢！这次是个机会，是个极好的机会，大土司公开宣布了解除阿果和仁青的婚姻，麝香部落不用拐弯抹角，直接可以求婚了。沼泽部落你歇着吧，总是慢一步。后来，由于话题太窄，又想趁酒没喝高前把求婚的事提出来，对大土司不断重复的酒话兴趣大减。不断重复说过的话是大土司喝高的明显标志，再不提出来，今晚的聊天算是白聊了。

“乘人之危，你还算朋友吗？”大土司听了次嘎的求婚后，离开座位暴跳如雷，吼叫声连七楼上的夫人都听见了。

“阿果我要定了，你不给也得给，走着瞧好了！”次嘎也像一只受伤的豹子，站到大土司面前。

夫人忙不迭地从楼上跑下来，次嘎不见了，大土司怔怔地坐着。夫人跑到马厩一看，次嘎的马儿不见了。

“走了。”夫人回来说。

“我心烦，把他得罪了。”大土司苦笑了一下。

“还不赶快追回来？”夫人锁紧眉头，“这种事隔不得夜的，软绵的酥油过了夜都会变硬。”

“追不回来的。打猎的人心狠着呢！”大土司摇了摇头。

“明天又有麻烦事，索朗达吉会来的。”夫人轻轻坐下，看着大土司。

“我也这么想，他俩总是一前一后。”大土司沉默了一会儿，说。

“他的脾气也好不到哪里去，别跟他吵架，啊！”夫人提醒道。

“吵什么架。就说我出门了，不见他。”大土司嘴角泛起不易察觉的轻蔑笑意，“这些人呀，平常没事的时候把你举到头顶上，现在咱们遇到一点事，他们就乘人之危，抢起阿果来了！”

“你可不要拿亲生女儿玩什么把戏，已经错过一次了。”夫人站起来，“不早了，咱们歇息去吧！”

“那一次是感恩，你是知道的。”大土司跟着站起来，牵着夫人的手朝门口走。

“不一定！”夫人说出的话是滑音。他们走出门口，光线很暗，大土司没看见夫人脸上的表情。

第二天，大土司钻进阿更的书房跟阿更聊天，他想看看索朗达吉生气时是什么样子。中午时分，阿更皱了皱鼻，说:“酥油味，索拉身上有的那种味儿!” “是，该是那种味儿。”大土司知道索朗达吉到了。不一会儿，听到夫人“吃了饭再走呀”的声音，接着传来“咣”的一声，是使劲儿带门碰出的巨响。阿更听到碰门声，说：“有人走了。谁呀，那么凶!” “嘿嘿!”大土司拉起阿更的手跑到北边的窗口看。“索拉阿爸!”阿更看见了腾起的尘雾中快马加鞭的索朗达吉。“嘿嘿!”大土司又笑了笑。笑过之后，心里像被什么虫子狠狠咬了一口，疼得怪怪的。过去，麝香部落和沼泽部落对大色齐部落一直都是亲善有加，现在怎么说翻脸就翻脸了呢!

太阳部落的人这才终于明白是怎么回事。大家都知道土司和夫人不太对劲，阿果和多吉眉来眼去的事在民间已经流传很久了。要是这件事情发生在别的女人身上，人们会把这个女人淹死在唾沫中，阿果就不一样，她是康珠玛，康珠玛干什么事都有她的道理，只是干的一些事情凡人们一时半会儿理解不了罢了。听说阿果要嫁过来后，太阳部落的人高兴之余又有些惊奇，虽说人不可貌相，但是咱们老土司生养的两个儿子差别也太大了。哥哥像老鼠，弟弟像大象，哥哥娶阿果，他的福气真大。后来好多人说，这福气怕是承受不起的，就是土司也要用尺寸量一量，框不进的福气不可能硬摁进去。大家都看出土司和阿果确实不对劲，阿果还待在太阳部落，父亲从西藏打仗回来都没回去看一眼。当阿果和多吉如何眉来眼去的事流传之后，几乎没有人指责这件事如何糟糕，相反，大家觉得这才般配。不少人扯着脸颊说，多吉比仁青哪怕早生一天都好。官寨里传出话说阿果病了，大家都相信了。是呀，看不到阿果骑马溜达的影子，听不见她的歌声，好久没演藏戏，阿果肯定病了，康珠玛也有头疼脑热的时候。看不见阿果，官寨好像成了一个古老荒凉的坟墓。后来发现多吉也不见了，连土司本人都不见了，只看到像守墓人似的那些卫兵和进进出出像扫墓人似的大管家。大家都觉得有些蹊跷，现在才真相大白，阿果走了，康珠玛没了。土司没有福气，太阳部落也没有福气。大家都感到太阳部落丢失了一样珍贵的东西，心里空落落的。

后来，很久没见的土司突然冒了出来，发布的布告咬牙切齿，他要讨伐大色齐部落，抢回阿果偷走的土司印把子。太阳部落没有一个人相信康珠玛会偷东西，而且是土司印。

仁青去成都府不是时候，苟大人去京城了，送去的鹿茸、麝香和白银只能交到贪财一点不比苟大人差的夫人手上，仁青心里实在遗憾得很，他担心这些东西变成夫人的私房钱，送不到苟大人手上。待在成都很无聊，没人鞍前马后地跑，连吃饭都要掏银子买，天气又冷。这里的冷不像山里，干冷，没有火烤。那些天经常下冷雨，遍街都是湿漉漉的，没心情出门。待在客栈里，两个随从根本起不到做伴儿的作用，唯唯诺诺，不敢跟他说话，他们之间也无话可说，神经稍一松弛，就比赛似的打瞌睡。他暗自发笑，堂堂一个土司，把偌大一个官寨丢给大管家，自己跑到这么一个与他毫无关系的地方来了。他不是不想回去，知道苟大人不在的那一刻起，就想立刻回去。可是回不去呀，回去不就等于自投罗网吗？出来十多天了，好像过了十几年。他非常想知道家里发生了什么事，或许什么事也没发生呢，阿果父亲算得上大丈夫，不会计较鸡毛蒜皮的事。阿果也不会挑拨离间的，这个女人和别的女人不一样。多吉可就难说了，正在鬼迷心窍之时，大概什么事都做得出来。

要不是额上那个包块有碍观瞻，大管家本来想亲自跑一趟成都的。这个包块有碍观瞻倒在其次，弄不好会把土司的心情复杂化，他不想这样，事情还有回旋的余地。夺印略地肯定不是大土司的主意，要不然为啥把尼玛的职务给撤了呢。所以，他就派了一个亲信去成都，把土司叫回来了。

“内奸！”仁青土司从墙上扯下宝剑，脸上脖子上冒出一根根蚯蚓似的青筋。几个随从死死地抱住宝剑，痛哭流涕地劝土司不能动剑。

“你当我不知道？放走阿果、多吉的是你，交印的又是你！”土司用力去推抱住他的人，他个儿小，推不动。

“滚，滚到我看不见的地方！”土司撒手了。

“拉索！”[①]大管家泪流满面，向土司磕了三个响头，欲言又止，倒退着走出门去。来到大院正中，望着黑黝黝的官寨，捏紧拳头捶胸三次，号啕大哭道：“魔鬼钻进仁青土司的肚子里了，嘉绒藏区灾难的烟火从这里点燃了！”想挽留他的人们从官寨楼上冲下去，大管家停止悲恸，迈开大步，头也不回地朝大路走去。他要离开太阳部落，到仁青土司看不见的雍忠拉顶寺出家，他本来就是和尚。

都说仁青肚子里钻进了魔鬼，康珠玛走了，魔鬼也知道钻空子。仁青从成都回来之后就彻彻底底变成另一个人，过去优柔寡断、拖泥带水甚至

---

① 拉索：藏语“是”的敬语。

鬼鬼祟祟的样子一扫而光。看他做的几件事，抽刀劈大管家（虽然未遂），发布征讨大色齐部落的布告，启用老管家的儿子金巴，哪件事不是办得干净利落像模像样？都说魔鬼在做他的主，靠他本人，不会做到这一步。

不管怎么说，他竟把嘉绒藏区有头有脸的麝香部落土司次嘎和沼泽部落土司索朗达吉的带兵官叫来了。当然，能把这两个人叫来，不能忘了金巴。

金巴父亲还是老管家的时候，太阳部落官寨铺着石砖的院子里，经常有一群身着绫罗绸缎的孩子在那儿玩，各地头人、寨首到官寨办事或开会时，都喜欢把孩子带到这里来。家长们都教自己的孩子跟土司的接班人仁青玩，可是仁青不是那么容易靠近的，很多小孩都讨厌他。只有金巴耐心，有一整套讨仁青喜欢的玩法，他俩成了好朋友。不少人背后都说那套玩法是老管家教的，一个小孩子家哪有那么多花花心肠！花花心肠害了老管家本人，出主意修银桥就是一个例子。本来大河上面不能修木桥，这是嘉绒藏区祖上传下来的规矩，可老管家对老土司说，还拿“祖训”这根绳子捆自己？不能总是死人管活人吧？修了桥，流过来的银子恐怕不比桥下的流水少呢！老土司曲登听进去了，让老管家负责修桥和收银。部落联盟在牛头山开会商量攻打东女国时，就因为这座桥，才把打东女国的事放到一边，差点先把曲登土司撕烂吃了。曲登从东女国回来，发现银库里并没有增加多少银子，追查后他羞愧得恨不得有个地缝往里面钻。白花花的过桥银税十之八九落入了管家的腰包，他这个土司只得了点填牙缝的碎银子。恼羞之际，曲登抄了老管家的家，并把他赶出了官寨，现在的大管家才接任这个职务的。后来，老土司也觉得这件事处理得有些过火，就对仁青说，以后多关照一下金巴，仁青就把太阳部落设在大色齐部落草滩市场的商务办事处交给了金巴，让他当那里的头，这个位子可是个肥缺。金巴的脑子跟他父亲一样灵活，他同周围各部落的头头脑脑做些亏本生意，送甜头装糊涂，为太阳部落结下了不错的人缘，所以，仁青毫不犹豫地启用金巴也不是没有道理。而且，他一上任就立了一功，两个部落的带兵官一招手就喊过来了。其实并不是金巴一招手就喊过来的，而是两个部落的土司派带兵官去找金巴的。在这之前，两个土司当然有个决定，再也不能仰人鼻息，在大色齐部落屋檐下过日子。就是要乘人之危，摸一摸老虎屁股，打击一下大色齐部落，灭一灭大土司的威风。自从他们提亲失败后，就对大土司彻底失望，觉得不来点硬的，以后没办法在大色齐部落旁边过日子。现在机会来了，太阳部落不是要征讨大色齐部落吗？有人背糌粑口袋了。只要太阳部落求援，他们没有袖手旁观的道理，三个部落还打不过一个部落？笑话！到那时，阿果归哪个部落就看谁的功劳大，一比就知道，没有必要像现在这样明争暗斗。

仁青和两位带兵官碰头后一拍即合，仁青的思路很清晰，以放弃阿果的代价换取麝香部落和沼泽部落的救援，他本人的目标是夺回父亲传下来的土司印。利益明确后，随即商量征讨的计划。他们很快达成一致意见，四天后的晚上，三个部落的兵在哈依拉山集合，第五天早晨开始，合力直捣大色齐部落官寨。

在一个飘雪的下午，大土司收到了太阳部落下的战书。送信的使者发现大土司接战书时很平静，像接家书似的展开信纸看。看完后对使者说："那么慌，年都不过了？"再过一个半月就要过年了。"那是你们的事。有什么话带？"使者问。"相煎何太急！"大土司向使者翻了个白眼，"不是我说的，是古代一位汉人说的。"

大土司把仿制洋枪硬硬地抵到尼玛胸口时，就想到了往后可能发生的事，包括这份战书，要不然他不会那么冲动，直接把枪抵过去。冷静下来后也想到另一种可能，或许仁青会派大管家来要土司印。他很希望这样，这样的话就不用打仗了。他还想到另一个办法，派人把印送回去，还印章虽然有失面子，可比打仗强。雍忠拉顶寺堪布也带口信来，叫弟弟把印章还回去，被仁青撵走的大管家在雍忠拉顶寺，堪布知道了发生的那些事。再等几天，太阳部落不来要印，就只好这样了，大土司这样想过。次嘎和索朗达吉的提亲搅乱了他的思路，把这件事给耽误了，刚想到送印时，战书却到了。派人还印章的事被耽误，也不能完全责怪到次嘎和索朗达吉的提亲上面，他当时从次嘎翻脸的表情和那句"不给也得给，等着瞧好了"的话里面，已嗅出了一丝火药味，类似火药爆炸后的硫黄味。第二天索朗达吉出门时碰出"咣"的一声巨响，也并非不小心碰响的，那是示威的信号，挑战的吼声。突然，他一下子明白了，无奈地摇了摇头。人心叵测，他们这是落井下石呀！看着大色齐部落与太阳部落撕破了脸皮，就马上来这一套。看来他们内心并不想跟大色齐部落亲善友好，心里压着怨气，一直在等待机会呢。大色齐部落自从炼铜铁、淘沙金、修高碉、建商道、辟市场，闹出接二连三的动静后，除了敢死队到西藏转了一圈回来外，没再闹什么动静了，好哇！大土司莫名其妙地兴奋起来，周边蹲着三只狼，看我怎么收拾！三只狼很可能联合起来，扑向同一个猎物，他要想出一个绝妙的对付办法。那几天就为谋划这个办法，把还印章的事忘了。他连夜召集头人寨首大会，商讨对可能发生的事的应对预案。办法出来了，任务布置了，什么事都办妥了，面对太阳部落的战书，他当然很平静。

大土司又想了一遍未来几天要发生的事，觉得没有大的漏洞，便放下心来，和夫人一道去看女儿阿果。这几天忙东忙西，没空去安慰女儿。他还有一个决定，这是他未来几天计划中的一部分，关系到阿果和多吉。到了女儿那里，他把多吉也叫了过来。

“阿妈，我是祸水吗？”阿果忧郁的表情跟她过去判若两人。

“孩子，怎么这么想？”夫人爱惜地抚摸着阿果的秀发。

“都说女人是祸水，我不信。现在看来我就是了。”阿果的眼里噙满了泪水，鼻翼一扇一扇地动。

“不关你的事，别胡思乱想，啊！”夫人像哄小孩子似的说，“那是他们的事，你别瞎操心。”

夫人知道阿果在想什么，最近发生的这些事情虽然是围绕阿果展开的，但是这能怪阿果么？阿果是个那么懂事的孩子，为了不拗父亲的心愿，硬着头皮跨进她不喜欢的男人的家门，在太阳部落官寨受了那么多折磨，她却一直责怪自己，百般为仁青开脱，她还能怎么样？

“能不操心吗？就要打仗了。”阿果已经眼泪汪汪。

太阳部落下了战书，麝香部落和沼泽部落也要参战，信都带来了。这些，阿果都知道。他们怎么这么傻，为争一个女人不惜流血牺牲，阿果想不通。这些男人真奇怪，从来没有问过被争的女人怎么想，他们自己倒是满有信心地争夺起来，想起这些，阿果心里很难受。有时，她恨自己没有分身之术，如果有的话，分出几个阿果给他们不就得了！还康珠玛呢，这点本事都没有。有时她又很气愤，凭什么像争一件东西似的争一个大活人？就是谁赢了，我也不会跟着赢家去的，谁要是牵牛一样拉我，我就撞死在他面前。

“回家吧，这里不能待了。”大土司对多吉说。

多吉不能留在大色齐部落官寨，不仅因为夺印事件中除了尼玛外多吉的罪最重，让大色齐部落和大土司背了黑锅，还在于社会舆论特别是太阳部落的舆论压力不允许多吉待在这里。人们早就传言多吉有夺嫂之嫌，虽然大土司宣布了解除阿果与仁青的婚姻，实际上这是不作数的，仁青那边还没发言，这桩婚姻还未得到实质性解除，现在把多吉留在这里，不就是支持多吉夺嫂舆论吗？大土司背不起这个黑锅。

“我回不去了。”多吉说。

多吉从官寨里抢出阿果，又拿走了哥哥的土司印章，仅这两次给仁青的打击，就已经把回家的门封死了。再说，阿果在这里，他怎能走得开！

“能回去的，我有办法。”大土司说，“阿果也要回去。”

大土司知道多吉离不开阿果，其实，大土司夫妇并不讨厌多吉，只是阿果只能许配给长子，谁让多吉是次子呢？

“别为难阿果了。”多吉说。

“不，我要回去。”阿果答应得很爽快。

阿果想起了多吉曾经说过要去的地方，那儿蓝天白云，碧草茵茵，伴随自己的是牛羊和牧狗，能够和当今皇上在这样的地方待在一起多好，哪怕待上一天两天也足够了。回去以后，等一切都平静了，就跑到那个地方去。王嫂说了，当今皇上喜欢到处转，南方转腻了，也许会转到这方来。有缘的话，会在哪个地方邂逅。确实没有这个缘分，就和多吉待在那儿，至少，可以一起唱歌、跳舞、演藏戏，可以听他讲笑话和故事，冬天不怕脚冷。她确实不愿意看到因她而发生部落间的械斗，械斗会死人，会把房子烧掉，会积下世怨，与其这样，她宁愿枯死在太阳部落官寨里。

“不是白回！”大土司有力地把手一挥，“没那么简单，过两天仁青要到这里来，我要提条件，他得听我的。”

“不是下战书了吗？不打仗了？”夫人有些惊讶。

“他要打，我不想打，把他抓来就打不成了。”大土司把手掌变成拳头，做了个抓的手势，“我要把土司印章还给太阳部落，不是交给仁青，是交给阿果，你要把印攥紧哟。”

“我才不要那个破玩意儿！”阿果不屑地说。

“傻丫头，有了它，他才不敢欺侮你。”大土司压低声音，怕有人偷听似的，“你们是两口子，谁拿着它还不都一样？别人说不出闲话来的。”

“好主意！”多吉赞同。印在阿果手上了，哥哥对她也无可奈何。

“还有你，”大土司对多吉说，“我叫仁青不要计较过去的那些小事，弟兄嘛，只能伤毛不会伤皮的，还是像过去那样过日子，当什么事也没发生过。”

阿果没有注意听阿爸对多吉的教导，只是心里觉得奇怪，阿爸的想法和自己的想法怎么会有这么大的差异？她同意去太阳部落，是因为怕打仗，阿爸要她去太阳部落，难道就是为了那个破玩意儿？难道阿爸的这个想法在她刚出生那天被当做礼物送出去时就想到了？

“你们跟仁青一起回去，”大土司当然不知道阿果心旦多难受，按照自己的思路说下去，“欢欢喜喜地回去，给仁青一个面子，让太阳部落觉得他们的土司挺能干，不打仗就得到了印章和人。”

“你呀，又把女儿推出去了！”夫人叹了一口气。

二十五
战争并不精彩

仁青土司亲自率领的太阳部落骑兵，浩浩荡荡地从商道上走来。

听说太阳部落派骑兵攻打大色齐部落，商道沿途歇脚点的商人们选派一名代表到太阳部落官寨，向仁青土司信誓旦旦地拍了胸口，征讨队伍的粮草包在他们身上！只要讨伐大色齐部落，不要说出粮草，就是出金捐银也愿意，他们受够了大色齐部落苛捐杂税的苦头。商人代表主动送来人质，担保商道上的安全，人质不是别人，正是商人代表的妻子和儿女，仁青十分感动。有了这样的保证，仁青才放弃夜行山路的谨慎方案，从商道上把队伍开了过来。

商道对岸山上的树林里，埋伏着大色齐部落的人马，看着太阳部落的征讨队伍从商道上走过，只好打瞌睡混时间。他们本来是有任务的，万一太阳部落的人不走大道走山路，就由他们拦截。

四天的马程过了四分之三，行军出奇的顺利，除了商人们的驮队偶尔占道，对行军有所影响外，没有发生其他任何不愉快的事情。晚上投宿歇脚点，商人们更是践行诺言热情款待，马喂得饱饱的，骑兵们随便吃喝，要不是有任务，他们真的不想离开歇脚点。

行军三天之后的那个晚上，队伍借宿的歇脚点的商人比前两天晚上的歇脚点的商人更热情，商人代表就在这里营生。他亲自出面犒劳士兵，动员商人们腾出很多房子，每十人一桌，每一室一桌，摆川西坝子那种九大碗酒席，喝的是成都府最有名的笼子酒。仁青既是土司又是指挥官，待遇自然有所不同，单独安排一桌，由商人代表亲自陪着。白天行军时，午饭只能在马背上解决，从怀里掏出歇脚点提供的烧馍吃，大家知道等着他们的晚餐很丰盛，哪怕饥肠辘辘都不想啃干馍。现在看到桌上的美味珍馐，个个眼睛都亮了，有的捋袖子，有的抓筷子，都盯紧了菜盘子。商人们吃饭有讲究，伺候用饭的人拍了拍手，提请大家稍等片刻，又清了清嗓子，抬高声音说："明天你们就要打大色齐部落了，我们做买卖的人也有了出一口恶气的时候。本来仁青土司发了话，不能喝酒，可是今天不喝一点酒实在说不过去，就喝一碗，请大家端起酒碗，算是提前给你们庆功了！"话音刚落，便把手里端着的一大碗酒咕咚咕咚往嘴里灌。

"一碗酒算啥，喝就喝！"有人响应。这碗酒不劝喝都得喝，太香了，鼻子受不了。况且，昨天夜里也摆了酒，土司不准喝，没过成瘾。对这些身强力壮的小伙子们而言，一碗酒算啥，喝凉水似的，都端起碗把酒干了。可是，把酒灌下肚，放下碗，拿起筷子夹菜时，手指头没劲儿了，筷子也拿不稳。接着脑袋涨大，脖子顶不住，然后一个个像稀泥似的瘫软在地上。每个吃饭的房间大体都这样，反正没有一个不倒在地上的。商人们竖起大拇指，挤眉弄眼地惊叹："大色齐部落送来的药真厉害，比他们的洋枪还管用！"

树林里打瞌睡的人听见鸣枪的信号都跑来了，把饭桌上的佳肴吃了个精光。

仁青本来不会受皮肉之苦的，他如果喝上一碗酒，就可以昏睡过去，等到醒来时，说不定就被驮拢大色齐部落官寨了。可是他就是滴酒不沾，他要带好这个头，谁也不能喝，不能误了明天的大事。结果只好向他动粗了，身上绑了绳索，重蹈他父亲的覆辙。不同的是他父亲是自愿请人把自己绑起来的，仁青却一点儿也不情愿，是被强制绑起来的。仁青父亲的自绑，把当年参与部落联盟的土司们玩了一把，仁青的被绑，现在才明白是大土司利用商人把他玩了一把。人间世事，就是这样环环轮转，难以揣度。几天前，商人代表的妻室儿女成了担保仁青队伍安全的人质，现在又倒过来，仁青成了担保商人代表妻室儿女安全的人质。

被药酒迷昏的士兵们第二天醒来时仍然头重脚轻，走路时两只脚始终缠在一起。听说土司被俘，都把抬起的屁股又丢回地上，耷拉着脑袋。这些人纯粹是被支兵差来的，平常那么尚武的人这次却没了兴趣，他们不相信阿果会偷土司印章，她自己就是土司的人，偷印章干吗？他们本来就不愿意向大色齐部落发兵，只带着身子来，心却没带上。现在都这样了，顺驴下坡吧，各自摇摇晃晃地爬上马背走散了。

麝香部落援兵走的是林中小道，只有他们才熟悉野鹿和獐子走的路。山高路陡，杂木横陈，在这样的山路上行走，不但骑不上马，而且还得手脚并用。他们没有人担保走大路安全，只能选择别人想不到的路走。如果走大路，骑马一天就可到达约定的地方，现在不行，怎么也得花四天时间，所以他们与太阳部落队伍同时出发。沼泽部落援兵虽然不钻林子，走的是山腰间的牛道，但是他们装扮成牛贩子，赶着许多牦牛还是不轻松。每年过年前，沼泽部落都要赶许多牦牛到各个部落去卖。牦牛最不好赶，一会儿跑到路坎上面，一会儿又跑到路坎下面，赶路进程就慢。

仁青土司发出战书的第二天，次嘎和索朗达吉也联名发了一封信给大土司，说明他们只是参与者，不是发起者。同时也说明他们发的这封信不是战书，只是打个招呼。

信中避开了他们参战的真正目的，只提仁青求援，他们不得不答应，而且理由很充分。信中说，一个人最痛苦的是失去生命，一个土司最糟糕的是丢了官印。土司丢了官印，犹如拔光了翎毛的凤凰，这样的凤凰与家鸡有何区别？没想到抢夺仁青官印的不是太阳河上游的羌人，也不是太阳河下游的汉人，而是唇齿相依的大色齐部落，仁青的岳父大人！惊哉惜哉！没想到我们心目中的神子，从西藏战场上扛回虎旗的英雄，我们亲密的邻居和朋友，也能干出吃窝边草的勾当，这种勾当连缺唇的兔子都不会干的。不怕你笑话，我们同情仁青的同时，不由得不寒而栗。今天仁青的官印被抢，说不定明天就轮到夺我们的官印了。仁青为了夺回官印，亲自扛旗讨伐你们，这在情理之中，要不然就不是嘉绒男子汉了。他向我们求援，我们不得不答应，要不然，今后我们遇到这种事谁愿意帮忙？你痛痛快快地把印抢过来时，没想到会有今天吧？你就只好自作自受了。狼再凶残，抵不过三只猎狗的攻击，趁现在还来得及，想一想怎么投降吧。对不起，我们不可能在战场上见到你了。你头脑轻，喜欢抛头露面赤膊上阵，我们屁股重，不会像羊羔似的蹦蹦跳跳，现在都还坐在草坪上边饮酒边给你写信呢。没办法，这是性格上的差异，不过，我们的带兵官会代表我们向你表达谢意的。当年，我们莫名其妙地成为你的阶下囚时，你把我们当成贵宾来羞辱，事隔这么多年，我们又等来了把你当成贵宾接待的机会。你放心，我们等着你，美酒美女一样不会少。酒喝得差不多了，开始说酒话了，就此打住。总之，哈巴狗从背后咬人的脚跟，我们明人不做暗事，不会坏了嘉绒藏区的传统，发兵前给你送这封信，该打的招呼打到位，免得坏了我们的名声，理不理睬是你的事。

“真喝多了，满纸醉话。”大土司看完后自言自语。虽然字里行间溢出浓浓的酒味，大土司相信上面说的话可都是真的。这两个人都以大丈夫自居，不会开这么大的玩笑。大土司歔欷连叹，人世间怎么会有这么多的误会？那年他们成为东女国的阶下囚，从头至尾都是曲登土司一手策划的，结果他们把这个仇记在我松罗木头上了。曲登已经不在人世，这个误会也只能永远地误会下去。他想人世间这样的误会不知有多少，而且，这样的误会又万万不能解释，一解释就会出卖恩人。

其实，没有这封信打招呼，大土司也料到这两个部落这次会跳出来的，所以在头人寨首大会上早就商量好了对策。不过这封信却透露了一个重要信息，次嘎和索朗达吉不会亲自上阵了，这一点确实出乎大土司当初的预料。他们为何不来解恨出气？从信中的语气看，似乎有依仗三个部落的联合，轻视大色齐部落的意思。实际上这种想法说不过去，大色齐部落虽然是一个部落，但是它是两个部落合成的，还有一个琼日部落。再说，小色齐部落的土司是自己的儿子，他也不会袖手旁观。何况还有手里有洋枪的三千名敢死队成员，他们在西藏经历过真枪实弹的战斗，虽然敢死队已经解散，但是不是不可以召集。这些，他们都应该知道。他们也许知道堪布哥哥出面干涉了，不许我动枪动刀，要我无条件把印章送回去，他们可以利用这个机会。但是果真这么想，这是一着险棋，兔子逼慌了也会咬人呢。或许他们多想了一招，万一战败了呢？他们不愿意再一次成为阶下囚。不管他们怎么想，这封信中透露的信息改变了大土司对付次嘎和索朗达吉的战略战术，同时注定了次嘎和索朗达吉将再一次成为大土司的阶下囚。新调整的战略战术，更符合雍忠拉顶寺堪布的意愿。印章没还成，战书送来后，堪布退而求其次，严厉要求他的弟弟，对垒双方都不要有人马伤亡。

几乎就在麝香部落和沼泽部落援兵背着沉重的干粮，走进通向大色齐部落的哈依拉山的同时，大色齐部落拨出的两百人马的敢死队无所顾忌地开进了平坦宽敞的大道。高碉烽火台上冒出的轻烟清楚地传达出这样的信息：这两个部落援兵选择了林间小路，他们没有理由走大道。两百人马兵分两路，一路向麝香部落进发，一路向沼泽部落急行，天黑前分别隐蔽在这两个部落附近的树林中。敢死队其余的人钻进大色齐部落周围的各个高碉里以逸待劳，盼着麝香部落和沼泽部落的援兵早些到来。

麝香部落官寨和沼泽部落官寨的情况差不多都一样，他们把所有的兵力都投放到了前线，后方完全空虚，连平常装模作样的卫兵都不在，所以敢死队夜袭官寨一点儿也不精彩。

夜袭麝香部落官寨的敢死队在树林里待到三更时分，趁人们睡得最沉的时候，步行潜入官寨所在的山寨，包围了官寨。官寨黑灯瞎火，大门紧闭，只有院子里的狗似乎听出了动静，间歇性地吠叫着。敢死队早有准备，把掺有剧毒的糌粑团扔了进去，没过多久便听不到狗叫了。为了不惊动门卫，他们避开大门，不慌不忙地找来长度合适的木杆，搭在土司卧室窗户外的石墙上，选出猴子一样灵巧的人爬上去，用尖刀不声不响地撬开窗户，七八个人鱼贯而入，像猫似的落到室内，又像猛虎下山似的把土司摁在床上，嘴里塞进帕子，捆绑起来。土司夫人也享受了同等待遇，不同的是她留在室内，固定在床脚上，土司被带出了官寨。从梦中惊醒的门卫，得到和土司夫人同等的待遇后，还不知道是怎么回事呢。敢死队带着次嘎土司打道回府时，麝香部落官寨仍然一片寂静，好像什么事儿也没发生过。官寨所在的山寨同样沉睡在浩渺的星空下，与以前的任何一个夜晚没有什么两样。只有呼呼吹着的山风，才似乎感觉到了麝香部落的不幸。

夜袭沼泽部落的情景，大致也就是这个样子，闹狗的糌粑团用上了，木杆也搭了，窗户也钻了。不同的只是土司夫人不在，后来才知道她不赞成派援兵惹火烧身，一气之下回娘家去了。守门人也不在，门却从里面关得死死的。后来才知道土司夫人走后，守门人胆子大起来，翻墙出去与情人鬼混去了。

麝香部落援兵尽管紧赶快跑，但是由于一路跋山涉水，又是绕道而行，还是在拂晓前才赶拢约定的集合地点哈依拉山。哈依拉山距大色齐部落官寨所在的山寨有半天的步行距离，不远不近，在这里集合最合适。山上的森林空空荡荡，见不到应该比他们先到的沼泽部落和太阳部落的人马。带兵官犯疑了，约定时间是半夜，现在天都亮了，难道他们等不及，都冲过去了？不会！他马上否定，地面看不见马蹄印和牛蹄印。看不见马蹄印是对的，商量好了总攻时不骑马的，骑马太暴露目标，但是，沼泽部落援兵赶来的牦牛总该戳上蹄印的，上万头牦牛呀，怎么连一个蹄印儿都见不着？麝香部落带兵官把队伍埋伏下来，静观其变。当太阳升高一竿子的时候，爬到树尖放哨的人溜下来，告诉带兵官他看见牦牛了，好多好多牦牛，就在下面的山沟里挤堆。带兵官带着大伙儿跑下山，麝香部落和沼泽部落的援兵会合了。

走出森林覆盖的山沟，眼前豁然开阔。这里是大色齐河谷，色齐河顺着左边山脚蜿蜒奔流，平坦的旱地以从左边河岸至右边山脚的宽幅，向大色齐部落延伸，一直舒展到琼日部落地界的大山后才被阻止，并且翻卷拱立形成山峦。麝香部落援兵也装扮成牛贩子，会合的队伍在色齐河谷驱赶牦牛疾行。两个带兵官都认为太阳部落队伍肯定冲过去了，自己没有按时到达，心里十分愧疚，只有在战场上多卖力气来弥补过失了。他俩恨不得飞过这片老是走不完的河谷，把大色齐部落官寨围个水泄不通。万头牦牛在河谷中疾走，犹如暴风驱赶着遮天蔽日的乌云，万头牦牛半圆形的牛蹄疾速不停地叩击大地，更似密织的暴雨点击江面，谷底像悬在空中的摇篮，晃动得使人目眩头晕。看着这个阵仗，他俩的心情好了许多，胜券在握没有办法不高兴，并且不由得对自己也钦佩起来。这是他俩研究的重要成果，没有金刚钻，两位土司不会放心地把瓷器活交给他们。这是何等奇妙的想象呀，现在反而不敢相信是自己想出来的。或许是神的暗示，对付大色齐部落的洋枪和高碉除此之外，可能再也没有别的良策。试想，上万头牦牛把官寨周围和高碉之间的空地塞满之后，进攻的士兵从牦牛形成的屏障下面猫腰弓背地逼近高碉，能攻则攻，不能攻就把各碉孤立起来，阻止外界向官寨运兵。只要高碉失守，进攻官寨就易如反掌。他们估计大色齐部落肯定会利用高碉作战，放弃高碉跑到野地里对打，似乎他们还没傻到这种程度。用牦牛作战，恰恰抑制了高碉优势，大色齐部落必败无疑。问题是太阳部落的人不知道现在怎么样了，不会援兵都没到就冲过去了吧？现在管不了太阳部落的人了，他俩不可能制止上万头牦牛的脚步，牦牛可不会听口令的。

离官寨最近的一座高碉顶上，十几个敢死队守碉战士手握洋枪环绕而立，碉顶中央像白鹤展翅似的悬帐下面，矮脚茶几上放着一壶美酒三只酒杯，大土司带着次嘎和索朗达吉刚从官寨通过地道来到这里。大土司招呼次嘎和索朗达吉落座，如果不放仁青走，他也可以登临此地，享受一番临顶饮酒的乐趣。次嘎和索朗达吉亲眼看见大土司放仁青走的，还让仁青把阿果和多吉带走。当时他俩朝大土司撇了撇嘴，谁不知道这是在玩猫捉老鼠的把戏！不过，他们相互眨巴了一下眼睛，做到放虎归山这一步，没有一定气度是办不到的。其实，大土司放仁青走跟气度没有关系，他要用仁青换人质，商人代表的妻室儿女还押在太阳部落官寨里呢。次嘎和索朗达吉忍不住嘲笑自己，今天的遭遇是自找的，恰好重复了十多年前的尴尬，又像当年那样被皮绳捆着押到了这个该被诅咒的官寨，又是大土司假惺惺地给他们亲自松绑。不过，这次毕竟与那次不一样，用不着埋下头，不仅不会埋头，而且还把头高昂着，嘴里还要骂人。

“像贼似的偷袭，还像个大土司吗？”次嘎把高昂的头转向一边，对大土司懒得看一眼。

“我们发援兵前可是给你写过信打过招呼的，这才叫正人君子，懂不懂！”索朗达吉虽然看着大土司，但是角度为斜视，并且翻成了白眼。

“反正你们是俘虏，”大土司故意想用一些刺激的话逗他们玩，“俘虏的头不能抬那么高，话也不能说得那么硬，对吧？”

大土司瞟一眼他俩的脸，心里也窝着一团火，无冤无仇的，干吗要打仗？

“你一点都不怕？哪怕一丁点儿？”索朗达吉受不了大土司的冷嘲热讽。

“怕？怕你们俩？”大土司摊开手，扬了扬眉，做出无法理解的样子。

“我们是掉进坑里的老虎，由你宰割了。你就不怕两三个时辰以后会发生的事？”次嘎向大土司打了个响指，那是林区人蔑视人的动作。

“两三个时辰？”大土司摇了摇头，“那是个时间概念，我没有理由怕时间。”

“呸，亏你还是神子，一点预见都没有！”索朗达吉幸灾乐祸。

“你说一次大实话，你应战的兵马有多少？”次嘎无意识地修正坐姿。

“五百。”大土司伸出一只手掌。

“你不给我们下毒手，这次你输定了！”索朗达吉使劲儿掐脸颊。

“话说得这么死，”大土司问，“为啥？”

“等一会儿你就知道了。铺天盖地，铺天盖地！”索朗达吉神秘地说。

“你们部落的人才多少？还铺天盖地，莫不是把牦牛赶来凑数吧？”看起来大土司不以为然，实际上是在试探。他早就得到了这方面的情报，只不过不相信这两个部落会想出这种妙计罢了。不过，他宁愿信其有，所以已经做了详尽的安排。

“你怎么知道的？”索朗达吉和次嘎惊愕地相互张望，说不出话来，半晌，索朗达吉才小声问。

“上万头牦牛，这个礼也太重了点吧？”大土司虽然这么说，心里着实吃了一惊。真有这回事了，用牦牛作战确实是个好点子，既是装扮牛贩子的幌子，被识破后又能挡枪挡箭。

“我不做赔本的买卖，要赶回去的。除非……”索朗达吉差点说除非用阿果来换，但是觉得不妥，闭嘴了。

美酒的香味在碉顶飞扬，鼻子受到刺激的守碉勇士们都转过头往帐下看。帐下只有浪漫的摆设，却缺了浪漫的情调。大土司举起酒杯请了几次，次嘎和索朗达吉没有雅兴，不肯动杯子，大土司也把挨到唇边的杯子放下。

“来了！”勇士们吼了起来。坐在帐下的人都一跃而起，跑到女儿墙边观看。大土司多次去过沼泽部落草原，他在那儿看到的牦牛远不止这些，但是那里的牦牛散落零星，哪有眼下看到的这般气势。从远处过来时，像从天边压过来的乌云；再近一些时，又像汹涌滚滚的洪水；更近一些了看，嗬，抖动的毛像飘逸的披风，尖尖的犄角直刺青空，愤怒的眼睛已经发红，火焰般的舌头伸出嘴外。上万头这样的牦牛扑来，谁见了不胆战心惊！

“这个阵仗！”次嘎扯一下索朗达吉衣角，此时此刻，他也羡慕起沼泽部落来了。

“这些牦牛，会把这些高碉抵垮的。”索朗达吉又在掐脸颊。

“官寨容不下这么多牛，”大土司将右手向右岸的象山挥去，“我让它们上这座山，那儿牛太少了，你们送多少，都容得下。”象山脚下和半山腰，确实有零星的牦牛在埋头啃干草。

“别说梦话了，我们还是撤吧！”索朗达吉此时十分得意，忘记了自己是俘虏，“一会儿这座碉被抵垮了，我们就被压在石头堆里，死得冤不冤呀！”

“你也怕死？”大土司眯着眼睛看索朗达吉，“打仗会死人的，你没想到这一层？”

索朗达吉望着天空不理大土司，次嘎也跟着看天上的云彩。天空很蓝，白云飘移，艳阳高照，今天又是一个好天气。

“你们是福星，把你俩请来了就可以不打仗了，死不了人的。”大土司不想把气氛搞得那么僵，开玩笑说，“这些牦牛要是过了河，上了象山，就找到新家了。”

“你的胃口不小！”次嘎还是看着天空。

“敢不敢赌一把？”索朗达吉视线还是没有移开，但是把牙关咬紧了，话是从牙缝中挤出来的。

“还想赌呀？说，怎么个赌法？”大土司饶有兴趣地说。

“如果这些牦牛听你的话，过河上山了，不说这些牛归你了，我沼泽部落都向你大色齐部落拴头[①]！”索朗达吉说话有点急，气流不畅，咳了起来。

“别慌，慢慢说。要是牦牛不听我的话呢？”大土司慢条斯理地问。

“要是那样的话，你把我们放了，咱们真正的较量一下，”索朗达吉非常认真地说，“已经都这样了，最好有头有尾。”

“次嘎先生，你也这么想？”大土司口气很温和，像商量家事似的。

“当然，我也这么想。”次嘎挥了挥拳头，表示他很坚定。

“需要立字据吗？”大土司很重视这个提议，他宁愿把打赌变成一种协议。

“你不信任我们？”索朗达吉声音跑了惯常的调子，似乎觉得受到了侮辱。

“立字据我们也不怕。”次嘎也生气了。

“你们误会了，”大土司笑着说，“我怕你们信不过我。”

“不是没有规矩，喝血酒，发毒誓！”索朗达吉一个箭步率先跑到帐下，端起了酒杯。待到他们咬了手指发了毒誓喝了血酒回到原先站立的墙角时，牦牛们的前进阵势已经发生了改变。前面小跑的牦牛突然闪了一下就不见了，紧跟在后面的牦牛停滞不前，埋头舔地上的什么东西。这些牦牛后面的牦牛拥挤着，像浪涛似的翻滚，推搡前面止步不前的牦牛。前面被推挤的牦牛忽然改变了前进方向，一窝蜂朝通向色齐大河白晃晃的旱地跑去。于是，牦牛队伍由瀑布般的直流幻化成一个大拐角，趁惯力向河边泄去。就像水落石出一样，牦牛向河边退去后，猫腰弓背的人全部暴露在光天化日之下，从碉顶看下去，显得十分滑稽。

“你们的牦牛真灵醒，连我心里想的什么都知道。”大土司笑着说。

大土司的办法起作用了，这个办法是他昨晚后半夜临时想起来的。挖一条壕沟，阻挡牦牛前进的路线；在沿壕沟包括通向河边的旱地上撒盐，给嗜盐如命的牦牛新开辟一条前进路线；大河彼岸的象山布置牦牛的同类，吸引此岸的牦牛渡河。大土司带着次嘎和索朗达吉登临碉顶前，这一切都安排落实妥当了。而且，河边还埋伏了赶牛过河的人。

---

① 拴头：藏语，意思是像畜生一样让头给对方拴起来，引申为投降、归顺、依附。

“怎么回事?”次嘎着急了，用胳膊碰索朗达吉。

“见鬼了，该杀的畜生!”索朗达吉使劲儿抓扯满头鬈发。

“看，过河了。”大土司往次嘎和索朗达吉受伤的心上抹盐。

“没啥好看的，走，到你官寨里去。”索朗达吉脑袋里只有命令式词汇，好像这里的事也是他做主似的。他思前想后终于明白了一个道理，跟大土司作对是占不了便宜的。当年说好打东女国，结果参与的土司都无缘无故地被绑送到这里。这次说好攻打大色齐部落，结果牦牛们又无缘无故地改变了前进的方向。大土司无须自己动手，他有神灵相助，这是没有办法的，谁让他是琼鸟的儿子呢！他们三人又从地道返回官寨。

“借一根哈达。”索朗达吉伸出手。大土司顺手从旁边案几上的一堆哈达里抽出一根。

“大丈夫说出去的话就像木板上钉了钉子。从今以后，我沼泽部落就是你大色齐部落的外围部落了，随时听从你的吩咐。”索朗达吉郑重地勾着头，把哈达献给大土司，正式拴了头。

“我们部落也是，”次嘎自己拿过来一根哈达献上，“过去的事就当没发生过。”

“拴不拴头不要紧，要紧的是咱们和睦得像亲兄弟一样就好。这次把你俩请过来也实属无奈，只因你俩福星高照，才能避免打仗。我向哥哥保证了的，不伤亡一人一马。”大土司十分高兴，叫人拿酒来，握住次嘎和索朗达吉的手，每人连干了三杯。

“半夜偷袭，五花大绑，那也叫请呀?啊!”索朗达吉张大嘴巴，瞪圆眼睛，做着夸张的动作。次嘎甩膀扭腰，似乎表示被捆的感觉真不舒服。

“你们还是把牦牛赶回去吧，我们受用不起这么重的礼物。”大土司半认真半开玩笑地说。

“这还用你说，它们可是我们部落的衣食父母!”索朗达吉说完，三个人头碰头地哈哈大笑。

索朗达吉和次嘎骑了大土司送的马，向暴露在牦牛身后的人群奔去，高声喊：“太阳部落的人都没有来，我们援什么兵，都赶牛去!”

二十六
仁青告状

仁青怎么也没想到他与大土司签的印章条约成为了状告岳父大人的铁证。

条约是被逼签的，谁让自己不战而败呢。阿果拿着印章也好，总比落在她阿爸手里强，阿果对印章不会感兴趣的，过不了几天就会还给我的，他想。可是他知道对阿果来说，阿爸的话就是圣旨，阿爸叫她还她才还，仁青对岳父什么都不相信，唯独相信他不可能叫阿果还印章的，要不然还签什么条约。就是这个条约把他向阿果要印章的口封住了，该死的条约！阿果暂时捏着印章就捏着吧，好歹是两口子，谁捏着还不都一样，未必阿果捏着印章就成土司啦？仁青宽慰自己。

仁青虽然这么想，但太阳部落几乎所有人都不这么想。

“背地里叫阿果土司，也有人叫康珠玛土司。”新任大管家金巴向仁青密报。

“我怎么不知道？”仁青吃了一惊。仁青当然不知道，阿果也不知道，人们还不敢公开这么叫。但是，仁青也明显感到头人和寨首们对他没有过去那么唯唯诺诺，老百姓远远看见他，也不再脱帽解辫躬腰伸舌头，他正为这事纳闷呢，现在才知道是怎么回事。

“本来人人都该愤怒的，女人掺和什么呀！嗨，怪了，他们个个都像幸灾乐祸似的。说阿果掌印正合适，她是康珠玛，又有大色齐部落撑腰，太阳部落不再受窝囊气了。什么话呀！”金巴很生气。

金巴生气的另一个原因是觉得自己不该在这个时候上任大管家。为什么不早一点或晚一点呢，偏偏在仁青事事不顺的时候，他自己也跟着倒霉，一上任就给仁青帮了个倒忙。援兵虽然请到了，可是出援兵的部落土司被大土司活捉，太阳部落丢尽了脸面，他在仁青面前也抬不起头来。

“不能怪阿果。”仁青此时很冷静，“都是她阿爸搅的局，这个松罗木!”

“这个人爱使阴招，我们这次就吃亏在这上面。”金巴干咳一声，说：“该把那个条约撕了，本来就不平等嘛，凭啥照他弹的墨线下锯?”

“撕了就完啦?”仁青瞪了金巴一眼,“尽说蠢话!”

“要不然,”金巴快速眨巴眼睛,“我有个想法了，不知道该讲不该讲。”

“啥子想法?说呀!”仁青翻了个白眼,“还卖关子!”

“把条约递到苟大人手上。它是证据，咱们到总督府告他。苟大人是你的靠山，不用白不用。”金巴说话有些激动。

“哎，好主意!”仁青闷了一会儿，眼珠突然灵动了，“你终于想出了一个像模像样的主意，刚才你还说撕条约呢。这么一来，它就成了铁证，成了宝贝，你还想撕?”

“嗨嗨,”金巴自嘲地笑了笑，转而诡秘地低声说，“松罗木他没想到吧，自己打了一副手铐戴上了。”

“我也没想到，这么恶心的纸条还能派上用场。”仁青说，“不过，光是条约还不够，你马上把松罗木做的坏事都写出来。”

“他做的坏事那么多，一时半会儿写不完。”金巴耸耸肩。

“捡大的写，凑上个七条八条。”仁青咬着牙说，“官府总有办法收拾他吧。”

“拉索!”金巴垂手弯腰领命。

这次也和过去一样，仁青先去拜见苟大人，寒暄一阵后，仁青说：“有点山货。”苟大人照例向他的管家点个头。

管家碎步走出去，太阳部落的驮队就从马背上卸货。这次搬东西花的时间最长，足足花了好几个时辰。苟大人只是用耳朵听，眼睛是不看的，再说也没空，他在看仁青呈上的状纸。

仁青坐在硬木椅子上，这种椅子虽然好看，却没有坐卡垫舒服。茶几上，盖碗茶冒着淡淡的轻雾。他无心品茶，目不转睛地看苟大人默读状纸。

状纸上罗列了松罗木七大罪状，就不知道苟大人感不感兴趣。

这些罪状是仁青和金巴花了两天两夜筛选出来的，又经过精心修改整理，才形成这个样子。侵占太阳部落领地指的是被尼玛收回去的商道歇脚点，尽管松罗木口头上说过，阿果都回太阳部落了，歇脚点自然一同归还了，可是松罗木没有立字据，而他可是最喜欢立字据的人，没有立字据就不能算归还。抢夺沼泽部落上万头牦牛这一条，也没有冤枉岳父大人。大色齐部落的人确实把牛赶到象山上了，至于这些牦牛又被赶回了沼泽部落，那是另一码子事，不能混为一谈。抢夺太阳部落土司印章有铁证，条约在那儿摆着。当初见到它就恶心，现在成了宝贝，你松罗木也有失算的时候。建那么多高碉干啥？仿制洋枪干啥？用洋枪武装三千人的敢死队干啥？还不是想造反，想当土皇帝嘛！要流氓手段活捉三个土司，他心中还有王法么？今天敢侵扰四邻土司，明天不是要闹到成都府来了么？说不定还想打到北京城里去呢！这七大罪状还不足以动一下苟大人的肝火？

仁青张着嘴，眨巴着眼睛看着苟大人，哪怕非常细微的表情都不放过，欲从中猜测苟大人的态度。他看见苟大人匆匆看了一遍。看得也太快了些吧？正这么想着，苟大人又从头重新细致地看了一遍。这还差不多，他满意地笑了一下。现在才感觉口干舌燥，看到苟大人看最后几行字了，便端起茶碗，用碗盖刮浮在面上的茶叶，正撅起嘴皮想啜一口时，“啪！”苟大人的手掌拍到案几上的巨响让他全身一颤，拈住碗盖小圆底的手抖动起来，碗盖与碗口撞击出清脆的当当声。

“上面说的句句属实？”苟大人大吼。他知道松罗木的势力在膨胀，但是不至于这么严重。他倒是希望上面说的句句属实，可以趁机治一治这个人的脾性。他进山视察时见过松罗木，这个人秉性顽劣，不识时务，张口闭口岳大人，自个儿往火坑里跳，你不想把他往岳钟琪那儿靠都没有办法了。

“不敢有半句假话！”仁青赶紧放下茶碗站起来，弯腰躬背地回话。心里嘀咕着，吼那么大声干啥，那些事又不是我犯的，有本事向松罗木吼去。又补充一句：“还多呢，我怕您费眼神，只捡了几条给您呈上罢了。”

“你们没有爪子没有牙齿？由他想抓就抓想抢就抢！”苟大人的肝火点燃了，小松罗木那副桀骜不驯皱鼻撇嘴的表情，现在想起来都恶心。

“他，霸道得很！”仁青火上浇油。心里想，能咬早就咬了，生吞活剥的心都有，还用得着你教我！

苟大人家的管家走了进来，眼睛放光，脸上强忍住笑，来到仁青旁边，亲自续了茶水。其实就滴了那么几滴开水，碗里的水满满的。仁青这几年经常进出这个房间，管家亲自斟茶续水的待遇还是第一次享受，有些受宠若惊："俄切！俄切！"向不懂藏语的管家道谢。

"这个人啦，从西藏打仗回来，总督府的门一次都没跨过，心高气傲成啥样儿了！"管家插了一句。

"以前岳大人在的时候，他可是三天两头往成都跑的。"仁青在旺火上又浇了一瓢油。

"三千人的洋枪武装，我四川地盘上哪里还找得到第二家？"苟大人在屋里踱来踱去，时不时习惯性地摸一下手指上的玉石戒指。

"他还在仿制洋枪，仿制的比真洋枪还漂亮。"仁青赶紧又浇一瓢油上去。

"害群之马，害群之马！"苟大人立定，背对着仁青，一字一顿地说。

"是呀。您是知道的，三个部落在他手里，立马组织几千人马造反易如反掌。"仁青再浇一瓢油。

"你回去吧，我上奏朝廷。有什么新情况，尽快向我报告。"苟大人背着手，走进里间屋里去了。

苟大人一向认为太阳部落的山货不错，土司却不怎么样，既不耐看又不中用。现在他看得更明白了，松罗木就是岳钟琪的人，老虎虽然倒了，尾巴还硬着。几个部落打起来才好，可以相互抵消势力，更可以消耗松罗木的力气。他不想答理仁青，好像松罗木硬起来的翅膀是仁青插上去的。还有，次嘎和索朗达吉平时说话像打雷，走路一摇一晃，好像天地间都装不下他们，怎么就被活捉了呢？

二十七
文字啊，你真是魔鬼

过年了。初一那天，大土司沐浴更衣，带了两个随从，专程到雍忠拉顶寺去拜皇帝像，看铜镜。大土司每年初一都要去拜皇帝像，看铜镜，其他土司也一样，皇帝太远，只能拜像，看铜镜是预测一年里的祸福吉凶。去年初一给大土司看铜镜时，里面出现了四只刚长出茸毛的雏鸟，它们伸长脖子，张着嘴巴，在鸟巢里相互撕咬。当然，这是堪布说的，大土司的眼睛看不到铜镜里面显现的画面。结果，发生了三个部落联合征讨一个部落的未遂事件。幸好是雏鸟，如果是羽翼丰满的大鸟，结果肯定不是这个局面。这件事情最后总算圆满解决，麝香部落和沼泽部落自愿成为大色齐部落的拴头部落，大土司退还了太阳部落的土司印和歇脚点，阿果和多吉也回去了。新的一年里不可能再出现什么大的孽障吧？大土司一路这么想着，便来到雍忠拉顶寺。

堪布心情不错，从禅院里走出来，吩咐小扎巴[①]牵马喂草，接待大土司随从，自己领着弟弟走进书房。一位光着头的扎巴给大土司恭恭敬敬地倒了一碗酥油茶递上，向堪布施了一个双手合掌礼后退出去了。

“退了？”堪布问。

“噢亚。”[②]大土司笑了一下，他明白哥哥说的是土司印。

“阿果回去了？”

---

① 扎巴：对普通僧人的称呼。

② 噢亚：藏语对话中说“是”时，敬语为“拉索”，非敬语为“噢亚”。

“噢亚。”

“这就对了。这次动作不小，好在没有伤亡，贡曲松①！”堪布喜形于色。

“按你的意思做的。”大土司说，“麝香部落和沼泽部落还拴头了呢。”

“听说了。都是一个窝里面的鸟，相互有什么好叮咬的。”堪布还记得去年初一镜子里的画面。

“今年咋样？我找您看来了。”大土司说。

“看看，应该没有大碍吧。”堪布打开抽屉，摸出一只小皮囊。

小皮囊是用柔软的獐子皮做的，时常摩擦的原因，油光发亮。囊口用两根金黄的竹片夹住，竹片上穿了两个小孔，细细的獐皮绳松开，夹紧的竹片就拉开了。堪布的两只手指伸进去，把铜镜拈出来，用袖口揩了一下镜面，把它斜靠在桌面的一本书上，闭着眼睛一边念咒语，一边向镜面撒少许青稞和大米混合的开镜供品。咒语诵毕，堪布徐徐睁开眼睛，朝镜面看去。

“又是鸟巢。”堪布说。

大土司屏住呼吸听。

“琼鸟！”堪布突然激动起来，“从云天飞下来了！”光光的脑袋顺着琼鸟降落的姿势从上往下画线。

“琼鸟来啦？”大土司跟着激动。

堪布无语，脸上因激动而堆起的笑容慢慢在消失。

“然后呢？”大土司急切地问。

“怎么会这样？”堪布脸色很难看，捡起铜镜，塞进皮囊，囊口都没收就丢进抽屉。

“怎么样？”大土司更急了，“不太好吗？”

“不是琼鸟，是鹰，把鸟巢抓破了。”堪布的声音很微弱。

“抓破了？”大土司是所有土司中唯一不需要解释铜镜画面背后玄机的人，大吃一惊，“怎么会这样？”

“是，抓破了。”堪布一脸的忧虑。

“是不是什么地方出了差错？”大土司寻找原因。

“镜子里面没说。”堪布摇了摇头。就不再说话了。

---

① 贡曲松：藏语对佛、法、僧三宝的称呼。通常用作惊叹语，相当于汉语中的“妈呀！”也用于赌咒发誓语。

初三是转山会，嘉绒藏区各个部落能够出行的人都向琼日神山聚集。大色齐部落官寨除了看守官寨的人和大土司外，其余的都转神山去了。大土司想到鸟巢的事就没去，独自一人骑上马，一清早便向象山踽踽而行。登到山顶，转过马头往下看，方圆十几公里尽收眼底。他想起了汉文书中的一句诗“一览众山小”。再仔细看去，河谷的商道上，商道以外的旱地里，旱地以外层层叠叠的山林小道中，赶赴转山会的人一行行一群群地疾行，像蚂蚁搬家。可他今天看来，这些人却像乌云密布下贴地低飞的鸟儿。鸟巢一旦被抓破，他们又能飞向哪里？大土司陷入迷茫之中。看着这些低飞的鸟儿都隐没在通向琼日神山的深谷中，这才回过神来，拍了拍马脖子："走吧，咱们做自己的事去。”

初四下午，夫人和阿更转山回来了，下了马就直奔大土司书房，满脸的兴奋。

“回来啦？”大土司拥抱阿更。

“今年转山的人好多哟！”夫人坐下，从怀里掏出手帕擦额上的汗，“琼日神山香火旺得不得了！”

“敢死队好威风！”阿更羡慕之情溢于脸上，“洋枪才漂亮，您说给我留了一支，什么时候给我？”

“现在就给。”大土司说，“看来，我们得开炉，给每个男人造一支洋枪。”

“私造枪支好像要犯法，苟大人会管的。”夫人说。

“鹰要来抓鸟巢，得有些准备。”大土司说。

“你也说这些？堪布在转山会上讲经时，就说到鹰呀鸟巢呀什么的，听不懂。”夫人说。

“我听懂了。”阿更眨了眨眼睛，回忆堪布讲经时的情景。

“说说看。”大土司抿着嘴笑。

“说不出来。”阿更说，“反正觉得会有事。”

“我都没完全弄明白。”大土司向阿更撇了撇嘴。

初五那天接到苟大人传来的命令后，大土司似乎才明白了一些。苟大人命令松罗木解散敢死队，大年十五过完后，三千支洋枪一支不少地送到成都，不然川军将进山亲自收缴。

“狗屁命令！”大土司当着信使的面，把“命令”撕得粉碎。敢死队早就不存在了，从西藏回来后就解散了，我松罗木才不会白养这么多人呢。洋枪是他们在战场上用生命换来的，是驻藏大臣奖赏给他们的，我松罗木没有权力收缴。不要把无辜的川军派进山里送死，要从他们手上夺走心爱的宝贝可不是一件容易的事。大土司在给荀大人复的回信中，把这些意思都写了进去。

"也许鹰就要来抓鸟巢了。"初六，大土司召开新年首次头人寨首会议，他也要讲一讲鹰和鸟巢。麝香部落和沼泽部落土司第一次参加大色齐部落的会，他们不太适应这种会风，说话像猜谜语似的，不太听得懂。

大土司称赞象山是一座好山，三面绝壁，老鼠都难爬上去；山顶有草坪、森林、泉水；正面是缓坡，对着大色齐部落。在这样的山上筑鸟巢再合适不过。

象山谁不清楚？它又叫宝幢山，吉祥八宝[①]之一，是座好山，在那儿修建大色齐部落第二官寨的决定没有人不赞成。大色齐部落曾经有过第二官寨，现在是小色齐部落土司达拉的官寨。鹰抓鸟巢前，他们必须修第二官寨，万一第一官寨被抓破了呢？

会议气氛不庄重肃穆都不行了，谈的事没有一件是轻松的。会议谈到荀大人的命令，头人寨首们都为荀大人仇恨敢死队而义愤填膺。敢死队是谁呀，嘉绒藏区男人们的楷模，把刀指向楷模了，谁都不可能舒服。凭啥缴枪？有能耐荀大人自个儿从敌人手上抢！

会议谈到男人。现在男人们应该更像男人了，头上的辫子缠起来，手上的袖口挽起来，别他妈拖泥带水的。会议还谈到高碉，碉少的村寨赶紧造，现成的高碉都维修一遍。

荀大人怎么也不会想到他向松罗木发布命令产生的效果会是这种情况，他的突破口似乎没选准。他不会知道他的打击面宽了些，当初成立的敢死队，是从三个部落中抽选出来的，现在收他们的枪，会得罪三个部落。荀大人不知不觉按照仁青给他设计的路子在走，他虽然背对仁青说话，虽然收了仁青贵重的礼品后却只对仁青说了一声"你回去吧"就把他打发了，从来没把仁青放在眼里，但结果还是上了他的当。

---

① 吉祥八宝：藏传佛教中，把莲花、宝瓶、金鱼、海螺、宝伞、胜利幢、吉祥网、法轮尊称为吉祥八宝。它们分别代表佛陀身上不同的部位，具有不同的除恶行善功能。

仁青呈上的状纸虽然篇幅不长，但是，勾勒出来的情景已经十分惊心动魄了。组织三千人的队伍，还是洋枪武装，掠夺四邻部落领地和牲畜，抢近邻土司印绶，活捉的土司竟达三位。这还不够，还在广建高碉私造枪支，这个松罗木还想干什么？荀大人着实吃惊不小。过去他只听说松罗木不是一个安分守己的土司，却没想到问题已经这么严重。

“叛逆！”荀大人同意仁青在状纸中的定性，看了这些罪行，谁都会这么定性的。仁青在设计定性的时候，心里还是被什么东西硌了一下，觉得有些对不住岳父大人。列出的七大罪状和打造的“叛逆”帽子，都是仁青施展丰富想象力的成果，现在真要扣到清白人的头上时，心里免不了被硌一下。再说了，诬陷栽赃清白人，会不会受到琼鸟的惩罚？琼鸟可睁着眼睛看着呢！但是也就那么硌了一下就过了，谁让你不仁呢？你不仁，就别怪我不义，我也当一回毒丈夫，仁青横下一条心。你好好当我的岳父，不签那份狗屁条约，把印章交到我手上，甚至各方面扶持我一把，说不定我还会为你向荀大人邀功请赏呢。说你是忠臣，每年大年初一都要拜皇帝像；说你是能臣，炼铜铁、淘沙金、修商道、举商贸、筑石碉、兴文化；说你是功臣，带领敢死队赶赴西藏征服了入侵的廓尔喀人，帮助藏军平息了羊峒地方叛乱；说你是义臣，三个部落联合征讨大色齐部落，你用活捉的土司换来战争的平息，没有一人一马的伤亡。这些都是真的，无须编造，不费神的。但是我会这么做吗？除非我成了傻瓜！你以为我就那么懦弱，就那么好欺侮?我也有另一面，知道吗？叫你看不见，识不破！仁青自己一个人跟大土司说了很久的心里话，心情舒坦了，状纸写得理直气壮。

仁青送了那么多贵重的礼品，搬都要搬几个时辰，却没有得到荀大人一句确切的话。虽然他不会知道荀大人是否已经同意了他的定性，但是他不后悔，他看到荀大人看状纸时愤怒的样子，看到荀大人气呼呼地跨进客厅里屋的背影，看到管家第一次给自己续茶水和向荀大人煽风点火的情景，已经心满意足了，回太阳部落的路上还在马背上哼了一段曲子呢。哼过之后，发觉是阿果爱唱的那首颂歌，就闭了嘴。

荀大人不用仁青操心，既然已把松罗木划到岳钟琪那边了，他就知道该怎么办。当天就起草好了奏章，又当天派专人快马加鞭往京城送。荀大人是总督，看问题当然要比仁青深刻得多，他在奏章里，从嘉绒藏区和松罗木谈到云贵高原和苗族首领叛乱，从一孔蚁穴谈到千里江堤，从萌芽的毒草谈到盘根错节的荒原。文中特别强调松罗木穷兵黩武，欺压周边土司，四川边地风声鹤唳，构成征剿要件。又因嘉绒藏区地势险要，易守难攻，急需朝廷兵力财力支持。

奏章写毕，他复读了一遍，不禁感慨：一纸奏章，风起云涌；千字短文，枭雄毕露。文字啊，你真是魔鬼！

奏折送走，苟大人来到案边坐下，咂了几口竹叶青香茶，心中的火气似乎降了一些下来。是不是措辞强烈了点？他回忆着奏章的韵味。松罗木愚顽不化不假，倚势霸道也是事实，但是说他谋反叛逆似乎牵强了些，皇上会不会看出破绽来？苟大人有些忐忑。小题大做也是欺君之罪，万一看出他借题发挥贪求军饷的隐私，麻烦就大了。不过也没关系，有仁青垫背呢，苟大人及时安慰自己。即使皇上英明，觉察出其中奥秘，自己顶多承担没有实地调查的过错而已，及时汇报地方最新动态，出发点仍然是好的。他现在反倒有点怜悯起松罗木来了，山林野夫一个，刚愎傲骨一辈子，到头来，祸从天降还不知道怎么一回事呢。这就是代价呀，只不过这次报应的力量大了点。不这样也不行呀，嘉绒藏区里的人，性子就像那里的山水一样粗犷，容易出恶人。像松罗木这样的人不事先压住，到时候真的犯上作乱形成气候，费的力气就大了。

皇帝圣旨很快传下来了，苟大人跪拜诏书呼喊“吾皇万岁万岁万万岁”后，双手接过圣旨一看，出乎他的意料，圣旨似慈父教导儿女，温文尔雅。嘉绒为西南边地最早归顺中央王朝的地区之一，唐宋元明清各个朝代，嘉绒各地土酋陆续得到朝廷的封地和土司官爵。大清时代又清理调整多次，根据功劳和影响，领地有大小之变，官位有升降之易。根据头的大小定做的帽子，不仅戴着很合适，而且戴帽的人心里也舒畅，嘉绒边地的情况大致如此，所以实行土司制度以来，一直风平浪静。各个土司虽然品级有高低之分，但是不同于中原官制，他们之间没有隶属关系，因此发生互不买账、以牙还牙的情况在所难免，不能简单归结为谋反或叛逆。嘉绒藏区风俗不同，人的性格也与中原有别，这些因素不能忽略，不能见风就说雨。把一盏油灯当成燃烧的烈焰，把一潭清泉认作恣肆的汪洋，其差何止千里！在尚未完全弄明白之前，施以国威未免唐突。地方之事自行处置，妥善解决，息事宁人即可，不必大动干戈，把事弄大。圣旨中的大致意思就是这些。

“真龙天子也！”苟大人心里一阵惊叹，“真龙天子果真有顺风耳千里眼？”苟大人十分清楚，在危言耸听的奏章面前不急不躁，明辨是非，讲出这番道理，非一般人能做到的。而且圣旨既一针见血地点出了奏章的浮夸文垢，又堵住了地方官僚撒手不管不了了之的后路，这给奏章的起草者留足了面子。

现在，苟大人开始后怕了。他明白自己错误地估计了形势，以为皇上收到奏折后定会龙颜大怒，定会下达进剿的圣旨，故提前下达了收缴洋枪的命令。洋枪收缴后，朝廷进剿的命令一下达，松罗木和敢死队不就束手就擒了吗？这是他打的如意算盘，进剿军费可以悉数揽进囊中不说，还可捞一个神速剿灭叛匪的功劳。现在看来，这一如意算盘完全打错了。

皇上都那样，自己又何苦呢，苟大人想打退堂鼓。但是，收缴洋枪的命令都下了，收回命令，自己的脸往哪儿搁？松罗木不就更加趾高气扬了吗？他对皇上有些意见了。皇上高高在上，哪里晓得松罗木这个人的德性，如果他也看到松罗木的那副嘴脸，看到松罗木的那封回信，就绝不会如此温文尔雅。尤其那封信呀，钢牙咬铁豆，嘎嘣嘎嘣响，不把他的洋枪收了那还得了，谁能睡得着觉！皇上也真够狡猾的，圣旨里留了一句“地方之事自行处置”，如果对这几千支洋枪置之不理，万一今后弄出什么动静来，还不是吃不了兜着走！想到这里他又下定决心，枪还是一定要收缴。命令都下了，不能当放屁。再说，松罗木回信中的口气那么大，就这么不了了之，他还以为我怕他呢！

二十八
川军进山在芙蓉花开的时节

成都的芙蓉花开了，苟大人对副将杨兴说，山里的雪化了，该出发了。

苟大人下的这盘棋，结局虽然还难以预料，但是开局的思路却不同凡响，很有一些高手的风范。第一步棋，兵分三路，每一路两千人，分别进驻太阳部落、麝香部落和沼泽部落，把大色齐部落置于控制之中，构成威胁态势。杨兴的指挥部肯定设在麝香部落，次嘎和杨兴私交深，信得过。再说，麝香部落和沼泽部落挨得近，好联络。驻太阳部落的那一路有仁青做后盾，尽可放心。第二步棋，在布好强大兵力之后，杨兴亲自出面，拜访雍忠拉顶寺堪布，让堪布劝松罗木主动交出洋枪。第三步棋，如果松罗木不从，那就利用部落矛盾，让麝香部落、沼泽部落和太阳部落攻打大色齐部落，杨兴从中坐收渔翁之利。这三步棋攻守兼顾，环环紧扣，既可形成高压态势，又留有偌大的回旋余地。

川军进山后杨兴才发觉，这么好的思路在嘉绒藏区竟然行不通。不出苟大人所料，进驻太阳部落的川军受到仁青的热情欢迎，仁青盼的就是川军出动呢。进驻麝香部落和沼泽部落的川军运气就没那么好，这两个部落不欢迎川军进驻。沼泽部落勉强在草原上搭了些帐篷给川军住，麝香部落连帐篷都懒得搭，干脆让川军住进部落对面的森林里去了。

杨兴还没想到的是见不到堪布，堪布已经闭关，谁也不见的。要等开关，还要等半个月。士兵们都愿意等，现在正是春暖花开时节，满目青山绿水，蓝天白云，就是睡帐篷住树下，也挺有意思。

杨兴住在次嘎官寨里，天天看到次嘎黑着的脸，心里很不舒服。次嘎心里更不舒服，突然来了两千食客，每天要吃掉二十袋粮食四头牦牛。再说，他已经向大色齐部落拴了头，现在倒好，养起攻打大色齐部落的川军来了，大土司会怎么想？部落的百姓也不舒服，川军的吃喝拉撒都摊到他们头上，他们舒服得起来吗？

次嘎劝杨兴班师回城算了，等也是白等，大土司不会缴枪的，就是他想缴也缴不成，洋枪在敢死队成员手中，要缴他们的枪，他们会拼命的。杨兴不高兴了，板着脸问次嘎："胳膊扭得过大腿？他们不缴枪，我命令麝香部落、沼泽部落和太阳部落去缴他们的枪。""那，你们来干啥？"次嘎摊开手，耸耸肩。"不想报仇？全忘啦？"杨兴说的是次嘎被松罗木活捉那事儿，又补充一句："有我们撑腰，多好的机会！""嘿嘿！"次嘎笑了一下。次嘎笑时撇嘴的动作杨兴很反感，瞪着眼睛看次嘎，次嘎也毫不客气地瞪了他一眼。

各家各户每天下午都要交摊派的粮食，摊派牦牛采取抓阄的办法。到了每天下午，骂人的话像和尚诵经一样嗡嗡响起，摔盆砸碗的脆响此起彼伏，都十一天了，堪布再过四天才开关，这四天比四十年还漫长，他们担心怎么挨过这漫长的四天。

第十二天的下午，人们又像往常一样提着大包小袋，骂骂咧咧地来送摊派的粮食。山上跑下来一路人，摇晃着手臂，声嘶力竭地高呼：神鹿被打死了，神鹿没了！送粮的人们停止了脚步，手上的袋子滑落地上，表情显示出的紧张的程度，就是天塌下来也不过如此。

麝香部落神山和沼泽部落神山背靠背地连着，这两座神山又由一条山脉与琼日神山相连。山里人都相信，琼日部落神山上的琼鸟有时会变成男人，变成男人时移驾麝香部落神山，骑一头马鹿巡视山林；有时会变成女人，变成女人时则隐居沼泽部落神山。沼泽部落神山有一千三百多个大大小小的湖泊，清凉的山泉从山顶悬崖的各个石缝中流出来，流进下面层层叠叠的湖泊中。那些湖池像是细瓷做的，连同用于衔接的堤埂都一律光白，湖水则湛蓝如碧空一般，变成女人的琼鸟就在这里沐浴。人们管这些湖叫神湖，每年夏天到这里取水回去沐浴。其他部落的神山也都与琼日神山相连，琼鸟变幻成各种瑞兽祥禽，依次住上一段时间。住在麝香部落的川军没事就四处游逛，有几个士兵稀里糊涂走进了神山。他们看见好多野物从树林里钻出来，有兔子，有野鸡，还有不少他们没见过叫不上名字的小动物。这些动物对他们视若无睹，我行我素地在树林外的斜坡草山上追逐戏闹。最诱人的是那头野鹿，头上顶着一副华丽的茸，高高地抬起脚，迈着矫健的步伐，骄傲地从树林里走出，刚要走进草山，却停止了脚步，昂起头，似乎在炫耀头上的茸，又似乎对眼皮底下的小动物不屑一顾。

那几个士兵最初只打算打点鸡呀兔什么的当野餐，看到鹿子，这才兴奋地把枪口移过来，对准了这个庞然大物。

神山对面也是一座山，直线距离不远，抛石绳都可以把石子抛到对面去，如果是靠腿走，却要大半天才能到。那面山上站着一个人，是放牛的牧民，一直观察对面神山上的动静。看见枪口移动，并且对准了鹿，他突然歇斯底里地哭喊起来。野鹿听见突如其来的哭喊声，立即竖起耳朵，惊恐的眼睛转动得特别快，马上做好了逃跑的准备。“啪！”这时枪响了，是那种脆脆的薄薄的声音，不用说，没中靶。刚才还气宇轩昂的鹿，这时猛然一摇头，闪电般几个纵步跳过去，消逝在树林中。那几个士兵眼睁睁看到所有猎物都跑得干干净净，互相埋怨一阵，垂头丧气地下山了。

“神鹿惊了！神鹿跑了！” 牧民跑下山，声嘶力竭地奔走相告。一传十，十传百，神山上发生的事很快传遍整个麝香部落。

山那边的沼泽部落也闹事了。那里的川军钻进神山，跳到神湖里洗澡，又在神湖里撒尿，堤埂也踩烂不少。沼泽部落的人知道后，提起明火枪，把川军赶到部落以外的荒山里了。

“你也看见了，你的人趁早撤了好，不然出大事的。”次嘎对杨兴说。

“又没打死，连皮毛都没伤着，只是吓跑了，能有多大事？”杨兴撇了撇嘴。

“那是神鹿，琼鸟坐骑，把它都吓跑了，还没有事？得罪了守护神，谁也说不准啥时候降下灾难。整天提心吊胆的，这日子咋过？你说！全部落的人都在气头上，不出大事才怪！”次嘎无奈地摇着头。

“士兵破坏了规矩是不对，但出大事？我这里有两千支枪，还可以把沼泽部落那边的两千支枪调过来，能出多大的事？”杨兴冷笑一声。

“那边的枪怕调不过来了，现在恐怕和山里的干柴都分不清了。”次嘎心里想，死到临头了，嘴还这么臭，但表面上仍堆着笑。

“什么意思？”杨兴警觉起来。

“你那边的人冒犯神湖，都被撵进荒山野林了。不信，你问那个人，他刚到，从那边过来的。”次嘎指了指端一口大碗正在狼吞虎咽的小伙子。

“你肯不肯帮缴收洋枪？仁青会帮的。”杨兴在屋子里背着手走来走去，忽然站住，说。

“怎么收？洋枪在敢死队手上。你以为他们像神山上的猎物，成群结队地出来？他们早都散了，东一个西一个的，收一年都收不完。”次嘎说，“几百支洋枪又不是码在门口的柴垛旁，叫松罗木缴枪，他怎么缴？他最多把他那支缴上。”

“哎，苟大人，他……”杨兴发现苟大人的思路确实有问题，又不便说，叹了一口气，“我们不是白来一趟？”

“你们得罪了百姓，他们在气头上，什么事都干得出来的。”次嘎说，他不愿看到川军的尸体摆在他的领地上，“最好赶快溜了。我只保证你们今天以内的安全，明天以后我就没有办法了。”

次嘎吩咐厨师给杨兴准备包袱，褡裢里塞满了烧馍和猪膘。又安排向导带路，嘉绒藏区山深林密，如果不敢走大路，又没有向导，川军是走不出去的。

杨兴接过褡裢带着向导走进川军驻地后不久，背挎明火枪，手提长剑短刀的人们蜂拥而来，官寨大院顿时挤得满满的，他们要求土司向川军开战。次嘎说，今天不行，我承诺了的。大家来了正好，都静下来，为受惊的神鹿诵经安神吧。明天以后，你们想怎么样就怎么样。

愤怒的男人们憋着一肚子气，盘腿坐下。女人们也一群群地来了，她们也要为受惊的神鹿诵经安神。悲悯凄怆的诵经声在官寨大院上空萦绕，不少人顾不了失态，就在现场捶胸顿足号啕大哭起来。

川军从森林里看到部落这边的场景，一刻也不想待了，恐怖的气氛向他们袭来，似千万只蜜蜂鸣叫的诵经声令人毛骨悚然。杨兴让警卫员背起次嘎送的褡裢，站起来手一挥，下达了“撤”的命令。士兵们就等着这一刻，还没等这只手放下来，便像被狼追赶的羊群，向森林深处逃跑。他们听说穿过这片森林，过一条河，再翻一座山，就能到达康区①。他们只能从康区绕路回成都，不敢走穿过嘉绒藏区回家的近路。

杨兴半个月以后才回到成都。当时他转过身一看，跟着的人只有警卫员一人。杨兴官做到副将，这辈子大大小小的仗也打了不少，可从来没有

① 康区：藏区依据方言的不同分为三大区域，即蕃、康、安多。今四川省的甘孜藏族自治州、云南省的迪庆藏族自治州、西藏自治区的昌都地区和青海省的玉树藏族自治州这一大片连接的地区便是康区，那里的藏人被称为康巴人。

这么狼狈过。这次连打仗都算不上，基本上只顾逃命。

那天下午没跑多远天就黑了，向导说天黑了也要赶路，次嘎土司说过，明天以后他就不管了。可是，林子里实在不好夜行，黑灯瞎火的，又没有路，全靠伸手摸索着一步一步地前进。一会儿被大树挡住，一会儿被藤蔓缠住，一会儿又被荆棘挂住，一会儿又一脚踩进泥泞的坑洼里，身子失去平衡，栽一个跟头，进度之慢可想而知。走到半夜，杨兴发现跟在周围的人越来越少，他怕队伍失散，传话原地休息睡觉。幸好是夏天，林子里虽然潮气重，但不冷，还可以躺下睡觉，可是肚子不争气，都喊饿。杨兴的褡裢里倒是塞满了吃的东西，但是这点东西还不够两千号人嗅一嗅呢，只能与向导和警卫员一起悄悄吃一点。天一亮，向导教大家认可以生吃的菌子和野菜，大家吃了都说太好吃了，比猪膘好吃。肚子吃饱了又赶路，赶了半天的路，肚子又饿，又找菌子野菜吃，吃饱了都想坐下来休息一会儿，向导说不能休息，走得这么慢，部落里的人肯定快追拢了。“别吓唬人，都大半天了，连个影子都不见。”有人不在乎。“他们追我们图个啥呀，除了枪，咱们啥也没有。”有个人嘴里这么说着，身子却很利索地站起来。“他们就是喜欢你手上的枪呢！”向导说。

“砰！”林子是个斜坡，斜坡上面突然响起了枪声。接着是喊声，“追上了，在下面。包围，一个都不能跑脱！”这些话只有向导听得懂，其他人就是听得懂也没工夫听，拔腿就跑。向导是猎人出身，刚才找菌子时发现了一个熊洞，心里就想，在这个林子里打猎也不是一回两回了，咋就没发现这个洞呢？他习惯性地在洞口打了个记号，打算到了冬天，一定来会一会冬眠的“熊大哥”。现在可不能瞎跑，遭误伤不说，万一他们认出自己了，回去没脸见人。他一把抓住杨兴的胳膊就往洞里拖，警卫员也跟了进来。三个人趴在洞口，从密密的枝枝叶叶中看出去，两千人的队伍，竟没有一个人掉过头来开枪抵抗，都各顾各地抱头鼠窜。而且毫无组织纪律可言，有的横着跑，有的往下滚，有的昏了头，竟向追击者迎面跑去。

“砰砰砰！”迎面跑去的人也许把从上面追下来的人吓了一跳，那些人从大树背后和灌木丛里射击，十几个人应声倒地。追杀的人确实喜欢枪，见有人倒地，赶紧跑过去，也不管人是死是活，先把枪捡起来挎在肩上再说，然后又去追前面的人。像赶羊一样，上面的人往下赶，右边的人赶过来，过一会儿，川军全部被赶到左边的山沟里去了。再过一会儿就平静了，好像这里什么事都没发生。“完了！”向导第一个从洞里钻出来，摇着头说："那边是迷魂沟，我们猎人都不敢去的。""为什么叫迷魂沟？"杨兴灰头土脸地跟着走出来，眼睛也不转了。"那边的山沟深，天就像一根带子。一道道山沟又都像转经路一样一圈一圈的，进去了就别想转出来。"向导用手指在掌心画圈。"有猛兽吧？"警卫员最后一个出来，走到向导面前问。"有，就是有，"向导面带惧色，说："老熊，豹子，野猪，听说还有老虎。"

十几具尸体东倒西歪地躺在老熊洞上面的林子里，杨兴眼泪簌簌往下流，不知是为死去的士兵悲伤，还是为自己的遭遇难过。他们劈了一些杉树枝叶把尸体盖好就走了。比起被撵进迷魂沟的士兵们，杨兴已经很幸运了，有向导带路，有警卫员背褡裢，褡裢里有烧馍，有猪膘。平常嫌猪膘肥，现在才知道它是好东西，烧馍夹猪膘，世上怕是再也没有比它更好吃的东西了。撵进迷魂沟的士兵们后来的命运如何，一直是个谜，连撵他们的人都没说清楚。当时他们一路撵人一路捡枪，捡起第两千支枪后停下脚步不撵了，枪都捡够了，还撵啥？他们心满意足地转身回家了，不知道被撵进迷魂沟的士兵是死是活。但是有一点可以肯定，没人见过从迷魂沟里出来一个人。

被沼泽部落撵跑的那路川军情况还好点，枪是悉数丢光了，人保住了一半。另一半人也不是被沼泽部落的人打死的，他们比麝香部落这边的川军头脑灵醒多了，没有一个人迎着追他们的人跑，而是趁早纷纷把手里的枪扔了，他们似乎猜到追他们的人要的就是这个。他们配合得这么好，别人没有理由要他们的命。这一半人的不幸，有的是在逃跑途中抢道时被踩死的，有的是被逼上悬崖后踩空掉下去了，有的遇上了带崽的野猪，护崽的野猪是不会放过任何人的，还有跑累死了的。保住命了的那一半人化整为零，昼伏夜行，其中一部分人成功逃出嘉绒藏区，还有一部分人仍钻不出去，一直在山里打转，一个月以后，才拐弯抹角地投到了当时已经进驻太阳部落官寨的云贵川总督张广泗军中。

进驻太阳部落的那路川军一直得不到杨兴的指示，仁青也满腹狐疑，担心杨兴被次嘎和索朗达吉收买了，或者松罗木又玩了什么新把戏，派了两个暗探，分别去麝香部落和沼泽部落探个虚实。这两个人带回来坏消息，仁青仰天长叹，知道这次的精心准备又泡汤了，建议川军打道回府，免得他白养这么多人，川军也只好这样了。这三路川军就这一路运气好，其他两路几乎全军覆没，杨兴没脸见苟大人，在寓所里上吊自尽。

二十九 皇帝的梦

紫禁城夜深人静，庄严肃穆的皇宫隐没在夜色中。忽然，皇宫深处的一扇窗户被灯光照亮，皇上从龙床上坐起来，边披衣服边想刚才做的梦。衣服披好了，他就那么坐着想梦，觉得刚才做的梦不祥，竟忧虑起来。清晨，公公轻手轻脚进来请安，他居然没听见，过了一会儿才看见跪在地上的公公，赶紧说了声“平身”。

皇上下了床，公公伺候皇上穿衣戴帽洗脸漱口，又张罗早点早茶，这么折腾下来，天已大亮。皇上没滋没味地吃着早餐，心里一直惦记着昨夜做的梦。“不祥之兆！”他的心情很郁闷。他梦见皇宫的西南方长出一棵松树，越长越高，越长越大，树冠如盖，把大半个紫禁城都盖住了，这样的梦会好到哪里去！

皇上叫公公把圆梦师和国师喊来。圆梦师穿一身道袍，一把白须垂胸。国师是从西藏来的红衣高僧，光光的脑袋又大又圆，深邃的目光似乎能够看透一切。

“唏！”圆梦师听了梦后倒吸一口冷气，“当讲不当讲?”

“讲，快讲！”皇上急了。

“大清皇土的西南方，要出一位姓名中带‘松’音的反臣，欲与皇上争位呢!”圆梦师简明扼要地说出了梦中寓意。

“有这等事?”皇上虽然这样反问，但是他对圆梦师是深信不疑的。

“梦中反臣”的名字很快查出来了，就是四川嘉绒藏区的安抚使土司松罗木，整个西南方向大大小小的官员中，只有松罗木的名字带“松”字。

“此人朕知道，是罪臣岳钟琪举荐的那个夷人，川陕总督曾经呈来奏折说他有谋反之心，请求征剿呢。”皇上想起来了，看了看圆梦师，又看了看国师，问：“有何良策？”

“改名字，破梦。”圆梦师说。

“索罗木，如何？”国师脱口而出。

“怎讲？”皇上问。

“藏族有这种名字，又是缩了的木的谐音。”国师解释。

“甚好！”皇上表示同意。

正在此时，公公在门口报告，川陕总督苟大人求见。圆梦师和国师告辞，苟大人进来叩拜皇上。

“又是松罗木的事吧？”皇上让苟大人平身后问。

“皇上英明，未卜先知！”苟大人惊讶，将手上的奏折交给公公，公公又呈给皇上。

皇上展开奏折，比任何时候都看得仔细。奏折上的内容是苟大人根据杨兴警卫员的汇报，加进自己的想象写成的。大意是嘉绒藏区大色齐部落土司松罗木以女儿阿果嫁太阳部落土司为诱饵，夺了仁青土司的印绶，占领了部分领地，又抢夺了沼泽部落上万头牦牛，活捉次嘎、索朗达吉和仁青三位土司，闹得川边不得安宁。此人对朝廷不但没有丝毫的感恩之情，而且从以上种种迹象看，大有谋反之心。这一切的根源在于他有三千支洋枪武装的敢死队，认为有了这支队伍就可以不顾王法称王称霸。如果任其骄纵，他跟着就有打入成都直捣京城的野心了。为了釜底抽薪，我派副将杨兴带领六千人马，开赴嘉绒藏区收缴洋枪，解散敢死队，殊不知杨兴队伍驻地麝香部落和沼泽部落被松罗木收买，队伍遭到偷袭，几乎全军覆没，松罗木蔑视大清已经到了如此无以复加的地步，已经铸成了叛逆的事实。不征剿松罗木，不仅川边永无安宁之日，而且直接对大清江山构成威胁。嘉绒藏区大色齐部落虽然只有区区数万人，但地势险恶，易守难攻，非川军所能克制，恳望皇上调集外省兵力，合力一举将松罗木灭之。

“松树，松树！”皇上合上奏折，喃喃道。

苟大人听不懂，张着嘴，不敢吱声。

“索罗木！”皇上在龙案上重击一掌。

“索罗木？”苟大人全身一震，嘴唇不由自主地动了动，却没有声音。

“你回吧。”皇上向苟大人晃了晃手。

苟大人这次亲赴京城实在是自讨没趣，他哪里知道皇上“你回吧”的这句话里另有玄机，他被解甲归田。数千川军扔进大山里，落个这样的结局也该想得通。

三十
张广泗进山

皇上钦定张广泗领兵征剿嘉绒藏区。张大人可是征剿云南贵州一带苗族首领叛乱的功臣，时任云贵总督，现在兼任四川总督。

张大人听说川军数千人在嘉绒藏区落荒而逃，就没打算用川军，从云南贵州直接调兵，亲自统领，驻扎在太阳部落。

张大人在云贵一带以“苗族通”闻名，知道部落首领之间新仇旧恨不断，不能像苟大人一样只听仁青一面之词。他不急于用兵，化装成小商贩，选了两名腿脚功夫好的壮士化装成小伙计，走进大色齐部落地盘。

在大色齐部落各个山寨之间的山路上，碰到次数最多的是送信人王秋。王秋穿着汉装，长相和中原汉人没有任何区别，他本身就是汉人，会说藏汉两种话。

张大人喜欢和王秋结伴而行，王秋既可以带路，又可以当翻译。王秋也高兴与这几个小商贩同路，一个人走路总是有些寂寞。他是个热心人，抢着挑货担子，还把自己的烧馍干粮分给商贩们吃。走累了，他们就找一个阴凉的地方休息。王秋不善言谈，问一句答一句，他自己从来不提问题，连名字都不问。

“你是哪个部落的？”张大人问。

“汉人部落，藏语叫嘉德陇瓦。”王秋答。

“还有汉人部落？”张大人有些惊奇。

“有，新部落。我父亲一代才有的。”王秋说。

“你爷爷那一代在哪里？”张大人对这个话题很有兴趣。

“爷爷那一代在灌县，父亲也是二十多岁时才进山的。”王秋只回答所问的事，话题不会扯远。

“说呀，听着呢。”张大人不想打断王秋的话。

“说完了。”王秋看了张大人一眼。

“完了？”张大人有些失望。小伙子什么都好，就是话少，只好抬头看大山。从一个过路人的眼光看，大色齐部落十分美丽，放眼望去，重重叠叠的山岭一直铺排到云天尽头，莽莽苍苍的森林把这些山岭覆盖得严严实实。时值仲夏，满眼的郁郁葱葱。但是从一个军人的眼光看，这样的地形地貌使人害怕，他在云贵高原就尝过这种苦头。这些山岭沟壑平常看起来景色秀丽，似同仙境，一旦打起仗来，它们顿时成为魔境，每一座山，每一条沟，甚至每一个山洞，每一棵大树，都会成为吃人不眨眼的魔鬼。想到这里，他突然问：“不怕进山吗？我说你父亲。”

“你怕？”王秋笑了一下，觉得这个问题有点奇怪。

“怕也没用，营生。”张大人指了指货担。

“其实没啥，山里挺好的。”王秋说。其实这是他个人的感受，父亲不一定这么想。

“好在哪儿？”张大人又问。

“我父亲和他的几千个老乡，从老家跑进山里抢沙金，当地人没把他们怎么样，还拿一条沟给他们住。”王秋朝山外方向看，说：“好多人都误会了山里人，其实山里人挺好的，我们土司就没有那些人想的那么坏。”

“‘我们土司’？你们土司是谁？”张大人又来劲了。

“松罗木。皇帝改了土司的名，叫索罗木，我们改不了口，还是叫松罗木大土司。”王秋说。

“是他收留了你父亲他们的？”

“是。”

“他不避汉人？”

“他有一个绰号，叫嘉嘎土司，就是喜欢汉人的土司的意思。”

“嘉嘎土司，”张大人学说王秋的话，吐字不准，自己先笑了，“喜欢汉人的土司？就因为收留了你父亲他们？”

“不止这点呢，”王秋扳着手指说，“修了商道，把藏区和汉区连了起来；帮汉兵撵跑了廓尔喀人；请了汉人师爷，让孩子们学汉语汉文，他自己也学呢。还有，请汉人奶妈，就是我妈。阿果是他的女儿，吃我妈的奶长大的……”

张大人在山里挑了一个多月的货担，接触了各种人，跟买货的人聊天，聊高兴了就不收钱，也因此得了个“戈摸索格佳嘎”的外号，爱聊天胜过爱钱的意思。嘉绒藏区在张大人眼前渐渐清晰起来，松罗木、仁青、次嘎、索朗达吉、阿果、多吉……好像这些人他都见过，他都熟悉。他仿佛觉得嘉绒藏区发生那么多事，根源其实并不在松罗木那儿，而在被称为“康珠玛”的阿果那儿。他进驻太阳部落时恰逢阿果回了娘家不曾见面，这个女人为何具有那么大的魅力，以至那些男人为了得到她，有的宁肯割断手足情谊，有的不惜付诸武力呢？嘉绒藏区美女如云，为何就争这一个人？她真的跟貂蝉之流有一比么？松罗木为何又把这样一个女儿嫁给她并不喜欢的男人呢？

回到太阳部落驻地，张大人扔掉货担，洗了个热水澡，换了干净衣服，命人拿酒上菜，他要犒劳一下自己。这次微服进山收获说有多大就有多大，可以避免一场根本不必要的征剿。山里放一个屁，传到城里就成了炸雷！皇上也是，梦都能当真？几个土司为争一个女人都忙得不可开交，哪有空谋反！只要土司们各得其所，完全可以不动一兵一卒，嘉绒藏区即可安定，自己也好交差。几杯酒落肚后，他感慨万千，幸好自己实地考察了一番，如果不问究竟挥师入山，将来知道来龙去脉后，不知会怎样的懊悔。他对苟大人很不屑，朝廷中就是有许多像苟大人这样的官僚，把好多事情都搞复杂了。这些人的胆子也够大的，没有天灾谎报有天灾，地方治安好好儿的，可以编造发生了叛乱，向朝廷伸手要赈灾款要军饷，他们敢拿江山社稷开玩笑。苟大人这种人，解甲归田算轻饶了他，押到刑场砍了头才好。又猛灌了两杯酒后，发现少了说话的人，这才想起仁青土司，派人叫来。

“向张大人请安!”仁青摘了波斯帽，露出盘在头上的油亮发辫，手上捧着长长的阿喜哈达①，已经躬腰低头站在了门口。

“仁青土司，快进快进，不必拘礼。”张大人用手指了指对面的空座位，“我出了一趟门，今天刚回来，咱们喝一杯。”张大人微服入山的事仁青也

---

① 阿喜哈达：哈达为长条形似围巾的丝织品，它是藏族社会中普遍流行的互赠礼物，表达吉祥、尊敬、友谊、祝福、庆贺等意。哈达有很多种类，阿喜哈达属于上等哈达之一，绸缎料子，既宽又长，上面还印有吉祥图案和祝福文字。

不知道。

“应该我请您的，张大人，我敬您一杯！”仁青谢坐后，双手端起酒杯，恭恭敬敬地说：“张总督乃朝廷栋梁重臣，进驻敝地，是太阳部落的福气啊！”

“不敢当不敢当！”张大人端起酒杯一饮而尽，心里想，仁青相貌猥琐，但挺会说话。

“斗胆提议，咱们连喝三杯，咋样？这是我们这里的习俗。”仁青见张大人饮酒豪爽，十分欢心。

“当然当然，我懂，入乡随俗嘛。”张大人有经验，云贵苗人也是这样。

两个人你一杯我一盏地喝着，很是投机。仁青讲山讲水讲部落，汉语十分流利。张大人没来四川前，专门研究了一番嘉绒藏区，想不通这巴掌大一块地方，为何聚集了十八个土司。现在终于理出一点头绪来，这里可是藏龙卧虎之地啊！就这眼前的仁青就不是等闲之辈，怪不得能操纵苟大人呢。

喝到脸红耳热时，仁青不再兜圈子，扑通一声跪在地上，痛哭流涕地说：“张大人，既然您来到太阳部落，可要为我做主呀！”

“仁青土司，请起请起，有话好说。”张大人被仁青措手不及的一招惊了一跳，赶忙离座把仁青扶回原位。

“我是空头土司呀，印在阿果手上攥着呢！”仁青把松罗木如何图谋不轨，把刚出生的阿果许配给当时只有六岁的他，阿果和他的弟弟多吉又如何勾搭成奸，松罗木又如何偏袒女儿，抢了他的印，夺了他的地，还把他活捉了，逼着立了城下之盟，把印交给女儿，让他当空头土司等陈年往事诉说了一遍，接着，他知道张大人和岳钟琪之间有过节，哭喊道：“过去松罗木有岳钟琪撑腰，该他耍威风。现在岳钟琪倒了，他还是照样欺负人！我对不起祖宗呀，丢了朝廷颁的印、封的地，我还算什么男人！”

“啊！啊！”张大人就一个单字应承着，心里盘算，难道这一个月来在山里私访时得出的结论是错误的？原来以为嘉绒藏区发生的那么多事，根源在阿果那里，经仁青这么一说，其实仍然在松罗木那儿，阿果只不过是他手上的一张王牌。这里真和云贵山区差不多，土司之间的矛盾就像蛇缠蛇藤绕藤一样错综复杂，这种矛盾纠葛虽然不会直接殃及到社稷江山，但是如果放任自流，鸡斗难保笼全，皇上派自己进剿嘉绒藏区或许就是未雨绸缪。说松罗木覆盖紫禁城觊觎皇室，似乎夸张得不着边际，但是对此人不可掉以轻心，仅就为了今天的太阳部落土司印，二十年前就把初生女儿许配给仁青这点来说，此人城府不可谓不深，在他身上确实有些岳钟琪的影子。为了试探和控制这个人，从处理仁青的土司印“下刀”，或许是个不错的主意。于是，张大人伸出三根指头，说：“三种办法，你要哪种？”

“请总督明示！”仁青从怀里掏出丝帕，擦脸上的泪痕，正襟危坐等待张大人发话。

“第一种办法，土司印、阿果都要；第二种办法，不要土司印，只要阿果；第三种办法，只要土司印，不要阿果。你选哪种？”张大人快速转动眼珠，观察仁青的表情。他知道，马上做出这种选择有点难，他做了耐心等待的准备。

“我选第三种。”没想到仁青不假思索地迅速做出决定，“只要把印还给我，我对祖宗就有个交代。”

“你舍得阿果？”张大人揶揄道。

“我和阿果没缘分，喜欢也是空喜欢。”仁青摇了摇头，“我早就想跟她分手，又怕松罗木捣鬼，一直不敢提，拖到现在。”

“阿果，人怎样？”张大人话一出口就后悔，怎么这样问话？

“过几天她就回来了，你一看就会知道。”仁青点了点头说，“嘉绒藏区女人中排得上第一，还说她是康珠玛呢。”

“康珠玛？什么意思？”张大人对阿果的话题很感兴趣。

“空行母。大家说她是空行母投的胎，出生时出现了奇异天象。”仁青撇了撇嘴，“我才不信呢，她来到这里后，不祥的事情一件接一件地发生，没有畅顺过。”

“你跟阿果分手的话，不知道好多土司又要争她呢。”张大人担心山里又为这事儿出乱子。

“那是肯定的。”仁青毫不怀疑这一点，“不过，我要让给多吉，毕竟他是我的胞弟。说实话，阿果确实有点‘康珠玛’的味道，这么好的人我不希望落到外人手里。”

“阿果她愿意？”张大人同意仁青的决定，这事落实得越早越好。

“他们早就好上了呢，就为这个，我们兄弟俩还闹过别扭。”仁青苦笑了一下，摇了摇头，做出往事不堪回首的样子。

“仁青土司，你能当舍便舍，还能宽容弟弟，实乃大丈夫也！”张大人有点佩服起仁青来，换了他，绝对做不到。休掉不爱自己的老婆倒有可能，对让哥哥戴绿帽子的弟弟，不一枪毙了他才怪。仁青到这时还顾着弟弟，真是不可思议。

“我们山里有句俗话，女人是衣裳，兄弟是手足。汉人不是有一句话吗？肥水不流外人田。别提大丈夫，我的心胸窄着呢。”仁青说完，两人哈哈大笑。

今天这顿酒喝得很开心，仁青起身告辞，踉踉跄跄地回去了，张大人此时也醉意蒙眬，上床便睡。

过了两天，阿果回来了。阿果不是一个人回来的，她又把过去陪嫁的藏戏团的姑娘们都带来了。她对土司印不感兴趣，土司印并不能帮她打发日子带来快乐，她的乐趣就是跟姐妹们一起演藏戏。

阿果做好了面对仁青黑脸的心理准备，仁青对她不高兴时就黑着脸生闷气，这比打骂还难受。阿果知道错在自己这边，如果换成她也会生气的。但是她没有办法，自己根本就不喜欢这个人，说不出他喜欢听的话，做不出他喜欢看的表情，恰恰相反，几乎她的所有言谈举止都会伤到他。看见仁青不高兴时黑着脸生闷气的样子，她心里就难受，更准确地说，应该是同情，是怜悯。这次带姐妹们来，事先没来得及跟他商量，他肯定又会黑脸生闷气呢。其实，带姐妹们回来不是她的主意，是阿爸让她带的。她向阿爸说，她在仁青那儿很苦闷很不愉快。阿爸说，土司印都抱在手上了，还要怎样才能愉快？她说，她不稀罕那玩意儿，那东西对她一点用处都没有。阿爸笑得眼泪都出来了，终于停住笑后说，那就把你的姐妹们带去吧，你呀，还是小姑娘时的样子，一点也没长大。阿爸这么一说，她便把姐妹们带来了。没想到现在的仁青一脸的灿烂，不仅脸没拉长，牙关没咬紧，而且还主动和姐妹们打招呼，姐妹们惊讶得不知所措。仁青吩咐大管家金巴把姐妹们安顿好，又吩咐厨房弄些好酒好菜，说一家人要好好聚一聚。

姐妹们像一群小麻雀，在官寨二楼她们曾经住过的那些房间里飞进飞出，唧唧喳喳地闹着，阿果自个儿登到官寨楼顶的平台上。

她在娘家就听说太阳部落来了许多军人，从官寨楼顶望去，果然看见了驻扎在部落西头草坪上的军营。草坪本来很宽阔，是部落聚会的地方，过去阿果和姐妹们就在这里演藏戏，现在几乎看不见茵茵绿草，帐篷一顶挨着一顶，变成了帐篷城，只有帐篷城中留有纵横交错的过道上还可看见原来的草坪，但是已被践踏得一塌糊涂，就像陈旧肮脏的破地毯。从楼顶看那边太远了点，只看见人影，却看不清他们的模样，更看不见他们在干什么。和上次来的川军差不多吧？阿果猜想。上次来的川军可能不是鹰，来了又走了。这次来的这些人是不是鹰呢？阿果心里有些忐忑，始终平静不下来。早晚要出事，要出大事，她老是这么想。出什么事她也不知道，就是心中不安。这种心情是她这次回娘家后才有的，大色齐部落各个村寨不是新修高碉就是维修高碉，说是要防备，远方要飞来鹰，这些鹰会抓鸟巢的。她问阿爸，怎么会呢，像神话一样。阿爸指着象山说，你没看见咱们官寨也在那里筑新巢吗？会的，铜镜中就是那样。阿果跑到象山，新官寨修在半山上，快完工了。她回来问阿爸，用得着吗？石墙里都可以建屋了，那么厚。厚一些好，鹰爪抓不动，阿爸说。可以不背水了，里面有水，阿果说。不是里面有水，是把山顶的泉水引进去的，阿爸说。自从听到鹰呀鸟巢呀的传闻后，阿果的心情就一直没好起来，就是姐妹们陪着，表面上虽然嘻嘻哈哈，也没能变成一阵清风，把内心的阴影赶跑。这些人是铜镜里出现的鹰吗？他们为啥要来捣鸟巢？鸟巢怎么把它们惹生气了？或许又不是呢，又像上次川军一样待一阵就走了呢，她就在楼顶这么胡思乱想着。

“夫人在这儿呢，”金巴有些气喘吁吁，“到处寻您，没想到您在这儿。土司叫您呢！”金巴摊开手，做了个“请”的动作。

“这么客气！”阿果也不知道这句话是说仁青还是说大管家。

“土司要给夫人和姐妹们接风洗尘呢。”金巴边走边说，“姐妹们都吃上了。”

“这么客气！”阿果没想到自己又重复了刚才的话，连语调都丝毫没变。

“夫人心情不好？”金巴抬头看了阿果一眼。

“这么……” 阿果差点又说出刚才说过的话，幸好及时发现，伸了伸舌头，“没有啊！”

“土司心情特好，可能夫人回来了，他高兴，好久没见他这么高兴了！”金巴兴奋地说。

“是吗？高兴就好。”阿果想，怎么回事？他黑着脸生闷气才正常。自己在娘家多待了些日子，又把他最烦的姐妹们带来了，他反而这么高兴，搞不懂。

说着走着就到了三楼，这里是土司一家人用餐的地方。门开着，里面有说话声。还有客人呢，是谁呢？阿果正这么想着，金巴停住脚步，低声说了一声“夫人您自个儿请进”，便调头轻手轻脚地走开了。

“阿果！”仁青听见过道上的动静，忙从里面走出来迎接。阿果跨进门便愣住了，餐桌旁坐着多吉，仁青和多吉很久没在一个桌上吃饭了呀！

“是多吉，不认识了吗？”仁青心情确实特别好，见阿果愣在那儿，开起了玩笑，“今天咱们一家人聚一聚。”

仁青想拉一下阿果的手，却又改成搓手，笑容满面地朝餐桌边走去。阿果六神无主，跟在后面。

“来，还是老规矩，连饮三杯。”仁青待阿果坐定，端起了酒杯。

“一家人，还讲这些。”阿果嘟囔了一声。

“是，早就是一家人了。”阿果的话刺痛了仁青，心里想，你俩勾搭成奸这么多年，不是一家人又是什么？口头上却瞬即话锋一转，说：“一家人也得讲规矩，我带头。”三杯酒落了肚。心想，这么多年都过去了，今天还计较它干啥，这种日子马上就要结束了。

仁青的话，阿果和多吉当然明白，相互偷看了一眼，把酒喝干了。

仁青并不忙于切入主题，侃起了张大人，而且滔滔不绝，好像他什么事都没放在心上，单单对这个人感兴趣。

“这个人有这么大的权力？”多吉喝了些酒后，现在放松多了，见哥哥并没有恶意，便问。

“当然，三省总督，比岳大人、荀大人官职高了许多。”仁青伸出大拇指。

“鹰，他是不是鹰？”阿果又想起了铜镜。

“鹰，什么鹰？英雄？英雄！”仁青的听觉发生了一个小错误，“管三个省的人不是英雄，皇上会把这个位子让他坐？”

“皇上？他见过皇上吧？”阿果眼睛一亮，突然兴奋起来。

“那当然。他见皇上就像你见我和多吉一样简单。”仁青顿感犯了大忌，怎么能把凡人与皇上相提并论呢，下意识地接连伸了好几次舌头。多吉的心上像钉进一根铁钉，无声嘀咕道，怎么扯到皇上那儿去了！

哪有这么比的！阿果心想，你们弟兄俩有一个是皇上就好了。

“荀大人官丢了，现在不说我们嘉绒藏区，就是整个四川，都在他的手下。”仁青灌了一杯酒下去后说。

“荀大人太贪了，我就知道他会有今天的。”多吉跟了一杯。

“皇上身边来的人就是不一样，荀大人没法比，有水平！”仁青还没夸够张大人。

“又提皇上！”多吉的心又颤了一下。

阿果眨巴着眼睛听，她就爱听皇上长皇上短，一辈子都听不够。

“张大人一句话，就把我们的事摆平了。”仁青转入主题，把前几天与张大人喝酒时说过的那些话抖了个干干净净。

多吉和阿果被仁青的话打闷了，一句话也说不出来。仁青也没有更多的话要说，气氛顿时凝固起来，每个人都能听见自己的呼吸声。

“哇！”阿果突然放声大哭，上身趴在餐桌上，整个脸儿埋进胳膊弯里，圆润的肩膀随着恸哭时特有的呼吸节律一耸一耸地起伏，“我成了什么呀，被你们男人当做一样东西，争过去争过来，送过去送过来……”

“张大人，张大人！”仁青就像三伏天喝了一桶凉水，念着张大人的名字，心里痛快极了。阿果，你也有哭的时候！你哭吧，悲伤吧，我不要你了，我是堂堂正正的太阳部落土司！他站了起来，“从现在起，我和阿果的关系断了，你们以后爱怎么样就怎么样。”

“哥……”多吉满心欢喜，又有几分愧疚，不知说什么好。

“我想好了，给你五个寨子，报张大人批准后，你就是土舍[①]。俗话说得好，婆娘是衣裳，脱了可以换新的，兄弟是手足，怎么能割舍呢！”仁青喝高了，又像上次和张大人喝酒后告辞时那样，踉踉跄跄地走出门去。

“你，怎么哭了？哭得那样伤心。”仁青走后，多吉问阿果。

“能不伤心吗？踢来踢去的，我就那么贱？”阿果支起上身，脸上还有泪珠。

“谁说你……”多吉不忍心说出“贱”字，“这件事传出去了，你又成了唐僧，众魔争着抢呢。”

“都成你名下的人了，还会有什么事？”阿果用手掌抹了一下脸上的泪水，纤纤手指十分好看。

“你也……”多吉激动得没能把话说完整。

“我的心思你不是不知道。”阿果睃了一眼多吉。

“又是你的梦中皇上。”多吉撇了撇嘴，“你的梦没醒以前，我们还是和过去一样，可以了吧？”

“这个梦我不想醒，”阿果正眼看着多吉，“其实，仁青……只是，我……唉，这样也好，是张大人的决定，阿爸那边好说些。”

“张大人，皇上派来的，啧啧！”多吉话一说出口就后悔，怎么又提到皇上了呢。

“对，明天我们就去拜访他。”听到皇上，阿果又兴奋起来，想看一看

---

① 土舍：土舍为仅次于土司的一级官职，由与土司有直接血缘关系的人担任。

皇上派来的人是个什么样子。

第二天早晨，阿果听见有人敲门，一看窗户，天已大亮。她以为敲门的是多吉，想起昨天约好去见张大人，一骨碌翻身起床，匆匆把散开的睡袍用丝带系好，胡乱抹了一下头发，用湿毛巾擦了把脸就去开门，没想到站在门口的是金巴。

“土司在等你们呢，多吉我已经喊了。”金巴说着，上下打量着阿果。

“仁青？他有事？”阿果边问边打量自己，心想，金巴为啥用那种眼光看自己呢？

“说去拜访张大人，快走吧，都等好一会儿了。”金巴说。

“我还没洗漱呢，还得换件衣裳。”阿果着急了。心想，拜访张大人的事，是她和多吉商量的，怎么仁青也掺和进来了呢？

“这不就很好吗？我刚才都在想呢，你都知道去拜访张大人了吧，这身打扮比以前任何时候都好。”金巴眼中流露出陶醉的神情。

“穿的是睡袍，头发又这么乱，脸上什么也没擦，紧巴巴的。你想叫我出丑？”阿果佯瞪了一眼金巴。

“主子，我哪敢呀，真的好看。”金巴正说着时，仁青和多吉过来了。阿果不想耽误大家，只好跟着走。走出官寨大楼时，多吉瞅准机会悄声对阿果说，今天你特别漂亮。

院子里准备好了五匹马，由下人们牵着。这些马经过了一番精心打扮，看起来挺精神。马鬃修剪成弯弓形，拴有七色彩带，马尾也挽了，还拴了彩带。马背上披的是崭新的氆氇垫子，上面备了镀金马鞍，金钱豹皮鞦在马腚上开出两路金色小花。笼头格外讲究，黑色的笼头皮条上面，匀称地钉了纽扣大小的银泡，银泡鼓着，像金鱼的眼睛。

今天仁青土司不坐轿了，换成骑马，在总督面前坐轿不合适。金巴也要跟着去，土司到哪儿都离不开他。还有一匹马没人骑，由下人牵着走，仁青说是给张大人准备的。

每匹马的脖子上都挂了一串铜铃，虽然人马不多，但是闹热，铜铃声盖过了单调的马蹄声，叮叮当当向军营一路撒去。

张大人的帐篷仁青是熟悉的，前两天他在这里喝过酒。这里的帐篷多，地皮很紧，但是张大人的帐篷前还是留了一片草坪，算是小院了。听到嘈杂的铃声，张大人从帐篷里走出来，站在草坪上看。他一眼就认出仁青，仁青后面跟着几个人，阿果最显眼。他倒抽了一口气，这就是阿果？

“向张大人请安!”仁青赶紧下马，躬着腰，踩着碎步向张大人跑去。其他几个人也跟拢了，仁青一一向张大人介绍。金巴手臂上挂着哈达，分发到每个人手上，仁青第一个向张大人献哈达，说：“你的决定我都跟他们讲了，今天是来谢恩的。”

“这就是你说的阿果吧?”张大人指着阿果问。

“小女正是。”仁青没来得及回答，阿果自己就应了，伸出双手大大方方地把哈达献了过去。心想，此人仪表堂堂，跟岳大人不相上下，皇上尽选美男子给他办差事么?

多吉献哈达时，张大人只是双手去接，脸却仍然向着阿果，眼光从阿果的头部、脸部、胸部一直滑到脚部，然后忽然一闪，收了回来，说：“幸会！幸会!”这句话不知是对献哈达的多吉说的，还是对他现在看着的阿果说的。但是不管怎么说，对阿果的第一印象已经深深地烙在张大人脑海中。

果然是大美人，张大人心里说。说到美人，张大人见得多了，花枝招展的，浓墨重彩的，妖艳灿烂的，雍容华贵的，什么样的美人没见过?然而眼前的美人跟那些美人不太一样，她更像大山里清冽的晨风，抑或像对面森林里摇曳的青枝绿叶。她的美纯属自然天成，简简单单、清清爽爽，特别是那双眼睛仍然天真稚气，充满对一切灾难和幸福毫无防备的神情。这就是土司夫人吗?张大人似乎有些怀疑。她分明是从仙界来，哪里沾染了人间烟火?蓬松得有些散乱的秀发让其以原本的姿态在胸前和肩后自由流泻，没有给予梳理和编织。血青色丝绸薄袍透着双肩乳白的肌肤。张大人不知道这是睡袍，睡袍和别的长袍其实没有差异，只是偏薄一些而已。由于薄，像唐装似的睡袍尽管右襟折进去，左襟复又折过来，前身就叠为两层了，但仍然没有能够挡住丰满的乳房，似隐约可见。张大人现在才明白人们为何叫她康珠玛了，画上的飞天仙女不就是这样的嘛。还有，这一行人到来后，草坪上立即有了一种淡淡的柏枝香味，张大人嗅出这香味分明是从阿果身上散发出来的。

金巴把礼品搬进帐房，堆到仁青送给张大人的八仙桌上。仁青见张大人痴痴地看着阿果发呆，心想，又有好戏看了，嘴里却说：“张大人，一点小意思，请笑纳。”

“送什么礼嘛，我们这一大帮人住在这里，已经把你们打扰够了。”张大人边说边走到帐门前，往里瞅了一眼，并没有细看，挥了挥手，说：

“都进帐篷里去，我请客。”

“今天就不麻烦张大人了，我请客，马都给您备来了，那边都准备着呢。”仁青走到张大人面前，放低了声音说：“把那件事办了吧，行不？”

“行，既然你们都同意，迟办不如早办。”张大人说话声如洪钟，“阿果，你愿意交出土司印？”他对阿果有些怜香惜玉起来。

阿果点了点头，表示愿意，她才不稀罕那破玩意儿呢。

“皇上可好？”过了一会儿，阿果若有所思，抬起头认真地问。

“皇上龙体安康。”张大人困惑了，“怎么问起这个？”

“安康就好。”阿果舒了一口气，好像她一直惦记着这件事似的。又问：“听说皇上南方都去过好多趟了，会不会也到我们这里走一走？”

“不知道。也许会吧，这里也是皇土嘛。”张大人说。

张大人嘴上虽然这么答着，心里却觉得阿果这个人的内心世界肯定跟别人不一样，便越发对她产生好奇。只有多吉才知道是怎么回事，此时，他的心里又钉进一根铁钉。阿果听张大人说皇上也会到这边来，证实了王嫂并没有哄她，虽然嘴上没再说什么，心里却像灌了蜜一样甜，高兴得想唱一首歌，但是张大人是生人，她不敢。

铜铃声又叮叮当当地在走向官寨的路上响起来。宴会厅里已经准备停当，张大人坐主宾席，右边坐仁青，左边坐阿果，阿果旁边坐多吉。其他头人寨首都各就各位。

阿果把土司印交给张大人，又由张大人交给仁青，仁青和阿果在离婚证明上画了押，张大人写了“准予离婚”四个大字。这些事儿都在大家没有入席前办妥了，仁青觉得不宜张扬。

仁青见大家各就各位，郑重地站了起来，他要发表自己认为非常重要的演说。可是就在这个时候，阿果的姐妹们唧唧喳喳地拥入，仁青没法演讲。张大人扯了扯仁青的衣角，仁青顺势坐下。张大人听说阿果的姐妹们特别能歌善舞，与其听仁青枯燥的套话，还不如看这些美女们跳舞舒畅些。

美女们的表现的确很出彩，她们唱歌跳舞时的奔放热情和无拘无束，使张大人想起大山里自由绽放的野花。姑娘们把阿果也拉进她们的队列，阿果跳的舞更胜一筹，转圈像旋风刮起，举手如春燕惊飞，投足似骏马腾空，都是脱俗超凡的神来之笔！

当张大人忘情于阿果舞蹈的神韵时，姐妹们像一群山雀似的翩翩飞了过来，唧唧喳喳地吵着给张大人敬酒。张大人无暇推辞，只一会儿工夫，就被姑娘们灌下不少的酒，很快面红耳热。阿果端起银盏，轻风似的飘至张大人面前，将斟满酒的银盏举过头顶，向张大人敬酒。张大人想考验阿果的诚心，开口便说阿果你吃三盏我才喝。阿果抿笑了一下，仰脖连饮三盏。张大人见阿果酒劲上脸，变成了一朵桃花，哈哈一笑，自斟自饮连干六盏。

多吉一直想敬酒，就是没有机会。好不容易等到哥哥仁青起身上厕所，赶紧从座位上一跃而起，端起酒杯急步走至张大人面前，“大人成人之美，功德无量。我多吉知恩图报，今后愿效犬马之劳。此时此刻，就是用大海向大人敬酒，也表达不尽我的感恩之情！”说完，自己连干了三杯。张大人看见多吉，竟然生出一缕醋意。想到阿果就要跟他了，心里有点为仁青鸣不平。不过，他觉得仁青也不该是阿果的主，他们确实根本无法匹配。现在多吉来敬酒，又不能拂了人家心意，便说“恭喜恭喜”，端了一杯酒就喝。这杯酒太难咽了，一直在口腔里打转，就是不肯下肚。站在张大人面前的多吉见哥哥返回来了，一弓腰，又溜回自己的位子。阿果跳了一曲舞，见张大人那儿空着，又端起银盏，一阵轻风似的飘过去。张大人见阿果过来了，“咯”的一声，口中打转的酒十分乖巧地滑了下去。“阿果，这次我敬你！”张大人端起自己的酒杯，碰了一下阿果的银盏，说这是中原的喝法。当他刚要仰脖而饮时，动作却突然僵住了。阿果本来是站着的，要与坐着的张大人碰杯，须得弯下腰来，这一弯腰不打紧，张大人从领口看到了阿果白白嫩嫩的酥胸，甚至连深深的乳沟和乳沟两旁浑圆饱满的乳房都看见了。“张大人，喝干了哟!”阿果甜甜地叫着，把自己喝空的银盏倒过来悬在空中。张大人这才回过神，喝干杯中的酒，俯身过来，把嘴凑到弯着腰的阿果耳畔小声说：“你真美！”“咯咯咯！”阿果直起腰又弯下去，银铃般的笑声在整个宴会厅里飞翔。

仁青和张大人的座位挨着，怎么会听不见张大人悄声说的话呢，他心想，英雄难过美人关，这话一点不假。多吉你不要高兴得太早了，以后会有人给你戴绿帽子的，这也是报应呀！想到这里，幸灾乐祸的心情油然而生，举杯向张大人敬酒，道：“张大人举重若轻，三言两语就把太阳部落的事摆平了。不过，松罗木土司很看重我的土司印，他知道了后不知咋想。”“这个，你放心，我写封信给他就是了。”张大人眯缝着醉意甚浓的眼睛说。张大人本来就想试探松罗木对他的态度，军队都开进山了，松罗木不会没有想法，现在正可以用这封信来试一试这个人。“这样甚好，总督大人出面裁定的，松罗木土司不会不买账吧？这封信很重要，最好让我弟弟亲自送去，松罗木土司信得过他。”仁青看了一眼多吉说。多吉没看出哥哥的用意，还以为哥哥完全把心中芥蒂拿掉了，用感激的眼光看着仁青。“这合适吗？”张大人不太放心，他已经对多吉看不顺眼，给哥哥戴绿帽子的人确实靠不住。“我的亲弟弟，大人还不放心？”仁青用夸张的声调说。顿了一会儿，接着说道：“也难怪，你们今天才认识。金子是试出来的，要不然这样，把阿果留在您军营里，这就可以放心了吧？再说，你也需要一个通司。”张大人翻眼想了一会儿，觉得这个主意不错，阿果掌握在自己手上，既牵制了多吉，又牵制了松罗木。再说，身边有个大美人儿，哪点不好呢？于是抓起酒杯说：“好，好，好！”仰起脖子一饮而尽。多吉也跟了一杯，说：“我快去快回，那边没问题。”阿果刚才敬了酒，笑得前仰后合，然后就跳舞去了，现在听见这边一群男人说阿果长道阿果短的，小跑过来，“你们又在说我什么了？”喝了酒，跳了舞，脸上红扑扑的，嘴里咯咯地笑。“多吉给你阿爸送信，你愿意在我军营住些日子吗？我需要像你这样懂汉语和藏语的人。”张大人说。“送信有王秋，过两天会来的。”阿果说。“急件，明天得送走。”张大人说。张大人知道王秋是谁，他们已成了好朋友，他还真想见一见王秋，但不是现在。“为张大人效劳，是我的荣幸！”阿果不假思索地说。“不可戏言！”张大人没想到阿果答应得这么痛快。“你说过，皇上也会到这边来，来了一定会找你的。”阿果说。“又说皇上！”张大人莫名其妙。多吉知道是怎么回事，心里又钉进一根铁钉。仁青撇着嘴偷笑。

第二天，天蒙蒙亮多吉就起床了，他要赶路，大色齐部落毕竟有那么远，早去早到要好些。他特意让厨房准备了三个人的早餐，平生第一次亲自去叫哥哥起来用早餐。昨天和前天，他被哥哥感动了，感动了以后更觉得对不住哥哥，他欠哥哥太多太多，这辈子肯定还不了。他告诫自己，今后要对哥哥好一点。

早餐跟平常一样，酥油茶、蒸馍、奶饼、酸奶和几碟小菜，仁青却觉得今天的早餐特别香。其实他并没有嚼出早餐的味道，只是耳畔仍在回响多吉刚才叫他用餐的声音，便觉得这味道太好了。和阿果分手了，亲情就回来了，世上的事情真是捉摸不透。他现在有些后悔，昨天晚上不该出那个馊主意，张大人，哼，大人都好色，多吉戴绿帽子是戴定了。他对多吉生出怜悯之情，放下碗筷，说：“多吉，快去快回，阿果你放心，张大人那边不会有问题的。”“我才不怕他呢，未必他能把我吃了？”阿果知道仁青想把她往火坑里推，可是她愿意跳。张大人是谁？是皇上身边的人。“没关系，我很快就回来了。”多吉说。“你回来以后，我就宣布你当土舍的事。选一个寨子，给你们盖土舍衙门。”仁青说。“你们？不关我的事，我还没嫁给他呢！”阿果撅着嘴说。嗨，阿果就做这么个动作都好看，仁青和多吉都有这个感觉。

吃完早餐，仁青忙他的事去了，多吉和阿果走出官寨，下人把马牵到院子里，他们各自上了马，向西头草坪军营并辔而去。

“我送你，反正要路过那里。”多吉说。

“阿爸说的鹰说不定就是张大人。”阿果从昨夜梦醒后就有这种感觉。

“鹰？张大人怎么会是鹰？”多吉偏过头看阿果，阿果的表情不像开玩笑。

“昨夜有一只鹰在啄我，鹰又变成了张大人。”阿果回忆着说。

“呵呵！”多吉笑了一下，“原来是梦，梦都信？”

“你不觉得张大人像鹰吗？我越来越觉得他是鹰。”阿果好像指着张大人说话，“发现没有？眼睛、鼻子……”

“你怕啦？你说过不怕他的，要不然不去了！”多吉勒住马说。

“我才不怕他呢，”阿果不屑地说，“去了也好，就知道是不是鹰了。”

“我看他很器重你，”多吉说，“总督大人啊，管三个省的大官，比苟大人、岳大人官还大。”

“总督大人又怎么啦？不稀罕！”阿果撇了撇嘴。

“你不是说他是皇上派来的，在他身边待着就能看到皇上吗？”多吉松了缰绳，又让马儿前进。

“就凭这点我才答应去的，不然，用轿子抬都不去。”阿果扬了扬头。

“靠近他没有坏处，还是个难得的机会呢。我们也要找靠山！”多吉神秘地说。

“靠山？”阿果听不懂，瞪大眼睛问，“什么靠山？”

“江湖上混，没有靠山哪行？你阿爸的靠山是岳大人，我哥哥的靠山是苟大人，我当土舍了，也得找一个山靠呢！”多吉说。

“那是你们的事，与我无关。”阿果才不管这些呢。

“去吧，我很快就回来了，他要是啄你，我一枪毙了他！”多吉咬牙切齿地说。

“我要把这只鹰拖住，不让它飞到山里去啄鸟巢。”阿果好像在自言自语。

“说些什么呀？今天你说的话我老是不大听得明白。”多吉摇了摇头。他确实听不懂鹰呀鸟巢呀这类话，这类话只有大色齐部落的人才听得懂。

“以后会明白的。”阿果叹了口气。

张大人又像昨天一样从帐篷里走出来，站在草坪上。看见阿果和多吉，也没有在乎有失身份，乐呵呵地走过来，高声说：“多吉土舍，你亲自把我的通司送来啦！”听到张大人称自己土舍，多吉心里一热，知道哥哥把这事儿报告给总督了，既感激哥哥的诚心，又感激张大人称呼自己土舍，正想下马施大礼，但见张大人并不理会自己，喜滋滋地向阿果迎去。这时多吉才发现张大人确实像一只鹰，像一只从空中俯冲而来的鹰，圆圆的眼睛发亮，勾勾的鼻子快要杵到嘴唇上了。他牛高马大，一伸手，就把阿果举了起来。阿果笑着挣扎:“放下我，痒！”上身支持不住，往下俯去，便被扛在张大人宽阔的肩上。

“你敢啄，我打死你！”多吉心里骂道，嘴上说：“张大人，我这就送信去了！”没等回音，缰绳头儿朝马屁股狠狠一挥，喂嘚嘚地跑远了。

张大人哪有闲暇回话，扛着软软的嫩嫩的阿果，急步朝帐篷走去。阿果淡淡的柏枝香味现在真真切切地熏染到他的每一个细胞，扛着阿果的肩膀和挟住阿果腿脚的双手感觉到了隔着衣裤的滑腻肌肤。张大人顿时觉得潮水向头顶涌去，脑袋像缺了氧似的一片空白。阿果咯咯咯地笑着叫他放下都没听见，更不要说回多吉的话了。

“大人！”卫兵的声音。

“阿果病了。”张大人壮得像一头牦牛，扛一阵阿果根本累不到他，可是说话却气喘吁吁，一个箭步冲进账房，把阿果摔到行军床上。

“哎哟！”阿果叫道。其实阿果并没有摔痛，床上铺着厚厚的垫子。

“我叫你哎哟！”张大人扑上来，把阿果压在身子底下。

“大人，你把我压痛了。”阿果一点儿都没有反抗，清澈明亮的眼睛望着已经变形的张大人的脸。“你是大人，不会是鹰吧？你不能捣毁鸟巢！”阿果轻声细语说话时，露出的牙齿令人想到珍珠。

“阿果！”张大人扭曲的脸慢慢恢复原形，他在阿果自然纯净的神态面前自惭形秽，非常难为情地站起来。“对不起！”张大人伸出一只手，把阿果拉起来。

日子一天天过去，张大人盼望多吉早些回来，把阿果领走。他受不了与阿果若即若离的情状。

“美人画，只能看，不能用。”张大人生闷气。

“你会捂脚吗？就是打脚蹬睡，会吗？”当张大人对阿果彻底绝望时，阿果提出让他捂脚，尽管这个季节不冷。

“这个女人，嗨……”张大人感到阿果很神秘，根本捉摸不透她的内心。阿果内心里也很孩子气，无论说话做事都不按常规出牌。

张大人已经捂了阿果十多天的脚，虽然还没有像多吉一样不负责任地放弃捂脚钻到她那头去睡，更没能让她发出“皇上，皇上!”的尖叫，但是已经像喝醉了酒似的神魂颠倒，要不是阿果的一句话提醒，他差点把试探松罗木态度的大事忘了。

“你是不是鹰？”一天，阿果看着张大人的鹰钩鼻子问。

“鹰？”张大人莫名其妙，张着嘴巴，眨巴着眼睛，以为自己听错了，不知怎样回答才好。

“咯咯咯……”看见张大人一副愣头愣脑的样子，阿果嘴里飞出一串银铃般的笑声。她展开双臂做了一个飞翔动作，收起笑容问：“什么时候飞回去？”

“飞回去？”张大人仍然听不懂，也学阿果的动作，做飞翔状，反问。

“什么时候回去？”阿果把“飞”字去掉了，声音也大。阿果发现做飞翔动作的张大人更像鹰，说：“你们回去把我也带上，我要见皇上。”

“见皇上？你怎么想到去见皇上？”张大人惊奇地问。

“什么时候回去？”阿果不想把自己的秘密告诉给张大人，又问老问题。

“回去？”张大人摇了摇头，放下手臂时更像一只蹲在山头的鹰。

“啊嗬……啊嗬……”阿果扇动双臂向山头吼叫，想把那里蹲着的鹰赶跑。

“多吉还不回来，那边有情况？”张大人已经习惯阿果莫名其妙的言谈举止，偏过脑袋问。他倒不在乎多吉，他想知道松罗木的态度。

“那边会有什么情况呢？大人呀，你尽瞎想，心思没放在我身上。才多少天，就想弃我？”阿果试图转移张大人思路，佯装生气，白了他一眼。

“得到你，我高兴都来不及呢!”张大人讨好地说，“只要你肯跟了我，我带你去京城见皇上。”他认为阿果目前最大的愿望是见皇上。

“那得说话算数哟!”张大人果然击中了要害，阿果娇滴滴地说。

“身在曹营心在汉哪！”张大人边说边抱起阿果。

“总督大人！”有人在帐外喊。

“谁？”张大人知道是卫兵，却厉声问，手停留在阿果胸前内衣纽扣上。

“王秋要见您。”门卫压低声音说。

“王秋哥来了，我说过他要来嘛。”阿果推开张大人，迅速朝门口跑去。

张大人很扫兴，朝门口喊：“进来！”自己走到八仙桌边坐下。

“阿果，你怎么在这儿？”王秋推开门，看到阿果，十分惊讶。又看到张大人，更是大吃一惊，“你怎么也在这儿？”

“你们认识？”阿果也惊奇不已，看一眼王秋，又看一眼张大人。

“我进过山，我们是好朋友。”张大人站起来，走过去牵住王秋的手，拉到桌边让他坐下。

“你进过山？”阿果瞪圆了漂亮的大眼睛，她的脑海中浮现出一只老鹰在大色齐部落上空盘旋的画面，心里咚咚咚地打鼓。

“我是商贩，是吧？王秋。”张大人得意地笑起来。

“原来你也学皇上，微服私访？”王秋恍然大悟。

“你是来送信的吧？”张大人瞟了阿果一眼，他怕一提皇上又会刺激阿果的神经，赶紧引开话题。

“是，口信，我们土司捎给你的。”王秋说，“有点急，他说就不写了。”

“出事了？”阿果着急起来。

“多吉出事了。”王秋说，“叫尼玛木的人捉住了。”

“怪不得这么多天都没回来。人在哪儿？”阿果问。

“尼玛木手上。”王秋说，“土司也是前几天才知道的，尼玛叔悄悄派人传话过来了。”

“尼玛木不就是松罗木土司的一个头人嘛，虽然跟土司有过节，也不至于敢扣土司的未来女婿吧？”张大人眨着疑惑的眼睛问。

“什么未来女婿？”阿果瞪了张大人一眼，“说起来，尼玛木还是我的干弟弟，阿爸的干儿子。过去那点过节，大伯倒没事，还派人传话，他却牢记在心，竟敢扣给阿爸送信的人。”

“这次不是那个原因，是跟张大人有些关系。”王秋向张大人苦笑了一下，“张大人把阿果判给了多吉，山里早就传开了，嘉绒藏区就这么大，消息传得快。尼玛木不服，说阿果是他的阿姐，这次谁也别想得到她。谁要抢，谁要送，不管是天王老子，他都要斗到底。”

“这孩子小时候就神经兮兮的，跟谁都搞不好。”阿果说。

“这小子是真不懂还是假装不懂，想跟我斗？”张大人是征苗功臣，骨子里骄傲着呢，听阿果这么一说，气不打一处来，忘记了在阿果面前保持矜持，暴露出行伍人本色，巴掌朝八仙桌上一拍，愤愤地说：“我的几万人马正愁没事干呢，他想尝尝味道？”

“我阿爸怎么说？”阿果骇了一跳，心里想，鹰就是鹰。

“土司说，尼玛木劫持多吉就是挑衅大色齐部落，他不会不管。尼玛木在噶尔崖部署兵力，也不知是想阻挠清兵进山还是想攻打大色齐部落。如果清兵进剿，土司愿助一臂之力。”王秋说。

阿果噤如寒蝉。阿爸，您怎么这么糊涂，你这是引狼入室，不，引鹰入山！

张大人也不说话，站起来在营帐里踱来踱去。王秋看着张大人，眼珠从左边转到右边，又从右边转到左边。

“你阿爸出的什么牌？想试探皇威，还是想借刀杀人？”忽然，张大人停住踱步，愣愣地盯着阿果。

“我阿爸没有那么多弯弯拐拐，你别吓唬人！”阿果替阿爸辩护。

“王秋，我们也算是朋友了，你怎么看？”张大人想听听王秋的意见。

“我了解我们土司，”王秋说，“他忠于朝廷，每年大年初一都要向皇上的像叩拜，绝没有背叛大清试探皇威的意思。大人您手下有那么多万人马，他会自取灭亡吗？”

“他提出清军入剿，不是试探我还是什么？”张大人瞪圆眼睛看着王秋。

“张大人，您也许不太清楚山里的一些事。”王秋说，“尼玛木争抢阿果，这个头一开不得了啊，麝香部落和沼泽部落不会袖手旁观，他们都曾经争过一次了呢。这么一来，嘉绒藏区又不安宁了。土司的想法很清楚，这堆火没烧起来前就把它灭了。”他没说大色齐部落也怕老鹰飞来捣鸟巢，已经做好了防备。

“我是不是祸水？”阿果很沮丧，“他们又因我摩拳擦掌了，我死了就没事了。”

“这与你啥相干？”张大人说，“你就待在这里，啥事也没有。”

“是呀阿果，你没有错，没有你一点事的。”王秋说，“你就待在张大人这里。这里安全，大土司担心的就是你。”

“尼玛木为什么这么对我？小时候我把他当成小弟弟，还背过他呢。”阿果十分委屈。

“无论你阿爸出的什么牌，我都得动一动了。”张大人对阿果说，“出的第一张牌，我要让他见识清军的厉害。出的第二张牌，算是我帮你阿爸一把。”

张大人心里盘算，尼玛木扣留多吉，挑起事端，已经有了征剿的理由。这颗火星不趁早灭掉，一旦形成燎原之势，自己就会陷在这里，想溜都脱不了身。再说，阿果握在手里，还怕松罗木诈我？

第二天，张大人一面派王秋火速往大色齐部落赶，告诉松罗木清军就要进剿，要他做好内应；一面调动精兵三万，分东西两路进山。西路由参将贾国良率军，翻山越林后再分两路，从西北两面对嘉绒藏区形成半包围圈。另一路由总兵任举领兵，从东面进入，也分两路，从东南两面对嘉绒藏区形成另一个半包围圈。

整个布局形成掎角之势后，张大人稳坐营帐按兵不动，他要静观松罗木的表现。同时，他把战斗部署写成奏章向朝廷报告。

三十一 童谣和乞僧

这几个月来，皇上焦躁不安，对任何事情都毫无兴趣，心里单单装着松树覆盖紫禁城的事。张广泗派去川边这么久了，一点消息都没有，实在放心不下。有一天忽然接到张大人的奏折，赶紧打开一看，上面写的尽是尼玛木如何寻衅滋事酝酿变乱，清军如何部署进山征剿等语，只字未提松罗木。皇上怀疑张广泗避重就轻，纵松罗木而击尼玛木，逃避艰险蒙混朝廷，便招来军机大臣诘问办法。军机大臣揣摩皇上心思，应和着说，张广泗确实有居功懈怠之嫌，如果不派官位比他大的经略[①]大臣去督促，这事儿看来还真不好办。皇上问谁去合适，军机大臣说大学士讷亲可往。

讷亲出身名门，是康熙朝功臣遏必隆的孙子，喜欢谈兵论武，急于建立功名。乾隆曾答应给他机会，可是那些年天下太平，没有带兵打仗的差事，讷亲有些等不住，三天两头往军机处跑，此时军机大臣提他名字有一石二鸟之效，既赚了举荐之人情，又给皇上启用贵族成员送了台阶。

皇上叫人把讷亲喊来，问他平边之策，实际上是在试探他。讷亲振振有词，张广泗拘泥于征苗有功，不仅不再接再厉，反倒保守起来，不肯顶风冒险。所谓攻打尼玛木，实际上是猎羊避狼，懦夫所为。并信誓旦旦地说，假如派他去，一定以大义斥责张广泗，命令直捣松罗木，绝不让张广泗再旷日持久地懈怠，让几万士兵白白地浪费白米干饭。

---

① 经略：一种将领职位，清朝时率军出征的最高统帅。

讷亲虽然头发稀落，年龄已衰，仍然没有因为功未成名未就而颓废，壮志豪情依旧。皇上心一热，便同意了军机大臣的建议，命讷亲领经略大臣衔，三日后赴嘉绒藏区督率军旅。

第二天，皇上亲自到天坛祭天。去祭天的路上，在轿子里把自己这一生的经历回忆了一遍。得意的地方实在太多，尤其南征北战立下的九大武功最为辉煌，上可以告慰列祖列宗，下可以激励子孙后代。遗憾的地方也不少，最为揪心的是自己偏顾于江南塞北，就是没顾上西南这一块，以至连嘉绒藏区有多大都不知道。前几年也想过去巡访的，大臣们以蜀道难为由阻拦，才留下了今天的遗憾。现在老了，想去也去不成。松树想遮盖皇宫？这个松罗木，哦，这个索罗木，野心可不小，这次征剿一定要把这棵逆树连根拔掉不可，也好把十大武功这个圈画圆，名留青史传为佳话。

在另一条巷子里，一群儿童伸长脖子使劲儿唱一首童谣。皇帝出门，路过的街道事先都要清理的，更不许车马来往，老百姓都得弓腰垂臂站在街道两边，用敬畏的目光看黄盖龙轿和护驾队伍浩浩荡荡走过，连大声说话出气都不敢，哪里来的童谣？皇上暂时放下回忆，侧耳细听。

“不信抬头往远看，天边有棵大松树。就在当今木星年，树高万丈要遮天。万水千山把松围，一条独路九道关。九把铁锁锁关门，要进关门难上难。张果老汉前去砍，砍烂神斧丢一边。王母又派哪吒去，碰断火轮门外边。八百罗汉去砸锁，件件神器弄稀烂。玉帝急得团团转，王母娘娘出冷汗。钥匙一到铁锁开，砍树不愁神功来。”孩子们边唱边玩边跑，歌声渐渐远去，最后消失得无影无踪。

童谣里提到的“天边有棵大松树，树高万丈要遮天”，正应了他的梦。皇上龙颜阴沉下来，童谣的每字每句都记在心里。

祭天仪式刚开始，一位乞僧忽然出现在祭坛前，身穿西藏僧人特有的红色袈裟，头戴一副琼首面具，看不见本来面目。他手中牵了一只猴子，口中唱道：“小小山中猴，怎会称霸王？若要称霸王，身肥拖你瘦，身瘦拖你死。”唱了一遍又一遍，围绕祭坛团团转。皇上心想，此僧敢闯这种场合，必有来历，便问：“高僧来自哪座名山宫院？所奉道佛儒何教？”乞僧道：“逍遥乞僧，游历四海，无山无庙，住宿宇宙，不念经文，不供神灵，空色为本，虚无是根。”皇上见此僧谈吐不凡，遂邀其至天坛附近二楼斋堂，赐平坐，问：“今西南番乱，何以治之？”“人间祸福由天定，贫僧只管调教猴，不问不闻世间事。”乞僧说完，起身欲走。皇上赶紧挽留住宿，乞僧不理不睬，向牵在手里的山猴说：“今天你也见了主子，休要怪他。说你称王称霸的是他的奴才，他会找到丢失的钥十三，去开山上的九把锁的。”说完，解了绳索，用手掌拍了一下猴子屁股。山猴一跃，从西南方窗口跳出，乞僧也跟着跳出。陪坐的人愕然，都跑到窗口往下看。有人说乞僧脚摔伤了，一瘸一拐地走了。有人说那不是乞僧，是跛脚的勤杂工阿满，乞僧变作鸟飞走了。当时确实有只鸟在空中向西南方飞去，头上好像戴着琼头面具。

“见过。”山猴和乞僧消失良久，皇上突然大叫一声：“朕看见了他的手掌，有蹼！”

“陛下，难道是当年惩治准噶尔叛贼的夷僧？”圆梦师想起来了。

“正是。他为何装神弄鬼，不直接面对？”皇上问。

“怕陛下不相信他吧，听说他和索罗木是双胞胎兄弟。”圆梦师说。

“童谣提到钥匙一到铁锁开，此僧也提醒找到丢失的钥十三，什么意思？”皇上又问圆梦师。

“钥十三恐怕是废将岳钟琪名字的谐音，”圆梦师猜测道，“岳将军当时的罪名还有一条，说他是宋朝岳将军第十三代后裔，有反清情绪。钥十三就说的这个。”

这一天发生的怪事太多，轻信童谣和乞僧而启用罪臣也不是个事，皇上拿不定主意，也无意与大臣们商量，这一天就这么过去了。决定启用岳钟琪是第二天早晨，严格说是在后半夜梦醒之后。皇上梦见岳钟琪叩拜，腰间挂了一串钥匙。醒后突然想起这个人任川陕总督时治边很有一套办法，赴藏抗寇也是立了功的，童谣和乞僧都在提醒自己啊！他起床做的第一件事就是展纸提笔，委任岳钟琪为提督，让他直接从四川老家赶赴嘉绒藏区效力。

三十二
讷亲和岳钟琪进山

张大人调兵遣将，拨三万劲旅入山，这一切都因自己而发生，阿果忧心忡忡，注意力集中不起来。本来想洗脸，结果把洗脸水倒了；给张大人斟茶，斟满了还在斟，弄得八仙桌面湿漉漉的。大色齐部落男女老少统统算上都不到三万人，三万将士进山的后果她想都不敢想。

“美人儿，闷闷不乐的，想多吉啦？”张大人逗阿果玩，他不愿意看到阿果这个样子，他要让阿果开心，让阿果乐不思蜀。他发觉阿果开始苦闷了，这可不好，万一提出要走，他的如意算盘就拨不动了。阿果是松罗木的掌上明珠，抵得上数万士兵呢。

“没打起来吧？”阿果答非所问。

“说打就打？我们又不是绿林好汉。”张大人神秘地压低声音说，“你阿爸答应过两天派人到这里来，商量后再说。”

“哦！”阿果松了一口气，脸上露出喜色。

“想不想你的那些姐妹？”今天是张大人的生日，他想过闹热点。

“想呀，咋不想呢？”阿果漂亮的大眼睛亮了，“你敢不敢把她们叫到军营里来？”

“就是这个意思。士兵都走得差不多了，你不觉得有些寂寞吗？”张大人摊开双手，鼓起腮帮，做了个鬼脸。

“你可不能打她们的主意啊！”阿果一根纤纤玉指向张大人的宽额头戳去。

“岂敢，岂敢，有你就足够了!”张大人一把搂住阿果的细腰。

嘉绒藏区没有过生日的习俗，这里轻生重死。一个人一旦死去，就要做七七四十九天法事超度亡灵，它关系到能否重新做人，一定要重视的；至于一个人的出生，那是自己前世修来的，是瓜熟蒂落的事，无须大惊小怪，没想过还要庆祝一番。可大人既然要庆祝那就庆祝吧，这也是个机会，把张大人迷住！乱了他的方寸，大色齐部落才有救。阿果率领姐妹们开始给张大人献舞敬酒，张大人乐得合不拢嘴，后来张大人挤入行列，牵着左右美女的手，左脚绊右脚地学舞，逗得众姐妹放声浪笑。

这个头一开就没完，夜夜歌舞，日日笑语。张大人见阿果很开心，十分得意。只要掌握了阿果，就不怕松罗木不听话。只要有松罗木做内应，便可四两拨千斤。强攻的态势虽然已经形成，但嘉绒藏区地势险恶，易守难攻，除非不得已，最好还是不冒这个险。张大人乐此不疲，夜夜穿梭于众美女之间，守营的士兵们都把他当成好色之徒，没有过去那么怕他了。

尽管这样，有一个夜晚，张大人还是缺席了，姐妹们没有玩兴，早早地散了场。阿果本来以为已经迷住了张大人，正暗自得意，见张大人缺席，虽然只是一个夜晚，也立即像竖着耳朵的猫一样警惕起来，那天晚上阿果回去后不理张大人。

那天晚上，张大人与松罗木派来的代表在约定的树林里见面，怎么可能不缺席呢。松罗木的代表说，土司已经买通了尼玛木身边的人，只要张大人不进剿嘉绒藏区，土司就把尼玛木绑送过来。还送来一个“忠”字，用血写的。

“哼!”张大人猛地皱了皱鼻，松罗木果真出的第一张牌，试我的实力呢！张大人虽然可以不动一兵一卒就能得到尼玛木，但是仍有一种被捉弄的感觉。心想，我的三万人马不把松罗木的部落围了，他会这么乖吗？“哼!”张大人又狠狠地从鼻孔里哼了一声，觉得松罗木这个人言而无信，狡诈多变。说好进山共剿尼玛木才几天？现在又变卦了，阻止他入山。

不管怎么说，自己没有任何付出就可以得到尼玛木也没有什么不好，于是张大人对松罗木的代表说：“行!”这几天他也绞尽脑汁想出一个计策，用手中的人质阿果为筹码，叫松罗木抓获尼玛木，这叫反间计，没想到松罗木自个儿钻进反间计套子里了，张大人十分得意。

张大人回到军营，阿果把门抵得死死的，不让他进屋。张大人说，有好消息，你也不听？阿果不说话。张大人说，你阿爸要把尼玛木送过来，我要撤兵了。门突然打开，阿果搂住张大人的脖子，在他的脸颊上亲了一下，又牵住他的手往帐篷舞厅里拖，娇滴滴地说，这么好的事怎么不早说？我把姐妹们叫来，大家高兴高兴！

舞厅里正当酒酣舞热时，卫兵突然进来报告："讷亲经略和岳钟琪提督来了！"

"讷亲？岳钟琪？"张大人像触了雷电似的从头麻到脚。事先并未告之，朝廷就派经略来了，还把废将岳钟琪也用起来，他感到情况不妙，赶紧跑出帐外迎接。

"你是在带兵打仗，还是寻欢作乐来了？"讷亲厉声呵斥。

"别来无恙？"岳钟琪的话不冷不热，张大人听后更觉得阴阳怪气。当年告岳钟琪是岳飞第十三代后裔的，正是张广泗。

讷亲连水都没喝一口就立即宣读皇帝诏书，命令张广泗和岳钟琪各领一路人马，限三日内攻下葛尔崖和大色齐部落官寨，不可有丝毫懈怠。

张广泗报告，经略初来乍到，还不清楚这里的情况。清兵三万人马已经把大色齐部落包围了，松罗木也识时务，承诺数日内擒尼玛木送来，叛乱之事不费一兵一卒即可灭于萌芽之中。若背信强攻，怕有变故，生出枝节。其实松罗木并无反心，有"忠"字血书可鉴。

"将军与逆贼亲如手足乎？"讷亲厉声呵斥。

讷亲的话说得太重，一下子说到这个分上，张大人不敢言语，心如刀绞似的难受。

"将军也许有难言之隐，可是，这是皇上面授的方略，只有赴汤蹈火的分，没有商量的余地。"讷亲软硬兼施，声调缓和下来，"不然，上面怪罪下来，谁也担当不起呀！"

三十三
噶尔崖之夜

张广泗火速派人把总兵任举、参将贾国良叫来，见面后仰天长叹：“本可施展反间计奇胜，不料局势大变！经略限三日攻克噶尔崖和大色齐部落官寨，这可能么？事情已成败局，吾辈捐躯不足惜，苦心设计的反间计将要毁于一旦。”

“将军放心！”任举和贾国良被张大人的情绪感染，拍着胸口说：“我们愿为将军效力，不让讷亲笑话。听说岳钟琪也不是个好东西，骄纵跋扈得很，不把人放在眼里。我们甘愿冲锋陷阵给他们看看，男儿生不成名，就图个马革裹尸而死，有啥可怕的？”

在选择攻打目标时，岳钟琪主动承担了攻打大色齐部落官寨的任务，他为张广泗着想了一次。你张广泗既然向松罗木承诺了以官兵不进山为条件换尼玛木，现在又亲自领兵打大色齐部落官寨，岂不是撕毁君子协议了吗？这个小人由我来做吧，岳钟琪大度地说。岳钟琪把最难啃的骨头噶尔崖抛给他，还做了个人情，他是哑巴吃黄连，连喷嚏都打不出一个。还不止这一点呢，他还担心岳钟琪这次出兵说不定真能攻下官寨立下战功。他答应过松罗木不进山的，山里人守信用，松罗木大概不会加强防守的。更气人的是他去打噶尔崖，牵制尼玛木增援官寨，功劳却让岳钟琪抢走，到头来落一个别人把自己卖了自己还帮人数钱的下场。岳钟琪倒没想这么复杂，他主动提出打官寨，其实并不是为张广泗着想。他凭啥替张广泗担待？他主动提出打官寨，完全是为了自己的安全。岳钟琪早就盘算好了，虽然张广泗在嘉绒藏区扮成商人转了一些日子，但是这里的地形地貌他肯定还没摸熟。他知道噶尔崖不好惹，一条山道挂在绝壁中间，上不沾天下不着地的，道上又有九道险关，个个关口都是鬼门关。这个地方不是我岳某去的地儿，还是你张大人请吧。张大人也以牙还牙，他手上握有兵权，拨给岳钟琪的五千士兵经过他的挑选，都是只会吃饭，打冲锋打仗时溜边边的，拨给自己两位副将的五千士兵都是骁勇善战吃苦耐劳的。可是张大人又失算了，拨给岳钟琪的弱兵统统幸存下来，拨给自己爱将的强兵统统壮烈牺牲，所以他气晕了头脑，亲自冲到噶尔崖，差点把命都搭上了。

两位副将和五千士兵几乎全军覆没，与阿果有很大关系。阿果的本意不是这样，她派了两个姐妹到嘉德陇瓦，把五千官兵攻打噶尔崖的消息告诉给尼玛木，目的是让尼玛木把他的人马全部调到噶尔崖去防守，她要乘虚去救多吉。尼玛木自从扣押多吉后，知道已经惹火烧身，他的脾气古怪，知道了也要这样做，从那天起就在噶尔崖加强了防守，如今又闻五千官兵向他扑来，所以把所有的兵力都调过来了。

总兵任举和参将贾国良没把尼玛木放在心上，一个小部落的一个小头人能有多大能耐？山林战他们打得还少吗？虽然对方有地利优势，他们也有兵强优势。只要晚上偷袭，对方的优势就发挥不出来。所以，他们选择了一个伸手不见五指的夜晚摸上山。

队伍轻手轻脚地走在悬崖腰间的羊肠小道上，没有发出任何声响。山上也静悄悄的，各个关口的门都虚掩着，轻轻一推就开。队伍的头就快走出山道尽头的山崖边，队伍的尾也快进入山道的第一个关口，只要走出这个要命的山道，占领噶尔崖不在话下，尼玛木就成为囊中之物。

“徒有其名！”任举说。他指的是设有九道关口的噶尔崖山道。

“奇怪，这么顺？”贾国良有些疑惑，停住脚步。

“都快走到头了。”任举边走边往后看贾国良。

“这么顺？”贾国良又说。

任举不再说话，在前面站住。

“怎么了？”贾国良跑上去。

“关了！”任举指着眼前的关口门。

这时，身后远远近近都叫起来：“关——了——”

火把像被吼叫声点亮，整个山道上方的崖壁上，千万支火把同时燃起，整个山道上方滚动着一条火龙。火龙下面的山道上呈现出一条跟火龙形状极似的黑龙，那是队伍的人影，阿果和多吉看得清清楚楚，他们就躲在山上的树林里。阿果是白天骑着马从山道上过去的，守关的人都认识阿果，都感谢她通报官兵闯关的消息。阿果问尼玛木在哪里，守关的人说在高碉里，阿果就放心了，径直来到嘉德陇瓦头人官寨，伯伯尼玛主动把多吉交了出来。阿果和多吉听了尼玛的话，怕多吉又被劫走，返回时不走山道，翻山钻林过来。没走山道是正确的，要不然现在也被关在山道上。

说全军覆没也有些夸大，队伍尾巴上没来得及进入关口的几个人还是跑脱了的，其他人都成了活靶子，在“火龙”的照耀下被齐发的毒弩射死，尸体都掉到山道外边的万丈深渊里去了。张广泗得到噩耗时天已大亮，可他觉得天昏地暗，脑袋像挨了一记重棒，顿时晕了过去。警卫员又喊又叫，不停地摇晃，又掐他的人中穴，折腾很久才清醒过来。清醒后他咬牙切齿，眼珠鼓得都要蹦出来了，立即调集几千人马，气冲冲地向噶尔崖奔去。

阿果和多吉在树林里看到山道上的惨烈场面，全身都在发抖。那么多官兵一眨眼工夫就没了，都掉下去了。天亮后，山道恢复了往日的平静，好像什么事都没发生过。他俩钻出树林，从一面草坡走下来，来到山道上。翻山不好走，还是山道好走些。“这么快就回去了？”守兵打招呼。“嗯。”阿果回应。“这么远的路，不骑马？”守兵挺热心。“嗯。”阿果因为昨夜发生的事而噤若寒蝉，说不出话。“你们昨夜闹得，把马都吓跑了。”多吉撒了个谎。“要不要？就只是马，没有鞍子。”守兵牵来了两匹马。阿果连感谢的话都忘了说，翻上马背就跑，她不愿意待在这里，哪怕一眨眼的时间都不想待。多吉嘴巴乖巧，说了一大堆好话，见阿果跑远了，给马屁股上拍了一巴掌，快马急追。

阿果和多吉走完山道，来到噶尔崖底部山谷，迎面碰上张广泗。阿果发现张广泗已经失去理智，决意硬拼，怎么劝都不听，当即纵马横谷，厉声吼道：“你还像个将军吗？睁着眼往火坑里跳！”张广泗手下的人支持阿果，也劝将军不可飞蛾扑火，雪耻应当另寻良策。张广泗不依，抽出马刀举在空中大叫：“谁再阻拦，杀无赦！”阿果向多吉使了个眼色，多吉猛然从自己马背上跃出，跳到张广泗马背上，一手搂住张广泗，一手夺过缰绳，掉转马头把队伍引回去了。

第三天张广泗的气才消下来，气消下来后才感到后怕。他一直把阿果当成人质，玩于股掌之中，人家阿果却不顾个人安危，强行阻止他莽撞，这才救了他一命，细想起来实在羞愧难当。再进一步细想下去，他想到了岳钟琪这个老滑头，把噶尔崖这块硬骨头抛过来，他张广泗不仅不能退回去，还得认这个情，实在别扭得很。再细想下去就想到讷亲，想到讷亲他就气不打一处来。这个人养尊处优，仗没打过一次，还挂个经略衔，经略个屁！要不是他命令进攻，会有这些事吗？想到这里，刚消下的气又上来了，他一趟子跑到讷亲那儿，痛哭流涕地把那夜发生的事陈述了一遍，大胆指责讷亲瞎指挥，葬送了他两员副将五千士兵。在血的事实面前，讷亲初来时的嚣张气焰尽失，五千条生命可不是个小数，他默认自己失误，后悔不听张广泗的建议，用反间计就好了。

岳钟琪队伍出发的时间也是在任举和贾国良进攻噶尔崖的那一天，不过他们不用夜晚行军，可以在大白天放心大胆地走，这里离大色齐部落官寨远着呢，得走五六天。过去有商道，只有四天的路程，现在商道已废，只能走通过党坝[①]到大色齐部落的老路。这条路自从修了商道后就没人走，长满了荆棘杂草，不好走。他没见过这么窝囊的兵，还是张广泗从云贵那边带过来的呢，还没到党坝，看到沿途山高水急，心都虚了，到了党坝又染上瘴疠，士气十分低落。这样的兵打什么仗？岳钟琪赶紧派人到大本营请援兵。讷亲虽然是经略，却只有指挥权，没有用兵权，要给岳提督派援兵，还得跟张广泗商量。张广泗怨恨岳钟琪把噶尔崖推给自己，以致把五千士兵和两个爱将葬送，心里正不高兴着呢，还会派援兵？休想！他劝讷亲不要急躁进兵，硬来是不行了，得想办法让番蛮归顺才是。讷亲深以为然，传令岳钟琪暂时休战，用不着增兵。岳钟琪猜到不派援兵定是张广泗从中作梗，不过觉得休战也好，靠这些兵去打仗，只有吃败仗的分，说不定自己的老命也要丢在荒山野林呢。于是，就在党坝安营扎寨，按兵不动。

---

① 党坝：地名。

三十四
三个大人和一个女人

岳大人的军营里纷纷传闻张大人帐中养着倾国倾城的绝代佳人，她叫阿果。提到阿果，岳提督的每根神经都紧张起来，她怎么会在张广泗那儿？这么多年了，阿果一直都没有从他脑海里消失。当年，看到阿果他就怦然心动，要不是阿果被许配给了仁青土司，他都有了娶妾之心。现在落到这个混蛋手里，惜哉，惜哉！他赶紧派人去暗探。

“张大人设了大宴，阿果脚穿红鞡皮靴，身着绫罗红裳，翩翩起舞，神采飞扬，在场的所有人都为之倾倒。”探子回来后报告。

“死了五千人马，还有兴致寻欢作乐？”岳钟琪不相信，他宁愿探子带回来的是假情报。

“张大人差点都回不来了呢，听说阿果救了他，可能是答谢吧。”探子说。

岳钟琪把探子打发走后，越想越生气，骂了一阵张广泗，还是坐不住，骑了一匹快马连夜赶去见讷亲。

“什么急事，夜里赶来？”讷亲披衣起床开门。

“张广泗这人可疑。”两人坐定后，岳钟琪说。

“仅仅因为可疑就连夜赶来辛苦一趟。”讷亲不满，懒懒地说。

“事关重大，不得不报。”岳钟琪拧紧眉头。

“怎么可疑？”讷亲问。

“张广泗来了这么久，趴着不动，一动就损兵折将，难道这里面没有可疑的地方？”岳钟琪翻了个白眼。

“发现什么了？”讷亲下意识地看了一眼关着的门，声音略低了些。

“他上当了。”岳钟琪也压低声音说。

“上当？上谁的当？”讷亲莫名其妙。

“他依靠的王秋是汉奸，”岳钟琪肯定地说，“这个人我见过，在松罗木官寨里。那时他还小，他妈是阿果的奶妈，他们跟一家人一样。”

“张广泗跟我说起过这个人。”讷亲说。

“多吉也是他们的人，”岳钟琪说，“尼玛木扣留他，那是苦肉计，张广泗就用这些人，不上当才怪了。”

“他不是说有阿果做人质吗？阿果是松罗木的独女，又是多吉的妻子。”讷亲说。

“就是这个阿果，把他迷住了。”说到阿果，岳钟琪气就上来了，粗声说：“张广泗藏娇于军营，淫乱于帷幄，日夜寻欢作乐，生怕战事早日结束，这正是他一直趴着不动的真正原因。明公若不严加惩治，贻笑边陲不说，还会影响完成皇上交给咱们的重任！”

讷亲听后很不高兴，许久才说：“你说的这些也许有些道理，但是猜测妄断的成分多了。现在不是互相拆台的时候，张广泗熟悉番情，他做的那些事自有他的道理。如果处置广泗，断绝与番蛮往来，他们在暗处，我们在明处，吃亏的还是我们自己，噶尔崖之败我已非常后悔。广泗使用的是反间计，旁人看不透，产生一些误会也在情理之中。”

岳钟琪感到话不投机，再继续谈下去肯定谈僵，改口道：“我也是为张大人着想。他继续被女色迷惑，有辱朝廷重臣之尊。这里虽然偏远，但是耳目甚众，他日朝廷责问起来，明公盛德将受连累。不如将人质转移到您这里来，让广泗专心与松罗木联络，谋缚尼玛木之计，事成后再把妖姬赐给他。这样，明公既可以立下平定川边之功，张广泗也不至于因耽误大事而获罪。”

讷亲来到山里后，一直听说阿果是个了不得的国色天香，也有看个稀奇的念头，岳钟琪的这个主意正中下怀，顿时喜形于色，和刚才判若两人，连说了两声“甚好”，同意岳钟琪的计策。

岳钟琪计策得逞，美滋滋地回到自己的党坝营地。岳钟琪一走，讷亲就迫不及待地给张广泗写信。信中说：“蛮妇在营，今外间颇有议将军荒淫者。吾惟爱将军，不欲使将军横背此名，故拟调阿果入本营，别加羁縻，使将军得专力用间。事成，则黄金横带，膺茅胙土，将军何求不得？傫然一俘女，任自取携可耳。望将军割情赴义，规其大者。”信写好后，遣人立即送去。

“经略疑我？”张大人展开信一看，心里顿时凉了，赌气道：“移交大本营，甚好甚好！”心想，我张广泗以前征苗时，当地土酋们没少施美人计，妖艳女人环帐，我何曾动过心？现在打算用阿果牵制松罗木和多吉，经略不但不表扬，反倒认为我迷惑于女色，这个活儿有啥干头！气头过后，从顾全大局的角度再一想，觉得阿果转到大本营实在不好，讷亲长年独居，没有近过女色，最容易被阿果迷惑。他既然对我不放心，就把阿果放在岳钟琪那儿好了，由讷亲监视，这样既可除去对自己的流言，也避免把讷亲拉下水。张广泗先斩后奏，让阿果立即带着她的姐妹们抄小路直奔党坝岳钟琪处，再写回信让讷亲派来的使者带回去。

“果然是个大滑头！”讷亲接到回信后破口大骂。讷亲以为阿果刚走不会太远，立即派人去半路拦截。追兵一直追到快拢党坝了，连个人影儿都没见着，只好回营向讷亲请罪，讷亲又骂一阵张广泗之后也无计可施。讷亲有些后悔，不该写信婉转表达，直接把张广泗叫到大本营就好了。大本营就设在太阳部落官寨里，站在官寨楼顶都可以看见草坪上的张广泗军营，喊一声就能听见，这么简单的事怎么就搞得如此复杂？

阿果和姐妹们各骑了一匹马，抄小路急行，傍晚时分才到党坝。张广泗不知道阿果从小就仰慕岳将军，早晨向她提起转移到党坝时，还担心她不干呢。阿果听了张大人的话后佯装不高兴，嘟着嘴，扭捏着细腰说，将军厌烦我了？其实早已心花怒放。岳将军和讷亲到的那天晚上，她和姐妹们躲在帐篷舞厅里没敢出来，但是岳大人的音容笑貌仍旧历历在目。再说，岳大人是阿爸的好朋友，他来了总比鹰来了好吧？由于心情舒畅，骑了一天的马也不觉得累。

“怎么是你？”岳钟琪见到阿果，惊喜异常。他只想到把阿果和张广泗分开，没想到这个尤物会落到自己手里，他不停地搓手，不知该怎样才好。阿果比过去更迷人，她见了世面，经历了一些事，多了几分成熟，增了几分风情。

“不该是我？”阿果顽皮地笑了。这么多年了，岳大人还是像过去那样魁梧豪迈，阳刚十足。只是眉宇间藏着鹰的气质，鼻子也像鹰的钩鼻，这点和她料想的一样，她知道现在的岳大人不是当年的岳大人，他也是一只捣毁鸟巢的鹰，而她跑到这里来只有一个目的，就是让鹰相互撕咬起来。

“怎么来的？”岳将军吩咐部下安顿好姐妹们，引阿果入帐，坐下后关切地问。

“知道将军来了，又不能见上一面，想起小时候看到将军的情景，就吃不好饭睡不好觉。”阿果眼眶里盈满亮晶晶的泪水。顿了一会儿，抬起头说：“张广泗盯得紧，不给丝毫机会。幸好今天有个空子，我带姐妹们逃出了虎口，投奔你来了。”

岳钟琪十分高兴，愿意相信阿果的话，阿果转交给讷亲，张广泗的心情舒畅不到哪里去，松懈看管不是没有可能。再说，人质掌握在自己手中，主动权不是不请自到吗？当夜在帐中设宴款待阿果和姐妹们，通宵达旦尽情欢乐。

过了一天，讷亲紧急传令岳钟琪议事。岳钟琪惜别阿果，赶赴太阳部落官寨。刚一进门，见讷亲坐在太师椅上，板着脸问：“阿果呢？”岳钟琪在路上就想好了怎样回答这个问题，不慌不忙地说：“阿果在我那里，我正想向明公禀报呢。”讷亲见岳钟琪说了实话，脸上绷紧的肌肉松弛了一些，问:“怎么会在你那里？”“要送阿果到大本营，张广泗心情烦闷，放松了看管，阿果带着姐妹们跑了出来。路过党坝，我把她截了下来，等明公发落。”岳钟琪说。“阿果转移到大本营不是你提出来的吗？怎么会留在你那里？”讷亲质问岳钟琪。“明天就送过来。”岳钟琪违心地说。“快回吧！”讷亲不想再说话了。

岳钟琪不知道自己是怎么回到党坝军营的。刚得到的美人转瞬即逝固然遗憾，可是，人质转移无异于把功劳也转让给了他人啊。阿果交出去，也对不住松罗木。

阿果坚决不走，她不要经略，她只要岳钟琪。将军是阿爸好友，靠得住，她说。岳钟琪说军营里不能住了，经略会怪罪下来的。阿果说那好，我自有去处。她带着姐妹们走进哈依拉山，山上林密，林中有一古堡，收拾后正好可用。

第二天，讷亲不见带人来，又紧急传令岳钟琪拿话来说。岳钟琪派人复话，阿果被张广泗部下的人抢走。张广泗被讷亲责问，亲自跑到大本营诉苦，说没有他的命令，部下怎么敢去抢人呢？定是岳钟琪私自藏起来了。并献计说，可命多吉去寻，他能找到。

多吉奉命去寻阿果，他也怀疑阿果被岳钟琪藏了，带着随从直奔党坝。多吉认识岳钟琪，岳钟琪也想起了多吉，在太阳部落举办的商道竣工典礼上见过面的。当时老土司曲登还在，仁青和多吉还是小孩。多吉拜访岳钟琪，岳钟琪知道多吉的目的，但并不生气。阿果是多吉的未婚妻，寻找阿果是多吉的责任。岳钟琪当然不会说出阿果的下落，到拜访结束时，多吉都没有发现阿果的蛛丝马迹，于是他以岳钟琪军营为中心，把寻找的路线向外扩散开去。

多吉领了讷亲的旨意不假，但是也因他更想见阿果。张广泗可不是个好东西，当初派他送信时，说好回来后就把阿果还给他的，他被阿果救回来后，仍不让他靠近阿果。张广泗，你等着瞧吧，有你好果子吃！多吉虽然不露声色，心里已经发了毒誓。

多吉带领手下的人一圈一圈地往外找，搜索范围都扩大到哈依拉山间密林了。一天，突然看见三五个骑马的猎人在追逐野兔，仔细一看，都是女子，多吉认出是阿果的姐妹们，就远远地向她们打招呼。那些女子也认出多吉，都下了马，跟多吉说话。我要见阿果。多吉说。女子们知道多吉和阿果的关系，带他踏着弯弯曲曲的小路进山。一路的风景很别致，树梢轻雾蒸，崖头飞瀑挂，杜鹃花一坡一坡地开着，獐子兔子在林中窜来窜去。多吉无心欣赏这些，只想快点见到阿果。又走了一阵，登上一个台阶，一座古堡映入眼帘。古堡的建筑风格和太阳部落官寨相似，石墙平顶，高碉矗立，只是墙面生着苔藓，平顶上野草摇曳。多吉想，过去自己跟阿果说过，找一个平静安逸的地方去生活，当时只想到牧场，这里不是更好吗？就在那儿。一位女子用手指着古堡说。多吉沿着石条台阶拾级而上，进入古堡大门。里面的陈设十分华丽，藏毯铺地，摆设多为中原器皿。但见阿果穿着拜见张大人时穿过的那种睡袍，只是颜色变了，金黄色的，在光线暗淡的古堡里，她的身上好像罩上了一层阳光。阿果斜倚在铜质屏风上，手中摆弄着画有当今皇上的瓷器，见多吉进来，也不诧异，依然摆弄手中的玩意儿，不冷不热地说："好久不见了，尼玛木送来了吗？"多吉本想冲过去抱住阿果，但阿果的神态和语气把多吉牢牢地定在原地，使他不能往前迈进半步。"没有！"多吉说，"现在这个不是很重要了，还没忘记你经常做的梦吧？我带你去讷亲经略那儿，他可以帮你圆这个梦。"多吉死死盯着阿果手上的瓷器。"不要提那个老头，"阿果皱了皱眉，好像认识讷亲很久并十分厌倦这个人似的，"我在这里很快乐，哪里都不想去。"多吉正要说什么，外面一位女子高声道："岳将军到！"阿果慌忙把多吉推进里屋，拉上门，笑吟吟地接待岳钟琪。次日天亮送走岳钟琪后，才把多吉叫出来，问："你昨天说的是什么意思？"多吉在里屋蹲了一夜，屋外的动静听得一清二楚，恨透了岳钟琪，说："你以为岳钟琪是最大的官吗？"阿果不知道多吉正在气头上，眨了眨漂亮的眼睛，想了想，说："不，不，张广泗跟他一样大吧？还有比他们大的官吗？""当然有！"多吉扭歪了脸，"讷亲！讷亲是皇亲国戚，又是管岳钟琪和张广泗的大官。""那个老头还这么厉害？"阿果觉得自己小看了这个人。"这个人对你有用，"多吉神秘地说，"跟着他就能找到那个人。"多吉指了指放在架子上的瓷器，瓷器上面有当今皇上的画像，昨天它还在阿果掌中摆弄着呢。阿果雀跃起来，道："我差点被岳钟琪耽误，现在就走！"弃了古堡珍玩，带着患难姐妹们，都骑了骏马疾行，一昼夜就赶到讷亲大本营，又回到她最厌倦的太阳部落官寨。

讷亲获报多吉寻得阿果至大本营，本想稳坐待拜，却按捺不住跑了出来。看见阿果，僵硬的双脚不听使唤，相互绊了一下，差点摔个趔趄，官帽从头顶掉落地上。阿果下了马，丢开缰绳快步走过来，一眼看见讷亲猥琐臃肿的样子，像一不小心吞下一只苍蝇，心里堵得慌。想到此人就是皇亲国戚，向皇上引荐自己就靠他了，只好强忍着，努力往好的方面想。看见讷亲丢了帽的脑袋光秃秃的，像色齐河滩上的鹅卵石，禁不住用手掌掩嘴窃笑。讷亲见阿果果然光彩照人，神采飞扬，气质典雅胜过在皇宫里所见过的女人，便断定是不可能在中原觅得的，见阿果向着自己笑，心里美滋滋的。并排走了一阵后，又见阿果步履轻曼飘逸，如踏风乘云，更闻得阵阵柏枝香味，心里想，听说绝色女子能够移易人的情志，看来此话不假啊！就拿自己来说，已经进入心旌摇荡的境界了。他下令摆酒设宴款待阿果和姐妹们，举止跟张大人和岳大人如出一辙，尔后竟三天不出军营。

岳钟琪又和往常一样去哈依拉山密林中幽会阿果，到了老地方，没人接待奉承，进得古堡，但见人去楼空。回来后发了疯似的坐立不安，派人去张广泗军营打探，人没找着，却听说阿果被多吉抢跑了。这句话是张广泗故意让人说出来的，岳钟琪不知张广泗的计谋，跑到大本营向讷亲报告。讷亲笑着说："失去一个女人有何惜哉，将军为何如此失魂落魄？""阿果溜走，反间计受挫，经略让我这就入山攻打！"岳钟琪不知道自己在说什么，他已经失去理智。"少安毋躁，冷静下来从长计议。"讷亲用蔑视的眼光看岳钟琪。

讷亲现在憎恨岳钟琪远远胜过憎恨张广泗。张广泗昏过一次头，本来叫他把阿果移至大本营，他却送给了岳钟琪。当初讷亲很气愤，连东西南北都搞糊涂了，还领什么兵打什么仗！现在才明白，要在阿果面前不昏头，保持头脑清醒，是不容易做到的。岳钟琪就不对了，他的头不止昏一次，还接二连三地昏，昏得一塌糊涂，昏得打胡乱说，这就太过分了。阿果明明是张广泗让她跑到他那儿的，他说是偷跑出来后截留的；阿果明明是被他藏在深山老林的，他却说是被张广泗抢走了；阿果明明是多吉找回来的，他又说是被多吉抢跑了。张广泗虽然昏了一次，不久就醒了，猜到岳钟琪把阿果藏起来了。哼，岳钟琪！你不是明哲保身躲在党坝闭门不战吗？你不是违抗本官命令，拒不交出松罗木的人质阿果，肆无忌惮地姑息养奸吗？讷亲就是这么写好奏折后报给朝廷的，狠狠参了岳钟琪一本。

岳钟琪昏得不轻，还在继续昏。他回到营地后，决定非要把阿果找回不可，选了十几个身强力壮的兵卒，都化装成猎户，亲自带队进山搜索。几天后，他们被巡逻的藏兵察觉，一个不漏地被抓回去当了俘虏。岳钟琪身上揣有银子，贿赂了看守的人才得以逃脱。去时十几个人，回来时只有他一个人。

晴天一声霹雳，才把岳钟琪震醒，吓出一身冷汗。讷亲参了岳钟琪一本后，乾隆下诏书严厉谴责岳钟琪，革去他的官职，让他戴罪立功，决不许再犯错误。岳钟琪思前想后，觉得自己这辈子戎马一生，战功立过不少，却终不得志，才得到阿果，命运刚有转机，转眼间不仅尤物得而复失，又遭朝廷如此打击，真是生不如死。于是彻夜难眠，长吁短叹，人也憔悴苍老不少。

讷亲自己也昏了。得到阿果后，像喝了迷魂汤，他纳阿果的建议，让多吉去催促松罗木履行绑缚尼玛木的盟约，自己每日只顾怀抱阿果饮酒作乐。

讷亲纵情酒色，不理军务，大本营军心涣散，他的部下们不是上山打猎，就是划拳饮酒。多吉出入大本营，仪如上将，昂首挺胸，骄横傲慢，讷亲部下心中积满怨气。多吉心里的怨气不比讷亲部下的少，把阿果找回来，却被讷亲霸占，他后悔不该把阿果送到这个鬼地方。他要报复，不去催促松罗木，能报复多少算多少。

张广泗比岳钟琪多占了一个地利的优势，比起岳钟琪的党坝军营，他的军营与大本营仅咫尺之遥，讷亲的部下有事没事跑过来喝酒，消息灵通得很，那边发生的事儿就跟在自己眼皮底下发生的一样。

大本营现在出现的混乱和颓废，正是一心想独揽功劳的张广泗所希望看到的，要不然他才不会支招叫多吉去寻阿果呢。他唯独对岳钟琪不放心，这个人不像性格懦弱心境阴暗的讷亲，本来就是出生入死的血性老将军，又是朝廷重新启用的红人。现在刚被革职，立功赎罪心切，说不定自个儿冲进山里活捉松罗木建立奇功呢。想到这里，心里隐隐作痛，他坐不住了，去见讷亲。

“什么事，这么急？”张广泗在客厅里等了大半天，讷亲才打着哈欠从卧室里走出来。懒懒地坐下后，又是一连串哈欠，很不耐烦地问。

“是张大人啊！”阿果也跟着出来了，看见张广泗，顿时眼睛一亮，精神焕发，跑过来一屁股坐在张广泗身边。

不知为什么，阿果看见这些带兵的大人，个个都像鹰，只不过讷亲更像被暴雨淋透的鹰，收缩翅膀蜷成一团。她已经厌烦了这只老鹰，不想挨着他坐。阿果蓬松着头发，穿着丝绸薄袍，散发出淡淡的柏枝香味，跟张广泗第一次见到的阿果一模一样。

“这个妖精，太迷人了！”张广泗心里咕哝道。

“有啥事？”讷亲努力睁大惺忪的眼睛，语气生硬，他不愿意阿果跟张广泗那么贴近。还有那神态，也是他不愿意看到的。

“明公……旷日持久……朝廷……”张广泗首次遇到这种情况，语不成句，结巴起来，他可是有名的雄辩之才呀，这时却口干舌燥，心里慌乱，精神不能集中。本来想看着讷亲说话，眼睛却不由自主地往阿果胸口落。阿果的衣襟没合严，刚好把乳沟暴露出来，张广泗清清楚楚地看到了乳沟两侧细细的绒毛。

“你无话找话，不待在军营恪尽职守，难道是猎艳来的？”讷亲呵斥道。

“明公，”张广泗知道自己失态了，狡辩道：“昨夜酒喝高了，头脑有些昏涨。”

“讷大人，何必发那么大的火？张大人难得来一回。”阿果睨视了讷亲一眼，为这两个男人圆场，拍了拍张广泗肩膀：“有话慢慢说嘛，不急的。”

张广泗感到一条蛇爬到肩上了，很不自在，屁股往外挪了挪，说：“明公，尼玛木还没押送过来，再等下去恐怕就要等来朝廷的惩罚了，是不是叫多吉去打探一下。”

“都等这么久了，不能再等些时日？”讷亲像度蜜月似的，不想打乱现在的生活。

"该去催一下了，"阿果站起来，走到讷亲面前说："事情早些了结，你好带我进京呀！我去跟多吉说。"

讷亲又闻到了柏枝香味，一把逮住阿果的手，眯缝着眼睛望着阿果，点了点头。

"咣！"掩着的客厅门被猛力推开。哪有不报告就闯进门的？三个人抬头惊看。讷亲正欲骂人，却是多吉，便换了脸色。多吉后面跟着一个人，阿果看出是家乡那边的打扮，却不认得人。

"阿果阿爸派来的，"多吉指着来人说，"情况有些变化。"来人不说话，只把一封信交给张广泗。当初订盟约是松罗木和张广泗之间的事，来人去了草坪军营，没找到张广泗，经人指点，就跑到大本营里来了。张广泗把信从信封里抽出来，双手递给讷亲。

"不行！"讷亲变了脸色，把信揉成一团，甩到张广泗面前。张广泗捡起纸团，打开皱巴巴的信纸一看，才知道松罗木又变卦了，把绑送尼玛木改成劝降。尼玛木下软蛋，向松罗木投降了，松罗木不便再绑缚尼玛木，但是保证叫尼玛木撤除防务，向清军投降。

"不行，"讷亲黑着脸说，"逮住了尼玛木，我们宣告胜利才实实在在。只是受降，万一他又挑起变乱，我们不是自己砸自己的脚？"讷亲提笔亲自给松罗木复信，命令他无论如何都得把尼玛木解押到大本营，不然清军就要进山征讨，到那时，你松罗木也脱不了干系。

由于路程的关系，松罗木四天后才接到讷亲的回信，展信草草看了一遍，长叹一声，道："难道非要鱼死网破不可？"转身通知各地关口哨卡，眼睛再睁大一点，耳朵再竖直一点。可是过了个把月，还是不见清军动静。

讷亲当初斩钉截铁地说过，不把尼玛木绑送过来，清军就要入山征讨。然而说过也就淡忘了，日后又沉迷于酒色之中不能自拔。

张广泗本来是利用阿果实施反间计的策划者，现在人质被讷亲霸占，手上没有筹码，计划不便实施。他又怕岳钟琪孤注一掷攻进山里，独食战功。现在情况变了，松罗木敢变卦肯定是有准备的，他恨不得岳钟琪立即独自入山呢。岳钟琪被灭掉，就少了一个竞争对手，无论对战功还是对阿果，岳钟琪的手都伸得长。

岳钟琪搜寻阿果未果不说，还丢了十几个兄弟的性命，自己也差点回不来。回到军营后悔莫及。现在他渴盼讷亲的传令，他只有以立战功来弥补过失。可是，时间一天天过去，就是迟迟得不到讷亲传令。没有传令还打什么仗，立什么功，自己还戴着罪呢！他怀疑讷亲和张广泗记恨他藏了阿果，联合起来排斥他，如果这样的话，他们的反间计成功了，甚至凯旋，自己都被蒙在鼓里啥都不知道呢。想到这里他感到后怕，立即伏案写了一封密信，陈述讷亲和张广泗的种种劣迹，派亲信快马送至京城。

三十五
鼻烟壶和囚车

讷亲这几天连日做噩梦，半夜三更惊醒，“噢，噢”地乱叫，全身湿透，醒了就不敢再睡。阿果问他怎么了，“掉，掉沟里了，没得底。”讷亲愣愣地盯着墙壁，脸色很难看。阿果一翻身，跑到另一间屋里睡去了。噩梦直到朝廷钦差大臣到来才停止，但是钦差的到来比噩梦更可怕。

“金巴送来的。”卫兵被准许进来后，把鼻烟壶递到讷亲手上。讷亲接过一看，眼睛鼓得比牛眼还大，拿着鼻烟壶的手抖得厉害，好像这个小玩意儿烫了他的手似的，手一松，鼻烟壶掉落地上。

“谁给的？”他似乎没听见卫兵刚才说过的话，急切地问。

“金巴。”卫兵说。

卫兵惊讶地看看地上已经停稳的鼻烟壶，这个东西并不可怕呀，多乖巧，像小小葫芦似的，上面还有画儿呢，是一朵梅花，在透明的壶壁上吐芳。卫兵弯腰捡起来，小玩意儿摸着冰凉，卫兵知道了，它是水晶做的。

“钦差大臣来了！”讷亲从卫兵手上接过鼻烟壶，喃喃地说。

钦差大臣带了两个随从，是像张大人一样化装成商贩进山的。来到太阳部落官寨，并没有直接去大本营，而是钻进了仁青的官寨。朝廷先后收到讷亲的奏折和岳钟琪的密信，都只字未提战况，满纸尽是相互诋毁之语，朝廷派钦差大臣密访查办。

“嗨嗨，这几个大人，好耍！”钦差大臣向仁青问情况时，仁青摇着头只顾笑。心里想，你自个儿来了就自个儿查吧，我才懒得得罪谁呢。当初就说过好戏在后头，这不是？越演越精彩了。仁青的引而不发，更加引起钦差大臣的警觉，他从袖子里摸出一只鼻烟壶，对仁青说，把它交到讷亲经略手上。仁青并没有亲自跑腿，在讷亲面前如见到阿果，双方都尴尬，他派金巴去。金巴只走到大门口，就把东西交给卫兵了，是卫兵把那只并不烫手的鼻烟壶交给讷亲的。

卫兵走了以后，讷亲突然手脚利索起来，从柜子里拿出官衣官帽，又脱掉身上的便服。阿果倚在门边，仿佛看到一只淋湿的老鹰在岩上耷拉着脑袋，惺忪着眼睛，无精打采地晒太阳，突然被猎人的枪声吓醒，慌忙扇动翅膀准备逃跑。

“干什么呀，穿戴得不透气了。”阿果看讷亲整装，觉得自己的身子也被裹得不自由了。

“朝廷来人了。”讷亲发出颤音。

“皇上！是不是皇上？”阿果一激动，话都说不出来，眼睛特别明亮。

“不是，”讷亲摇了摇头，“皇上才不会这个时候来。”

“不会是来督战的吧？”阿果明亮的眼神消失，心里一紧，担心又出现一只老鹰。

“谁知道呢？”讷亲这么说着，心里却清楚，表哥是管监察的，万一公事公办，麻烦就大了。

“人呢？”阿果问。

“仁青那儿。鼻烟壶是金巴送来的，还会在哪儿？”讷亲穿戴停当了，“我去去就来。”

“说的话带回来听听，啊！”阿果本想去见一下这个人，但是仁青那儿她不想去。

“拜见钦差大人！”讷亲进门就拜，说的是官场上的话。

“表弟，边塞僻地也这么客气？”钦差大臣让讷亲坐下。官寨丫鬟敬茶，钦差大臣摆了摆手，让她退下，屋里只剩他们两人。

“看看吧，”钦差大臣把岳钟琪的密信递给讷亲看，“表弟呀表弟，你当初追功邀名的心气儿哪里去了？被一个蛮女迷住心窍，忘了皇上交的任务，没想到后果吗？”

“表哥救命！”讷亲扑通一声跪在地上，声泪俱下。

“表弟，这是干啥？”钦差大臣扶讷亲起来，“我第一个见你，就是让你过来，咱们一起想想办法。”

“感谢表哥救命之恩！”讷亲这才一边用袖子抹泪，一边退着步子，用手寻椅子坐下。

“只有一个办法，赶紧把阿果和多吉推给张广泗，转移灾祸。”钦差大臣戴了一副水晶眼镜，略一低头，眼光从镜片上面射过去。

“表哥所言极是，我这就去办。”讷亲唯唯诺诺，站起来要走，又停下步子，“到大本营歇去？”

“不，就在这儿，僻静。”钦差大臣说。

讷亲回大本营的路上做了好几次深呼吸都没缓过气来，就是感觉气短心累，额上沁满汗珠。

“这么累？看你的汗。”阿果递过来一条毛巾。

“这天气！”讷亲找的借口是错的，现在是深秋，山里都有些寒冷，这天又正好是阴天，还在刮风。他接过毛巾，胡乱抹了几下，说：“你和多吉去问一下张大人，献俘的事什么时候能办成。接受投降也行，钦差大臣等着回话呢。事情了结后，马上带你进京。”

“马上进京？”阿果被突如其来的好消息惊得不知所措，原地打转，“一点准备都没有啊！”

“马上，快去找多吉，快！”讷亲把阿果推出门，关上，身子靠在门上喘气。

用不着讷亲推出门去，阿果早都烦他了，连头也没回，就去找多吉。多吉不难找，刚从官寨里出来。他骑了高头大马，满面春风，十分高兴的样子。远远就看见阿果，大声喊：“阿果，哪里去？”

“正要找你呢，捡到金子啦？这么高兴。”阿果迎上去。

“比捡到金子还好呢。”多吉说，“我刚从哥哥那里出来。他都把土舍官寨修好了，要我们去看呢！”

“我可能要进京了。”阿果有些依依不舍地说。

“你，进京？”多吉吃了一惊。

“讷亲说的。叫我们去问一下张大人事情办得如何，办好了就走，钦差大臣都来了。”阿果说。

“我听说了，就是没见到。”多吉说，“什么事？押送尼玛木的事？”

“投降也可以，讷亲说的。”阿果说。

“讷亲不是不接受吗，怎么又同意了？”多吉瞪着怀疑的眼睛，“我是联系人，我都不清楚，张广泗晓得个屁！”

“叫我们去就去一趟嘛，反正也没事。”阿果说。

“你上来。”多吉脚一抖，空出一只马镫，让阿果踩上来。牵住阿果的手一提，阿果就落在他怀里了。

“很久没这样了。”多吉紧紧抱住阿果，“我真傻，把你……”

“你以为我愿意？”阿果回过头朝后看了一眼，“想起鹰，我就想吐！”

“你真行，把鹰的精气神都整没了。”多吉亲了一下阿果细长的脖子。

“咯咯咯，痒！”阿果把脖子缩进衣领里。

张广泗站在草坪上看天上的云彩。他刚从帐篷里出来，到了草坪后又不知道做什么，反正心里特别慌，六神无主的样子。说病了又不像，不痛不痒的。他抬起头看蓝天下飘浮的白云，那一团团白云，静静地浮在空中，让人捉摸不透。心想，平时不知忙些什么，竟没有认真看一看抬头就能见到的云彩。原以为蓝天下就是白云，白云上面就是蓝天，没想到白云也像一个人的命运这般变幻莫测！不知为什么，他心里一酸，眼睛竟湿润了。

“张大人！”多吉叫了一声。张广泗赶紧掏出手巾揩眼睛，回头一看，阿果朝他走来，多吉正在木桩上拴马。

“张大人眼睛怎么红了？像兔子的眼睛！”阿果开玩笑，咯咯咯地笑。

“风，风吹的。”张广泗说，“进帐去？”

“风停了，就在草坪上坐一会儿，如何？我们带来讷亲大人的口信。”阿果说。

张广泗喜欢在草坪上坐，草坪上，茶桌和几把椅子一直摆在那儿不动的。

“阿果阿爸那儿有没有消息？”张广泗问多吉。

“讷大人叫我们问你呢！”阿果说。

“这个老头昏了头吧，我怎么知道？”张广泗看了多吉一眼，脸上的肌肉都在抽搐，“人家投降他不接受，我看他下一步怎么办！”

“他现在同意接受了。”阿果说。

草坪用红柳编成的篱笆围着，篱笆外面传来小商贩的叫卖声。张广泗立直眉毛一看，又是最近新来的那两个小商贩，挑着货担伸长脖子聒噪。这两个小商贩在军营里很受欢迎，他们卖的货都是士兵们最喜欢的白酒和小吃，价格相当便宜，都说他们哪像做生意的人，简直是白痴。

“滚一边儿去！”张广泗心情不好，厉声吼道。两个小商贩很乖巧，立即离开不见了。张广泗怎么也不会想到这两个小商贩就是钦差大臣的随从，“滚”回官寨后，立即伏案写阿果和多吉在张广泗军营中的证词呢。

小商贩被撵走不久，又有一个人过来了，是讷亲的卫兵。他奉讷亲之命，叫张大人、多吉、阿果过去议事。

“我和阿果摊不上，你听错了吧？”多吉认识这个人，说话随便些。

“就这么说的。”卫兵说。

“可能又是受不受降的事，你跟我去也好。”张广泗说，“阿果就待在这里吧。”心里想，这个老头，刚把美人放过来又想收回去。现在人质回到我手上，你就别瞎操这个心了。

张广泗这么一说，卫兵没有办法。张广泗走出草坪时突然想起什么，又转回头叫自己的卫兵，吩咐把阿果照顾好，说话时眨了几下眼睛。卫兵懂了，一下子紧张起来。看管阿果不容易，万一她不听招呼走出军营怎么办？

卫兵走在最前面，张广泗走中间，最后是多吉。今天多吉的事最多，走出草坪篱笆门时尿就胀，他忍了。走到半路时，靴带又散了。他弯下腰拴靴带，和前面两个人拉开了距离。走到能看见大本营大门的路上，憋不住了。本想就地解决，奇怪的是今天在大门口走动的人比平常多，好像都朝这边看，不给他机会似的。旁边还停了一辆木车，不知干啥用。没办法，他一侧身，迅速钻到旁边的柳林里，掏出家伙，一边朝那些人看，一边舒服着。

“不好！”多吉只撒了一半就把家伙塞回裤裆里，猫着腰撒腿往回跑。他看见张大人刚走拢大本营门口，就被刚才站在门口的那些人按倒在地，用绳索五花大绑，丢进了刚才看见的木车里，原来那是囚车。他一个劲儿地往草坪军营跑，回头一看，十几个士兵端着枪追来了。幸好还有一段距离，一时半会儿追不上。他一口气跑到张广泗帐前的小草坪上，上气不接下气地向阿果吼：“快，上马，张广泗被抓了，他们抓我们来了！”卫兵听不懂藏语，问上马干吗？“讷亲叫我接阿果过去。”多吉说。卫兵相信了，他刚才也听到讷亲的卫兵叫阿果过去。多吉利索地解开缰绳，自己先跳上马背，再把阿果拉上来，抱在怀里，掉转马头，缰绳狠劲儿朝马屁股挥去，马儿顿时来劲儿了，展开四蹄跃过篱笆狂奔。卫兵发现马儿跑的方向不对，这才提起枪去追。刚才的那些追兵也赶到了，都端起枪射击，子弹在多吉和阿果耳边嗖嗖地飞。

枪声渐渐稀落，然后戛然而止。多吉的手握不住缰绳，他说他负伤了。阿果让多吉把手搭在自己肩膀上，实际上是她背着多吉，快马加鞭朝大色齐部落赶。他俩走的是山林小路，天黑前才赶拢大色齐部落边界。高碉上防守的人认出他们了，赶紧去接，下马时才发现多吉伤得不轻。阿果坚持连夜赶拢官寨，那儿才有藏医。天快亮时他们赶拢官寨，松罗木亲自把多吉从马背上抱下来。藏医匆匆赶到，俯下身子摸脉。“怎么样？没事吧，肯定没事吧？”阿果焦急地看着藏医。藏医慢慢站起来，摇了摇头，叹着气走开了。“不，不会这样！门巴[①]，你可要救他呀！”阿果扑过去，抱住多吉号啕大哭。多吉被哭声惊醒，努力睁开眼睛，看见阿果，裂开干涩的嘴唇，露出白白的牙齿，笑了，一脸的满足，一脸的幸福。“门巴，你快来看呀，他醒了，笑了，你快来看呀！”阿果抱着已经闭上眼睛的多吉，哭得比刚才还要声嘶力竭。

松罗木大土司一口气跑到官寨楼顶，举起洋枪，“砰砰砰！”枪声惊得刚从窝里钻出来的鸽子们扑棱棱地乱飞。

---

① 门巴：藏语对医生的称呼。

三十六
傅恒进山

“咚！”在大色齐部落官寨楼顶响起“砰”的一声枪响的同时，正在雍忠拉顶寺禅房里闭目打坐的堪布被自己猛烈的心跳惊醒，从静谧的三摩地[1]回到现实，浑身都不舒坦，觉得要发生什么事。他从矮桌抽屉里摸出铜镜，默念了咒经之后定睛一看。

“天啊！”堪布失声叫道。画面出现了，又是鹰，而且是数不清的鹰，把整个天空都要遮住了。有个牧童站在山冈上，向天上的鹰群挥舞着手中的“俄尔朵”[2]。

堪布慌忙穿了靴子，急匆匆走出禅房，叫小和尚牵马来，他要去见弟弟。

“牧童。”见到弟弟后，堪布翻着眼睛想画面。

“哥，啥？”大土司听不懂。

“拴头吧，鹰越来越多。”堪布说。

“他们不接受。”大土司愤愤地说，“杀人了，多吉死了。”

堪布好像没听见弟弟说的话，他的注意力没放在这里，好像在听很远地方的声音。

“拴头吧。”堪布眼睛仍然看着远方，好像在跟另一个人说话。说完，也不跟大土司告别，走出门，骑上马，走了。

---

① 三摩地：清净的精神境界。

② 俄尔朵：像鞭子一样用牛毛绳或羊毛绳编织的投石器。

大土司现在不知道该怎么办，背着手踱来踱去。他想起了岳大人，便走进书房，给岳大人写信，信写好后叫王秋看。

“拴头是藏语，里面诚意是有了，但他们听不懂，该写成投降。”王秋看了信后笑了，说。

“岳大人懂。拴头准确些，更能表达我的意思。”大土司说，“我在信里说了，岳大人他来，我就拴头。他做不了主，非打不可，我也不会要他的命。”

“土司还在念旧情啊！”王秋说。

“就这样了，把信送去。”大土司把王秋打发走。

王秋很快就回来了。

“岳大人又丢官了，他做不了主。”王秋说。

“这么好的人，”大土司叹了一口气，“又丢官了？”

“讷亲死了，岳大人说的。”王秋说。

“讷大人死了？还没见上一面呢。病死的？”大土司觉得有些奇怪。

“岳大人说，皇帝叫他死，他就自刎了。自刎就是自杀的意思。”王秋说，“岳大人还说，他不会攻打大色齐部落。”

“我信，我信！”大土司用力点了点头。

王秋走后，大土司把夫人和阿果叫来，一起走进经堂，向皇上画像磕了三个响头，热泪夺眶而出，大土司由衷地感叹道，还是皇上英明啊！阿果看着皇上画像心里想，讷亲死了，张广泗走了，谁能带我进京见您呢？

讷亲的死不能怪别人，只能怪他的算盘打得还不够精细，以为把张广泗丢进囚车，押送京城砍了头，事情就了结了。张广泗确实如讷亲所料，被砍了头，他在讷亲的奏章、岳钟琪的密信和钦差大臣随从的证词面前，就是浑身长满了嘴也说服不了皇上，就在御前被斩首。但是张广泗临死前也痛斥讷亲种种劣迹，时间地点人证物证一样不少。这些劣迹条条都是死罪，连审问他的官员们都惊诧得伸舌头。本来应当将他押解京城斩首示众，皇上念他是皇族贵胄，为不失面子，赐他就地自刎。

征讨嘉绒藏区的将领，三个人中就惩治了两个。半年只打了一仗，这一仗还打掉五千官兵。三万之师竟攻不下弹丸之地的大色齐部落，谁信？清廷马上补充将士，任命大学士傅恒为经略，从东三省、北京、陕西、甘肃、云南、贵州、湖北、湖南、四川等省调集六万二千五百名士兵开进嘉绒藏区，加上张广泗带去剩下的二万五千人，傅恒手下就有八万余人马的重兵。

傅恒出征是在秋末，金风卷起黄叶满天飞舞。皇上亲自送行，嘱咐傅恒非要把松罗木活捉了押解到他面前不可，再也不能像讷亲和张广泗那样丢了西瓜捡芝麻，把该灭的松罗木置于一旁不顾，心思却用在与松树遮盖皇宫一点边不沾的尼玛木身上。还特别强调看管好钥十三岳钟琪，皇上清楚得很，讷亲和张广泗都那样了，岳钟琪绝不会独善其身，只是皇上需要用这把钥匙开九把锁，才暂时对他网开一面。

嘉绒藏区的山多得数不过来，山多了山沟就多，也数不过来。但是，本地人对每一座山每一条沟心中都有数，每座山每条沟都有好听的名字。就大色齐部落来说，名字好听的山就有八座，都是以吉祥八宝命名的。东边尼玛木筑碉防守的噶尔崖山虽然险峻，五千官兵就是葬送在这里的，但是从远处看，山体浑圆，树林像绿色的火焰，以形得名，叫金轮山。南面象山和东面金轮山之间，本来应该是一个缺口，却长出一座恰似雨伞的山，此山叫宝伞山。北边是一条山脉，山脉那边是沼泽部落地界。这条山脉连接两座山，一座叫金鱼山，一座叫海螺山。西边是琼日部落，琼日部落以外是麝香部落，北部是沼泽部落，就在这三个部落之间的三角地带，沟壑纵横，森林密布，是著名的迷魂沟，但它又有一个好听的名字，叫吉祥网。宝瓶山耸立于南面象山和西面麝香部落之间，山脉像瓶颈上拴了一根哈达，哈达的飘带一头伸向吉祥网那边，一头伸向象山。整个大色齐部落就坐落在莲花山上，上面所说的那些山，飘落到了莲叶上面。过去，一旦到了夏秋时节，人们就到各个宝山上搭起帐篷过看花节，今年忙于筑高碉、砍檑木、垒滚石，看花节肯定是过不成了。

傅恒将军日夜兼程，二十天后到达太阳部落，指挥部还是设在仁青的官寨里。各省调来的士兵向嘉绒藏区云集，六万多人啦！

守山扼关的藏兵都抬头往空中看，一种奇怪的声音由远而近，像千万只皮鼓同时敲响，这种声音只有打雷时才有。说了很久的鹰真的来了？很多很多的鹰飞过来肯定有奇怪的声音。不对，大地在抖，脚底有感觉，人们又把视线放低，朝山下看。来了！守兵尽管有准备，还是倒抽了一口凉气。从山上看，山下围过来的官兵只有蚂蚁那么大，也有蚂蚁那么多。听不见他们说话，也不知道他们在想什么，但是都像蚂蚁搬家一样，忙忙碌碌地行进着。

举八万之众，征讨一个弹丸之地，傅恒充满信心。他展开嘉绒藏区示意图，制定了“毕其功于一役”的战略方针。兵分五路，同时进军，短时间内占领大色齐部落周围的所有山头，然后冲下山去，捣毁官寨，活捉松罗木。

多吉死后，阿果神志一直恍惚不清，不敢一个人待着，姐妹们昼夜陪伴她。“背上——”她总是说这一句不完整的话。她感到背上沉甸甸的，多吉伏在她的背上，无力的手从她肩上搭下来，在胸前晃来晃去。她每天洗三次澡，换三次衣裳，也抹不掉多吉的影子。近日又做噩梦，很多很多的老鹰飞来了，本来朗朗的阳光，突然阴了下来，那些老鹰争先恐后地俯冲，用翅膀拍打她，用爪子抓她，用尖喙啄她。每天晚上都做这样的梦，醒后不敢再睡。堪布给她带来一根金刚绳，拴在脖子上，背上轻了，胸前晃荡的手不见了，老鹰却照常来，照常吓唬她。

“阿爸，阿妈，我做的梦不好，怕又要出事。”大土司和夫人来看女儿时，阿果担心地说。

阿果这段时间看不到父亲。大土司天天往山上跑，不是这座山就是那座山。回到官寨，又要见很多人，总是没空。阿妈关起门念消灾经，也见不到影子。这天，大土司和夫人终于挤出点时间来看女儿。

“梦就是梦，还能当真？”大土司轻描淡写地说。

“梦到啥了？”夫人拧紧眉头问。阿果是康珠玛，她的梦怎能同一般人的梦相比？

“老鹰来了，好多好多老鹰。”阿果说话时还心有余悸。

“哦，”大土司呼了一口气，“来了，已经来了！”

“来了？怎么会这样？”阿果惊慌的眼睛在阿爸阿妈脸上扫来扫去。

“我也觉得奇怪。讷大人死了，张大人走了，现在应该撤兵才对，怎么又来了呢？”大土司摇了摇头。

“听说有好几万呢！”夫人拧紧的眉头更紧了。

“你们怎么知道的？”阿果急了，“已经有几万人在咱们周围埋伏着，怎么会来那么多人？”

“金巴送来的密信，可靠。这次来的大人叫傅恒。”大土司低声说，“金巴现在是傅恒将军的通司，我用重金把他收买过来了。他这个人，爱钱。”

“来那么多官兵，用得着吗？”阿果忽然想起什么，一拍大腿，尖叫道：“贡玛[1]上了讷亲的当了！”

“啊？”大土司和夫人齐声问：“上当了？”

“我看过讷亲写给贡玛的奏章，”阿果回忆道，“他以为我不认识汉字，没避我。”

“写了些啥呀？”夫人急切地问。

“满纸谎言！”阿果撇了撇嘴，“他说大色齐部落人口虽然只有几万，地域却宽广，有内地一个省那么大，境内又尽是穷山恶水，林啸烟瘴，又筑有数万高碉，民性顽劣刁蛮，硬攻没有十几万人难以克制。当时我还觉得这样写也好，说不定能吓住他们，不敢再进兵呢。”

“吹牛没有一个分寸。”夫人撇着嘴说，“巴掌大的地方能摆得下几万个高碉？”

“人家说有一个省那么大呢，当然摆得下啰！”大土司苦笑了一下。

“你呀，还有心思开玩笑。”夫人双手蒙住脸，哭了。

“找岳大人吧。阿爸，打仗会死人的，”阿果央求道，“拴头吧！”

“想过拴头，还给岳大人带了信的。”大土司摇了摇头，“岳大人的乌纱帽又丢了，他做不了主。他们是鹰，老鹰见到羊羔，羊羔再叫唤也没用。”

“咋办？阿爸！”阿果急得要哭了。

“我们筑了很多巢，一时半会儿他们奈何不了我们。”大土司并不紧张。

“弟弟呢？好久没见他了。”阿果这次从太阳部落逃来，只看见过阿更一次。

“他呀，可以带兵了，在山上呢。”大土司有些自豪。

“还是个孩子，都叫你阿爸撵上山了。”夫人耸了耸肩。

“我们姐妹这么多人，也该做点什么了。”阿果说。

“女孩子能做什么？我一直就担心你，在老虎窝里钻来钻去这么久。现在好了，就待在家里，哪儿都不去。”大土司心疼地看着阿果。

“就是，别再添乱了，待在家里陪我。”夫人严肃地说。

八万兵力分成五路，分别进攻金轮山、宝瓶山、金鱼山、海螺山和宝幢山。以目前的形势，攻山夺寨活捉松罗木就如瓮中捉鳖，各路部队都想

---

① 贡玛：藏语对皇帝的称呼。

抢头功。为了公平，每路人马都一样，刚好一万五千人，就像赛跑，运动员都应该在同一条起跑线上。傅恒有言在先，这次征剿像体育竞技一样好玩，玩完后要评出个冠亚季军来。宝幢山放弃了，宝幢山也就是象山，暂时搁置一边不管，一来此山正面山脚正好是大色齐部落官寨，也就是各路兵马进攻的终点，不便安排某路兵马进攻此山，厚此薄彼谁都不会舒服；二来此山的背面悬崖绝壁，很难进攻。再说，大色齐部落新官寨就修在这座山上，就看攻入色齐盆地意犹未尽的各路兵马谁能捷足先登。

傅恒原来准备十天结束战斗，仁青土司说十天怕不行，进攻的那些山头，新碉旧碉加起来，每座上面至少有五百到八百守兵。

"高碉是啥玩意儿?"傅恒明知故问。

"石头房子。"仁青说。

"噢，我以为是铜房铁屋呢。"傅恒轻蔑笑道，"人呢?他们有多少人?"

"六七千吧。"仁青说。

"武器呢?"傅恒忍住笑问。

"每人一支枪是有的。"仁青扳起手指算，"敢死队有三千支洋枪，他们又仿制了一些……"

"就六七千支嘛。"傅恒不想听，打断仁青的话。

"檑木滚石还是挺厉害的。"仁青不知趣，补了一句。

"哈哈哈……"傅恒开心地笑起来，眼睛眯成一条线，"还用这些?啥年代了!"于是把战争结束的时间缩短成五天，命令部队轻装上阵，速战速决。

三十七
两个月零五天

战争进行了两个月零五天，傅恒将军预计的战斗时间只是实际天数的零头。他还想继续前仆后继，只因大雪封山，不得不鸣锣收兵。

指挥部里，傅恒仰天长叹："天灭我也！"傅恒根本没想到这次战争会失败，十多个人打一个人都失败，谁信？而且还没有和藏兵正面交锋就失败了，几路部队好似都碰上了鬼，失败得非常蹊跷，说出来能让人笑掉几颗大牙。

进攻金轮山的那路部队只背了够吃五天的干粮就出发了，说好了只打五天的仗，自然只带五天的干粮。当时谁也不会料到战争会拖那么久，会在吃饭穿衣方面吃上苦头。衣服穿得也很单薄，五天就结束战斗，穿那么多干吗？徒增负担。而且出发时太阳火辣辣的，还嫌身上穿的衣服厚重了呢。走到半途他们就不这样想了，山里突然下起了雪，秋末冬初下这么大的雪还真少见。第二天雪倒是化了，但是道路泥泞，那么多人踩，不泥泞都不行了。冷倒还在其次，最大的问题是不便行军，特别是爬山时，脚底像抹了油，走一步滑三步，行动特慢，还没攻山呢，粮食已经吃得所剩无几。一部分人回军库背粮，其余的人攻山。攻山还算顺利，攻到半山腰还没事，上面一点动静也没有。于是他们又都认为回去背粮是错误的，都攻到半山腰了，只要翻过山，冲进部落，啥都有了。部队一直到走出森林，进入草甸地带了，这才看见山冈上的石碉，大家不由得紧张起来，趴在草甸上不敢冒进。突然，好多东西从山冈上面滚下来，有巨大的石包，粗壮的檑木，它们无情无义，撞到谁就是谁，一路碾平趴在草甸上的士兵，最后滚到下面的森林中去了。趴在地上也不是办法，只好强攻，攻一次死伤几百上千人。他们试过好几种进攻方法，晚上攻过，人们最容易疲困的凌晨攻过，从侧面也攻过，还试图从山沟里混过去，都不行。这些家伙像长了眼睛似的，无论从哪里攻都被盯上。粮食又接济不上，运来一批大家抢着吃光一批。他们没接到撤退的命令，只有一次次地进攻，一次次地死亡。

进攻宝伞山的那路部队是被野兽打败的。宝伞山紧挨着金轮山，金轮山放滚石和檑木，把那里将要冬眠的野兽惹怒，气冲冲地从窝里窜出来，没刹住脚步，一趟子跑到了宝伞山。宝伞山上的野兽们见“邻居”过来了，眼神一交流就知道怎么回事，一商量，便达成一致意见，共同对付这些不速之客。这路部队连高碉的影子都没见着，就跟野兽干上了，伤亡三千余人。

海螺山原本没有海螺，只是一段平常的山脊。都觉得旁边的金鱼山酷似浮在水面上的金鱼，这边的山却空荡荡的，好像少了一样东西。堪布站在象山上看风水，说大色齐部落再有一个海螺，八宝就齐了。大土司说那正好，就在金鱼旁边补上，海螺山上的海螺就是这样人工修造的。这是一个巨大的海螺，平放在山脊上，从海螺尾走到海螺口，徒步要花大半天时间，足有好几公里。海螺是用山上的乱石砌成，上面堆了泥土，时间一长，泥土上面长满了草和树，与山脉浑然一体，看不出一点人工痕迹，跟天生的一样。

攻海螺山的那路部队很幸运，在山脚下休整了一段时间，适应高原气候后，顺利地爬上了面对沼泽部落的那面山坡，没遇到滚石和檑木的袭击。这一点他们早预料到了，山坡下是大草原，有许多牦牛，檑木和石包滚下来，会碾死牦牛，沼泽部落肯定不依，大色齐部落也肯定不敢。爬上山后需从海螺口绕过去，才能转到面朝大色齐部落的那面山坡。先头部队走拢海螺口，眼睛一下子亮了，停下脚步，弯下腰捡起黄灿灿的颗粒，放在手心上看，又送到嘴里咬，没错，是金子，这种颗粒越往海螺口里面走就越多越大。都说大色齐部落地盘上出金子，遍地是黄金，这话被证实了，随便走几步就能捡一大把。不一会儿大家都知道前面有金子，士兵们都一个劲儿地往前挤，先把金子揣上再说。海螺口小，一次只能进去几十个人，不过不要紧，只挤了一阵，洞口就被挤爆了，敞开很大一个洞，一万五千人一个不剩地都先后挤了进去。里面真是黄金世界，地面上，石墙中，顶棚里，到处都是金子。士兵们先是争着捡地上的金子，抠墙缝中的金子，后来置生死于度外，把墙中的石块也一块块地抠掉，顶上开始掉泥土也管不了那么多。后来他们开始相互抢手里攥着包里揣着的金子，叫骂声、打砸声闹成一片。再后来，轰隆一声巨响，腾起弥天尘雾，海螺垮塌，可想而知，所有人都埋在了里面。

进攻金鱼山的那路部队应该是最没有问题的，金鱼山并不险，就像浮在水面上的金鱼一样，山脊平平的，缓缓的。这里的情况和海螺山一样，由于下面有牦牛，上面不敢放滚石檑木。只要翻过山冲下去，说不定他们就可以完成征讨，仅这路队伍士兵的人数就是大色齐部落整个守兵的两倍还多一些。问题出在后勤保障上面，这路队伍离军库最远，五天的干粮早就填进肚里，后续又没跟上。他们去找索朗达吉想办法，索朗达吉虽然是土司，也没有这么多粮食，一天就要消耗两万斤，他到哪里找去？粮食运到之前总得想法子，他们有的打猎，有的挖野菜。这里是草原，野物并不多，秋末冬初时节野菜也没多少可挖，他们滥杀野物肆挖野菜，得罪了本地人。

嘉绒藏区严禁狩猎。过去偶尔还可以，还有猎户，麝香部落一带不少人还以打猎为生。修了雍忠拉顶寺后就不允许了，一旦发现，惩罚是很重的。罚款不用说了，有的还被罚得倾家荡产，还要给死去的猎物做道场超度亡灵，这也得花一大笔钱。最后还得准备进地狱，杀了生非得到地狱走一遭不可。修起商道后，收购山货的商人找上门来，不怕罚款不怕入地狱的人悄然增多，堪布为此还数落过大土司好多次呢，不修商道就不会有这些事，要他负总责，先入地狱。就是不怕罚款不怕入地狱的人，杀野物也不敢明来，只能背地里悄悄干，而这路部队却在光天化日之下端着枪满草原跑，还不把本地人气死？这里本来就没有多余的粮食，就是有也不拿给他们吃。

在嘉绒藏区，荒地也不能随便开挖。别看是荒地，其实都有主，它们是神的领地，随便在上面动土会得罪神的。再说了，开挖荒地不知又要杀掉多少生灵，比如蚯蚓呀，蚂蚁呀什么的。牧民逐水草而居，随时搬家下帐篷。下帐篷钉楔子时，先要在草皮上面跺一跺脚，给草皮下面泥土中的生灵们打个招呼，注意啦，木楔子下来啦！钉下木楔子后还不放心，默诵几遍超度经，万一伤到没来得及躲避的生灵也未可知。大土司为建商道，还做了七七四十九天道场，在开挖的所有荒地上撒了九千九百九十九斤驱逐生灵的咒米呢。现在，这些人在草原上随心所欲地到处挖坑凿洞，难怪本地人的黑眼早就翻成白眼了。

粮食没运拢，又没有野物野菜可弄，他们还活不活呀？不管本地人如何生气，为了解决饥饿问题，只有向牦牛下手了。砰砰砰一阵枪响之后，几百头牦牛倒地。恰在这时，粮食也送拢了，那几天，军营里欢天喜地像过年似的。吃饱了就得干活，他们打着饱嗝攻山，攻山的时间与攻海螺山的部队一致，事先商量好了的。这路部队刚刚上山，牧民们找土司来了，几百头牦牛吞进他们肚子里了，要是翻不过山，还会回来杀牛的，不如现在就追上去，先把他们杀了。土司索朗达吉不同意，这不是鸡蛋碰石头吗？再说了，他们杀牦牛关我们啥事？还是让牦牛自己去解决吧。牧民们纳闷，牦牛只知道埋头啃草，懂啥呀？土司说，懂不懂你们看看就知道了。

全部落的人都行动起来，把几万头公牦牛的犄角削得尖尖的，把部落里所有的酒都拿出来，酒里撒进糌粑，揉成团喂牛。这些牛生来第一次尝到这种美味佳肴，都抢着吃，吃饱后都兴奋起来，眼睛红红的，尾巴翘得老高，昂着头狂奔，见啥抵啥。

土司本来打算把醉得正在兴奋中的牦牛吆上山的，现在不用了，轰隆一声巨响，海螺山上的海螺垮塌，进攻金鱼山的部队吓得掉头往山下跑，跑拢山下的草原时，那些牦牛正愁找不到目标发泄，看见这么多人进入视野，前蹄腾空，往地上用力一叩，翘起尾巴，扬起犄角，伸出红舌，鼻孔里呼出一股股带着酒味的热气，向士兵们冲去。头撞过去，把人掀翻在地，犄角一扬，整个人挑在空中。人掉落地上后，又扑上去故伎重演，直到再次掉落地上的人不再动弹后才另选目标。

牦牛们酒醒后又恢复了常态，静静地埋头啃草，好像什么事也没有发生，对满地人仰马翻的场景视而不见。土司手捧一根哈达去见受了重伤的指挥官，抱歉地说:“牲畜，不懂事，别见怪。”“说得轻巧！死的死，伤的伤，少说也有几千人。”指挥官嘟囔道。“你们还好。没看见那边一个人都没下来。”土司指着海螺山说。“好奇怪，这里的山，这里的牲畜，好像都在帮你们。”指挥官眼睛没受伤，转动得挺灵活。“长官，不是帮我们，是帮他们。”土司指了指大色齐部落方向。这路部队就像被霜打蔫了的芨芨草，再也精神不起来，一直在草原上疗伤到大雪封山。

几路部队中，最能干的要算攻宝瓶山的那路部队。毕竟人家冲进了高碉，并把一百余座高碉捣毁。

宝瓶山主峰就像立着的陶瓶一样，无法攀登，他们沿着宝幢山的边缘登上从“宝瓶”脖子上飘过来的“哈达”——宝瓶山的山脉就像洁白的哈达，高碉就筑在这上面，少说也有百来个。山脉上面是平地，部落守兵用不上滚石檑木，失去特殊优势。守兵也不多，每个碉里就那么十来个人。守兵放了一阵枪后，见一万多人压过来，钻出高碉就跑。官兵分成两拨，一拨人捣毁高碉，一拨人撵逃跑的守兵。

守兵熟悉地形，跑得比兔子还快。官兵穷追不舍，追过飘过来的“哈达”，追至宝瓶脖子，又追过飘过去的“哈达”——连接吉祥网的山脉，追进一条树木郁郁葱葱的山谷。山谷曲曲弯弯，又有许多支沟，支沟又交叉错综，这里就是又名迷魂沟的吉祥网。官兵追进去后，老是一圈一圈地在沟沟壕壕里打转，始终找不到出口，当年杨兴的川军就是迷失在这里的。据说迷魂沟很奇怪，那里的动物也只会走圆圈，不会直走，也不会掉头。人也一样，走进去后老是一圈一圈地打转，好像被谁控制了似的，永远走不出来，最终不是饿死冻死，就是被猛兽吞进肚里。迷魂沟与外界有一个明显的界限，只要看到花草树木长得弯弯扭扭，就标志着到迷魂沟了，本地人一看见这种草木，马上掉头走开，不敢向前一步。这路部队当然不知道，还一头栽了进去。

大色齐部落的守兵死了五百多人，他们是在抢军库时被打死的。官兵的军库设在三个地方，储有大米七十六万石，面粉二万石，豆类七千石，银子一千七百万两，还有大量的弹药和衣被。开初，藏兵都去把守各个山头，把精力全部放在阻止官兵翻山上面。后来见官兵老不走运，翻山的可能性很小，眼睛就把军库盯上了。这么多粮食，又有这么多弹药衣被，是神送给咱们部落的吧？一部分守兵从山头撤下来，进攻设在三个险要山头的军库。山头易守难攻，有人提议晚上奇袭，其他人不干，晚上看不出英雄本色，就是要在明晃晃的阳光下面冲。这一冲就损失大了，几百人被撂倒在地，被檑木和滚石砸的，官兵也学会了玩这种把戏。他们不得不改变主意，藏兵在山的一侧佯攻，老百姓在山的另一侧挖壕沟，壕沟上面封顶，顶上铺青草和树枝，站岗放哨的人都没发现眼皮子底下伸上来一条暗沟，山头就这样被守兵攻了下来。搬军用物资时，壕沟起了很大作用，东西丢进沟里，一会儿就滚到山脚下了。

大色齐部落周围死了两万多人，这么多阴魂一时半会儿疏散不开，到了晚上挺吓人的，一片惨叫声，像被恶狗咬住脚后跟时发出的那种惨叫。

住在山边村寨的人们一到晚上就心里发憷，不敢睡觉。情况继续在恶化，伤员不断地在死亡，阴魂不断地在增加，稀奇古怪的声音不断地在增多。传说阴魂害怕红色，阿果穿了一件红袍，她的姐妹们都穿了这种红裳，穿梭在金轮山、海螺山和金鱼山下面的伤员中。

自从官兵进山后，商道废了，各个歇脚点成了一个个孤岛。货物运不出去，只好堆积起来，商人们守着货，眼巴巴地等着战争结束。阿果把麝香部落歇脚点的麝香全部买下来，她要医治伤员，阴魂不能再增加了。麝香用雍忠拉顶寺的泉水兑匀了，再加进藏红花、熊胆汁和尼玛伯伯专门送来的那些药物，活血化瘀，生肌解毒，效果奇好。一支红色的队伍出现了，阿果用丝巾蒙住脸，只露出一对大大的眼睛，她怕岳钟琪和他的卫兵认出来。现在她谁也不敢相信了，连同床共枕过的讷亲都要追杀她，她又敢相信谁呢！姐妹们觉得丝巾蒙脸挺好看，都学阿果把脸蒙起来，伤员们就叫她们蒙面菩萨。蒙面菩萨们出现后，没有伤员再死去，在大雪封山前都康复了。

堪布操办了嘉绒藏区有史以来最大的亡灵超度道场。离雍忠拉顶寺不远的旱地里柏枝堆得山一样高，后来不得不搭梯子，不然很多柏枝堆不上去。一千余名僧侣全部出动，在桑堆外面一圈一圈地站着，手里拿着经文，齐声诵念度亡经。法螺、法鼓、唢呐、莽筒齐鸣，桑烟带着蒿草、柏枝、糌粑、酥油的香气弥漫空中。这种香气几乎笼盖了整个嘉绒藏区，连蜷缩在太阳部落指挥部的傅恒将军都闻到了。仁青告诉他，这是堪布在超度亡灵。“他们才死多少人？弄这么大的动静！”傅恒说。“超度这次所有死去的人，包括死去的你们的官兵。”仁青解释道。“啊？”傅恒惊奇地睁大眼睛，过了很久，他的眼睛还是那么大大地睁着，好像再也不会合拢了。

谁也说不清是因为闻到桑烟的香气后心满意足了，还是那场大雪把亡灵给掩埋了，自从堪布操办道场，接着又下了一场罕见的早冬雪之后，这里不再闹鬼了。也有人猜想那些阴魂是被活着的战友们带走的，大雪封山后，傅恒只好收兵了。

三十八 好多鹰又飞来了

大雪封山后，傅恒不得不把队伍撤回来。他的骨子里并不愿承认失败，他压根儿不相信八万之师奈何不了只有六七千兵力的一个部落。现在虽然收兵了，这种想法却仍然没有改变。可是，队伍没能翻过山攻下大色齐部落官寨，活捉松罗木的计划也泡了汤，这是事实。他不相信这个事实，宁愿相信这是一场梦，巨石、檑木、猛兽、迷魂沟——就说不是梦，也是一个虚幻世界。这地方怎么了？魔境似的，他虽然没见过魔境，但是并不影响他这么想。他现在才理解讷亲和张广泗的用意，是啊，非得硬攻不可，难道就不能用反间计？他又想到岳钟琪，皇上说过，岳钟琪能开九把锁，他虽然不知道九把锁是什么意思，说不定皇上也不知道，但还是指望过岳钟琪冲关夺隘开九把锁，结果，征讨一开始岳钟琪就不同意强攻，提出接受投降的主张，当时自己嗤之以鼻没有采纳，现在看来不是没有道理。他又想到讷亲和张广泗，他们用的反间计和岳钟琪的主张其实都是一码子事，巧取。可是，他们为何像蒜瓣似的各自分裂？想到这两个人，一个被赐死，一个被御前斩首，傅恒不寒而栗，还巧取呢，不翻过山活捉了松罗木，自己也只能走他们走过的路！此时，他更加相信这个地方是魔境，不然，自己的想法怎么滑入讷亲和张广泗他们的思路里去了？他叫卫兵打来一盆冷水，冬天山里的冷水特别刺骨，但是，他现在的头脑正需要这样的冷水来清醒。洗脸时，他在盆里的水面上看见了自己已经咬牙切齿横眉竖眼的脸，洗完脸，一份奏折的腹稿已经酝酿好了。

皇上御览后大加赞赏，晃着手上的奏折对大臣们说，傅恒将军初战虽然受了小挫，但也胜过讷亲张广泗之流许多倍。奏折中所言不谬，川边逆贼虽不可怕，但是藏匿于深山密林，人少了实难围歼。我大清有的是人力财力，傅恒的请求准奏，再拨十三万兵，拨银七千万两，务必彻底铲除逆根。

有大臣谏言说，这样一来，先后出动将士二十万之众，耗银一亿两之多，是大清有史以来从未有过的。打的又不过是小小的弹丸之地，无论胜负都授人以笑柄。

皇上听不进去，摆了摆手，道，我做了一梦，松树开始枯黄，要使此树彻底枯死，必须烈日暴晒，派重兵理从此出，此事不容再议。

众大臣面面相觑，不敢出声。

大色齐部落怪事不断，闹鬼的事刚平息，又被噩梦缠上了。每个人包括小孩都做着同样一个噩梦，鹰又飞来了，好多好多的鹰。这种鹰第一次在堪布的铜镜里出现时只有一只；第二次又在铜镜里出现时，就是很多很多的鹰。第三次出现在阿果的梦里，也是好多好多鹰飞来了，争先恐后地俯冲，用翅膀拍她，用爪子抓她，用尖喙啄她。现在又出现在大色齐部落每个人的梦里，也是好多好多鹰飞来了，争先恐后地俯冲，扇动宽大的翅膀，张开利爪，伸出又尖又勾的喙子，向下俯冲而来，挺吓人的。他们没有心思过年，尽管每家每户都分到了从军库运来的米面衣被，但是他们高兴不起来。梦里的鹰好吓人哟，看样子又要来数也数不清的官兵了。人们又像上次一样登临山头去看，又看见蚂蚁大小的官兵围过来了，比上次来的更多更密，忙忙碌碌地行进着。奇怪的声音又响起来了，这种声音确实只有打雷时才有这种效果，而且更像春雷炸响过后拖得很长的尾音。

“不言而喻!”大土司怀里抱着洋枪，身子斜靠在高碉上，眯缝着眼睛，穿过森林的树梢看见远远的山脚下如蚁聚集的官兵。夕阳从西山照过来，刚好把他山脊似的鼻梁照亮。

“不言而喻!”大土司拍了拍已经退热的高碉石墙，头也不回地下山了。儿子阿更和其他随从不知其意，也没人想知道这句话的意思，都跟着向山下走去。

山下，过去那种慵懒闲散的景致突然间改变了，人们行色匆匆，晚归的牛羊慌里慌张，路边新长出来的青草瑟瑟发抖，村寨里孩子们经常爬上爬下的大石包失去了往日的镇定，无缘无故地左右摇晃着，色齐河流得更急了，翻着焦虑的浪花一路奔跑，比谁都烦躁。只有周围那些高山还沉得住气，披着夜的大氅，默默地伫立着，似乎在思考一个严肃的问题。

大土司坐在书房里，也在思考一个严肃的问题。鹰又来了，比上次来得更多，这么多鹰，不把所有的鸟巢踢翻才怪。拴头！他又想到这个上面。上次把头伸过去，岳大人做不了主，没拴成，这次只有再把头伸过去，伸到傅恒将军面前，让他来拴。只要能挡住鹰不让它们飞过来，自己的这颗头伸出去，拴也行，啄也可。

大土司这次没把请求拴头的信交给王秋看，信封用蜡封死，再在上面盖了土司印。大土司的这个决定令他非常痛苦，以他的本意，他的这颗头非岳大人不拴的。

拴头？傅恒接到信后很纳闷，他从来没接触过这么个词儿，觉得怪怪的。送信人王秋的解释是投降，岳钟琪也说过松罗木有投降之意，不过那是在去年秋季官兵还没攻山之前，秋季那一仗他们得手了，说不定正骄傲着呢，他会主动投降？张广泗行刑前也说过松罗木并无叛逆之心，没有叛逆之心的人主动提出投降应该在情理之中。但是，这是不可能的了，他投降我还不受降呢，皇上不惜代价派这么多兵拨这么多银，目的不是要松罗木投降，而是彻底捣毁他的老巢，把这棵松树连根拔掉。松罗木这个时候提出投降，不就想保住他的老巢吗？这个对手还真有点意思，不和他过几招是不行了。上次失利不算，那是自然灾害，算他运气好，这次，真刀真枪地来吧！傅恒一口拒绝了松罗木拴头的请求。

大土司还是不死心，他不想大色齐部落再闹鬼，又叫王秋送信。信中说，不怕你人多，我们打三次仗。我赢了就让我拴头，我输了你们想怎么来就怎么来。他想用嘉绒藏区古老的裁决方式结束这场战争。写完信，他自嘲地笑了笑，嘉绒藏区还从来没有赢家主动拴头的先例。傅恒看了大土司的复信，也是哈哈一笑："此人也太小看我了。鸡蛋碰石头还用得着碰三下？可以可以！"爽快地答应下来。

所有的头人、寨首都到齐了，大土司在官寨前的广场上召开战前头人寨首大会。

"拴头？凭啥！"头人尼玛木盘腿坐着，伸长脖子质问土司。他虽然向大土司拴了头，心里还揣着块垒，对大土司尊重不起来。

"不仅拴头，我还想解散部落，各自逃命去呢。"大土司拍了拍胸口，说，“他们是冲着我来的，我一个人待在这里好了，其他人不能木楔子劈柴——把手指碾着了[1]。”

“哪里逃？这里是我们的家，死也要死在家里！”一位头人情绪很激动。

“人要经历两难，一个是天灾，一个是人祸，躲是躲不过去的。”另一位年长的头人慢条斯理地说，“也用不着躲。他们人多，人多反而是劣势。咱们这山区，沟沟壕壕的，往哪儿摆嘛，自己挤自己。”

经他这么一点醒，大家的情绪高涨起来。

“我们有这么多高碉，一个碉抵他百把千人没有问题。”

“我们有守护神琼鸟护佑，他们有吗？上次没要我们动手，守护神就把他们摆平了。”

“活该，他们自找的。我们又没犯王法，凭什么征讨？老天爷睁着眼睛看着呢，这世上公道还是有的！”

“……”

大土司干咳几声，大家渐渐安静下来。

“不管怎么说，跟官兵斗不是我松罗木的本意。”大土司习惯性地扯了一棵草在嘴里嚼着，说：“今天，我把实话说了，我都写过三次信了，要求拴头。我连名声都没顾，他们就是不肯，硬要决战。”

“主动拴头都被拒绝，他们心里钻进魔鬼了！”一位头人尖声插话道。

“我也这么想，是魔鬼在捣乱。”大土司把还在嘴里嚼着的草扯来甩了，高声说，“傅大人同意按咱们的老规矩办，大家有没有信心？”

“有！”大家齐声振臂高呼，连一向不合群的尼玛木都跟着吼。

应对方案很快敲定下来，只是说到兵力部署时花的时间多些，能够参加战斗的人怎么算都只能凑到六千多人，这点人顾了这头顾不到那头。

第一仗打响在金鱼山和海螺山。傅恒将军很看重这一仗，初战必须胜利，给松罗木一个下马威。海螺山垮平了的，金鱼山也比其他山平缓得多，容易攻上去。更主要的是大色齐部落不敢在这里放檑木滚石，这两点是傅恒首选此地为初战战场的主要理由。实际上，松罗木也恰恰想把最得意的文章做在这里。海螺山垮了以后再造海螺来不及了，反正山上有的是石头，就筑了石头城墙。有人提议干脆把海螺山和金鱼山连起来，都筑成城墙，

---

① 木楔子劈柴——把手指碾着了：藏族歇后语，意思是伤了不该伤着的东西（或人）。

这样才好看。城墙筑成后，从山脚下的盆地往上看都看得清晰，像围牛的木栏一样，白云都被城墙挡住了，在上面浮着不动。人们给它取名万里城，实际上只有四十里长。

官兵进攻的确切地点已经清楚了，是金巴传来密信告诉的。大土司在金鱼山和海螺山安排了三道防线，第一道防线是水。官兵若要开进海螺山和宝瓶山的山脚，也就是走进沼泽部落草原，走近路必须由东向北从下向上进入菩萨沟。菩萨沟是一条深切的山谷，林子密，路又陡峭，不利于部队行军，但它是一条捷径，傅恒还是决定队伍走这条路。如果绕开这条路，就得由东向南向西再向北，围着大色齐部落走一圈，把精力白白地浪费在路上。对这个决定，索拉土司拍了胸口，保证绝对没有问题，这条沟是他的辖地，大色齐部落不敢向他的草原放滚石檑木，更不可能跑到菩萨沟打伏击，部落之间不能越界的，这是规矩。有索拉土司的保证，傅恒当然就放心了。再说，嘉绒藏区十八个土司的命运都攥在傅恒手中，谁要是不跟他合作，他就随时摘了土司的乌纱帽，各部落土司因此都积极主动配合官兵。大色齐部落的地形地貌和高碉布局，这些土司谁不清楚？首攻金鱼山和海螺山就是众土司深思熟虑后的提议。菩萨沟两边山腰有许多海子，这些海子就像供在菩萨面前的净水，因此这条沟得名菩萨沟。如果雨下大了海子会决堤，这些海子一旦泻下去，沟里就可以划牛皮船了，众土司们没有一个人想到这些。第二道防线是石。金鱼山和海螺山是裸岩，不长树木，不便预备檑木，但是大石包遍地都是，这些石包放下去，够官兵们喝一壶的。第三道防线是墙。石料太多，石墙修得很奢侈，宽可以在墙上面跑马，高可以托住浮云。城墙开有几个门，用最硬的青冈木做的，外面又贴了铁板。

大土司却没想到傅恒会这么孤注一掷，金巴的密信里说，他这次实际派兵六万人，由左、右两个副将率领。本来还通知驻扎在党坝的岳钟琪把他手下的三万兵都调过来，岳钟琪知道菩萨沟不好进，明争暗抗拒绝了，后来证明岳钟琪的做法是正确的。六万人的队伍由左右两个副将率领，各土司派来的两千名本地人带路，浩浩荡荡开进了菩萨沟。

菩萨沟里走这么多人的队伍确实麻烦，沟很窄，路又陡，这些士兵不像云贵兵，走不来山路，速度慢得让人打瞌睡，走了三天才走到一半的路。第四天，大土司他们才从海螺山的城墙上看见远远的山沟里爬行的队伍。

“可以了吧？”阿更提醒父亲。大土司点了点头，戴上法帽，穿上法衣，登到祭坛上。其他人敲锣的敲锣，打鼓的打鼓，吹莽筒的吹莽筒，好像热烈欢迎官兵似的，闹得天上的白云变成了乌云。过了一阵，天空响起炸雷后，暴雨就来了。奇怪的是暴雨才下一阵子，洪水就下来了，官兵们想不到这次的洪水是大色齐部落的人造出来的，他们以雷声和暴雨为掩护，瞒过了索拉土司的眼睛，偷偷挖缺了所有海子的堤埂。沟窄路陡的菩萨沟里，洪水泻来就像挂在山崖上的瀑布，人根本站不稳，立马被洪水冲翻在地。一旦倒在地上，被洪水冲走就是一眨眼的工夫。本地人地形熟，知道往旁边的山上跑，官兵们却慌了神，掉头往回跑。再跑也跑不赢洪水，很多官兵就在人踩人、人挤人的当儿被洪水卷跑。洪水泻了三天三夜，当海子里的水流干时，六万人的队伍只剩下三万人。菩萨沟因此得名万人坑。

“又是天灾！”傅恒捶胸长叹，“老天爷为啥那么偏心，发了这么大的洪水？”他努力调整情绪，给两位副将打气，“这是天灾，又不是松罗木干的。不算失败，继续前进！”又补充了三万人的兵员，还是凑够六万人这个数，再次进沟。这次他们终于顺利到达沼泽部落草原。老天爷并非总是一个劲儿地发脾气，也有歇一歇的时候。

这片草原本来居住着一个大部落，现在只剩下密密麻麻用牛粪糊墙的小木屋和各家各户还在飘扬的经幡，人和牲畜无影无踪。带路的人中有沼泽部落的人，他们说部落搬到夏牧场了，冬天才回来。现在找口水喝都没有，幸好每个人带了够吃十天的口粮，不然还要挨饿。

休整了一天后开始攻山。索拉土司说过上面不会放滚石，六万士兵像蚂蚁一样爬上去。然而爬到半山腰时，大大小小的石包从上面滚下来，坡面还修整过，滚起来利索极了。人们来不及躲闪，就被石包击中，一个石包滚下来，可以碾平一路的人。放石包比打枪还好使，一个人或几个人一抬手，石包就下去了。先是顺坡滚，滚到一定时候还“跳”起来，砸到后面的人堆中。放石包的人躲在石包堆里，即使下面往上放枪也挨不到子儿。何况下面纯粹乱放枪，根本看不见人，偶尔可以看见人的头顶，也是那么一晃，又不见了。人多了是不好，密密麻麻的，石包滚下来撞击面大，这一次进攻，又伤亡逾万人。不能再撑下去了，指挥官命令撤退，官兵又回到草原上。

得想新办法，不能整个部队开上去，也不能白天冲。两位副将派出几个灵醒的人，晚上悄悄摸上山去侦察，决定先把情况搞清楚再说。

摸上山的侦察员们发现山头并没有人。他们很惊奇，白天的那些石包怎么下来的？又侦察了一阵，他们庆幸没再强攻。这里都能攻下吗？石包要多少有多少，城墙又这么坚实，即使攻上来也翻不过这堵墙。人家在墙内，有厚墙护着，枪从孔里伸出来。而且他们还可以站在城墙上面点射。门也厚，又是铁门，比石墙还牢靠。

“万里长城似的。”一个侦察员看了长长一溜的石墙，悄声说。

“门！”另一个侦察员发现了新情况。

其他人站住，回头看。

“没关。”那人又说。

“咦！”几个人用手指头点到门面慢慢推，门竟然开了。

他们趴在地上不敢动，听了半天，没有任何动静，又抬起头，站起来，蹑手蹑脚地走进门。

门里面是大色齐部落，是他们就要征讨的地方，可惜现在什么也看不见，一切都蒙蒙眬眬的，只看见山脚下有十几堆篝火熊熊燃烧，许多人围着篝火跳锅庄。

“机会来了！”右副将听完侦察员报告，脸上终于有了笑容，咬牙切齿地说：“他们在庆祝胜利？哼，看谁笑到最后！”

左副将也舒了口气，命令将剩余的粮食都埋进从山上滚下来的乱石堆里，队伍立即轻装出发，不费吹灰之力就能攻上山顶。

进城墙门花的时间长些，五万人马全部钻到墙那面时天都亮了。队伍暂时原地休息待命，整个山顶都是官兵。两位副将拥抱相庆，派两名士兵立即赶到指挥部向傅恒将军报喜，部队已经翻过山头，征服大色齐部落活捉松罗木指日可待。

三十九
空　寨

两位副将展开地图一看，地图上只有一些线条和坐标，看不出这里的地形和色彩。

“山旮旯里头还有这么美的地方！”右副将说。

“莲花一样。”左副将说。

从山头望下去，这个地方确实像一朵盛开的莲花。下面的冲积盆地是莲花座，大色齐部落官寨所在地的山寨就坐落在莲座上面。稠密的石头民宅看上去像花蕊似的，正中的高楼大概就是官寨了。密密的石头民宅以外是平整的庄稼地，庄稼地一片墨绿，禾苗高有齐膝深了。庄稼地里，一丛丛一垄垄的梨树正开着白花，像飘浮在蓝天上的一朵朵白云。色齐大河在象山脚下蜿蜒奔流，商道在河岸上从东向西伸去，就是没有行人。过去，这条道上天一亮就车水马龙热热闹闹的。盆地周围是八宝山，象山就是宝幢山，从高度看确实像一把撑开的宝幢，从宽度看又更像一头大象。宝伞山耸立在象山左侧，宝瓶山在象山右边挺立。东边是金轮山，西边是吉祥网，它们都像从莲座张开的莲叶。

“围攻它！”右副将把粗壮的指头指向花蕊似的盆地山寨，五万人马又像蚂蚁出窝似的向下移动。

走近时他们才发现，包围山寨是个冒险行动，山寨周围和山寨里面都有许多高碉。高碉上密集的射击孔像仇恨的眼睛盯着他们。队伍不敢前进，更不可能后退，于是都站那儿在，像等待检阅似的。

高碉没有动静，村寨没有动静，只有色齐河传来哗啦哗啦的流水声。官兵们东张西望，说一些无关紧要的话，刚才那种临战前的紧张松弛下来。有的背过身撒尿，身后也是人，尿水从地上溅起来，打湿了旁边士兵的裤脚，招来一阵叫骂。

“空寨！”带路的本地人中有人向两位副将报告。

“空寨？”两位副将的眼睛都鼓出来了，像金鱼的眼睛。

是的，这个时候，寨子上空应该弥漫一层淡淡的炊烟，去河边背水的姑娘们该出现了，各家男人们登临房顶煨桑时的祈祷声也该能听见了。可是，什么都没有。

两位副将一商量，先派一千人进寨探虚实，尔后都拥了进去。村寨里不仅没有人，连牲畜、粮食、衣物都没有，高碉里也是，啥都没有，真的是空寨一个。官寨里总应该有点东西吧，两位副将亲自进去搜查。很失望，偌大的九层大楼，连一颗土豆都找不着。走进经堂，才得到一点安慰，供台上有一盘大枣，一盘干葡萄，还有一盘人参果。抬头一看，供的是当今皇上画像。正在伸手的两位副将迟疑了一下，最终还是闭上眼睛把供品搂进怀里。这么一个大村寨，就这点东西，像话吗？现在什么都可以没有，就是不能没有粮食。他们昨天吃了晚饭后再没有进食，又是上山又是下山，现在神经一松下来，都感到又困又饿，都后悔不该把剩下的粮食藏在石堆里。

“都打个盹再说。”两位副将现在能让士兵休息的方式就是打盹。队伍开进官寨前面的广场，十多天前，大土司就在这里召开了头人寨首大会，研究对付官兵的办法。几万人躺在草坪上打盹，打盹也不是一件容易的事，肚子饿着，眼睛就是闭上也睡不着，越躺越没劲儿。

“他们想饿死咱们，好狠毒！”右副将说。

“他们抢去咱们的粮食，都到哪儿去了？”左副将说。

“等等。”右副将想了一会儿，突然叫道，“上当了，空城计！”

“对呀！”左副将跺了一脚，说：“怪不得昨晚城门都没关，怎么没想到这上面去？”

士兵们倒不关心空不空城，空城了还好些呢，免得把命搭上。只是肚皮越来越不争气，饿得有些难受。

“怎么弄？”两位副将问带路的本地人。

“没遇到过。”本地人说，“把碉围死，让里面的人没吃没喝的先倒下倒是有，现在反过来了。”

“不谈原因，怎么才能弄到吃的？”右副将做了个吃饭的动作，“不都饿了吗？你也是。”

“官兵的粮食他们多多的有，几年都吃不完，”本地人说，“山上搁了些吧。山上寨子多，碉也多。”

“我们也围碉，”左副将说，“他们有粮食，水总没那么多吧？渴死他们。”

“啊哈！”本地人苦笑了一下，“碉下面有暗沟，他们不缺水。”

“你说怎么办，总不能饿死在这里呀！”右副将说。

“办法有一个，”本地人说，“说出来不晓得你们怄不怄气。”

“快说来听听！”两位副将抢着说。

“不能上山，危险多多，”本地人朝沟口指了指，“从那里跑出去，才找得到吃的。”

“撤？”左副将两手叉腰，眼睛差点伸到本地人鼻尖上，“好不容易冲进来，就撤？你安的啥子心？”

本地人缩回头，不由自主地后退。

队伍分成六路，天黑尽后分别由本地人带路，同时向金轮山、宝瓶山、宝伞山、宝幢山、海螺山和金鱼山潜行。化整为零后，夜行的速度快多了，山腰以下是一层一层的梯地，各路队伍先后在半夜前就把梯地甩在身后，顺利到达山腰。

左副将带的那支队伍爬到宝伞山的山腰时遇到了灌木林，晚上看起来，灌木林无边无际。林中沙棘最多，这种灌木带着又硬又尖的毒刺，衣服划破了不要紧，脸和手划伤后马上就肿。灌木林中的草很深，大多倒伏在地面，这种草最能缠脚，走几步就是一个趔趄。

“怎么走到这么一个鬼地方了？”左副将问本地人。

“鬼地方倒不是，水神林是。”本地人说，“草都没敢割，才缠脚。”

灌木林很密，又有深草掩蔽，队伍藏在里面一点问题都没有。上面的情况不清楚，只好在这里待一夜了。

“水神林？”左副将躺在深草里，想起刚才本地人说的话，问。

“哦，你问这个？”本地人仰躺在左副将旁边的深草里，对着天上说：“水神住的地方。”

“水神应该在水里呀！”左副将换了个姿势，也仰躺着。

“噢，这里就是有水，一眼泉水。”本地人仍然对着天上说话，“泉水周围的树林就叫水神林，天亮后我们就能看到。”

左副将把上身埋进深草里。虽然是春天，山上还是冷，风不歇气地吹了一夜。不过，钻进草丛里还是可以避风，不少人都睡着了。

头顶上，雀鸟在灌木枝头间跳来跳去，唧唧喳喳地叫个不停，天渐渐亮了。

“看，泉水。”本地人摇醒左副将。

“就在眼皮子底下呢。”左副将坐起来。

泉水就在前面不远的一棵大树下面，明晃晃的像一面镜子。大树上挂满了五颜六色的经幡和哈达，泉水旁边立着一座小白塔。

“我们藏深一点，一会儿女人们要来背水的。”本地人说。

官兵们都醒了，抬头朝上看。

妈呀，高碉就在前面，几十个，像一片小树林，还看得见高碉上插着的经幡。士兵们慢慢站起来伸长脖子看，还看到高碉下面比肩接踵的石头房子，是一个不小的山寨。左副将不许士兵们站起来，连抬头都不行，都得老老实实卧着，他一个人躲在一棵树的后面独享这里的风景。

山寨的风格和山下的官寨部落差不多，都是厚实的石头房子，只不过这里的地势倾斜，山寨有了坡度，房屋层层叠叠，显得更加雄浑壮观。每幢石房连着一座高碉，本地人说，石房之间高碉之间都有暗桥相互连通，山寨又连着背后的山脊，踏着一幢一幢的房顶从便桥跑过，可以直接走上高高的山脊。

石头房子里出来一位女子，看不清多大年纪，也看不清漂不漂亮，高挑个儿，笔笔挺挺。左副将有好几个女人，个子都差了点儿。她头上顶着瓦状叠层黑帕，帕上用彩线绣了花。身上穿了一件青色紧腰单层长袍，彩色腰带像彩虹似的在腰间绕了一圈后，又从后腰悬垂于脚后跟。背上贴着一只精巧的木桶。“欧嘿嘿……”她用双手在嘴边卷成喇叭状，甜润的声音便扩散到那些石头房子上空。不一会儿，那些石头房子里纷纷飘出和她一样打扮背着精巧木桶的女子，嘻嘻哈哈地互相打招呼，沿着山寨小路走到山弯处就不见了。只隔了一会儿，又嘻嘻哈哈地从另一个山弯处冒出，向水神林走来。走近了才看清，这些女子一个比一个长得俊美，脸儿红扑扑的，像打了一层薄薄的胭脂。来到泉水边，放下木桶，用铜瓢从泉眼里舀水，胳膊的一伸一弯都那么灵巧生动。桶满后，又用瓢儿从桶面舀起少许泉水洒向天空，水点在空中散成雾状，嘴里念念有词。“都说些啥？”左副将用手掌捂住嘴悄声问。“祷告词，”本地人说，“她们祈求水神挡住官兵的路，不要让他们来送死。”“还不晓得谁死呢。”左副将嘟囔了一句。祷告完毕，她们用背水带子提起水桶，放在石阶上，一转身，水桶便在背上了。她们又嘻嘻哈哈地排成一字形往回走，屁股一律翘得老高，胸部前倾，水桶直立于弯弯的腰上面。随着女人们踏云似的步子挪移，桶口上面很有节奏地浪着白晃晃的水花。“你不是说山上不缺水么？不缺水背水干吗？”左副将很不满意女人们的祷告词，望着她们款款而去的背影，从鼻孔里呼出短促的一声“哼！”

山寨里传来一阵嗡嗡声，像千万只蜜蜂低鸣。

“什么声音？怪怪的。”左副将问。

“诵经，超度亡灵的经。”本地人说。

“死人了？”左副将问。

“不，这是为要死的人念的经，肯定包括我们和他们。这是我们这里的规矩。”本地人说。

“给敌人也超度？”左副将惊讶地瞪大眼睛。

“人死了都一样，不管朋友还是敌人都是死人，都要超度。”本地人说。

“他们也太小瞧我们了，人都没死就念超度经，这不是咒我们吗？”左副将气粗起来。

“马凶郭！”本地人把脸转向一边，不理左副将了。

“上都上来了，打！”左副将下了命令。

“那些高碉惹不得！”本地人拉住左副将的衣袖。

“啥惹不得？我们这么多人，就是掀都能掀翻。打！”左副将派出两千人攻碉。

被派出去攻碉的人钻出深草，冲出水神林，登上台地，向山寨直奔过去，其余的人趴在台地边沿看。山寨像一个冰冷的机器，什么反应也没有，只传出嗡嗡的诵经声。当官兵们冲到离山寨只有一箭之地时，像碰着了机器的某个机关似的，那些高碉的洞洞眼眼里突然飞出利箭，嗖嗖嗖地向冲锋的队伍飞来，没过多久，几百具尸体摆在地上。跑得快的逃过一劫，抵达高碉脚跟，正想往那些洞眼里打枪，却被从洞里伸出的长矛刺伤。没有抵达高碉脚跟的，一个劲儿往山寨冲，那些石头房子之间有许多纵横交错的巷道，巷道两旁的墙壁也咬人，冷不丁从某个孔中刺出长矛或长刀，随时都有人死。

那些巷道像布下的迷魂阵，不知道哪里是头哪里是尾，进去了就出不来。左副将见那么多士兵进了寨后就不出来，以为他们弄到吃的了，又派出两千人冲过去。这些人免去了长跑和迷路之苦，现在从高碉里射出的是子弹，这些人几乎未来得及冲上前就在台地上面趴下了。打了半天，连对方的模样都没见着就又丢下两千多具尸体。

“撤！”左副将带头往山下跑。

“不掀高碉？”本地人问。

“哼！”左副将回转身恶狠狠地盯了本地人一眼。

其他几路队伍的情况大致都差不多，各丢下几千具尸体撤下山，现在他们才知道像烟囱似的高碉多么可怕，士兵们再也不愿抬起头来，一旦抬头，就会看见魔鬼似的高碉。

“撤！”左副将说，好像他唯独对这个字很感兴趣似的。

“昨天就该撤，”右副将说，“损失弟兄一万多人。”

“没关系，念了超度经。”本地人说。

“屁！”左副将瞪了本地人一眼，好像这一万多人都是被他害死的，“你昨天说什么来着？从那边出去？”他伸手指着沟口问本地人。

“你们都看见了，这里围得铁桶一样。”本地人瞄了瞄四周山头，“只有去沟的两头碰碰运气。”

“先探一下路，不能一窝蜂跑去。”右副将长记性了。

一天一夜没吃东西，撤退之前只好吃些麦苗充饥。士兵们的手脚像被抽了筋似的，扯青苗需要使很大的劲儿，每个人的嘴里都流着青汁，嘴皮都染绿了。本地人实在看不下去，闭上眼睛咬紧牙关说出一个字：“鱼！”嘉绒藏区禁止打鱼杀生，但是现在要饿死人了，掂量许久，还是觉得人比鱼重要。左副将本来愤怒的眼睛顿时眯成一条线：“这里也有鱼？怎么不早说？”然后把本地人抱住，在对方的络腮胡脸上亲了一下。用枪打鱼虽然命中率不高，毕竟还是打捞了一些上来，比吃草强百倍。

冲出沟口的希望彻底破灭，经侦察，两边沟口都被扎断，还修了该死的高碉。特别是西头的沟口，高碉一直修到了琼日部落。这些高碉过去是朝拜雍忠拉顶寺的香客们住的地方，现在用来对付官兵。一提到高碉，大家都不寒而栗，听都不想听。

两位副将以大部队很快就会翻过山来的话安慰大家，也安慰自己，现在也只剩下这么一线希望。河里的鱼要打光了，大部队还不翻山过来，他们只有饿死。已经十多天了，人人饿得皮包骨头，连拿枪打鱼都很吃力。

四十 木　排

“怎么办?”两位副将又问本地人，好像本地人是他们的上司。

“你们翻山的不肯，”本地人说着生硬的汉话，本来想说你们翻不了山了，说出来的话却是另一个意思，“只有求神了。”他领着两位副将走进官寨经堂，在琼鸟神龛前烧香磕头。

“屁!”左副将只弯了弯腰，看到琼鸟神像头上顶着角，嘴里含了一根长蛇，鼻子勾得吓人，说：“就它?”

右副将双手合掌，恭恭敬敬地鞠了一躬。他不敢不敬，他已听说了这只神鸟的一些故事。

又过了一夜。第二天还得去打鱼，鱼打不着，士兵们就在河岸坐着，无神的眼睛看着波光粼粼的水面，希望鱼儿从水里蹦出来，看到白光闪耀的鱼肚，然后举起枪，“砰!”鱼儿浮在水面上。

上游漂下一个宽宽长长的东西。色齐河上经常漂来一些东西，有的是连根拔掉的树木，有的是撞烂了的木头，有几次还漂来死牛烂马，他们打捞起来吃了。今天漂来的东西特别大，漂近了他们才发现是木排，十几根粗细一般的木头用绳子并排连在一起，不紧不慢地从水面上漂来。木排上还有好多鼓鼓囊囊的牛毛口袋。士兵们扑通扑通跳进河，他们抓住木排朝河边推，忙不迭地打开口袋一看，都高兴得昏了，里面是煮熟了的土豆，他们抓起来就啃。

两位副将和本地人跑过来一看，果真是熟土豆。右副将想起昨天敬神的事，一脸的惊讶："那么灵？"本地人一脸的得意，朝左副将笑："对吧？"左副将咬着土豆，想说"屁"，一时不方便，只好算了。木排上的口袋空了，吃到土豆的和没吃到土豆的都伸长脖子朝上游看，都希望再来一个木排，上面堆满装有熟土豆的牛毛口袋。

奇迹发生了，又漂来一个木排，上面又有不少鼓鼓囊囊的牛毛口袋，士兵们又争先恐后地扑通扑通跳下水，把木排推到河边。奇迹继续发生，木排一个接一个地漂来，在河边已经停了长长的一溜。

"土豆不重要。"本地人看了一眼从牛毛口袋里捡起来的一张纸条，摇晃着对两位副将大叫："木排，神的指点，木排！"

"屁！"左副将斜睨了本地人一眼，"木排能当饭吃？"

"屁！"本地人急了，也跟着说出左副将的口头禅，觉得没对，改口道："不，不说屁。木排，坐木排就可以冲出沟口，这上面写了！"

"对呀！"右副将眼睛突然亮了。

"屁！"左副将眼睛也亮了一下，又迅速暗淡下来，十几个木排，能载多少人？

"没看见还在漂下来吗？"右副将充满信心，"把漂下来的木排都拴好，晚上行动。"

"我也这么想。"本地人说，"白天沟口会打枪射箭的。"

"啊，可以走啰，可以走啰！"没精打采的士兵们突然来了精神，在河岸上跳着，闹着。

两位副将这下心里舒坦了，终于有了出路。各拿了几个土豆，坐在地上吃着。

"真的是神在帮我们？"右副将招了招手，把本地人叫过来问。

"差不多，她也算神。空行母转世，我们都叫她康珠玛！"本地人眼中装满虔诚。

"屁，谁？"左副将又瞪起眼睛。

"这封信就是她写的。"本地人从怀里小心翼翼地掏出刚才在牛毛口袋里发现的纸条，"这些木排和土豆都是她放下来的。"

"她是谁？"右副将问。

"她是康珠玛，空行母，又叫阿果。"本地人说。

"阿果？阿果不是松罗木的女儿吗？"右副将警惕起来。

"就是她！"本地人点着头，双手合掌，嘴里念念有词。

“屁，她不害咱们就不错了，为啥帮咱们？”左副将问。

“她是康珠玛，她会这样。”本地人说，“上次她还救了你们很多伤员呢。”

“对，这个我知道。”右副将说。

宝伞山山脚的森林里，走出一拨人马，都是头戴绣花叠帕身穿锦绣红裳的女人，沿着色齐河河岸的商道一路奔来。到了色齐盆地，勒住马头观察，不见一个官兵一个木排，都唧唧喳喳地嚷嚷：“成功了，成功了！”

“姐妹们，上山去！”阿果一边大声招呼，一边朝马屁股上一挥鞭子，跨过大桥，向对面象山奔去。

“阿爸！阿妈！”走拢象山新官寨，阿果一进门就兴奋地喊。

“女儿啊，阿妈好想你！”夫人噙着眼泪把阿果揽进怀里。

“你怎么来的？山下尽是官兵！”大土司离开座位，抓住阿果的手直摇晃。

“阿爸，阿妈，女儿也想你们！”阿果坐到阿妈身边的座位上，兴奋地说：“现在好了，官兵走了。”

“哪里去了？未必长了翅膀？飞也看得见呀！”大土司疑惑。

“我把他们放了！”阿果说。

“放了？”大土司更加疑惑，“你在帮谁呀？再说，沟口的人也同意放？不会吧？”

“没有他们的事。”阿果得意地扬了扬下巴，“阿爸您想都想不出来，我给他们放了木排，从水上走的。”

“水上？”夫人猛拍一掌，“这不就很好吗？漂到大渡河去了，既离他们的大本营越来越远，又保住了性命。”

“妙！”大土司用力一拍大腿，“哈哈，我一个女儿就把傅恒将军几万人马给打发了，今天要好好庆贺一番！”

“庆贺就免了吧，”阿果伸出手说，“扎木排请了好多民工，还有好多袋土豆，都没付钱呢！”

“好说好说！”大土司乐不可支。

“该搬回去了。”阿果说，“老百姓都想回家，麦苗都被官兵糟蹋了，说不定要补种。”

“阿果指挥起大土司来了，呵！”大土司做了个鬼脸，夫人甜蜜地笑了。

四十一
詹姆斯大炮

据两位副将派回来的士兵报告，六万雄师已经翻过大山，攻破大色齐部落活捉松罗木指日可待。傅恒听后按捺不住激动的心情，立即铺纸挥毫，亲书一份捷报，派快马向京城传送。皇上也被捷报上的言辞感动，回书给予嘉奖。傅恒扳着指头盼着征讨部队胜利归来，可是，十多天过去了，不仅见不到部队胜利归来，连个音信都没有。傅恒坐不住了，想起皇上给的嘉奖，额上就冒汗。六万人啊，还对付不了六千山民？他不信，耐着性子等。他当然不会想到等来的消息令他七窍生烟。官兵乘木排走时其实没有六万人，攻金鱼山和海螺山时被滚石砸死了一万余人，翻过山以后，又有一万余人享受了超度经。剩下的士兵坐木排到了大渡河后，大多都一靠岸就开小差溜了，两位副将带回太阳部落的士兵不到三千人。傅恒手下近十六万人的士兵一下子缩水到只有七万人，傅恒一气之下亲手斩了两位副将。

“接受拴头吧！”大土司及时给傅恒将军写了五个字，叫王秋送去。

“秋后决战！”傅恒将军回了四个字，这次给了确切的作战日期。

傅恒将军语气强硬，一半因为不服气，山野村夫一个，我就不信制伏不了你；另一半是因为他想起了一个人，詹姆斯，英国洋人。英国人骚扰中国海岸时，詹姆斯是船上的炮兵，会目测距离，百发百中，被提成军官。不打仗后，他登上陆地，代表英国皇室跟大清官方做生意，傅恒与他私交很好。离开京城前，詹姆斯也跟他提起过大炮的厉害，当时他摇了摇头，对詹姆斯说了一句话，杀鸡焉用牛刀？没考虑用大炮。现在想起来错了，如当时听了詹姆斯的话，也不至于如此失败。更令他下定决心重振旗鼓的是皇上竟同意了他下一步的打算。傅恒写奏章确实是高手，他避而不谈损兵折将的事，只谈大色齐部落高碉林立，不彻底摧毁定会后患无穷。他还请求带嘉绒匠人到京城筑碉，研究破碉之术。皇上御笔一挥，写下“准奏”二字，皇上也想看看高碉这玩意儿有多厉害。

“伟哉！雄哉！”高碉耸立于香山，皇上参观后赞叹不已，拍着傅恒肩膀说：“攻下此物实属不易，爱卿辛苦了！”傅恒受宠若惊，眼泪啪嗒啪嗒掉下来。仁青从太阳部落精选了一千名砌碉高手，亲自带到京城，一个月就筑了十个碉，有七八层的，也有十三层的，四角碉、六角碉、八角碉都齐了。詹姆斯举起拇指，睁一只眼闭一眼目测距离，移动了几次炮位，一点火，“轰”，炮弹飞出去，高碉腰上打穿一个窟窿，发五至十发炮弹，一座碉便轰然倒下。

“惜哉！”皇上皱了皱龙眉，“嘉绒藏区真有数万如此高碉？”他还记着讷亲奏章中的话。

“满山遍野都是，刀枪都奈何不得它。”傅恒弯腰低头作答。

“能筑如此美碉，那里的人也不简单。”皇上闭上眼睛静了一会儿，忽然问：“还有什么稀罕的？”

“巧匠、美女、歌舞，”傅恒扳着手指说：“此乃彼地三绝也。”

“征讨结束后，你带一些到京城来。朕这辈子没去西南实在遗憾得很啊！”皇上顿了一下，突然想起问另一个问题：“嘉绒藏区真有一个省大？”讷亲奏章中就是这么说的。

“一个省大？”傅恒被问懵了，嘉绒藏区属于四川省的地盘，怎么会有一个省大呢。实话实说了吧，那就是自己跟自己过不去，既然是个弹丸之地，为何十几万人都拿不下它？于是急中生智，说：“倒没有，不过地势险恶可以列为全国之最。”

“你们啊，每个人说的都不一样，我信谁才好？”皇上的脸阴下来，挥了挥手，起驾回宫了。临走前，从轿子里掀开帘子，对傅恒说：“多带些炮，速战速决。征讨旷日持久，太后很生气。”

“喳！”傅恒唱喏回应。他也听说太后反对征讨嘉绒藏区，张广泗说过小松罗木并无逆反之心，张广泗是太后亲信，她信。张广泗被儿子诛杀，她一肚子的气还没撒出来，儿子又举全国之力去打一个不该打的地方，时间又拖这么久，她能不生气吗？

傅恒让詹姆斯培训炮手，叫仁青提前回去培训云梯队，攻碉演习也加紧了。备战工作做得差不多时，秋天到了，该决战了。傅恒不敢再向皇上伸手要兵，带着詹姆斯和六百五十门大炮，日夜兼程，二十天后回到太阳部落大本营。

岳钟琪的病还没好，傅恒也不想用他。这个人一直袖手旁观，胜利果实马上就要成熟了，此时不能让他伸手。

傅恒亲自挂帅指挥，战略战术都做了重大调整。他只带了两千人进山，其余的每三里路安顿一万人，梯级布阵，随时听候调遣。进攻的目标选择了宝伞山。这座山密被森林，松罗木的守兵用不上滚石檑木，离大本营又近，后勤供应便捷。更主要的是一旦拿下宝伞山，就可以朝着横的方向左右进攻其他各个山头。

六百五十门大炮和所需炮弹在夜色掩护下被秘密运至山脚，傅恒带的两千人也把一百门大炮运到山腰。把大炮弄上山很费劲儿，一门大炮十个人抬，还需十个人护卫，护卫人员除了清除路障外，还要预防野兽侵袭。花了两个晚上，一百门大炮才在射程之内架好。第一梯队的一万人潜进森林里，云梯队队员都把长梯搬到了山腰。天亮后，詹姆斯亲自目测距离，调整炮位，马上就要发出的第一枚炮弹必须保证命中目标。

詹姆斯口中念念有词，手指在胸前画着十字，又亲手往炮筒里添火药，塞进一颗人头大的实心铅弹，点燃了火药绳。火药绳燃完，“轰”的一声巨响，大炮弹得老远，铅弹飞出去，一个高碉上出现了一个窟窿。

“打中了！”埋伏的官兵们站起来欢呼。他们欢呼得早了点，当把大炮重新架好，装上火药炮弹，准备发第二炮的时候，刚才的窟窿像疮口长了肉似的被填平了。

“齐发！”傅恒就在现场，指了指十门大炮。十发炮弹齐发威力，整座碉被拦腰切断，像树木被砍伐后剩下的木桩。十门大炮一组，一百门大炮轮番轰击，那片碉群少说也有几十座，半天工夫就成了一片废墟。傅恒十分满意，这是征讨嘉绒藏区以来，给对方的一次实实在在的重创。

只是目前问题还没有彻底解决，守兵都钻到轰剩下的矮层石碉中负隅顽抗，目标矮了炮弹打不中。

“云梯队上！”傅恒下了命令，仁青在旁边做技术指导。第一梯队派出一千名士兵在前面开路，云梯队队员们提着云梯紧跟其后。冲至火枪射程时，残碉的射击孔里伸出了枪筒，开路的士兵不断倒下。云梯队队员踏着战友的尸体抵达碉脚，把云梯搭在残碉上，官兵一个接一个地登上云梯冲了进去。枪声停了，残碉里刀光闪亮，不断有人从上面掉下来。一批批官兵登上云梯，随时补充减员的士兵。最后，刀光不再闪亮，残碉平静了，里面横七竖八地躺着被官兵砍死的八十名藏兵尸体。傅恒向他们深深鞠了一躬，说："我的士兵有他们一半英勇就谢天谢地了。"他又看了看满目废墟，望着仁青问："守兵这么少？""是这样。"仁青说。

山下的大炮和炮弹都运上来了，粮食衣被也跟进了，占领的地势对官兵又十分有利。活捉松罗木，这次真的指日可待。

为了速战速决，傅恒将军决定把所有的将士都调上山，兵分左右两路，两路部队都配备云梯队。右路部队领兵三万，携炮三百门，向右进攻，摧毁金轮山、海螺山和金鱼山上的所有高碉和城墙；左路部队领兵四万，携炮三百五十门，向左进攻，摧毁宝伞山、宝幢山和宝瓶山上的所有高碉和新官寨。最后，两路部队猛虎下山，活捉瓮中之鳖松罗木。

"妙，大人妙！"詹姆斯很欣赏他的朋友傅恒将军的方案。傅恒将军自己也陶醉了，举目四望，枫叶似火，桦树金黄，松衫翠青，天蓝云白，跟北京香山有几分相似，他喉头痒痒，哼起一段京剧来。

大炮轰击，云梯队肉搏，大部队包围，官兵向左右环山同时进军，斧切刀削似的美丽高碉像被雷击的树木一样残缺了，顽强抵抗的守兵纷纷倒在血泊中，树上落下的遍地黄叶渲染着战地的悲壮和惨烈。官兵不再躲躲闪闪，大摇大摆地走在阳光下的山顶上，数着还没攻下的碉群，计算着回家的日子。

但是战争也并非一帆风顺，比如进攻速度就快不起来。官兵们为仅一处碉群就有几百个高碉惊讶不已，他们不相信这个地方人口那么稀少，只觉得是所有人还没露面而已，不然怎么会突然就修起这么多工事了呢？没人告诉他们，这些碉群是经过几百上千年的岁月逐渐形成的。有能力的家庭生了男孩必建一座高碉，这是几百上千年的传统，照此说来，这么长的时间里留下一两万座高碉就再正常不过了，如果被洪水冲跑被自然老化被雷击垮塌的老碉都还在的话，不吓死几个人才怪。轰平一处碉群，少则一两天，多则十几天，进攻速度没办法快起来。

最令他们心惊肉跳的是在一处碉群被轰平之后。云梯队必须上，不然守兵仍在残碉里抵抗，高碉等于没轰。云梯队一旦上去后，就是一场短兵相接的肉搏战，最终虽然把守兵消灭，但是官兵的伤亡更大，很多官兵心跳加速正是在高碉被轰平的时候。除了詹姆斯，其他炮手当快要轰平一处碉群的时候，发射速度自然而然会慢下来。时间都过了两个月，两路部队只各攻下一个山头，再不赶进度，冬天又来了，大雪封山后，后勤供给一旦中断，部队又要吃饿肚皮的亏。人多也有人多的麻烦，而且是大麻烦。

大色齐部落伤亡人数不断增加，这从他们担架队伍的不断壮大上看得出来。准确地说，没有一个伤员，减员的都是死亡。守兵不肯从碉里撤退，即使重伤也要拼命，直至被砍死。你想，怎么会有伤员？

四十二
战地上的锅庄舞

秋末时节，山下盆地里的庄稼已经收割完，留下齐膝的麦茬，呈现出一片金黄。突然有一天，金黄的色块里增添了许多红红绿绿的星点，山头轰碉的官兵们停下手中的活，朝山下看。

“干吗？”傅恒问仁青。

“跳锅庄。”仁青说。

傅恒肚子里的一口气提到胸口堵住，说不出话来。他看见那些红红绿绿的星点形成一条彩色的河流，一会儿弯成一个大圆圈，一会儿奔流成浪花四溅的旋涡，一会儿又变幻成左顾右盼的九曲龙身，还能隐约听见悲壮凄婉的舞曲。

“干吗？”傅恒很不舒服，感觉遭到了莫名其妙的侮辱或嘲讽。

“碉里的人看见，会更玩命的。”仁青说。

“死了那么多人，还有心情跳舞？”傅恒脸上的肌肉抽搐得厉害。

“和节日里跳的不一样，”仁青说，“这是引领亡灵的舞。”

“这么多人！”傅恒不懂引领亡灵是什么意思，也不想懂，他只关心战争，问，“你不是说只有六七千人吗？”

“那是……是能……打仗的人，”仁青口吃起来，慌忙解释，“这些人……都是……老人、妇女、小孩。”

傅恒用迷茫的眼睛看着仁青。

“他们肯定阵亡了不少人，亡灵不及时引领，会迷路的。”仁青见傅恒还是没弄明白，解释道。

山下那些人跳了一阵锅庄舞，又仰面引颈向山头的官兵唱起了歌。

天空中飘浮着白云，
风儿呀请不要吹散，
天空是白云的家。
草原上蹒跚着羔羊，
鹰儿呀请不要惊吓，
草原是羔羊的家。
河水中栖息着鱼虾，
渔翁呀请不要垂钓，
河水是鱼虾的家。

“又唱歌！”傅恒不满地说。

“这是东女国古歌。”仁青说。他听见领唱人的声音，是阿果的声音。

“打！”傅恒向炮手们挥了挥手，炮手们又继续架炮装弹，“轰”，一组炮弹飞过去，一个高碉又被拦腰斩断。

第一场冬雪按照它自己的节律准时来临，而且一口气下了一天一夜，天地间白茫茫的一片，这是傅恒将军最不愿意看到的。左右两路部队又各攻下一座山头，现在两边的部队要攻克的山头各只剩下最后一座了，偏偏这个时候下雪，再过十多二十天下不行吗？真是！还不止这个，攻破的高碉又立起来了，这是他更不愿意看到的。新生的石碉虽然没有过去的高，也没有过去的好看，但都奇迹般地“复活”了，好像具有生命似的。这一点连大土司都没有想到，怎么会呢？未必琼鸟在帮忙？

“你不是说只有六七千人吗？怎么回事？”傅恒指着那些新“长出来”的碉群，厉声问仁青，好像这事儿与仁青有关。

“将军，只有我才忠心耿耿跟着您呀！”仁青摸着胸口说，“肯定是其他部落干的，没看见他们派来的兵都溜走了吗？”

“不用你说，这个我知道！”傅恒已经察觉到那些之前信誓旦旦的土司其实都在玩两面三刀的诡计，咬牙切齿地说：“等着吧，看我怎么收拾你们！”

更奇怪的事发生在晚上。本来漆黑的夜晚只有积雪泛着淡淡的白光，半夜时分，红光映红了白雪，哨兵气喘吁吁地跑到傅恒帐外报告："大人，不好了，来了!"

傅恒掀开被子冲出帐外一看，差点瘫倒在地。幸好是晚上，没人看见，不然这个丑就丢大了。所有的官兵都冲出帐外，但见满山遍野都是火把，默默地向官兵营地围来。山下还有数不清的火把也向官兵占领的山头涌来，像潮水似的。

"你说只有六七千人嘛，怎么回事?"这次，傅恒把刀尖抵在仁青的胸口上。

"不……不会……不会有……有这么多人，"仁青心一急就口吃，"肯……肯定……不……不是……人!"

"不是人难道是鬼?"傅恒眼睛里充满了仇恨，"我看你才是魔鬼，松罗木安插的小鬼!"

"冤枉哟，傅大人，"仁青这下不口吃了，"我安心在帮你呀!"

"哄鬼去吧!"傅恒一用力，鲜血喷了他一脸。

驻扎在山顶的官兵乱成一锅粥，他们谁也顾不了谁，趁有夜色掩护，各自夺路逃命。官兵们不知道傅将军把仁青杀了，都把太阳部落当做救命的地方，尽量朝那里逃。只有傅恒将军和他的侍卫没跑，堂堂大清将军，怎能临阵脱逃!傅恒站在军帐中央，蹲成马步，举着马刀，随时准备与冲进帐里的人搏杀。侍卫紧贴将军身边，随时准备挺身而出。

好多火把在帐外匆匆移过，火光映红了帐布。傅恒就这么紧张地等待着，时间一刻一刻地捱过，外面渐渐地归于平静，始终没人冲进帐篷。天亮了。傅恒将军提着马刀走出帐外，一个人影儿也没有，但见牛羊蹄印印满了雪地。举目一看，满山遍野都是牦牛和山羊，它们埋着头，若无其事地在雪地里觅草吃，角上绑着火把棍子。

"松罗木，我日你先人!"傅恒大吼一声，平生第一次骂出粗话，把刀架到脖子上。侍卫眼明手快，一个箭步冲上去，把刀打落。

傅恒一屁股坐在雪地上，抱头大声痛哭："又是牦牛，七万大军败于牲畜，羞煞我也!"

侍卫用手掌给傅恒将军抹背。他不会说宽心的话，只好用这种动作安慰长官。

"下雪了，是不是?"傅恒像说梦话。

"是，大人，好大的雪。"侍卫以为傅大人气疯了，顺着他的话说。

“下雪了，冬天到了，”傅恒喃喃地说，“山区冬天作战是大忌。”

“对，咱们回吧。”侍卫放心了，这时确实又下了一缕缕鹅毛大雪，傅大人并没有疯。

老天爷下了一天一夜的大雪后，好像还没过足瘾似的，飘落的雪花稠密得让人睁不眼睛，背着仁青尸体的侍卫和踉跄而行的傅大人身影也变得模糊不清。在他们身后，被牛羊践踏得一塌糊涂的雪地、高山上被大炮轰击得七零八落的高碉残骸、山下笼罩着战争阴霾的大色齐部落，都被正在飘落的雪花一层层地覆盖，目力所及的整个大地一片银白，试图把这几年来在这片土地上发生的一切全部埋葬。嘉绒藏区宁静得只听见雪花嗞嗞飘落的声响，甚至呈现出苍凉古荒的景象，似乎诉说这里原本就是这样，不曾发生过任何事情。

傅大人拖着疲惫的身体回到大本营，清点人数后无奈地摇了摇头，回来的士兵只有6000人。

“剩这么点人！”傅恒又无奈地摇了摇头。

“已经不错了，”病卧在床的岳将军现在不仅可以下地，气色也好多了。他向傅大人拱了拱手，道：“能破那么多碉，没想到。”

“要是有岳将军辅助，可能不是这副模样。”傅恒将军以攻为守，捅了一下岳钟琪装病避战的软肋，为自己保面子。

“留得青山在，这才是重要的。”岳大人不接傅恒将军的招，实话实说，“将军安全归来，就已经万幸了。”

“冬天到了，事情还没了结，有何良策？”傅恒现在才发现岳钟琪这个人城府很深，说不定早就看到了今天的结果，才托病拒征。

“受降！”岳钟琪果断地说，“就是接受他们说的拴头。”

“还有一战呢，”傅恒虽然已经厌战，嘴巴还是强硬，“他们也支撑不起，强弩之末，强弩之末!”

“咱们还不是一样？”岳钟琪推心置腹，“剩下来的人都是惊弓之鸟，不能用的。”

“嗨！”傅恒自尊心的保护膜终于破了。

“他们拴头了，也是我们的胜利。”岳钟琪给他打气，“我们还捞得一个说话算数的名声。”

“这件事就交给你办。”傅恒突然想起岳钟琪是一把钥匙，现在该他去打开九把锁，虽然他还不清楚九把锁指的是什么。

大色齐部落官寨顶楼左角的白塔式煨桑炉冒烟了，这是通知山头的守兵撤回的信号。右角的白塔式煨桑炉也冒烟了，这是召开头人寨首会议的信号。

集中的时间到了，头人寨首只来了一半，山头的守兵只来了两百。

“人呢？”大土司在官寨广场上伸长脖子朝路上看。

“就这么多了。”阿更哽咽着说。

“啊！”大土司身子摇晃了一下，耷拉着脑袋昏过去，瘫在地上。

“甲布！甲布！”在场的人一窝蜂围过去，男人的恸哭格外震撼人心。

许久，大土司才慢慢苏醒。

“怎么了？别哭，都是男子汉，别哭！”大土司硬撑着坐起来，两行热泪顺着脸颊往下流。

“阿爸，别太伤心，官兵都撤了，一个都没了。”阿更蹲在大土司面前轻声说。

“岳大人出山了，他们同意受降了。”大土司从怀里拿出岳钟琪捎来的信。

“受降不就是让我们投降吗？”尼玛木还是不服气，“凭啥？又不是我们输了！”

尼玛木话一出口，其他人七嘴八舌嚷嚷起来。

“我们死了那么多人，就白死了？”

“我们不是大清的人？‘受降’两个字听着就恶心。既然是一家人，就应该叫和解。”

“对，不然，我们继续拼，拼到一个人也不剩。”

“甲布，不要轻信一张纸条，说不定又在骗咱们！”

大土司一声不吭，让他们把心中的怒气怨气都发泄个够！死了那么多男人，大色齐部落又成了女人部落，能服气吗？能不痛心吗？

“仁青死了。”半晌，大土司说。

会场一下子安静下来。

“怎么死的？”尼玛木低声问。

“岳大人信使说，傅恒亲手杀死的。”大土司说。

“拉嘉罗！”气氛凝重的广场突然爆发出一片欢呼声。

“看来，傅恒将军是个明白人。”大土司说，“他让岳大人出面，大家尽可放心，受降也好，和解也罢，措辞并不重要，重要的是噩梦该结束了。”

四十三 官寨喷出浓烟

举行拴头仪式的日子是雍忠拉顶寺堪布亲自选定的，那天确实是一个好日子，天一亮就飘起雪来，纷纷扬扬的白雪就像天女散花。岳钟琪精选了十一名亲信，加上他和傅将军，十三乘坐骑行进在通向大色齐部落的山道上。这是一条除了商道以外进入大色齐部落的唯一通道，战争发生后，商道不通，只能走这条路。这条路正是著名的噶尔崖山道，路在悬崖腰间，上面千仞绝壁，下面万丈深壑，山道九个关口，个个都是鬼门关，张广泗的两位爱将和五千人马就葬身于此地。如今就不同了，岳将军人马一到，关口立即敞开迎接，守兵们低头躬腰站立路边，温顺得像绵羊，各个关口逐一顺利通过。这时傅恒将军才恍然大悟，当年京城童谣中唱的“一条独龙九道关，九把铁锁锁大门”就指的这条山道和九道关口啊！“张果老汉前去砍，砍烂神斧丢一边，王母娘娘派哪吒，碰断火轮门外边，八百罗汉去砸锁，件件神器弄稀烂”等句中的张果老汉、哪吒、八百罗汉分明是指张广泗、讷亲和阵亡将士的隐语，只不过阵亡的将士何止八百！当年疯和尚说的岳十三，不就是指的今天咱们这一行十三乘骑吗？

松罗木主动投降，两三年打不穿的噶尔崖，十三乘骑只三四个时辰就昂首走过。正如京城童谣所言，钥匙一到铁锁开，砍树不愁神功来。走过噶尔崖，下一道陡坡，再穿一条峡谷，前面就是大色齐盆地。松罗木和大色齐部落所有的头人、寨首早就恭候在这里。他们手里牵着马，排成一行，辫子解下来，一律垂在胸前，神情十分肃穆，这是拴头的意思。十三乘骑下了马，松罗木一眼就认出岳钟琪，把手里的缰绳递给旁边的人，跑过去给岳钟琪献哈达，把自己的额颅顶在岳钟琪的前额，行碰头礼。

“飘雪了，吉祥！”松罗木说。

“飘雪了，吉祥！”岳钟琪回了一句。

“傅将军辛苦了！”松罗木从旁边的侍从手里拿过一根哈达，举过头顶，献给傅恒将军。

“幸会，幸会！”傅恒将军拱手回礼。

傅恒接哈达时，想起大象踩跳蚤的故事，心里酸酸的。抬头一看，眼前站着的人可不像跳蚤，牛高马大，浓眉大眼，鼻端口方，气宇轩昂，确实不同凡响。而且，他的手更不一般，手指间长着薄薄的蹼，鸟爪似的。

松罗木向其他客人都献了哈达后，所有人都骑上马背，向大色齐部落快马前行。

“皇上不是改了名字吗，怎么还叫松罗木？”傅恒在马背上小声问岳钟琪。

“听说都叫惯了，改不了口。他把索罗木的名字送给儿子了。”岳钟琪说。

“此人一直想拴头，”傅恒说，“为啥征讨他们？”

“我也不知道，还想问您呢。”岳钟琪说。

“我又问谁？”傅大人疾首蹙眉，他曾经想到过这个问题，想过之后就没能再细想下去，因为整个过程显得不合常理，缺乏逻辑关系。

“荒唐！”岳钟琪失声笑了，是无可奈何的那种笑。

傅大人猛然转过脸瞥了一眼岳钟琪，欲言又止。

白雪仍在纷纷扬扬地飘洒，像千万张放飞的龙达曼舞，更像千万只白鸽翩翩飞翔。

“他的手怎么会那样？”傅恒想起了松罗木手上的蹼。

“有两个人是那样，另一个是他哥哥，雍忠拉顶寺堪布。”岳钟琪说。

“怎么会那样？”傅恒觉得很奇怪。

“神子。”岳钟琪笑了一下，“都说他们兄弟俩是琼鸟的儿子，琼鸟是嘉绒藏区的守护神。”

“神子？鬼话！”傅恒话虽然这么说着，却想起了官兵遇到的一连串怪事。迷魂沟失踪，沼泽部落牦牛发疯，菩萨沟突发洪水，宝伞山猛兽袭人……觉得发生的这些事儿确实有些蹊跷。

大色齐部落官寨远远就能看见，像一棵古老的大树，兀立于村寨中心。这是一件杰出的石头建筑艺术品，要是在晴天，就能看见它厚重的墙体，锐利似刃的主体建筑棱角，官寨大门上方悬挂的巨大琼鸟雕像，今天雪花飞舞得使它蒙蒙眬眬，看不真切了。走过盆地，来到广场前，大家纷纷下马，进入官寨。

受降仪式在经堂里举行。松罗木向皇上画像磕了三个响头，跪着哭诉：“皇上啊，噩梦今天就结束了，我向岳大人和傅大人拴头，我生是大清的人，死也是大清的鬼。您是文殊菩萨转世的大皇帝，为什么会发生这样的事？您知不知道？”在座的头人寨首无一不哽咽歔欷。

“愿佛祖保佑大清江山万万年！”松罗木双手举过头顶，向傅恒和岳钟琪献上一尊金佛，又献上一升黄金。

“这个我收了。黄金留下。我要的礼物是别的。”傅恒接过金佛说。

“大人尽管吩咐。”松罗木说。

“皇上爱慕贵地能工巧匠和善舞美女久矣。”傅恒说。

“我们现在能送的也就是这些了，带多少？”松罗木问。

“各三百吧。”傅恒说。

“大管家，你去准备吧。”松罗木立即安排，并把嘴凑到大管家耳边，细声说，“把阿果也编进去。”

“皇上也想召见你，你也做个准备吧。”傅恒把“押送”说成了“召见”。

“准备好了。”松罗木说，“我本来就想，生不能面拜皇上，死都要梦里叩拜的。”

“不说晦气话了，怎么扯到死上去了？”傅恒想笑一下，可是没笑出来，看来他的心情也不轻松。

“傅大人，我有个请求，不知当讲不当讲。”大土司说。

“请讲！”傅大人说。

“我们这里缺男人，您的兵能不能留下？”大土司说。

“正合吾意。”傅大人说这句话时带着情不自禁的表情。他到现在也没弄明白为什么要征讨这个地方，但接受投降后一走了之他又不放心，这个地方需要有人盯着。于是他本就打算把这些兵作为礼物送给大土司，又担心大土司猜疑，决定过两天再说这件事。

“雪中送炭啊，傅大人！”松罗木学汉人动作，拱手致谢。心里想，他也想过把剩下的兵留下来，难道是让这些人监视我们吗？为何到现在还不相信我们。这世上，人与人之间的沟通和理解为什么这么难？

傅恒热衷于改土归流[①]，于是设立了由朝廷直辖的阿尔古厅[②]，后来，改土归流制度在整个嘉绒藏区推行，数千年历史的土司制度至此寿终正寝，松罗木成为嘉绒藏区的最后一个土司。虽然过去万般钟爱千分在意的土司印绶，经傅大人这么一折腾，现在一文不值，不过，他对设立阿尔古厅还是挺满意的，这样才好，免得中间的那些鬼作祟。

阿更现在叫索罗木，父亲把皇帝赐的名字传给了他，却没能把皇帝封的土司传给他，所以阿更不叫土司，而叫守备，是个新名词。土地也不再是土司的了，归阿尔古厅管，由阿尔古厅重新分给种地的人。色齐河两岸的河坝地，大多分给了留下来的官兵，过去各家各户立的地桩一点用处都没有了，人们一气之下把它拔出来摔得粉碎，不少人搬到色齐部落周围的高山上去了。

这些官兵都是年轻男儿，本地人又大多是孤儿寡母，时间一久，监视人和被监视人便舀一个锅里的饭吃了。这个事儿如果让傅恒将军知道了，他大概会很寒心吧。

留下来的官兵成分很复杂，东南西北的人都有。一开始，语言南腔北调，风俗五花八门，就像石头木块玻璃铜片堆在一块儿，形不成整体，怎么弄都凑不到一块。时间一久，统统融进了本地民俗中，形成被后来的旅行者们称之为瑰宝的色齐河风情。

总之，大色齐部落变得越来越面目全非，连他们自己都认不出来了。大土司的脑子一直围绕一个问题转圈走不出来，就像杨兴的川军和傅恒的清兵走进迷魂沟后走不出来一样。他一直反复问自己，当年带领琼日部落的小伙子们跨入东女国地界，只是为了抢女人，后来为什么会发生这么多事呢？

傅恒醉心于这些杂七杂八的事，一直在此待了两年零两个月都浑然不觉，从大色齐部落出发的工匠和美女们早就抵达京城，被安置在香山。皇上收到傅恒带去的奏折，见到满纸的高兴事儿，十分高兴。一高兴就封傅

---

① 改土归流：清朝晚期在西南少数民族地区实行的一种政治制度，即改世袭的土司制度为任命或委派的屯守备制度。

② 阿尔古厅：清朝晚期在嘉绒藏区设置的一个地方行政机构。

恒为忠勇公，封岳钟琪为太子太保，并派人催他俩从速返京，他急着庆功。要不是皇上催促，傅恒或许还要折腾下去。

出行那天，留驻的士兵夹道欢送，场面本来够热烈的，可是偏偏这个时候，官寨周围各个山头几乎同时唱起了同一首歌：

天空中飘浮着白云，
风儿呀请不要吹散，
天空是白云的家。
草原上蹒跚着羔羊，
鹰儿呀请不要惊吓，
草原是羔羊的家。
河水中栖息着鱼虾，
渔翁呀请不要垂钓，
河水是鱼虾的家。

谁都知道，这是著名的东女国古歌，然而在今天这种场合唱起它时，傅恒一行的凯旋气氛被破坏殆尽，悲壮苍凉的感觉无端地倍增，气氛压抑得让人有些喘不过气来。

“这天气。”傅恒曾经听过这首歌，现在又听到它时就想起那个山头，想起山下红红绿绿的星点，想起雪夜里密如繁星的火把，心里酸酸的，苦苦的，就想责怪甚至诅咒天气。岳钟琪在傅恒后面，只是干咳一声，没有说话。他是在阿果九岁的时候听阿果唱这首歌的，当时觉得有些奇怪，这么稚气娇嫩的小女孩怎么会唱情感如此凝重的古歌呢？经过这么些年在嘉绒藏区的经历，才似乎明白了其中的一些道理。这里的人自古以来就是唱着这首歌走过来的，可能还要唱着这首歌走下去，听，这不是又唱起来了吗？詹姆斯走在岳钟琪后面，听见歌声心里突然一紧，立起大拇指目测到山头的距离，哇啦哇啦说了一通英语。这是一个什么样的族群？被轰平了那么多的高碉死了那么多的人，他们还唱歌欢送！谁也听不懂他的话，只有他自己知道。松罗木在詹姆斯后面，听见歌声，热泪夺眶而出。从官寨出发时，夫人扯住他的衣袖不许他走。他说，我送他们一程就回，傅将军和岳将军这一走，这辈子不可能再见面了，分别时最后再给他们唱一次东女国古歌。大土司还没来得及唱，歌声便从各个山头飘了过来，他能不感慨万千泪流满面吗？

各个山头继续传来悲壮苍凉的歌声，出行的队伍继续在前进，留驻的士兵继续在夹道欢送。

“请留步！”一位红衣僧人策马奔来，手里举着一样红红绿绿的东西。

“堪布带的，交给皇上。”来人跑至傅恒面前，勒住马头。

那红红绿绿的东西竟是一副琼首神舞面具，傅恒莫名其妙，把它装进马褡里。

这时，人们听见背后半空中传来喊话声，都掉转头看。夫人穿戴一新，站在官寨楼顶招呼松罗木。

“傅大人岳大人，夫人有话要说，我快去快回。”松罗木一边说一边把马头掉回，向官寨奔去。出行队伍停止前进，原地站着等候。

过了一会儿，官寨喷出浓烟，大家都以为松罗木夫妇在煨桑，出远门肯定要煨桑的。但也不对，煨桑应该在楼顶呀，怎么整个房子都在冒烟？又过了一会儿，烈焰腾起，官寨着火了，像火山喷发，熊熊大火染红了半个天空。所有的人都看呆了，竟忘记了救火。救也救不了，官寨是木结构，燃起来就灭不掉。官寨燃了七天七夜，最后只剩下残垣断壁。

四十四
香　雪

傅恒回到京城时，身边只有詹姆斯一个洋人。

到了成都，岳钟琪说老毛病犯了，也不知道是真病还是假病，怎么也劝不住，打了辞职报告就回乡下老家去了。他的那些亲信自然也不愿意跟在傅恒屁股后面，一个个都溜了。回京城的路上，傅恒身边只有詹姆斯一个人，一点儿也不像凯旋的样子。两年前他踌躇满志地离京出征时，那是多么的威风，十六万将士从全国各地向他靠拢，加上岳钟琪手下的三万将士，他手握近二十万的大军啦！现在终于凯旋，回京城的就只有他和一个外国人，谁信！

傅恒能够交给皇上的东西就两样，岳钟琪的辞职报告和雍忠拉顶寺堪布送的神舞面具。松罗木自焚了，羁押松罗木的任务没完成。

皇上本来想对傅恒说几句嘉许的话，毕竟战争结束了，企图覆盖紫禁城的松树化为灰烬，可是心里一点儿也不爽，竟涌动起一股怒潮，差点骂出声来。他离开龙椅，背着手踱来踱去。虽然战争结束了，向皇太后有了交代，可是，事情办得一点儿也不漂亮。怎么就没把松罗木给捉来？花这么大的代价，不就是为了亲眼看看想遮住紫禁城的这个人长得什么模样吗？现在说自焚就自焚了？实在不过瘾，实在不过瘾得很啊！这个岳钟琪也是，给脸不要脸，不拿太子太保当回事，什么玩意儿！

傅恒正襟危坐，连大气都不敢出一口。

皇上还背着手踱来踱去，踱了一阵后，若有所思地在傅恒带来的面具前停住脚步，把面具拿在手上看。他记起来了，它就是当年乞僧戴的那副面具，难道乞僧真的就是雍忠拉顶寺堪布？当年堪布为何装成乞僧？现在又为啥捎面具来？难道想提醒当年的事？当年又发生过什么事？皇上边抚弄面具边想。

傅恒仍然大气不敢出一口，眼睛怯怯地看着皇上来回踱步的影子。

皇上把面具放回案儿，又背着手踱步。

想起来了。当年，乞僧手上牵着一只山猴，口中唱道，“小小山中猴，怎会称霸王？若要称霸王，身肥拖你瘦，身瘦拖你死。”唱了一遍又一遍。当时自己放下架子挽留他住宿，乞僧不理不睬，向牵在手里的山猴说：“今天你也见了主子，休要怪他。说你称王称霸的是他的奴才……”

“山猴，山猴！”皇上站住，喃喃道。

傅恒不知道皇上在说什么，不知道怎样应答，屏着呼吸，勾着脑袋，如坐针毡般难受。

“它叫什么？”皇上把面具放回案桌上，指着它问。

“琼鸟神舞面具。琼鸟是他们的守护神。”傅恒低声回答。

“守护神？！”皇上一巴掌把面具扫落地上，几乎同时吼叫道：“这个秃头，敢教训朕！捎这个破玩意儿不就是劝朕当守护神嘛，难道朕是魔鬼？刽子手？”

“皇上息怒，皇上息怒！”傅恒鸡啄米似的一阵磕头，怯声说：“堪布捎面具的用意或许是表达皇上和守护神一样。”

“朕是天子，守护神能与朕相提并论？”皇上听了傅恒的恭维话，虽然嘴里这么说，但气明显消了一些。捋了捋龙袍，坐到龙椅上，握着的拳头“咚”的一声落在扶手上。

“臣罪该万死！皇上是苍天之骄子，万物之主宰，小小守护神怎能与皇上相比！”傅恒又一个劲儿地磕头。

“好了好了，能不能消停一会儿？”皇上很不耐烦地晃了晃手。尔后，突然把上身向前倾了倾，问：“烧啦？”

“烧了。”傅恒慌里慌张地重复了一句皇上的话，他自己都不知道烧了什么。

“啊！”皇上深深地呼出一口气，“火克木，天意！”

“皇上英明！”傅恒也偷偷地呼了一口气，皇上终于绕过弯子消气了。万一这弯子一时半会儿绕不过来，别的不说，傅恒断定首先他的脑袋会从肩上卸下来。

“要不，看看蛮女歌舞?”傅恒乘皇上心情好转，小心提议。

“也好，你不提我倒忘了。”皇上轻轻点了点头，转而正色道:“她们，还有那些匠人，落户扎根休养生息便好，不可视作俘虏亏待!”

“吾皇仁慈，喳!”傅恒唱喏领旨。

第二天早晨，皇上穿了便服，只带了傅恒和几个贴身侍从秘密出宫，向香山骑马走来。

冬天的香山不像山下的京城，虽然红叶不见了，但依然满目青绿，令人神清气爽。皇上兴致渐高，虽然年纪不小了，精神依然抖擞，一点儿也不觉劳累，一路欣赏风景，走到山上的黄寺才下马休息。

黄寺院子不大，进寺献舞的美女只能容下几十个，被选中的恰好是阿果和她的姐妹们。皇上看见美女们，眼睛一亮，龙心大悦，他没见过这种气质的美女。江南美女娇嫩甜润得过分了点，塞北美女又重了些男人味，而眼前的美女们刚而不硬，柔而不弱，天生丽质，自成一美。皇上当然不知道这些美女是由嘉绒藏区特有的阳光、雨露和空气造就的。

皇上发觉美女们的舞蹈服饰和穿法也很特别，别人服饰只穿一套，她们穿三套，随着舞蹈的进展一套一套地脱，充满神秘、诱惑和悬念。最外面套一件黑白相间的披风，英姿飒爽尽显。披风撒手一抛，大襟宽袍露面，体态顿显雍容，气质随之高贵。褪去长袍，色彩艳丽的紧身长袖衬衫和百褶长裙飞入眼帘，雍容高贵刹那间幻化为婀娜多姿。

美女们跳的是献帕舞，这种舞蹈风格古朴，气氛庄重，舞姿典雅，最适宜今天的场合。美女们并不知道皇上在场，跳舞没有任何拘束，跳起舞来十分投入。她们离开家乡两年多，特别思念家乡，一跳锅庄便好受些。领舞的阿果对献帕舞更有特殊感情，献帕舞是东女国时代的宫廷舞蹈，阿妈又亲自改编过。阿妈跳献帕舞时总是把手上的帕子献给阿爸，离开嘉绒藏区这么久了，她思念阿爸阿妈，她还不知道阿爸阿妈已经与官寨一道化为青烟飘散了。跳起献帕舞，眼前就出现阿爸阿妈跳献帕舞的影子，就可以和他们在一起。

献帕舞的舞姿变化多端，穿着披风跳时，先是转圈踏步吟唱古诗，牵手跨步慢舞；尔后展开披风挺胸塌腰跃进，旋转使披风扩散成荷叶状，舞曲高亢激越，将古代东女国英雄们出征的场景烘托出来，极富感染力。穿着长袍跳时，舞曲热烈亢奋，美女们手捧洁白的哈达，舞形变成莲花吐蕊状，把手中的哈达献给来宾们。在古代，献的是帕子，由在家的妇女们献给出征归来的勇士们。哈达献毕，美女们褪去长袍，露出花枝招展的百褶长裙，舞曲顿时欢快起来。急促明快的节奏，富于变化的动作，将美女们的绰约风姿展示得淋漓尽致，庆祝胜利的喜悦感染着每一个人。

皇上对舞蹈只看了个隐隐约约，舞曲也只是在耳畔萦绕而已，他的魂被领舞人勾去了。领舞人身上好似牵出一根无形的丝线，把皇上的眼睛牵住，她往哪里飘移，这双眼睛便跟着转动．随从们第一次见皇上对一个女人这么上心。不过，他们自己都已如痴如醉，不成体统了。领舞人的美不能和其他女人的美相提并论，她似乎从天上来，不带一点儿凡俗气息，是国色天香的那种大美。肤色的黑白、个子的高矮、体态的胖瘦，已经毫无意义，无论以怎样的状态出现，都影响不了她的大美本质。她浑身上下包括每个毛孔都蕴涵着一种天仙神女的风韵，这种风韵无须酝酿无须造作，自然天成，与生俱来。从舞袖踏步展臂扭腰的舞蹈韵律中流露出来，从开口闭口、眨动睫毛、扇动鼻翼、举手投足之间释放出来，从头发的光泽、脸鼻的轮廓、嘴唇的线条、纤长的手指上面表现出来，甚至在绣花叠帕的针脚里、叮当作响的耳环上、舞蹈服饰的皱褶间、腰带彩穗的飘摇中，都似乎蕴涵着这种风韵。献哈达时，阿果正好碰上皇上，尽管她并不知道。阿果双手托着长长的哈达，弯腰低头举到皇上面前，口中吟唱吉祥颂舞曲。皇上闻到一股淡淡的柏枝香味，心旌顿时荡摇，接哈达时情不自禁地顺势捏住阿果的手："叫什么名字？"阿果轻轻抽回手，微笑了一下，答："阿果，"又微微鞠了一躬。皇上十分欣赏阿果刚才不卑不亢的应酬，对她更加上心了，更加觉得这辈子没去巡访西南是此生一大遗憾。

阿果被傅恒将军收为干女儿是在皇上去了香山后的第二天，很突然，也很意外。傅恒将军不知道香雪是谁，皇上说就是那个领舞人，他才知道指的是阿果。香雪？对，这个名字取得好！傅恒从香山把阿果领回来时也闻到了阿果身上的柏枝香味，同时想起去大色齐部落受降时漫天飞舞的白雪，白雪吉祥。

"你叫香雪了。"让阿果换上满族服饰后，傅恒满意地端详着说。

"衣裳换了，名字也换呀？"阿果说。

"要换，从今以后你是我的女儿，是满人了。"傅恒认真地说。

"满人？满人是谁呀？"阿果从来没听说过。

“皇上是满人，我也是。”傅恒让阿果坐下，自己也对着阿果坐下，神秘地说，“皇上要册封你为妃子了！”

“皇上？真的？你再说一遍！”阿果激动得满脸绯红，站起来搓手摸脸，“他……皇上怎么知道我？”

“闺女，真的是这样。”傅恒像对待自己的亲生女儿一样抚摸着阿果的秀发，“皇上和你说过话呢，忘了？”

“说过话？没有啊！”阿果眨着漂亮的眼睛，不停地晃脑袋。

“忘了？”傅恒笑着说，“昨天在山上跳舞时，接你哈达的人就是皇上。”

“他？”阿果吃了一惊，伸了伸舌头，“我还没叩拜呢！”

“皇上一回来就决定册立你为妃子了，”傅恒说，“妃子不能是外族人，才绕一个弯子，先当我的女儿，变一下身份。”

“好，只要能和皇上在一起，怎么变都行！”阿果高兴地转了一个圈儿，又若有所思地说：“非得叫香雪不可吗？阿果是阿妈取的名字。”

“香雪是皇上叫出来的呢！”傅恒突然肃穆起来。

“哦！”阿果红透了脸，耸着肩长长地伸了伸舌尖。

四十五 蛀虫

尽管皇上着急，香雪还是迟迟不能进宫。皇上被噩梦缠住，心情乱透了。死都死了，还来烦朕，他抱怨道。

“叩拜皇上，”皇上本来做着迎妃的美梦，突然闯进一个人来，咚的一声跪在面前，高呼，“吾皇万岁万岁万万岁！”

“谁？”皇上看见跪着的人全身漆黑似炭，头发立着。不是头发，是火焰，身上也在冒烟，散发出骨肉烧焦时的气味。

“我是松罗木，我不是松树！”黑人说。

“松罗木？朕赐你名索罗木，怎么还叫松罗木？”皇上问。

“我是松罗木，我不是松树！”黑人说的还是这句话。

“你可是山猴？”皇上试着问。

“我是松罗木，我不是松树！”黑人听不进皇上说的话。

“你不是自焚了吗？”皇上轻叹一声，“为什么还打扰烦朕？”

“我是自焚的。我知道到了京城后会被您杀了，您明白真相后会后悔的，我不愿意看到您伤心的样子。”松罗木虽然全身漆黑，说话时口中的两排牙齿却白得出奇。

“真相？什么真相？”皇上的心猛然跳了一下，问，“难道你真的是山猴？”

“我是松罗木，我不是松树！”黑人又说那句话。

“你不该自焚，大清明镜高悬，你不该自焚！”皇上抬头看看天花板。

“哈哈哈……明镜高悬，哈哈哈……”黑人笑得泪花四溅，把皇上全身都打湿了。

“这么高兴?”皇上低下头，吃力地盯着松罗木的黑影子，问。

“高兴啊，我女儿就要成为妃子了，这是她的梦想，高兴啊！哈哈哈……”黑人手舞足蹈，说话滔滔不绝，一点儿都不像他生前的样子。

“香雪是你女儿?”皇上问。

“我说过，我生是大清的人，死是大清的鬼。”黑人不认识香雪，话说到另一边去了。

“你是鬼?不是山猴?”皇上怯怯地问。

“我不是鬼，苟大人才是鬼!”黑人理直气壮。

“苟大人?他也死了?”皇上问。

“该死的苟大人！他还活着，他是活鬼!”黑人滔滔不绝，“活鬼比死鬼更可怕，皇上你要小心呀!”

每天夜里的梦都是这些，夜复一夜地重现，有时甚至白天都能看见黑人跪地叩拜，嘴里喋喋不休地说苟大人是活鬼。皇上想起乞僧说的奴才，于是下令逮捕苟大人。

领命的大臣带了一帮人去缉拿苟大人，缉拿的人赶拢时，苟大人已经悬梁自尽。苟大人虽然解甲归田赋闲在家，朝中还是有人为他通风报信。抄家后，抄出的财产耗时一年零三个月才清理登记完。

苟大人死后，皇上的噩梦中同时出现松罗木和苟大人。他们当着皇上的面吵架，吵得很厉害，松罗木用藏语骂时，皇上听不懂。苟大人颈上套着绳索，声音嘶哑，听不清在说些什么，吵了一阵就打起来了。

“你不是要敢死队的洋枪吗？拿去，全都给你!”松罗木端着洋枪吼，枪口不断地冒火花，就是没有枪声。

“死都死了，还这么凶!”苟大人翻着白眼嘀咕，“连自己为啥死得这么惨、大色齐部落为啥遭到血光之灾都没弄明白，连阿果至今被蒙在鼓里不知道父母被人害死，还好意思这么凶！应该感到羞耻才对，真是冥顽不化!”嘀咕一阵后似乎心里舒服了许多，嘴角一弯，浮现出轻蔑的神情。

“拿去，全都拿去!”松罗木全然不顾苟大人的嘀咕和表情，依然端着洋枪怒吼，枪口里不断冒出火花。

“冥顽不化，冥顽不化!”苟大人也冒火了，将手上的鹿茸、麝香、金元宝、银元宝接二连三地向松罗木砸去，口中嘶嘶有声。砸完怀中的宝贝后，苟大人不再理会愤怒金刚似的松罗木，把眼光迅速移向皇上这边，而且竟敢昂起头来说话。

皇上见状呵斥:“大胆奴才，不想活了?”苟大人一反常态，不仅不跪地求饶，反倒从鼻孔里“哼”了一声，硬着脖子看天花板，冷冷地说:“我都死了，你还要我死?”皇上忽然想起来，怒色顿消，点着头说:“对呀，你是死了。”苟大人晃着身子抱怨道:“其实，大清上上下下像我这样的人多着呢，皇上为啥偏要逼我去死?我写奏章欺骗皇上挑起征讨事端不假，可是，你就没有责任吗?”皇上“嚯”的一声站起，抓起案上的茶盏摔得粉碎，厉声吼道:“来人，斩立决!”

皇上的愤怒并没有影响到苟大人的情绪，他依然保持刚才说话的腔调:“皇上，难道把我逼死就能保住大清江山万万年?我的一个奏折就把嘉绒藏区闹得鸡飞狗跳，忠良成为你的刀下鬼，大清上上下下像我这样的人多着呢，看你以后怎么办?他们不死我也该活着，我不愿像松罗木一样死了也当大清的鬼，我还是显原形回阳得了，大清这块肉谁嫌它腥?能吃上一天算一天。”苟大人说着说着竟变成了一条蛀虫，在皇上前面的地毯上蠕动着。